文艺美学研究

2015年秋季卷

教育部普通高校人文社会科学
重点研究基地山东大学文艺美学研究中心 编

中国社会科学出版社

图书在版编目（CIP）数据

文艺美学研究. 2015. 秋季卷 / 教育部普通高校人文社会科学重点研究基地山东大学文艺美学研究中心编. —北京：中国社会科学出版社，2016.5

ISBN 978-7-5161-8005-1

Ⅰ.①文… Ⅱ.①教… Ⅲ.①文艺美学－文集 Ⅳ.①I01-53

中国版本图书馆 CIP 数据核字（2016）第 074775 号

出 版 人	赵剑英
责任编辑	郭晓鸿
特约编辑	席建海
责任校对	季　静
责任印制	戴　宽

出　　版	中国社会科学出版社
社　　址	北京鼓楼西大街甲 158 号
邮　　编	100720
网　　址	http://www.csspw.cn
发 行 部	010-84083685
门 市 部	010-84029450
经　　销	新华书店及其他书店
印　　刷	北京君升印刷有限公司
装　　订	廊坊市广阳区广增装订厂
版　　次	2016 年 5 月第 1 版
印　　次	2016 年 5 月第 1 次印刷
开　　本	710×1000　1/16
印　　张	19.75
插　　页	2
字　　数	305 千字
定　　价	72.00 元

凡购买中国社会科学出版社图书，如有质量问题请与本社营销中心联系调换

电话：010-84083683

版权所有　侵权必究

编委会

主　　编　曾繁仁　谭好哲

副主编　陈　炎　王汶成　程相占（执行）

编委会　王一川　王汶成　冯宪光　朱立元　陈　炎
　　　　周均平　赵宪章　高建平　盛　宁　曾繁仁
　　　　蒋述卓　程相占　谭好哲

Editorial Board

Chief Editors:

Zeng Fanren, Tan Haozhe

Associate Editors-in-Chief:

Chen Yan, Wang Wencheng, Cheng Xiangzhan (Executive)

Editorial Committee:

Wang Yichuan, Wang Wencheng, Feng Xianguang, Zhu Liyuan, Chen Yan, Zhou Junping, Zhao Xianzhang, Gao Jianping, Sheng Ning, Zeng Fanren, Jiang Shuzhuo, Cheng Xiangzhan, Tan Haozhe

目 录

▲国际传真

Aesthetic Ecosystem Services: Nature in the Service of Humankind and
　　Humankind in the Service of Nature ……………… Yrjö Sepänmaa　3

Nature Aesthetics and Art: Shifting Perspectives
　　West and East ………………………………… Curtis L. Carter　17

Ecocriticism: The View from Finland ……………… Toni Lahtinen　32

▲生态美学

"天人合一"：中国古代"生态—生命美学" ………………… 曾繁仁　57

生态视野中的梵净山弥勒道场与傩信仰
　　——兼谈人类纪·精神圈·宗教文化 ………………… 鲁枢元　71

论李育霖《拟造新地球：当代台湾自然书写》里的
　　生命书写与论述策略 ……………………………… 张嘉如　80

审美经验对构建生态意识的作用
　　——以现象学为基点 ……………………………… 孙丽君　93

"卧游"与中国古代山水画的环境审美之维 ……………… 刘心恬　111

杜夫海纳的造化自然观及其天人和谐内蕴
　　——从《审美经验现象学》的一个悖论谈起 ………… 尹　航　122

华兹华斯和柯勒律治自然观之比较研究 …………………… 张玮玮　139

▲文艺美学

关于文艺美学的一些思考 ……………………………… 杜书瀛 157

新时期文学理论观念演进的动因、历程与结构 ……………… 谭好哲 178

马尔科姆·布迪的艺术价值理论 ………………………… 章 辉 197

论皮尔斯规范美学及其符号美学之关系 …………………… 张彩霞 217

阿诺德·柏林特"身体化的音乐"及其研究意义 …………… 张 超 227

▲名篇选译

文学的意义、表达与阐释 ……［澳］保罗·A.泰勒 著 孔建源 译 243

达摩异托邦：后香格里拉好莱坞中的

　　西藏想象 ……………………………［美］米家路 著 赵 凡 译 266

▲学术动态

第八届全国美学大会暨"美学：传统与未来"会议综述 …… 王亚芹 283

"生态美学与生态批评的空间"国际研讨会综述 …………… 程相占 290

环境人文学国际研讨会会议纪要 …… 张乐腾 刘 杰 许方怡 刘宇彤 303

CONTENTS

▲ International Fax

审美的生态系统服务：自然造福于人类与人类造福于自然　　约·瑟帕玛　16

自然美学与艺术：西方与东方变化中的视野　　柯蒂斯·卡特　30

生态批评的芬兰视角　　托尼·拉赫蒂宁　54

▲ Ecoaesthetics

"Harmony of Heaven and Man": Ancient Chinese "Ecological-Life Aesthetics"
　　Zeng Fanren　70

A Study of Fanjing Mountain Maitreya Monastery and Nuo Belief from an Ecological Perspective: On Anthropocene, Noosphere and Religious Culture　　Lu Shuyuan　78

Writing Life: Discursive Strategy of Yulin Lee's *The Fabulation of a New Earth: Contemporary Taiwanese Nature Writing*　　Zhang Jiaru　92

The Role of Aesthetic Experience in the Construction of Ecological Consciousness
　　——On the Phenomenological Basis　　Sun Lijun　109

"Woyou" and Picturesque: On Environmental Aesthetic Values of Chinese Aesthetic Activities　　Liu Xintian　120

Dufrenne's Idea of the Nature and Its Inter-subjective Connotation of the Harmony: Beginning on a Paradox in *The Phenomenology of Aesthetical Experience*
　　Yin Hang　137

A Comparative Study on Wordsworth's and Coleridge's View of Nature

                Zhang Weiwei 152

▲ Artistic Aesthetics

Some Reflections on Artistic Aesthetics   Du Shuying 177

The Reason, Process and Structure of the Conception of Literary Theory in the New Period   Tan Haozhe 196

Malcolm Budd's Theory of the Value of Artworks   Zhang Hui 216

On the Relationship between Peirce's Normative Aesthetics and His Semeiotic Aesthetics   Zhang Caixia 226

On Arnold Berleant's "Embodied Music"   Zhang Chao 239

▲ Translated Papers

Meaning, Expression, and the Interpretation of Literature   Kong Jianyuan 264

Dharma Heterotopia: Post-Shangri-La Hollywood Imagining of Tibet

                  Jiayan Mi 280

国际传真

International Fax

Aesthetic Ecosystem Services: Nature in the Service of Humankind and Humankind in the Service of Nature

Yrjö Sepänmaa

Abstract　The term "ecosystem services" refers to the material and spiritual benefits and goods that we receive from nature, in a broad sense from all kinds of environment. The various forms of such benefits have begun to be called "services". Nature serves people by producing the material and intellectual prerequisites for life for them. This is the foundation of our aesthetic well-being too. Does humankind reciprocally serve nature or only itself through nature, with the intention of exploiting it? What do we know of nature's reactions? We see when nature suffers or flourishes, and we also observe our own effect on its state. As much as our well-being is dependent on nature's services, nature's well-being is increasingly dependent on us and our culture. Talking of services brings back the anthropomorphism passed over by the natural sciences, which refers to a similarity to humankind, to its point of view and language. I direct most of my attention to this way of speaking that personifies nature, and to the way of thinking controlled by it. Does the use of language combining humankind and nature bring genuine fellowship and closeness, even love? Does the language of service therefore promote an understanding of our environmental relationship and a rapprochement, or does it lead back to a mystifying concept of nature and the establishment of a mutual system of values involving a servant and the one served, benefiting one over the other? Or perhaps a new age of humankind is arising or has already arisen, the Anthropocene, in which matters and words combine: ecology and philosophy become ecosophy and aesthetics and ethics become aethics?

Key Words　ecosystem services; anthropocene; ecosophy; aethics

Author　Yrjö Sepänmaa is a professor of University of Eastern Finland.

As servants of each other

The whole of human life is based on goods and services provided by nature. Some are produced directly by nature in a state of nature, but nowadays an ever increasing number are produced by the cultural and built environment. Cultural services-education and teaching, art, leisure activities, recreation-are built on an essential natural foundation, but distance themselves from it and develop into their own species. On the one hand, all kinds of shaping of the environment impoverish, but, on the other hand, increase the richness and diversity of the environment.

Nature serves humankind, but humankind also serves nature, interactively. At its best, this is mutual caring, at its worst it is the subjugation, forcing, and suffocation of one by the other. Besides functioning interaction and mutual dependence one also finds a reluctant service relation, a refusing of the role of servant and even outright opposition. To win the struggle for existence, humankind has had to fight stubborn nature and tame its wildness: frosts, drought and wetness, barrenness, predators and insect pests. Nature has had to be conquered, not only with rationality, but also by violence and cunning. A love-hate relationship has unavoidably remained.

The services obtained from nature are either material(food, raw-materials), or intangible. Typical intangible, i. e. intellectual services are recreational and welfare services, among which aesthetic services are also counted. Of these, beautiful landscapes and impressive natural phenomena, such as rainbows and aurora borealis, which produce sensory experiences, are surface aesthetic. Deep aesthetic services in a conceptual sense are the harmony and dynamism of a system, an unbroken life cycle. Understanding the behaviour of an ecosystem produces intellectual pleasure; admiration of, even surprise at the functionality of a multi-dimensional system tempts one to think of a higher intelligence hidden behind it, which then appears in common parlance.

Humankind, for its part, serves nature not only by protecting it, but also be developing and refining it, producing something that nature itself is not able to do. This creates a cultural diversity in the environment, not as an intrinsic value, but for our own benefit. Our goals are various. The aesthetic motive of our actions is the preservation, promotion, and creation of beauty, the means being the practices of applied environmental aesthetics and the ethics that support it. (The term aethics is sometimes used to refer to a combination of aesthetics and ethics.)

Side by side

We are a part of nature, but as we manipulate nature we are always distancing ourselves from it and keeping a critical distance to it. Parallel to and in place of nature's system we develop our own systems, a built and designed parallel nature. By its activeness, humankind serves the ecosystem, which responds by producing well-being for it. In a friendly relationship nature gives thanks for protection, environmental care, building protection-all activity that takes the environment into consideration and honours it. Otherwise it is insubordinate-or, if dominated, it disintegrates.

An increasingly large part of the environment is designed or made by humankind, made to suit our purposes. The urban environment is the most processed, not only its buildings and streets, but also the gardens, the parks, and the city woods. Our responsibility extends both to the urban nature and the buildings and other artefacts. Cultural ecology and evolution become alternatives to, and replacements for natural process; they all overlap, mix, and merge into one. Humankind is an increasingly important influence; its footprints reach back to natural ecology, often as a form of disturbance, but also in acts of repair.

Is everything untouched by humankind ecologically healthy? Nature's own disturbances, extreme phenomena, and direct environmental catastrophes are the uncontrolled increase of some species, earthquakes and tsunamis, drought or excessive rain, heat or frost, cold winters. The state of the environment is dynamic, self-correcting, and adaptable, not static.

Nature's own ecology can be compared with a positive *all is well* aesthetic, cultural ecology with a critical aesthetic, because one thing and another can always be found that needs to be improved and developed. The aim is the mutual well-being of humankind and nature. This is thus a matter of the mutual oversight of interests. Humankind is self-evidently dependent on nature, even if not as greatly and directly as previously. What about the other way round, is nature dependent on humankind? At least cultural nature, the agricultural and urban environment can thank human activity for its existence, appearance, and character. There is a symbiosis between the parties, an interactive relationship-an interdependence.

Humankind is a party to ecosystems, in which its effect is increasingly central. It brings with it new types of well-being: cultural, social, and economic, that do not belong to wild nature. We can speak of novel ecosystems (see Marris et al., 2013) and their beauty. This is a matter specifically of the functional, operational beauty of systems.

Personification

The service idea humanizes the non-human. The personification of nature and the entire environment acts as an aid to thinking, but it also confuses. In the background, a mythical image of nature acts, though to modern people mainly as an allegory and metaphor. Personification has become literally illustrative. This manner of speaking-which the actual natural sciences carefully avoid-is still common in essay-like nature-writing and lyric nature poetry, which emphasise the interaction between humankind and nature. The operations of nature are explained in human terms of intentions and goals, predilections and rejections. Nature is seen as an understanding companion, conversational company, to which we are connected by an emotional bond. Arnold Berleant describes this kind of engagement as follows: "*As experienced, environment does not stand apart but is always related to humans, to the human world of interest, activity, and use. This is the human meaning of ecology.*" (Berleant, 2013, 70.)

It is not only organic nature and its individual members that are seen as a partner, it can equally well be a machine, building, or an intellectualized home region, native land, and common world (on cultural ecology see Pagano, 2014). Natural and cultural sites that are regarded as significant to an individual or group have begun to be "adopted", which means a commitment to taking care of them. In cases of displays and performances some have gone even further: involving "marriage" to the Lake Kallavesi in Finland, to the Eiffel Tower in France and the Berlin Wall in Germany.

Thus, surprisingly, the natural and cultural sciences, which are the foundation of ecosystem thinking, have had to leave space for metaphorical thinking that sounds mythical. When language takes control, nature becomes, in talking, the image of human body and like humankind, which reinforces an emotional relationship and empathy. For example, one can sorrow for uncultivated fields being taken over by forest, or, for deserted villages-at the same time knowing that the residents who have left may be happier elsewhere. Detaching from where one grew up must, perhaps, be interpreted as taking an initiative and being energetic: being ready to leave to find a better life. The fields that have been left behind, covered in spring by dandelions and in mid-summer by cow parsley, are certainly visually beautiful, but in the eyes of someone who values farming they are melancholy images of work that has lost value and been wasted.

Aesthetic welfare services

Welfare can be examined from the point of view of both humankind and nature. One expression of this kind of thinking is precisely speaking about the well-being of nature and the environment. Our conception of what is best for nature is often a narrow mirror image of our own well-being. We think that we know from the model of our own experience what is best for plants, animals, and even inanimate nature.

Aesthetic welfare, which Monroe C. Beardsley examined in his congress lecture "Aesthetic Welfare" in Uppsala, Sweden, in 1968(published in 1970 and 1972, enlarged 1973), refers not only to the taking care of the preconditions of our needs involving beauty, but also to the pleasure arising from the fulfilment of these needs. A welfare state sets foundations and standards for well-being of its citizens. It arranges and ensures the material, institutional, and social preconditions for happiness and welfare. These include work and income, safety and education, the possibility to practise physical and intellectual culture, leisure pursuits and recreation. Society cannot ensure realization and subjective satisfaction-which, possible or not, remain the responsibility of each person.

According to Beardsley, the environment has aesthetic wealth, capital, from which each person can only take a part for their own use. Use presupposes not only sensory sensitivity, but also conceptual competence and skill, which can be taught and learned, thus permitting one to realize their own possibilities. Prerequisites are given by aesthetic education and culture. Nature itself, the whole environment, guides by its reactions through trial and error. The experience of welfare thus cannot be ensured or proven from outside. However, such preconditions as a beautiful and stimulating environment, and cultural offerings and leisure-activity possibilities can, and should be ensured. The framework of welfare-clean air, silence and peace, communications, town and country planning with all that is involved-are primarily the responsibility of society. The realization of the welfare of the individual on this basis requires each person's own activeness, knowledge, skill, and sensitivity.

Beauty is, on the one hand, the source of our well-being, on the other hand, the result. The aestheticality of the environment is, as a means too, something that maintains and produces human well-being. The health effects, both physical and mental, are particularly important instrumental values, whereas actual aesthetic well-being is a value in itself, like art. The aesthetic environment has many kinds of instrumental value, but they are, however, secondary. Environmental design and product development that take nature's well-being into account create cultural well-being. Renewable natural resources and the recycling of these resources are preconditions for the sustainability of a system. Through its solutions, design can support sustainable development. The extension of the useful life of things and products by repair and maintenance is one way to save natural resources. Programmatic "trash design" leaves a product's previous stage visible and reminds us of the process's continuity: at the end of one life cycle another starts. This is also represented by ecological nature care, in which signs of deliberate planning are left: that which seems abandoned can actually be intended (Gobster, 1995, p.9, with reference to Joan Nassauer). Forest fire is nature's renewing ecological act and as such aesthetically acceptable (Kovacs et al., 2006, 63).

From eco-culture to eco-civilization and wisdom

An environmental culture is a system of relationships between humankind and the environment at any one time. As such, it is value-neutral. Cultures are environmentally positive and negative. A civilized environmental relationship, environmental civility, is value-positive. It signifies good behaviour towards the environment, responsibility and care, respect and esteem, while preserving the dignity of the other. Environmental wisdom or ecosophy is a positive culture based on this kind of knowledge and feeling. Wisdom is to receive services from nature, without overexploitation, preserving and developing nature's ability to serve. The question is not, however, only of thinking about benefits, but rather of accepting the other as itself, for its uniqueness.

Cultural diversity is an addition, which humankind has brought, parallel to natural diversity. Both represent wealth being offered. A humanistic point of view emphasizes the positive actions and possibilities of humankind. Humans increase the richness of nature, though they may also reduce it. Animals and plants are bred and their numbers regulated, at the same time artificial structures and environments are developed, which nature does not produce alone and from itself: road networks, data communications connections, entire communities and societies.

The Dutch aesthetician Jos de Mul declared when speaking of environmental matters(2015):"*Not going back, but going forward to nature*". According to him, nostalgic *return-to-nature-type* Utopias, sought from the past, will not succeed, instead we must see the future. We can promote the implementation and development of ecosystem services. This is a task for active, applied environmental aesthetics. The Italian Pagano's idea of cultural evolution (2014) is linked to this. To generalize, there are two directions: a return to a simpler, more natural life that merges with nature, and, on the other hand, going forward to one suited to humankind, without knowing precisely what kind. Alongside nature-centred ecosystem thinking, an increasingly culture-centred ecosystem thinking based on humankind has visibly developed. The humanistic outlook trusts humankind's possibilities and its responsibility for its environment-and itself-as a refiner, but also as a guard and preserver.

Beardsley, whom I have referred to above, notes that there is competition rather than opposition and conflict between values. In practical situations, goals that are, as such, regarded as being good must be placed in order of importance, prioritized, and in that case the environment's aesthetic values may have to make way for health, economic, and security viewpoints. What means could be used so that aesthetic, in a broad sense beauty values would have a better chance in this competition? The first condition is to show their concrete importance to welfare. The aim is not the supremacy or absolutism of aesthetic values, but to give them a reasonable share in the totality of values and in the life model, which arises as a result of many kinds of compromise. Aesthetic-unlike material-ecosystem services are generally public. As public goods they are freely available without charge to be enjoyed by all. By concentrating on intangible, intellectual goods instead of material things, nature would be saved. A landscape is not worn down by looking at it, but peripheral activities, like moving around tourist sites, nearly always lead to wear, and, in the worst cases, destroy valued sites.

Environmental aesthetic civility and guides to the good life

Environmental civility and wisdom are about how to live in harmony with the environment. A balanced environmental relationship and a life derived from it can well be seen as similar to good human relationships and polite behaviour. It recognizes nature, but also human rights. Losses as such cannot be compensated in money or other forms, but perhaps something valuable in another sense may be gained instead. The natural environments and earlier cultural environments are exchanged for something that is regarded as more valuable. A civilized environmental relationship means good manners: generousness, uprightness, respectfulness, taking the other party into consideration, caring, empathy. Civility is knowledge, skill, and competence, a respectful attitude. Wisdom is more than that: sympathy and understanding, civility of the heart, seeing totalities and the common good. One intermediary is investigative and model-giving art. Environmental eco-art is of two kinds: that which is ecologically made and that which promotes ecological values by its example or its declaration. Large environmental art and building projects have aroused criticism due to their detriments, even when they have had a positive effect in raising ecological consciousness. The best known and most discussed are surely Christo's massive packaging and covering projects; they have been implemented mainly for documentation, permanent changes in the landscape have not been intended.

Finally, I refer to two examples of fighting or pamphletary environmental art realized in Finland, the Finn Ilkka Halso's *Museum of Nature* series of photographs(2005-) and the Latvian Kristaps Gelzis'environmental artwork *Eco Yard* 2000: 100 m^2 *fenced-off land safe from urbanisation* (1995-2014).

Museum of Nature is a series of photographic manipulations. The natural objects and sites are placed on display like museum pieces, surrounded by massive constructions; their scale extends from a covered river, rapids, and part of a cornfield to individual trees. In an imaginary near-future culture, a world dominated by technology preserves the nature it has conquered as reserves and sample pieces. The place of the past is as a natural and cultural heritage in a museum cabinet. Halso framed and encased, Christo packaged.

Eco Yard 2000 is(was) a work of environmental art, in which a wire-net steel fence enclosed an area of 100 square meters(an are) of wasteland that had survived in the middle of the city of Helsinki. Opposed to each other were nature and culture, perhaps also the countryside and the city, permanence and development. The work, which should have lasted 5 years, from the start of 1995 to 2000, lasted-it is true, forgotten-to the end of 2014, almost precisely 20 years. Now, however, it has lost its battle, is destroyed, vanished leaving no trace, the only memory photos and written documents. The urban environment has conquered wasteland-nature. The struggle has ended in the loss and destruction predicted in the work's name; the area is being metamorphosed into a built park.

What of optimistic, visionary Utopias, which became real? They too exist-or existed: the garden city Tapiola in Espoo on the outskirts of Helsinki, which was then compacted, contrary to its idea; or Oscar Nijmayer's Brasilia, the capital, which expands without control as differently named satellite towns. Beardsley even, an esteemed professional aesthetician, stated of the original, aestheticized Brasilia, governed by aesthetic values only: *"enormous and desperate social needs were left unmet, and a government ruined itself in the effort to realize a (perhaps) magnificent aesthetic dream."* (Beadsley, 1968/1972, 89) The fate of Utopias seems to be to give way due to their unyieldingness.

Shadowed by threats, the second phase of ecosystem services is in front of us, in fact already around us, our cyborg-like connection to the environment, imposed by a technological culture, which is increasingly artificial nature and virtual reality. Culture should not, however, destroy the old, but move in step with it. A human nature, in which we play a constructive and not a destructive role, could still be created. Plural *natures* could arise, with which it is possible to construct endlessly varied systems of relationships, i. e. cultures, including the characteristically aesthetic ones like Brasilia.

Key Words   aesthetic ecosystem benefits; aesthetic ecosystem services; aesthetic welfare; aesthetic well-being; aesthetic wealth; aesthetic worth; aesthetic wisdom; ecosystem's beauty; environmental aesthetic civility; environmental wisdom; human nature; novel ecosystem; welfare state; working with nature

LITERATURE

[1] *Aesthetic & Spiritual Responses to the Environment. A two-day BESS workshop at York*, 22/23 January 2013. Report by John Rodwell, Workshop Convenor. ①

[2] *An Ecomodernist Manifesto*. April 2015. www.ecomodernism.org.

[3] Beardsley, Monroe C. "Aesthetic Welfare." *Proceedings of the Sixth International Congress of Aesthetics, Uppsala* 1968. Rudolf Walter Zeitler(ed.). *Acta Universitatis Upsaliensis*, Figura Nova, Series X, Uppsala 1972, pp. 89-96. (Also published in: *Journal of Aesthetic Education* 4:4, October 1970, pp. 9-20.)

[4] Beardsley, Monroe C. "Aesthetic Welfare, Aesthetic Justice, and Educational Policy." *Journal of Aesthetic Education* 7:4 (October, 1973. Special Issue: The Arts, Cultural Services, and Career Education.), pp. 49-61.

[5] Berleant, Arnold. An Ecological Understanding of Environment and Ideas for an Ecological Aesthetics. See Cheng et al. 2013, pp. 54-72.

[6] Brown, Andrew. *Art & Ecology Now*. Thames & Hudson, London 2014.

[7] Cheng, Xiangzhan, Berleant, Arnold, Gobster, Paul H., Wang, Xinhao. *Ecological Aesthetics and Ecological Assessment and Planning*. Henan People's Press, China 2013.

[8] *Ecodesign* 2009. Exhibition Catalogue. Habitare 09, Ecodesign 09 Special Exhibition. Helsinki Exhibition & Convention Centre 9-13 September 2009.

[9] Flinkkilä, Janne: *Rautaiset rakastajat. Matkani Erika Eiffelin maailmaan, (Iron Lovers. My Journey into the World of Erika Eiffel)*. Like, Helsinki 2012.

[10] Gobster, Paul H. Aldo Leopold's Ecological Esthetic. Integrating Esthetic and Biodiversity Values. Journal of Forestry, February 1995, pp. 6-10.

[11] Halso. *Ilkka Halso. Museum of Nature*. Text: Pessi Rautio. Galerie Anhava, Helsinki 2005.

[12] Heise, Ursula K. "Science and Ecocriticism." *The American Book Review* 18:5, July-August 1997.

[13] Kovacs, Zsuzsi I., LeRoy, Carri J., Fischer, Dylan G., Lubarsky, Sandra and Burke, William. "How do Aesthetics Affect our Ecology?" *Journal of Ecological Anthropology* 10(2006), pp. 61-65.

---

① BESS biodiversity & ecosystem service sustainability, Natural Environment Research Council.

[14] Liu, Yuedi. Chinese Aesthetics of Everyday Life and Humanization-Culturalization of Nature. Lecture at International Conference Environmental Aesthetics & Beautiful China. Wuhan, University of Wuhan, May 22, 2015.

[15] Marris, Emma, Mascaro, Joseph and Ellis, Erle C. *Perspective: Is Everything a Novel Ecosystem? If so, do We Need the Concept? Novel Ecosystems: Intervening in the New Ecological World Order*. Edited by Richard J. Hobbs, Eric S. Higgs, and Carol M. Hall. John Wiley & Sons, Ltd. 2013, Chapter 41, pp. 345-349.

[16] Miles, Malcolm. *Eco-Aesthetics. Art, Literature and Architecture in a Period of Climate Change*. Bloomsbury Publishing Plc, London 2014.

[17] de Mul, Jos. Earth Garden. Not going back, but going forward to nature. Lecture at International Conference Environmental Aesthetics & Beautiful China. Wuhan, University of Wuhan, May 21, 2015.

[18] Pagano, Piergiacomo. "Eco-Evo-Centrism: a new environmental philosophical approach."*EAI. Energia, Ambiente e Innovazione* 2-3/2014, pp. 93-99.

[19] Sepänmaa, Yrjö. "Environmental Civility: Culture, Education, Enlightenment, and Wisdom."*Theoretical Studies in Literature and Art* 6/2013, pp. 139-145.

[20] Zalasiewicz, Jan, Williams, Mark, Haywood, Alan and Ellis, Michael. "The Anthropocene: a new epoch of geological time?"*Philosophical Transactions of the Royal Society A*, 2011, pp. 835-841.

[21] Zweers, Wim. *Participating with Nature. Outiline for an Ecologization of our World View*. International Books, Utrecht, The Netherlands, 2000. (Chapter IV: Ecological aesthetics, pp. 229-277.)

[22] Ying Wei, Xinhao Wang. "Interpretation of Urban Texture from the Perspective of Ecoaesthetics: Case Study in China."*Urban Planning and Design Research (UPDR)* 2, 2014, pp. 32-40.

审美的生态系统服务：自然造福于人类与人类造福于自然

约·瑟帕玛

摘　要　"生态系统服务"这一术语指的是我们从大自然即广义上的各种环境中获取的物质与精神福祉。大自然通过为人类提供生命赖以存在的物质和知识的先决条件为人们服务，这也是我们审美幸福的基础。正如我们的福祉要仰仗自然的服务，自然的福祉也越来越依赖于我们和我们的文化。无论何时，环境文化都是关于人类和环境之间相互关联的系统。从环境角度来看，文化可分为正文化和负文化。友好的环境关系以及环境文明是积极正向的。它意味着对待环境的友好行为是责任、关爱与尊重，与此同时维护对方的尊严。环境智慧或生态哲学是基于这种知识和情感的正向文化。在享用大自然供给的福祉时不过度开发大自然，并能维持和发展自然提供福祉的能力，这就是智慧。[①]

关键词　生态系统服务；人类纪；生态智慧；审美伦理学

作者简介　约·瑟帕玛，东芬兰大学教授，主要研究领域为环境美学。

---

① 汉语摘要由程相占根据论文内容进行概括，与英文摘要不完全吻合。

Nature Aesthetics and Art:
Shifting Perspectives West and East

Curtis L. Carter

Abstract This paper will examine implications of the changing role of nature in the art of the West and in China. In the traditional aesthetics and art practices of both China and the West, nature has had a prominent role. Yet, beginning in the mid nineteenth century in the West, and in the mid-twentieth century in China, the place of nature in the prevailing art practices have been called into question by the evolving aesthetic theories and changing art practices.

From the beginning of the twentieth century, challenges emerged to the honored place that nature held in traditional Chinese art as they had previously altered the course of western art. The central reasons for this development were the critique of nature in art which emerged with the introduction of western modernist art into China, social changes within China itself calling for art that would address the societal needs of the people, and the increasing urban developments in China reflecting a shift from rural to urban society in the late twentieth and beginnings of the twenty-first centuries.

The first major intervention of art from the West came when Chinese artists began studying art in Japan and later in Paris in the early twentieth century offering new possibilities for making art without necessarily focusing on nature. The next main global challenge to nature's place in Chinese art comes during Mao Zedong's Cultural Revolution when a Chinese version of Socialist Realism adapted from the Soviet Union became a dominant force in Chinese art. Here, the threat to traditional art, which placed a high value on nature, proved more of a challenge as efforts to advance the practices of Socialist Realism through its adoption as the official art of the state prevailed. Subordination of art to politics was implemented during the reign of Mao Zedong. Mao Zedong's plan called for a reeducation of artists and writers directing their focus on the revolutionary struggle for liberation in concert with the lives of workers and peasants. Traditional arts with their celebration of nature did not any longer have the same value or support as in the past. Indeed, artists who persisted in the practices of traditional art fell out of favor. The call for a new Chinese modernism(GAO Minglu) independent of western modernism, based on a concept of place offers a basis for future reflections on the place of nature in Chinese society.

Still, there are good reasons to remember why nature's presence in the arts is important. Nature's presence in art serves as a reminder that we, as human beings, together with other life forms, continue to participate in nature. As one intelligent form of nature we have a responsibility to protect and be mindful of the risks of abusing nature, thru over-consumption and exploitation of its resources. From an ecological perspective we cannot afford to overlook our responsibilities as stewards of the rest of nature. The continuing presence of nature in the arts is one small way in which we are able to engage in experiences of the beauty of nature and to reinforce the links between human life and the other life forces of nature. For Chinese, the nature in art remains one of the central themes essential to linking their rich culture over many generations to the present.

Key Words   Art; Nature; Social Change; Ecology

Author   Curtis L. Carter is past president of the International Association for Aesthetics, Philosophy Department, Marquette University, USA, with research interests in art theory.

In the traditional aesthetics and arts of both China and the West, nature has had a prominent role. Yet, beginning in the mid nineteenth century in the west and in the mid-twentieth century in China the understanding of nature aesthetics and the place of nature in the prevailing art practices have been called into question by the evolving aesthetic theories and changing art practices. Key factors in the changing role that nature has held in art are the introduction of modernity in western arts and the increasing prominence of urban environments due to the changes brought about by social, industrial and technological revolutions. These changes resulting in the shift from an agrarian based life to city life have either directly or indirectly raised questions concerning the role that nature has traditionally held in art. The focus in this essay will be to examine a selection of the prevailing changes and the resulting shifts for the role of nature in the arts of the West and China.

I. Concepts

Before proceeding to the main issues, it is useful to pause briefly to offer an account of the terms nature and city as the two domains where environmental aesthetics is focused.

Nature: In examining the literature of nature aesthetics, one finds a wide range of understandings of nature. For some, nature consists of picturesque visual vistas, featuring mountains, forests or lakes. In this popular sense, nature is valued mainly for its visual features and its aesthetic value is sometimes likened to appreciation of a painting. This view of nature has been criticized for its failure to differentiate aesthetic appreciation of nature from appreciation of art, and for its failure to address ecological values that contribute to aesthetic appreciation as well as to other aspects of human well being. Recent interest in the aesthetics of nature, among philosophers such as Noel Carroll, Alan Carlson, Malcolm Budd, Arnold Berleant and others has viewed the appreciation of nature in a more comprehensive manner so as to include information provided both by attention to the perceiver's experiences, properties of the environment, and concepts of philosophical aesthetics necessary to articulate such distinctions.

Urban: Another important aspect of environmental aesthetics are urban spaces consists of constructed environments representing human values, shaped by density of human settlements and specialized functions including its economic, political, and cultural processes that take place in cities. While urban spaces offers a plenitude of images for aesthetic appreciation based on visual properties of architecture, street formations, and human activities, aesthetic appreciation of urban environments call for active experiences of participation that extend beyond the visual. Engagement with architecture, commerce, government, manufacturing, transportation, and cultural life all offer possibilities for aesthetic participation. The corridors of the city streets serve as an interactive web in which humans find their places and engage in complex activities of creativity, communication and production. As Arnold Berleant has observed, the focus of interest and influences in cities has shifted throughout history and continues to evolve.[1] The one constant in the urban environment is change.

Ⅱ. Nature's Role in Art

While each of the respective views of nature aesthetics cited here offers a plan for exploring issues pertaining to aesthetic understanding of the natural environment, they do not sufficiently address an important source of aesthetic appreciation of nature as it appears in art. There are notable depictions of nature in literature of course including poetry, as well as in the visual arts. For a closer look at the shift in issues pertaining to the aesthetics of nature, it is thus of interest to look at changes pertaining to nature's role in art. First, it is useful first to take a passing look at the situation of nature in western visual arts. As the authors in a special issue of *Naturopia* have argued, nature has "been a preferential theme of creative art."[2] This is true of the West as elsewhere. Indeed art is one of the important ways by which we make an active connection and give meaning to

---

[1] Arnold Berleant, "Distant Cities: Thoughts on an Aesthetics of Urbanism," chapter 10, *Aesthetics Beyond the Arts* (Aldershot Hants, England and Burlington, Vermont: Ashgate Publishing Co. In Press), pp. 125-148.

[2] Valeriano Bozal, "Representing or constructing Nature," in *Naturopa*, 93, 2000, 4, 5. Special issue: Representation of Nature in Art.

nature. To mention only a few highlights: Claude Lorain 17th century, Thomas Gainsborough, 18th century, Caspar David Friedrich and Vincent Van Gogh, 19th century, brought their respective artistic visions of nature to prominence in western art.

In his essay, "The Painter of Modern Life" the French art critic and poet Charles Baudelaire, often referred to as a guidepost for the beginnings of western modernity, signals a change in the way artists in the West view the place of nature in art. We find in Baudelaire's "The Painter of Modern Life" this jolting claim: "The majority of errors in the field of aesthetics spring from the eighteenth century's false premises [where] nature was taken as ground, source and type of all possible Good and Beauty."① Baudelaire, heading in the direction of modernity, counsels that the arts, including fashion and other manifestations of beauty, originate in the creativity of human minds as they seek to remedy blemishes imposed by nature on human life.

Baudelaire directs our attention to the artist as one whose kaleidoscopic vision embraces the whole scope of human life, one who is driven with a "passion for seeing and feeling" informed by curiosity concerning every aspect of human life.② The artist's vision is shifted to urban life, as is reflected in Baudelaire's collection of poems, *Paris Spleen* published after his death in 1869.③ Consequently, individual and societal behaviors taking shape in urban life replace nature as the main subject of art.

Our main concern here will be with the assault on nature as a source for beauty, as this notion undermines the importance of nature in the future

---

① Charles Baudelaire, "The Painter of Modern Life," in *The Painters of Modern Life and Other Essays*, translated by Jonathan Mayne (London: Phaidon Press, 1964), p. 31.

② Baudelaire, "The Painter of Modern Life," 7, 9.

③ Charles Baudelaire, Translator Keith W. *Waldrop, and Le Spleen de Paris* 1869 (Middleton: Wesleyan University Press, 2009.)

development of western art in the twentieth century and beyond. From this point onward in western art, nature will occupy a diminished role as art moves into abstraction and then into pluralism of the present.

Having taken note of the diminished role predicated for nature in the art of the West, it is useful to consider how nature has fared in a leading non-western setting. China Seems ideal for this pursuit, as nature has perhaps been even more central to Chinese art than in western art. Nature has held a prominent role in Chinese art from the times of the Han(206 BC-220 AD) and T'ang(618-907 AD)Dynasties into the twentieth century and beyond. In China, the roots of traditional arts (painting and poetry) are founded essentially in two elements: calligraphy inspires the form, and nature serves as the principal subject. Ink and brush markings of calligraphy are closely connected to the structures of the ink and brush paintings, as well as to the poems that represent the main features of traditional Chinese Art. By the time of the Tang Civilization, often considered a high mark of creativity in all of the arts of China, poetry, painting, sculpture, music and dancing, were considered as important marks of cultural achievement.

A main topic of interest was the depictions of nature, especially in poetry and landscape painting. As it was practiced in the T'ang era, poetry reflected the interests of society including the educated leaders, but also extended to the lives of the people. Both the paintings and the poetry of this era idealized nature, presenting it in the form of an imaginary paradise. Landscape paintings of the early Tang era, for example, featured sparse mountain-water themes depicted in monochromatic tones rendered with rhythmic strokes and atmospheric mood.

Among the important painters who employed mountain and water images featuring nature was the Ch'an Buddhist painter-poet-musician, and statesman Wang Wei(701-761). His poem, "Autumn Evening at Mountain Abode," exemplifies the importance of nature in Chinese art of the

T'ang era.

Empty Mountain after a fresh rain,

Evening air has a hint of autumn.

The bright moon shines into the pines;

The clear spring flows over the rocks.

Bamboo rustles, washerwomen return;

Lotuses move, punts are put into the water.

Enjoy when the spring's fragrance fades,

The prince should certainly stay. [1]Wang Wei

(Alternate Translation:)

After rain the empty mountain

Stands autumnal in the evening,

Moonlight in its groove of pine

Stones crystal in its brooks

Bamboos whisper of washer-girls bound home,

Lotus-leaves yield before a fisher-boat

And what does it matter that springtime has gone,

While you are here, Prince of Friends? Wang Wei

In "Prose Letter" written to his friend P'ei Ti, Wang Wei recollects a night of roaming about a mountain side where he experienced "the moonlight tossed up and thrown down by the jostling waves of Wang River."

From the beginning of the twentieth century, challenges emerged to the honored place that nature held in traditional Chinese art, as they had previously altered the course of western art. Two central reasons for this development were beginning influences from the West, and social changes within China itself calling for art that would address the societal needs of

---

[1] Jinjing Wang, *The Chinese Interpretation of Wang Wei's Poetry* (Chinese University Press, 2007), p. 65.

the people. The first major intervention of art from the West came when Chinese artists began studying art in Japan and later in Paris in the early twentieth century offering new possibilities for making art. The brothers Gao Qifeng (1879) and Gao Jianfu(1899-1933) were especially important to the introduction of Western art into China in the early twentieth century.

One result was a new style Chinese painting known as New National Painting. Gao Jianfu's aim was to create a new pictorial language for Chinese art based on a synthesis of Western art and Western art. These western interventions did not immediately influence the place of nature in art. Gao Jianfu's call for replacing traditional art nature based art with art that would look beyond the traditional painting to art that would contribute to the betterment of human nature and the betterment of society. He believed that traditional nature based painting failed in all of its social functions, except for the few elite scholars and the literate aristocracy.[1] His aim was to challenge and replace traditional art with art that would serve to reform the thought pattern of persons at every level of society. This meant replacing reflective, poetic scroll paintings and poems with art that is visually attractive, attention getting, and containing an element of shock.

One of Gao Jianfu's paintings, *Flying in the Rain* (1932) portrays a squadron of biplanes over a misty ink wash landscape with a pagoda in the background, said to have been based on sketches said to have been made from an airplane, a daring perch for a painter in the early age of aviation in the late 1920s.[2]

The next main global challenge to nature's place in Chinese art comes

---

[1] Christina Chu, " The Lingnan School and its Followers: Radical Innovations in Southern Chin," in Julia F. Anderson and Kuiyi Shen, *A Century of Crisis: Modernity and Tradition in the Art of Twentieth Century China* (New York: Guggenheim Museum Foundation, 1988), p. 68.

[2] Michael Sullivan, *Art and Artists of the Twentieth Century China* (Berkeley and London: University of California Press, 1996), pp. 52-55.

during Mao Zedong's Cultural Revolution when a Chinese version of Socialist Realism adapted from the Soviet Union became a dominant force in Chinese art. Here, the threat to traditional art, which placed a high value on nature, proved more of a challenge as efforts to enforce the practice of Socialist Realism through its adoption as the official art of the state prevailed. Subordination of art to politics was implemented during the reign of Mao Zedong. Mao Zedong's plan called for a reeducation of artists and writers directing their focus on the revolutionary struggle for liberation in concert with the lives of workers and peasants. [1]Traditional arts with their celebration of nature did not have the same value or support as in the past. Indeed, artists who persisted in the practices of traditional art did not find support. Art focused on advancement of societal objectives with explicit political and social content aimed at the celebration of the workers' life, and reflecting the values of the People's Republic, replaced art dedicated to the celebration of nature.

The third stage of global intervention essentially began in China in the 1980s when Chinese artists began their migrations to the West in search of greater freedom of artistic expression and economic opportunity. Soon after, in 1985 the American artist Robert Rauschenberg launched an Overseas Culture Exchange project, which brought paintings, installations, and mixed media arts incorporating found objects to the China National Art Gallery. One result of this exposure to Western art was that young Chinese artists also began to exhibit installations following Rauschenberg's introduction to these new art processes. At about the same time, the Chinese government established art journals with a Western art agenda such as 85 New Space produced by the Pool society and Fine Arts News, published by the Arts Research Institute of the Ministry of Culture in

---

[1] Mao Zedung, "Talks at the Yan'An Forumon Literature and Art," May 2, 1942.

Beijing, for the purpose of promoting innovation and the presentation of world art to Chinese audiences.① Subsequently, major art academies began to offer the study of western art alongside training in Chinese art.

None of these globalizing developments bode well for the place of nature in Chinese art. Eachone introduced alternative ways of approaching the creation and appreciation of art. This did not mean that nature was to be immediately abandoned. The museums would continue to show nature art as an important element of the history of Chinese art. As there are many levels of art practice, academic, regional, commercial, or amateur, it is not unexpected that art-featuring nature might continue apart from the main stream.

Other approaches to environmental aesthetics that focus on nature in new ways that take the appreciation of nature in art to a different level are emerging. For example, a closer look at the practices of contemporary Chinese experimental practices, versus more traditional art practices, would suggest that if nature is to retain a significant place in the art practices of today it will be more along the lines of artists addressing social concerns relating to environmental the environment, such as the risks to nature in such projects as the Gorges Dam project.

Or perhaps the interest in nature in art in the future will be channeled into preservation and creative uses of existing art symbolizing the past depictions of nature as interpreted by the master landscape artists and poets. If the choice is for the latter, it will be important to secure adequate institutions to preserve and interpret the nature as it has been registered in the images of Chinese art history.

Perhaps after all, the place of nature in contemporary Chinese art and life will yield, willingly or otherwise, to the emerging forces of the urban landscape. In the context of a new Chinese modernity, the images of the

---

① Andrews, "Black Cat White Cat," pp. 24-25.

urban landscape with an emphasis upon the particular transformed spaces and places of present and future Chinese cities may well provide the most vital icons in the of Chinese art. Here too we cannot escape the influences of globalization as more and more Chinese cities reflect the influences of western architects.

Having observed that modernity in western cultures resulted in a diminished role for nature, what might we expect from a reemergence of modernity in reference to contemporary Chinese art? Again, what is the likely outcome for the place of nature in the present and future of Chinese art? An alternative approach to modernity is emerging among scholars such as GAO Minglu who seek to understand the developments in Chinese Avant Garde art in reference to a new Chinese modernity. GAO Minglu offers a version of Chinese modernity which aims at unifing aesthetics, politics, and social life. For GAO Minglu this aim is to be realized by a fusion of western and Chinese aesthetic and artistic practices so as to forge a new tool for addressing changing political and societal aspirations. He contrasts western modernity, based on a progression of temporal-historical epochs (pre-modern, modern, post-modern) where the avant-garde emerges in the conflict between aesthetic autonomy seeking individual creative freedom and capitalist bourgeois materialist values, with "total modernity" in Chinese contemporary culture. According to GAO Minglu, Chinese history does not fit the linear periodization of the western system. [1]

Total modernity, as GAO Minglu argues, consists of "particular time, particular space, and truth of mine," and represents a century-long effort in China to realize an ideal environment by focusing on specific physical spaces and social environments. Contemporary avant-garde art in China as understood

---

[1] Gao Minglu, *Total Modernity and the Avant-garde in Twentieth Century Art* (Cambridge: MIT Press, 2011), pp. 2-5.

in the context of "total modernity" thus aims toward integrating art and life as a whole by concatenating art into particular social projects and taking into account changes in the social and political environments.[①] Given these assumptions, as Gao Minglu would argue, Chinese avant-garde art today is best understood in the context of specific local time and space embodiments. This does not mean that the Chinese embodiments occur in isolation from external influences or artistic movement from the west, as Gao Minglu acknowledges the influences of Dada, Surrealism, and Pop art explicitly. Similarly he recognizes the complexities of globalization and other shifting social and political forces for Chinese avant-garde artists.

What then might be the outcome of GAO Minglu's total modernity for the place of nature in art? In part this depends on how we understand the specific local time and space embodiments that he speaks of. Given developments toward urbanization in China, it seems unlikely that the spaces and places that fill GAO Minglu's world will be focused on nature. Rather the changing focus of landscape, would appear to be on expanding the urban landscape. The question then becomes, will urban landscapes replace nature, thus abandoning the traditional belief cited by art historian Michael Sullivan that "the purposes of art were to express the ideal of harmony between humans and nature, to uphold tradition, and to give pleasure."[②]

At this time, for example, in Beijing and numerous urban centers else where in China, the push for economic expansion of real estate markets is enormous as rural villages and the natural landscape continue to shrink. The situation for artists as well as other citizens who value nature

---

① Gao Minglu, *Total Modernity and the Avant-garde in Twentieth Century Art* (Cambridge: MIT Press, 2011), pp. 3-4.
② Michael Sullivan, *Art and Artists of Twentieth Century China* (Berkeley and London: University of California Press, 1966), p. 26.

becomes critical as the economic development consumes more and more of the land once reserved for appreciating nature. It is not too much of an exaggeration to suggest that soon the urban landscapes may replace, or significantly reduce the place of nature as a focus for artists' attention and enjoyment by the people. Gardens in urban settings of course help to keep a presence of nature. But the garden, when it exemplifies nature as a symbolic presentation, offers at bests a limited opportunity for reflection on nature.

A central question for our inquiry, then is this, how might Gao Minglu's plan for a new Chinese modernity view nature as it has been understood in China's culture in the past? Or will this new modernity instead prefer to refocus Chinese values on the urban landscape as the new symbol of Chinese culture and thus encourage the focus on the spaces and place of urban spaces and cultural symbols derived from urban experiences over the past appreciation of nature? Will nature in fact be relegated to the cupboard of cultural icons reminiscent of the past, to be reserved for experiences of the museum? And what of the reflections required for writing and appreciation of poetry? Must they too redirect their themes to the forces of urban life?

Perhaps after all, the place of nature in contemporary Chinese art and life will yield, willingly or otherwise, to the emerging forces of the urban landscape. In the context of a new Chinese modernity, the images of the urban landscape with an emphasis upon the particular transformed spaces and places of present and future Chinese cities may well provide a vital source for creating icons in the Chinese art of the future. Here too we cannot escape the influences of globalization as more and more Chinese cities reflect the influences of western architects.

Returning for a moment to the earlier remarks of Baudelaire whose writings linked modernity to images of the streets of Paris, it would not be surprising to discover that, following upon Baudelaire's conclusions, a new modernity in Chinese culture may find fertile ground in the urban landscapes of today, thus overtaking nature as it was represented in the traditional arts of Chinese landscape paintings and poetry of the past.

Facing this notable shift in the landscape as it moves from nature to urban spaces, not all Chinese artists or theorists will agree on the best routes to follow. Some may even choose to continue to imagine nature as it was and attempt to revitalize the traditional roles of nature in art. But it may be a difficult stance to maintain in the face of the changing geography of the new China.

Still, there are good reasons to remember why nature's presence in the arts is important. Nature's presence in art serves as a reminder that we, as human beings, together with other life forms, continue to participate in nature. As one intelligent form of nature we have a responsibility to be mindful of the risks of abusing nature, thru over-consumption and exploitation of its resources. From an ecological perspective we cannot afford to overlook our responsibilities as stewards of the rest of nature. The continuing presence of nature in the arts is one small way in which we are able to engage in experiences of the beauty of nature and to reinforce the links between human life and the other life forces of nature. For Chinese, the nature in art remains one of the central themes essential to linking their rich culture over many past generations to the present.

自然美学与艺术：西方与东方变化中的视野

柯蒂斯·卡特

摘　要　本文将检视中西艺术中持续变化的自然观念的含义。在中西传统美学与艺术实践中，自然一直占有重要的地位。但是及至西方19世纪中期和中国20世纪中期，自然在主流艺术实践和流变过程中的地位被不断发展的美学理论和不断变化的艺术实践所质疑。从20世纪初开始，出现了对中国传统艺术中具有尊崇地位的自然的质疑，这些质疑在此之前也改变了西方艺术的轨迹。这一理论发展的核心原因在于对艺术中的自然观念的批判，这些批判伴随着西方现代艺术在中国的介入而展开，当然，中国自身的社会变化亦要求能够表达人们社会需求的艺术的出现,并且,20世纪末至21世纪初,中国不断发展的城市化进程也折射出乡村社会向城市社会的转型。西方艺术对中国的第一次重要介入肇始于20世纪初中国艺术家在日本及其后在巴黎的学习过程中,这为脱离以自然为焦点的艺术创作提供了新的可能性。紧接着对中国艺术中自然地位的又一主要的全球性挑战发生在毛泽东时代的"文化大革命",在此期间,从苏联转化而来的中国社会主义现实主义成了中国艺术的主导力量,威胁了宣扬自然价值的中国传统艺术,在对社会主义现实主义的吸收和对其艺术实践的推进过程中,作为中国的主流官方艺术,中国传统艺术所做的努力与面临的挑战并行。艺术服务政治在毛泽东时代被贯彻执行,毛泽东的计划要求对艺术家和作家进行再教育,要求他们与工人和农民的生活相适应,关注"革命斗争"事业。与自然共存的传统艺术不再拥有昔日的价值,坚持传统艺术实践的艺术家也失去了支持。最后对独立于西方现代主义的中国现代主义(高明璐)的召唤,为自然在未来中国社会中的地位的反思提供了一种理论观念基础。除此之外,还有许多理由可以提醒我们去追寻在艺术中显现的自然的重要性,呈现于艺术中的自然可以提醒我们人类是在与其他的生命形式共生于自然之中。作为自然界的一种智力形态,我们人类有责任保护自然,并时刻对自然资源的过度消费和开采保持警醒。从生态学视角出发,我们不能忽视对自然中除了人类的其他部分的管理责任;艺术中不断呈现的自然也是一条路径,通过这条路径,我们能参与性地获得自然美的经验,并能强化人类与自然中其他生命力之间的联系。对于中国来说,艺术中的自然依然是核心主题,它对中国历代的丰富文化与当下的关联起着不可或缺的作用。

关键词 艺术;自然;社会变迁;生态学

作者简介 柯蒂斯·卡特,国际美学学会前主席,美国马凯特大学哲学系教授,主要研究艺术理论。[①]

---

① 中译:杨一博。

Ecocriticism: The View from Finland

Toni Lahtinen

Abstract This article is an introduction to the brief history of Finnish ecocriticism. As an environmental context for green literary studies in Finland, it explores the cultural significance that the northern forests and the Arctic wilderness have had for the national identity and literature of Finland. The article surveys the main themes that dominate Finnish ecocriticism in the field of literary studies.

Key Words ecocriticism; green literary studies; the northern forests; the Arctic wilderness; the cultural significance

Author Toni Lahtinen, PhD, is a university instructor at the University of Tampere, Finland. His doctoral dissertation dealt with ecocriticism and the metaphor of the land as a woman in representations of the Arctic wilderness. Lahtinen has published several ecocritical articles on Finnish literature and is also the co-editor of three ecocritical anthologies. He is currently engaged in postdoctoral research on the environmental dystopia in contemporary Finnish literature. Lahtinen is also the presiding chairman of the Finnish Literary Research Society.

Nature is a central theme in various fields of Finnish art, including literature, painting, architecture, photography, and cinema. Nature has also been a cornerstone of Finnish national identity: it is a common conception that Finns have a distinctive connection with nature, especially with the forests that cover most of the country's landmass. This literal, cultural, and geographical substrate has favored the emergence of ecocriticism in Finnish literary studies.

As in China, ecocriticism has been an expanding field of research in Finland over the past ten years. However, there is obviously a major difference in scale between the two countries: by the end of 2004, there were 2,236 colleges and universities in mainland China, with over twenty million students enrolled. More than six million Chinese students graduated from university in 2008-more than the entire population of Finland. Finland, in comparison, has only fourteen universities, and one can study literature at only eight of them. The academic community in Finland is therefore quite limited in numbers, and-accordingly-Finnish ecocriticism relies on a relatively small but tight-knit group of literary scholars.

Despite this difference, Chinese and Finnish ecocriticism do share some common ground. From their geographical and geopolitical positions, both Chinese and Finnish literature present challenges to the predominance of Anglo-American theoretical models. Recently, due to transnational trends, ecocritical interest has begun to turn away from American Transcendentalist writings and British Romantic poetry towards a wider range of literary forms from different nationalities. For example, *The Oxford Handbook of Ecocriticism* (2014, ed. Greg Garrard) includes national perspectives from China, Japan, India, and Germany. In addition, a recent volume of *ISLE* (21 Issue 4, autumn 2014), the leading ecocritical journal, was dedicated solely to Chinese ecocriticism. In this essay, I will outline the main features of Finnish ecocriticism, starting with a brief background of the Finnish literary tradition.

The forest in Finnish literature and identity

Whereas China is an ancient civilization, Finland is a young nation with a relatively short cultural and literary history. For much of its history, Finland was a part of Sweden, but it was incorporated into the Russian Empire as the autonomous Grand Duchy of Finland in 1809. In 1917, the Russian Revolution prompted the Finnish declaration of independence. Throughout history, the Finns have been regarded as a reclusive people, living in the far north, a reference both to their isolationist lifestyle as well as their geographical location. The Finns' distinctiveness as a people-in the form we understand it today-first emerged surprisingly late in history, in the nineteenth century (see Varpio, 1999, 12-13). At the time, literature played a significant role both in the construction of Finnish identity and in the nationalist movement that helped Finland to gain its independence.

As Kai Laitinen (1984) states in his classic study of the tradition of Finnish literature, Finnish literature starts in the forest. The most significant novel in the Finnish canon is *Seitsemän veljestä* (1870, Seven Brothers) by the national author of Finland, Aleksis Kivi. Seven Brothers was a trailblazer in various respects: for a long time it defined the way Finnish people and nature were represented in Finnish prose. The novel tells the tragicomic story of seven young men who escape from agrarian society into the wilderness, which represents a shelter from repressive society. Although Kivi's masterpiece-influenced by Cervantes' *Don Quixote* (1605-1615)-carnivalizes the Romantic idea of man's return to nature, this humorous novel has been interpreted in the most serious of ways: it has been perceived as a developmental novel analogous to the civilizing of the Finnish folk and the national transition from a hunting culture to an agrarian culture. Due to Kivi's novel, cities long remained a strange environment in Finnish literature, which has a strong tradition of depicting settlers. (Ibid., 11-15)

No other text has shaped the Finns' perceptions of themselves, their realities, and their dreams as strongly as *Seven Brothers*. The dream of a peaceful life free from labor and strife-the dream that the brothers seek in the Finnish wilderness-is based on an idea of Arcadia and the vestige of a Golden Age that seems to be a universal folk-memory. In Kivi's novel, the idea of a distant land of happiness, a socalled bird's nest, is located in the Finnish forest. This concept is also found in Scandinavian folklore, where a similar bastion of peace is the place where birds come to rest-the meeting place of the earth and the sky. Although the feminized wilderness-the "womb of the woods"-is nurturing, it is also a merciless foe. In fact, like the idea of classical Arcadia, the forest is linked to death. According to religious studies scholar Juha Pentikäinen(1994, 18-20), in the Finnish culture the semantic field of the forest also includes the wilderness, loneliness, peace, stillness, and, indeed, death. For example, Finnish graves are still covered with pine branches to symbolize the forest and mother earth, in whose lap the deceased is laid. This ambiguity between the hither and hereafter is also evident in Kivi's novel. The utopia of the peaceful forest reappears at the end of story as a wistful lullaby, an adaptation of an old Finnish folk song about Tuoni, the Finnish underworld: "Grove of Tuoni, peaceful woodland!/Far from the hatred, far from struggle,/ Far from the evils of mankind."(Kivi, 1870/1995, 278).

Besides its natural and symbolic implications, the forest also often represents the inner landscape of the national mentality in Finnish literature and culture. For Finns, the forest embodies spiritual dimensions that are connected with privacy and individuality. The forest has been regarded as the most important element in the worldview of Finnish people and the Uralic people in general. Even in contemporary and urban Finnish society, the modern mental landscape is strongly shaped by the archetypes of the Forest Finns, migrants that settled in northern forest areas in the late sixteenth and early seventeenth centuries. In the peace of the forests, Finns have been able to turn towards their inner selves and feel a harmonizing unity with their natural surroundings. In this respect, forests have been compared to churches or temples where one can achieve harmony between one's inner and outer world. (Pentikäinen, 1994, 7, 10; Varis, 2003, 28-29) Literary critic Pertti Lassila(2011, 7) has also emphasized the role of the forest as a spiritual sanctuary in Finnish culture and literature: due the sacred qualities of the forest, nature, and the human relationship with nature, plays a bigger part in Finnish literature than presumably in any other European literature.

Unfortunately, descriptions of folk life and the portrayal of protagonists embedded in northern nature may also have prevented the Finnish classics from gaining greater worldwide popularity. According to Laitinen(1984,14-15), concentrating on depictions of agrarian society and Finnish nature have made older works of Finnish literature very hard to translate into other languages. For example, descriptions of everyday events may be too exotic for urban readers from other cultures. Many readers may find even the simplest depictions of the everyday life of a Finnish farmer peculiar: he lives in a cabin, wakes up one frosty winter morning, puts on his fur hat and Lappish boots, takes his skis from the threshold of his sauna, and steps out into the hard frost and sets off across the lake. Besides the terminology, the specificities of northern nature and the living conditions, the variety of dialects and the taciturn and often repetitive dialogue present challenges to translators; furthermore, the exoticism may easily consume all of the reader's attention (Ibid.). In addition, many foreign readers may find it difficult to relate to the often primitive and anti-social characters that sweat and toil in these Arctic surroundings: unlike in many other literatures, the protagonists of classic Finnish prose are often unsympathetic antiheroes who enjoy the company of the wilderness more than the companionship of other human beings.

This collective longing for peace and solitude has been explained by the Finnish historian Heikki Ylikangas (1996), who describes the Finnish mentality as being strongly influenced by ancient hunting culture. Ylikangas argues that the yearning for loneliness developed when food was still being hunted from the wilderness. During the long hunting trips in the forests, the Finns learned to be alone and to avoid living among other people. The forests still represent a refuge for the countless Finns who leave the cities and travel to their summer cottages and distant cabins in the Finnish wilderness during the weekends and holidays. (Ibid.) Obviously, Ylikangas is dealing with broad generalizations and national stereotypes. However, these stereotypes offer a cultural perspective on the Finns' collective self-image: every Finn recognizes these stereotypes, even if every Finn does not identify with them personally.

The concept of the forest as the national landscape was not only constructed through literature but also through the paintings of the socalled Golden Era (1880-1910). Around this time, many classic Finnish painters portrayed the Finnish wilderness: usually these images represent a view of a lake surrounded by the great forests in their natural state. According to Finnish art historian Ville Lukkarinen, Finnish national identity was not built upon political theories or ideologies. Instead, the collective identity was invented and constructed through different kinds of pictures, symbols, and rituals that transformed imagined communities into reality. In the sixteenth century, patriotic panoramas depicting historical battlefields became popular in European art, but nineteenth-century Finnish painters avoided scenes of war and created images of untouched nature: the forests and lakes reminded the viewer about the land that the wars of yesteryear had been fought over. In fact, landscape paintings became one of the most efficient media for building national identity. Accordingly, the visual imagery of Finnish nature and the wilderness was not only descriptive; it also offered a metaphor for the character of Finnish people. (Lukkarinen & Waenerberg, 2004, 20-22, 34-39)

Many of the works from the Golden Era can be also interpreted in the genre of the pastoral, which became more popular as Finnish society started to modernize. Around 1900, one of the most central motifs in Scandinavian paintings was the trip to the "virginal forest". At the same time, Romantic writers associated northern and Arctic nature in particular with purity. The motif of the untouched forest was also influenced by the accelerating modernization that was turning the Finnish forest into an industrial raw material. The explosion in the forestry industry in the 1870s changed Finnish society permanently and thoroughly influenced the relationship between the Finns and their natural surroundings. At the beginning of the 1860s, Finland was still one of the poorest countries in Europe, but with the profits of the forestry industry, Finland achieved rapid economic development that continued beyond the Second World War. When forests started to gain economic value, Lukkarinen argues, Finnish painters started to portray bent and gnarled trees as the opposites of the straight tree trunks preferred by the lumber industry. Instead of economic or national value, artists sought individuality and personality in the singular phenomena of nature. (Lukkarinen & Waenerberg, 2004, 48-60; Gremaud, 2014, 82-83)

The rapid growth of the forestry and lumber industry was also a starting point for Finnish environmentalism. At the end of the nineteenth century, social debate about Finnish forests and logging began to spread to newspapers, pamphlets, literature, and parliament. The most important concerns were about the destruction of forests, the harnessing of river rapids, and the pollution of natural waters. At the time, as industry and the railways were expanding rapidly, Finnish natural scientists paid close attention to the foundation of the Yosemite and Yellowstone national parks in the United States. However, in Finland the preservation of nature was perceived as being the same sort of nationalistic construction work as collecting and preserving old Finnish folklore: it was important to conserve authentic Finnish nature in order to create a historical basis for a new nation. Of course, the patriotic and nationalistic agendas of the early Finnish environmental movement did not go unnoted by the Russian administration. During this time, the Russian empire had already started a policy of Russification that aimed to limit the special status of the Grand Duchy of Finland and possibly terminate its political autonomy and cultural uniqueness. This policy delayed many pieces of environmental legislation until Finland gained independence. For example, the Nature Conservation Act was not approved by the Finnish parliament until 1923. (Leikola, 2008, 34-40; also Lukkarinen & Waenerberg, 2004, 54-56)

In the past hundred years, the Finnish environmental movement has distanced itself from its patriotic foundations, but there is still a strong bond between nature, Finnish identity, and environmental values. While the national self-image of a primitive and socially awkward sylvan people makes many Finns groan today, there still seems to be a collective agreement that Finnish qualities continue to include the peace, purity, and ubiquity of nature. For example, these national concepts of nature live on in domestic advertising, where images of agrarian idylls and the Arctic wilderness are used to sell products (see Byckling, 2004). The above-mentioned qualities are also used by Finns to sell Finland to people from different cultures and natural surroundings: travel agencies use images of pure and unspoiled Arctic nature to entice tourists to Finland.

Finnish ecocriticism

The Romantic idea of the purity of Finnish nature is not entirely a national myth: air pollution is low, the lakes are quite clean, and the government has an innovative program to protect biodiversity in forests. Nevertheless, Finland has its share of environmental problems: hundreds of forest species are classified as endangered because of forestry, and the eutrophication of Baltic Sea has been a serious problem for decades. However, environmental issues are not as severe as they are in China. As Ning Wang(2015, 739) has described, due to environmental deterioration, the arrival of ecocriticism in Chinese academia is both a theoretical as well as an environmental necessity. In the case of Finland, it would be a self-assertion by literary and cultural critics to claim that ecocriticism is a necessity, but ecocriticism nevertheless has great relevance at a time when a new kind of tension between the global and local is developing. European integration and transnational environmental issues have challenged the Finns' image of their country-one that was largely created by early Finnish literature in the late nineteenth century-as a peaceful haven far from evils of the world.

Defining ecocritical research is a challenging task. For example, *The Green Studies Reader* (2000, ed. Laurence Coupe) even includes texts from the Romantics and Transcendentalists of the late nineteenth century. Many introductions to ecocriticism include classic studies such as Leo Marx's *The Machine in the Garden* (1964), Raymond Williams' *The Country and the City* (1973) and Annette Kolodny's *The Lay of the Land* (1975) as early forms of ecocriticism, even though the term "ecocriticism" was not coined until 1976. Similarly, in the Finnish context there are studies that could be considered as ecocritical pioneers: Kai Laitinen's *Metsästä kaupunkiin* (1984, From Forest to City) focuses on nature and the pastoral tradition in the Finnish classics. In the same manner, Aatos Ojala's *Kohtalon toteuttaminen* (1959, *Living Out Destiny*) analyzes the concept of nature in the works of Frans Emil Sillanpää (1888-1964), the only Finnish author ever to win the Nobel Prize in Literature. Sillanpää was awarded the prize for his portrayal of the Finnish peasantry and its relationship with nature. Ojala's analyses describes the author's worldview as biological determinism, a concept that was still under debate in Finnish literary studies in the 1990s. There are also more recent examples of ecocritical borderline cases, such as Markku Varis' thematic study of Finnish hunting literature, *Ikävä erätän ilta* (2003, *Sad Non-Hunt Evening*), which acknowledges the emergence of ecocriticism but does not yet utilize the new theory in its analyses.

Although ecocriticism started to receive serious attention in the United States and Great Britain in the mid1990s, it was not until ten years later that the movement finally established itself in Finland. In 2008, the first indisputably Finnish ecocritical anthology, *Äänekäs kevät. Ekokriittinen kirjallisuudentutkimus (Noisy Spring: Ecocritical Literary Studies*, ed. Toni Lahtinen & Markku Lehtimäki), was released. *Äänekäs kevät* immediately revealed-both explicitly and implicitly-the problems concerning national and cultural differences between different literatures. For example, the genre of nature writing has largely affected American ecocriticism and its theory, but in Finnish literature there is no such genre at all. Instead, Finnish literature has a strong tradition of hunting literature that resembles nature writing in its detailed descriptions of nature, but it is still often focused on the hunt. Despite the recent ecological emphasis of the genre, in the past hunting literature also showed reservations towards environmentalism. Besides nature writing, ecocritical theory has been shaped by American and British concepts of the wilderness, but the Finnish wilderness represents quite a different cultural and geographical concept. Similarly, Finnish Romanticism-with its Lutheran and patriotic emphasis-differs from British Romanticism, which was one of the main interests of early Western ecocritics.

Despite the theoretical challenges, since *Äänekäs kevät* ecocriticism has been a visible field of research in Finnish literary studies. As an introduction to ecocriticism, the anthology is still used in several universities as a course book. So far, Finnish ecocriticism has mostly focused on literary studies, but there has also been growing interest in the fields of ethnomusicology, cinema studies and art studies. Unlike in China, the Finnish market for literary studies is so limited that none of the most recognized studies of Anglo-American ecocriticism have been translated into Finnish(compare Li 2014, 826-827). Unfortunately, ecocritical associations and journals have not been founded, because ecocriticism has not yet achieved as strong a status as Feminism, which has frequently been used as a baseline for ecocriticism. However, slowly but surely, ecocriticism is turning into a mainstream academic pursuit. The lack of a dedicated ecocritical journal is also understandable due to the scale of Finnish academia: there are only two Finnish journals of literary studies, and neither concentrates on any specific field of literary studies.

Throughout its brief history, ecocriticism in general has been a very self-reflective movement. From time to time, ecocritics have critically observed themselves and identified different waves of ecocritical literary studies. According to the English ecocritic Pippa Marland(2013), Anglo-American ecocriticism can already be divided into four waves: (1) the first wave focused on representations of the world beyond the text; (2) the second wave looked inwards to explore the ways in which the novel's self-conscious textuality might articulate the complex entanglement of the self and the world, and social and environmental history; (3) the third wave recognized ethnic and national particularities and yet transcended ethnic and national boundaries; and (4) the fourth wave is almost synonymous with the emergence of material ecocriticism. Similarly, Yang Jincai (2014) has identified four stages of Chinese ecocriticism, which started from the reiteration of Western theory and then moved to comparative theorization. These two phases were followed by the study of environmental themes in Chinese literature and finally the study of Western literature.

Unlike Chinese ecocriticism, the history of Finnish ecocriticism cannot be neatly divided into chronological chapters. From its humble beginnings, there has been an overlapping of all the aspects that Marland found in the history of Anglo-American ecocriticism. Instead, it is easier to divide Finnish ecocriticism into the main themes that have dominated the field of research. These fields can roughly be structured thus: (1) representations of the Arctic wilderness; (2) nature in children's literature; and (3) posthumanism.

1. *Representations of the Arctic wilderness*

As forests and agrarian landscapes dominate the milieus of the Finnish classics, one might find it surprising that Finnish ecocriticism has stubbornly avoided the most well-known works of the national literary canon, such as *Seven Brothers*. Finnish literary scholars have not been attracted to national themes recently; instead, they have been more interested in anomalies in the national narrative. Accordingly, Finnish ecocritics have shown interest towards the wilderness of Lapland. Lapland includes the northern parts of Fennoscandia, and the subarctic wilderness with its scarce vegetation differs radically from the wild forests that dominate early Finnish literature. Lapland also represents a unique region of its own in the field of Finnish literature: the representations of the Arctic and subarctic wilderness have generated a rich and popular subgenre called Lapland literature.

Literary representations of Lapland are rooted in European folklore, where the wilderness has pre-Romantic qualities and biblical connotations: it is an area of physical and spiritual danger where one can lose one's way in life. The wilderness of Lapland has been depicted as a mythological and magical zone that pulls human characters away from the surface of culture into the mysterious depths of the unknown. According to Finnish cultural critic Veli-Pekka Lehtola(1997, 138-139), earlier literary representations of the wilderness of Lapland can be compared to Joseph Conrad's novel *Heart of Darkness*(1902). This novel has been interpreted as a Jungian journey into the unconsciousness, where one ultimately meets one's own incurable evil. At the same time, the novel depicts a journey to the exotified opposite of Western civilization. In early Finnish literature, the indigenous natives of Lapland, the Sami, certainly represented the opposite of the idealized ethnic Finns in many ways; they were seen as the Finns' "lesser brothers" and ungodly pagans in need of conversion to Christianity.

In Lapland literature, nature plays an even more comprehensive role than in the Finnish classics. Before the Second World War, depictions of Lapland's wilderness were often based on an idea of nature as an allpowerful ruler that also governs social reality. In these neo-Romantic and often extremely exotic portrayals of the wilderness, the main theme is the battle between man and omnipotent nature. Indeed, has been claimed that the true protagonist of older works of Lapland literature is always the landscape- that is, nature itself-while human characters are only bystanders, bit-part players or victims of its powers. A similar motif can be found in the compositions of early Finnish paintings, where human characters are arranged against the great vastness of Lapland's wilderness. These paintings also rely on exoticism: the horizon is usually gaudily colored with autumn foliage or by the swirling northern lights. (Lehtola 1997, 239, 246; Lahtinen 2013a, 12-13)

Finnish ecocritics have shown how the exotic tradition of Lapland literature has overshadowed other interpretations and prevented readers from finding environmental themes in Lapland literature. The environmental awakening of the 1960s affected the agrarian region of northern Finland much more deeply than literary and cultural historians noted. During the Cold War, the Soviet Union conducted numerous infamous nuclear tests in Novaya Zemlya, producing radioactive pollution that created fallout hysteria in Lapland. At the same time, the northern river rapids were harnessed to produce energy, leading to a heated social debate about the preservation of northern nature. Many locals felt that the natural resources of northern Finland were being pillaged for the benefit of the south. The 1960s were also the time of the largest population migrations in the history of Finland: northern Finland started to depopulate when tens of thousands of people moved to the cities of southern Finland and even to Sweden. In literature, this structural change revived the pastoral tradition, and the changing scenery of the Finnish countryside soon became a popular theme. (Lahtinen 2013a)

The first ecocritical studies of the northern wilderness focused on the works of ethnic Finns, such as the relatively obscure author Reino Rinne (1913-2002), who fought for the preservation of the northern rivers and has sometimes been compared to Henry David Thoreau, and more acclaimed Timo K. Mukka(1944-1973), who has often been referred to as the Aleksis Kivi of Lapland. (See Sillanpää 2006; Lahtinen 2013a) Most recently, there has been growing ecocritical interest in literature written in the Sami language, especially in the works of Nils-Aslak Valkeapää(1943-2001), the most well-known Sami author, whose poetry has been approached as an ethnopolitical-ecological commentary introducing modern environmental awareness to the context of the Sami people. Most Sami literature is relatively unknown to ethnic Finns because only a regrettably small amount of it is available in translation. Sami literature and politics have always constructed the identity of the Sami people by emphasizing the special relationship between humans and nature. (See Mattila 2014) Self-evidently, Sami authors offer fresh material for postcolonial ecocriticism that perceives the world as an interrelation of culture, economics, and ecology, intertwining questions that postcolonialism and ecocriticism have posed from their own premises.

2. Nature in children's literature

The roots of Western environmentalism are deeply buried in Romanticism and American Transcendentalism, and ecological concerns can already be found in the classic children's literature of the late nineteenth century, such as Rudyard Kipling's(1865-1936) *Jungle Book*(1894) and Selma Lagerlöf's (1858-1940) *The Wonderful Adventures of Nils* (*Nils Holgerssons underbara resa genom Sverige*, 1906-1907). Environmental themes are equally as prominent in the tradition of Finnish children's literature. The most important Finnish children's author is Zachris Topelius(1818-1898), whose fairytales had an enormous impact on Finnish literature and national identity. As the national storyteller for children, Topelius wrote often religious, patriotic, and didactic tales that reached wide audiences for a number of generations. Despite the outmoded Christian and nationalistic tones, one of the most durable elements of his stories is a strong love and respect for nature: Topelius was one of the first environmentalists who expressed concern about the effects of the Finnish lumber industry on the environment, and he was a pioneer of organized animal protection in Finland.

Finnish children's literature still often displays the Rousseaunesque relationship between the child and nature that can be found in Topelius' National-Romantic stories. Topelius often depicted children's adventures in Finnish forests, and lately Finnish eco-psychologists have been increasingly worried about modern children's estrangement from nature. As Finnish society has undergone significant urbanization in the past fifty years, children have been increasingly less in touch with the outdoors, transforming nature into a strange and challenging terrain for the younger generations. American non-fiction author Richard Louv expresses similar concerns in his bestseller *Last Child in the Woods: Saving Our Children from Nature Deficit Disorder* (2005). Louv describes natural environments as a necessity for young children, but children who still play in the nature are fast becoming an endangered species in the Western world-some children may even perceive nature as something to be feared. Recently, Finnish eco-education has emphasized experimentalism and encouraged children to play more in nature. However, natural environments are becoming rare in urban children's everyday lives: urban greeneries are not equivalent to forests, and even traditional Finnish summer cottages have turned into second homes with all the electronic and technological luxuries of an urban apartment. (Laakso, Lahtinen & Heikkilä-Halttunen 2011, 10-11)

Although the environment in which most Finnish children have grown up has changed radically in recent decades, nature is certainly no stranger to contemporary children's literature. According to Danish literary critic Karin Lesnik-Oberstein(1998, 208) two thirds of all children's literature still deals with nature, natural surrounding or animals. Thus, it is not surprising that literature for children and young adults has reacted strongly to modern environmental issues, such as the animal rights movement, recycling, and climate change. In Finland, environmental themes have been an ongoing trend in contemporary children's literature since the turn of millennium. As environmental issues have grown into global problems, the oldfashioned pastorals of the Finnish countryside have begun to lose their meaning. The disappearance of refuges and the dramatic change of scale is also evident in the fiction for young adults: the most recent trend in Finnish literature for young adults is post-apocalyptic climate change. (See Laakso 2007; Laakso, Lahtinen & Heikkilä-Halttunen 2011, Lahtinen 2013b) At the same time, literature for children and young adults is being challenged to create ecological utopias that take into account the different social, political, and economic factors that influence the interaction between human and nonhuman nature(Bradford et al. 2008).

From an ecocritical perspective, literature for children and young adults is one of the most important genres, since it often aims to affect its readers and their behavior. Finnish children's literature has been analyzed in the context of both Finnish and world literature: Topelius' tales were inspired by H. C. Andersen (1805-1875) as strongly as the contemporary post-apocalypses for young adults have been affected by Suzanne Collins'(1962-) *Hunger Games* (2008). Finnish ecocritics have concentrated both on poetic and thematic aspects, and literature for young readers has been interpreted in its social and historical context to show how fast children's literature as a genre reacts to social change. The history of children's literature reflects the history of Finnish environmentalism: whereas the child protagonists of the nineteenth century protected even the smallest creatures of Finnish forests, in contemporary children's fiction protagonists befriend laboratory animals. Essential for environmental humanism, Finnish ecocriticism has tried to ecologize history by challenging anthropocentrism in the history of literature.

3. *Posthumanism*

At the turn of the millennium, the emergence of terrorism, environmental activism, and the effects of climate change started to change the nature of Finnish literature. As Claire Bradford et al. (2008, 79-80) remind us, after the Cold War ended (for a while, at least), the collapse of the East-West binary coincided with a growing acceptance across the world that global warming was a fact, not a theory. Major changes in global political structures resulted in a palpable shift of emphasis, and for almost a decade- until the advent of the "war on terror"-environmental issues were perceived as the greatest threat to the continuing survival of the human race. Habitat protection, pollution prevention, and ecosystem conservation at last became major social concerns in the Western world (ibid.). At the same time, depictions of different fears concerning ecological disasters and rapid technological development became noticeably popular in Finnish literature. In these pessimistic portrayals of the near future, the entire human race is often represented as an endangered species, heading either slowly or rapidly for extinction. (See Lahtinen 2013) Regardless of genre, one of the common features in the dystopias and apocalypses of contemporary Finnish literature is a new sense of collective vulnerability based on technological dependency, environmental risks, and international crime. Many of these pessimistic depictions of the near future reflect the social changes that sociologist Ulrich Beck (1999) describes as the transition from the industrial society to the post-industrial risk society. According to Beck, the risk society itself produces social and technologybased threats, and therefore society is more future-oriented than before in estimating and striving to control these risks. Societies have always been threatened by different dangers-such as natural disasters, for example-but the risk society is based on inbuilt dangers caused by such phenomena as the chemical industry, genetic engineering, and nuclear technology. (ibid.) Finnish literature has reacted to these fears with different dystopias and apocalyptic visions, but it has also started to pay more attention to nature-culture interrelations between humans, nonhumans, and the environment.

The first Finnish study to combine ecocriticism with posthumanist theory was *Poliittinen siivekäs. Lintujen konkreettisuus suomalaisessa* 1970 — *luvun ympäristörunoudessa* (2010 , *Bird Politics ; The Concreteness of Birds in Finnish* 1970s *Environmental Poetry*) by Karoliina Lummaa. This insightful study exemplifies how Finnish ecocritics have been avoiding national themes that many consider oldfashioned: Lummaa emphasizes that she is not interested in the rich bird symbolism of Finnish poetry that is based on old national and international beliefs. Instead, she focuses on nonhuman otherness, and the representation of birds as mortal animals expressing the distress of real nonhumans in the face of environmental disaster. The study deals mainly with environmental poetry of the 1970s, which contemporary critics reproached as the silent crisis of Finnish poetry after the radical and openly political period of the 1960s. As Finnish ecocritics have set the record straight by examining the work of some Laplander authors, Lummaa corrects literary history by showing how these often underrated poems can be interpreted as works of environmental politics. Most importantly, the study-inspired by the works of Timothy Morton and Bruno Latour-formulates a concept of concreteness: it expresses the thematics of nonhuman otherness and gives the poets a voice with which to engage in societal debate on environmental issues.

Whereas the nature poetry of the 1970s displayed apocalyptic images of Finnish forest devastation, Finnish literature of the 2000s has moved from the local to the global. Finnish crime fiction and speculative fiction in particular have grown apart from the national forests and countryside and turned towards international milieus, offering wider global perspectives on environmental issues. The human relationship with nonhuman nature has become one the most important ethical themes in contemporary Finnish literature, especially in the works of such acclaimed authors as Leena Krohn (1947-), Johanna Sinisalo(1958-) and Risto Isomäki(1961-). While Finnish literature frequently wrestles with ethical dilemmas concerning nature, it also seeks to express new collective fears on both a national and a global scale. Accordingly, there has been growing ecocritical interest in social criticism and the dystopias of contemporary literature that are connected to the recent developments of technology and nature(e. g. Raipola 2015). Finnish ecocriticism resonates strongly not only with the transnational and but also the material turn: current main interests include the vagueness of the boundaries between human and nonhuman nature, and contemporary fiction where the future of humankind seems to be intertwined with nonhuman agencies.

Conclusion

Over the past few years, there has been an intensifying trend of nationalizing ecocriticism. As Greg Garrard(2014, 20-21) notes, this rapid internationalization has brought about challenges that ecocriticism must eventually face: besides addressing the predominance of English, it is equally important to identify primary texts and theoretical models from non-Anglophone cultures. English-speaking countries should also pay more attention to other cultures and literatures, and be willing to create institutional and personal links that include non-Anglophone academies (ibid.). This kind of nationalization is not the opposite of internation-alization, which Finnish universities-among many other

Western universi-ties-are currently pressed to pursue as a reaction to globalization. On the contrary, it simply means showing interest towards the wide variety of natural environments that have shaped different literatures, cultures, and national identities.

One of signs of the tension between the national and the international has been the growing number of ecocritical organizations linked to the Association for the Study of Literature and Environment (ASLE) founded in the United States in 1992. Since 1994, affiliated academic organizations have been established all over the world-including Japan, India, Korea, Taiwan, Canada, Australia/New Zealand, the United Kingdom, and Ireland-while the European Association for the Study of Literature, Culture and Environment (EASLCE) covers the European Union. From a Finnish perspective, there is a growing need for a new organization covering the Nordic and Baltic countries, which share a similar geography, history, and literary tradition. Simultaneously, this can also be seen as an international perspective, as the entire global community has become increasingly interested in the northern parts of the planet: the Arctic region is being threatened by climate change, and increased human activity in the region has raised fears on a global scale.

The first Finnish introduction to ecocriticism was published exactly ten years ago (Lahtinen 2005), and since then environmental humanities have gained a notably stronger foothold in Finnish universities. Finnish ecocriticism can still be reduced to a few main trends, but the field is naturally more diverse. At the moment, Finnish students constantly try various ecocritical approaches to different kind of literatures in their essays and theses. There are several ongoing ecocritical doctoral theses, and different ecocritical research projects-from ecocritical narratology (see Lehtimäki 2013) to avian poetics (see Lummaa 2015)-are being undertaken. Unfortunately, Finnish literary critics, like scholars from smaller language areas, often lag behind in academic debates rather than trying to start them. The current transnational trends of ecocriticism should encourage these critics to explore the Finnish literary tradition more boldly, and to investigate parallel phenomena from other literatures just as boldly. If this can be achieved, international collaboration and dialogue will be greatly strengthened.

LITERATURE

[1] Beck, Ulrich. *World Risk Society*. Cambridge:Polity Press, 1999.

[2] Bradford, Claire et al. *New World Orders in Contemporary Children's Literat-ure: Utopian Transformations*. Palgrave McMillian: Houndmills, 2008.

[3] Byckling, Anna. "Mitä maisema myyä Koeporauksia mainosten luontoretoriikkaan. " *Lähikuva* 2/2005.

[4] Garrard, Greg. "Introduction. "-*The Oxford Handbook of Ecocriticism*. Ed. Greg Garrad. New York:Oxford University Press, 2014.

[5] Gremaud, Ann-Sofie. "Power and Purity: Nature as Resource in Troubled Society. " *Environmental Humanities* 5/2014.

[6] Kivi, Aleksis. *Seven Brothers*. Translation by Richard Impola. Beaverton: Aspasia Books, 1870/1995.

[7] Laakso, Maria. "Lempeästä suostuttelusta ekoterrorismiin. Vastarinnan välineitä ja motiiveja suomalaisessa lasten ja nuorten luonnonsuojeluaiheisessa kirjallisuudessa. " *Onnimanni* 2/2007.

[8] Laakso, Maria; Lahtinen, Toni &. Heikkilä-Halttunen, Päivi. "Johdatus lasten-ja nuortenkirjallisuuden luontoon. " -*Tapion tarhoista turkistarhoille. Luonto suomalaisessa lasten-ja nuortenkirjallisuudessa*. Ed. Maria Laakso, Toni Lahtinen &. Päivi Heikkilä-Halttunen. Helsinki: SKS, 2011.

[9] Laitinen, Kai. *Metsästä kaupunkiin*. Helsinki:Otava, 1984.

[10] Lahtinen, Toni. "Enää ei tule kesää-ympäristäherätys Timo K. Mukan romaanissa Ja kesän heinä kuolee. " *Avain* 1/2005.

[11] Lahtinen, Toni &. Lehtimäki, Markku(ed.). *Äanekäs kevät. Ekokriittinen kirjallisuudentutkimus*. Helsinki: SKS, 2008.

[12] Lahtinen, Toni. *Maan häyryävässä sylissä. Luonto, yhteiskunta ja ihminen Timo K. Mukan tuotannossa*. Helsinki: WSOY, 2013a.

[13] Lahtinen, Toni. "Ilmastonmuutos lintukodossa." *Suomen Nykykirjallisuus* 2. Ed. Mika Hallila et al. Helsinki: SKS, 2013b.

[14] Lassila, Pertti. *Metsän autuus. Luonto suomalaisessa kirjallisuudessa* 1700-1950. Helsinki: SKS, 2012.

[15] Lehtimäki, Markku. "Natural Environments in Narrative Contexts. Cross-Pollinating Ecocriticism and Narrative Theory." *Storyworlds*, Volume 5, 2013.

[16] Lehtola, Veli-Pekka. *Rajamaan identiteetti. Lappilaisuuden rakentuminen 1920-ja 1930-luvun kirjallisuudessa*. Helsinki: SKS, 1997.

[17] Leikola, Anto. "Luonnonsuojelun tulo Suomeen."-*Laulujoutsenen perin-tä. Suomalaisen ympäristöliikkeen taival*. Ed. Helena Telkänranta. Helsinki: Suomen luonnonsuojeluliitto, 2008.

[18] Lesnik-Oberstein, Karin. "Children's Literature and the Environment."-*Writing the Environment. Ecocriticism & Literature*. Ed. Richard Kerridge & Neils Sammels. London: Zed Books, 1998.

[19] Li, Cheng. "Echoes from the Opposite Shore: Chinese Ecocritical Studies as a Transpacific Dialogue Delayed." *ISLE*, volume 21, issue 4, autumn 2014.

[20] Lukkarinen, Ville & Waenerberg, Annika. *Suomi-kuvasta mielenmaisemaan. Kansallismaisemat 1800-ja 1900-luvun vaihteen maalaustaiteessa*. Helsinki: SKS, 2004.

[21] Lummaa, Karoliina. *Poliittinen siivekäs. Lintujen konkreettisuus suomalaisessa 1970-luvun ympäristörunoudessa*. Jyväskylä: Nykykulttuuri, 2010.

[22] Lummaa, Karoliina. "*Picoides tridactylus*-Lajin poeettinen kuvaus."-*Eläimet yhteiskunnassa*. Ed. Elisa Aaltola & Sami Ketola. Helsinki: Into, 2015.

[23] Louv, Richard. *Last Child in the Woods. Saving Our Children from Nature-Deficit Order*. North Carolina: Algonquin Books, 2005.

[24] Marland, Pippa. "Ecocriticism." *Literature Compass*, volume 10, issue 11, November 2013.

[25] Mattila, Hanna. "Männyn kertomaa, käen kuiskaamaa: Nisl-Aslak Valkeäpään runouden etnopoliittis-ekologisia kaikuja saamelaisessa nykyrunoudessa." *Agon* 3/2014.

[26] Pentikäinen, Juha. "Metsä suomalaisten maailmankuvassa."-*Metsä ja metsä*

nviljaa. Ed. Pekka Laaksonen & Sirkka-Liisa Mettomäki. Helsinki:SKS,1994.

[27] Raipola, Juha. *Ihmisen rajoilla. Leena Krohnin Pereat munduksen ei-inhimilliset tulevaisuudet*. Tampere:Tampere University Press,2015.

[28] Sillanpää, Pertti. *Aatos, eetos ja paatos. Reino Rinteen pohjoinen puheenvuoro ympäristäkeskusteluun*. Inari:Kustannus Puntsi,2006.

[29] Varis,Pertti. *Ikävä erätän ilta. Suomalainen eräkirjallisuus*. Helsinki:SKS,2003.

[30] Varpio, Yrjä. *Land of the North Star:an introduction to Finnish literature and culture*. Trans. Peter Claydon. Tampere:Tampere University Press,1999.

[31] Wang, Nin. "Global in the Local:Ecocriticism in China." *ISLE*, volume 21, issue 4, autumn 2014.

[32] Yang, Jincai. "Environmental Dimensions in Contemporary Chinese Literature and Criticism." -*East Asian Ecocriticisms:A Critical Reader*. Ed. Simon C. Estok & Won-Chung Kim. New York:Palgrave,2013.

[33] Ylikangas, Heikki. "Metsä suomalaisen mentaliteetin kasvualustana." -*Olkaamme siis suomalaisia*. Ed. Pekka Laaksonen & Sirkka-Liisa Mettomäki. Helsinki:SKS,1996.

生态批评的芬兰视角

托尼·拉赫蒂宁

摘　要　本文介绍了芬兰生态批评的简史。作为芬兰绿色文学研究的环境语境，生态批评探索北部森林与北极荒野对于国家认同以及芬兰文学的文化意义。本文总结了芬兰文学研究领域生态批评的几个主要主题。

关键词　生态批评；绿色文学研究；北部森林；北极荒野；文化意义

作者简介　托尼·拉赫蒂宁，博士，芬兰坦佩雷大学讲师，主要研究生态批评与芬兰文学。

生态美学

Ecoaesthetics

"天人合一"：中国古代"生态—生命美学"

曾繁仁

摘　要　"天人合一"为中国古代具有根本性的文化传统，涵盖了儒释道各家，包含着上古时期祭祀文化内容。阴阳相生说明中国古代原始哲学是一种"生生为易"的生态—生命哲学，以"气本论"作为其哲学基础；"太极图式"则是儒道相融的产物，概括了中国古代一切文化艺术现象；而中国古代艺术又是一种以"感物说"为基础的线性的时间艺术，区别于西方古代以"模仿说"为基础的团块艺术。

关键词　天人合一；生态—生命美学

作者简介　曾繁仁，山东大学文艺美学研究中心教授，名誉主任，博士生导师，主要从事生态美学、西方美学、文艺美学与审美教育等方面研究。

我们正在研究的生态美学有两个支点，一个是西方的现象学。笔者认为现象学从根本上来说是生态的，因为它是对工业革命主客二分及人与自然的对立的反思与超越，从认识论导向生态存在论；另一个支点就是中国古代的以"天人合一"为标志的中国传统生命论哲学与美学。"天人合一"是在前现代神性氛围中人类对人与自然和谐的一种追求，是一种中国传统的生态智慧，体现为中国人的一种观念、生存方式与艺术的呈现方式。它尽管是前现代时期的产物，未经工业革命的洗礼，但它作为一种人的生存方式与艺术呈现方式仍然活在现代，是具有生命力的，是建设当代美学特别是生态美学的重要资源。下面笔者就从中国古代"天人合一"的"生态—生命美学"的角度讲一下自己的看法。

一 "天人合一":文化传统

"天人合一"是中国古代具有根本性的文化传统,是中国人观察问题的一种特有的立场和视角,它甚至决定了中国古代各种文化艺术形态的产生发展和形态面貌。它最早起源于新石器时代的"神人合一";西周时代产生"合天之德"的观念,表现于《诗经·大雅·烝民》之中,所谓"天生烝民,有物有则","天监有周,昭假于下";战国至西汉产生"天人合德"(儒)、"天人合道"(道)、"天人感应"(民间)的思想。董仲舒在《春秋繁露》中提出"天人之际,合二为一"。宋代张载提出"儒者则因明至诚,因诚至明,故天人合一"。

"天人合一"中的"天"在甲骨文中宛如一个保持站立姿势突出头部的人,天,颠也,即指人的头部。到了周代,"天"字从象形变成指事,成为人头顶上的有形的自然存在,即天空。在前现代时期,"天"始终笼罩着神性的色彩。"人"字在钟鼎文中是侧面站立的人形。这样,"天人合一"就成为人与天空即人与世界的关系。这种关系不是西方的认识论或反映论关系,而是一种伦理的价值论关系,是指人在"天人之际"的世界中获得吉祥安康的美好生存。在这里,"天人之际"是人的世界,"天人合一"是人的追求,吉祥安康是生活目标。张岱年认为,中国传统哲学中本体论与伦理学有着密切的关系。"天人合一"即是对于世界本源的探问,更是对于人生价值的追求。"天人合一"又保留了原始祭祀祈求上天眷顾万物生命的内容。

"天人合一观"中的"以德配天"观念具有浓郁的生态人文精神。《易传》中提出天地人三才之说,又说"夫大人者,与天地合其德",包含人与天地相合之意。《中庸》对人提出"至诚"的要求,只有"至诚"才能"赞天地之化育,则可以与天地参"。西周以来逐步明确提出"敬天明德"与"以德配天"思想。以上说明,"天人合一观"要求人类要以至诚之心遵循天之规律,不违天时,不违天命,才能达到"天人合一"的目标,这是一种古典形态的生态人文精神。

"天人合一"包含着浓郁的古典形态的"家园"意识。"家"在甲骨文中是屋顶下的豕（猪），说明农业文明早期人们对于人畜兴旺的向往。中国古代还有"天圆地方""天父地母"这样的比喻，并以风调雨顺、五谷丰登、人丁繁茂作为生活目标。年画中的"牧牛图""年年有鱼""五谷丰登"都能说明。

对于"天人合一"这一命题，学术界争论较多，其焦点是在对"天"的理解上，有自然之天、神道之天与意志之天等不同的理解。冯友兰认为："在中国文字中，所谓天有五义：曰物质之天，即与地相对之天；曰主宰之天，即所谓皇天上帝，有人格的天；曰命运之天，乃指人生中吾人所无可奈何者，如孟子所谓'若夫成功则天'之天是也；曰自然之天，乃指自然之运行，如《荀子·天运篇》所说之天是也；曰义理之天，乃谓宇宙之最高原理，如《中庸》所说'天命之为性'之天是也。"[①] 我们这里基本上采用先秦时期，特别是"易传"中有关"自然之天"的解释，但在前现代时期，"天"还包含某种神道与意志的内容。从中国古代文化传统来看，"天人合一"是中国古代农业文化的一种主要传统，是中国人的一种理想与追求。钱穆先生说："天人合一"是中国古代文化的归宿处。[②] 这是符合实际的。即便是认为"天人合一"具有极大随意性的刘笑敢先生，也认为明清各家所说的"天人合一"是最后的原则、最高的境界和最高的价值。[③] 何况，大家都知道，司马迁将中国古代文人的追求概括为"究天人之际，通古今之变，成一家之言"，说明"天人合一"是中国古代文人穷尽一生的目标。而从古代社会文化与艺术的实际情况来看，对"天人合一"的追求的确是中国文化的主要传统。甲骨文中的"舞"字就是两人手持牛骨翩翩起舞，显然是巫师在祭祀中向上天祈福；中国传统建筑中的法天象地，如北京天坛即为明清两代祭天之所，祈谷殿为春节皇帝祭天求谷之处，而圜丘坛则为冬季祭天之所，两坛间的神道为通天之路，充分展现

---

① 冯友兰：《三松堂全集》第二卷，河南人民出版社2001年版，第281页。
② 钱穆：《中国文化对人类未来可有的贡献》，《中国文化》1991年第1期。
③ 刘笑敢：《天人合一：学术、学说和信仰》，《南京大学学报》2011年第6期。

了天人合一观念；陕北秧歌在整齐的舞队之首有一人打伞一人打扇，显然是在祈雨；再如春节对联中的"瑞雪兆丰年"等。特别是《乐记》中的"大乐与天地同和"的"和"字，成为中国古代音乐美学中最重要的理论，包含浓郁的生态审美智慧。修海林通过对"和"之甲骨文的分析提出，"从'和'字文化内涵上说，它意味着人与自然、社会之间关系的和谐，其中浸润着原始先民于篱栅之内安居足食、陶然怡乐的心理谐和感，正所谓'天时、地利、人和'的综合感受"[①]。

以上说明，"天人合一"是一种文化传统，说明中国传统艺术发源于远古的巫术，中国古代的文化艺术中几乎都不同程度地包含人向天祝祷与祈福的因素，也就是包含一定程度的"天人关系"的因素。所以研究中国古代美学首先要从"天人合一"这一文化传统开始。而西方特别是欧洲人的文化传统，是古希腊以来对"逻各斯中心主义"的一种追求。特别是工业革命以来，由于唯科技主义的发展，使得"逻各斯中心主义"发展成为一种明显的"天人相对"的"人类中心主义"。康德有言"人为自然立法"，是一种典型的"天人相对"与人对于自然的战胜观念。只在20世纪以后，西方才随着对工业革命的反思与超越，逐渐以"天人合一"代替"天人相对"。海德格尔于1927年及其后以"此在与世界"的在世模式与"天地神人四方游戏"代替"主客二分"。当然，海氏这一思想受到中国老子"域中有四大，人为其一"的影响，是中西互鉴与对话的结果。还需要说明的是，西方现代现象学将西方工业革命之"天人相对"加以"悬搁"而走向"天人"之"间性"，为西方后现代哲学的"天人合一"打下了基础。

"天人合一"作为中国的文化传统的另一个证明，就是这一思想涵盖了儒释道各家。儒家倡导"天人合一"更偏于人；道家倡导"天人合一"，则偏向于自然之天；佛家倡导"天人合一"，则偏向于佛教之天。总之，都是在"天人"的维度中探索文化艺术问题。因此，李泽厚先生后期提出审美的"天地境界"问题，认为蔡元培的"以美育代宗教"命题的有效

[①] 修海林：《"龢"之初义及其文化学研究》，《中央音乐学院学报》1990年第4期。

性，就是中国古代的礼乐教化能够提升人的精神达到"天地境界"的高度，这样就将"天人"问题提到美学本体的高度来把握。他说："天地境界的情感心态也就可以是这种准宗教性的悦志悦神。"① 总之，笔者认为，从审美和艺术是人的一种基本生存方式来看，"天人合一"作为一种文化传统，是中国古代审美与艺术的基本出发点，这是没有问题的。

二 阴阳相生：生命美学

"天人合一"与生命美学有什么关系呢？这就要从人类学的角度来看中国古代原始哲学，它是一种"阴阳相生"的"生"的哲学。所谓"天地合而后万物兴也"，兴者，生长也。《周易》是中国最古老的占卜之书，也是最古老的思维与生活之书，是一种对事物、生活与思维的抽象，是一种东方古典的现象学。所谓，易者简也，将纷繁复杂的万事万物简化为"阴"与"阳"两卦，阴阳两卦相生相克，产生万物，所谓"生生之为易也"，"天地之大德曰生"。《周易》是中国哲学的源头，也是中国美学的源头，其核心观念就是"生"。与之相关的是老子所言："道生一，一生二，二生三，三生万物，万物负阴抱阳，冲气以为和。"其核心也是一个"生"字。王振复说："天人合一"的"一"说的就是"生"，生命也。他说："试问天人合一于何？答曰：合于'生'。'一'者，生也。"② 所以"天人合一"作为美学命题所指向的就是"生生为易"之中国古代特有的生命美学。这里，"生"成为中国古代生态与生命美学的另一个关键词。所谓"生"，《说文解字》谓："生，进也，象草木出土上，下象土，上象出，凡生之属皆从生。"我国现代美学的两位著名代表人物方东美与宗白华都倡导生命美学。宗白华1921年就指出，生命活力是一切生命的源头，也是一切美的源头；方东美于1933年出版《生命情调与美感》一书，阐发了中国

---

① 刘月笛主编：《美学国际——当代国际美学家访谈录》，中国社会科学出版社2010年版，第77页。

② 王振复：《中国美学范畴史》第一卷"导言"，山西教育出版社2006年版，第6页。

古代生命美学的特点。

"天人合一"走向生命哲学与美学需要一个中间环节"气"。老子所谓"万物负阴以抱阳,冲气以为和",即言天地间阴阳二气冲气以和,诞育万物,阴阳二气为"天人"之中间环节。这里出现了中国古代特有的"气本论生命哲学与美学"论题,形成中国古代相异于古希腊物本论形式美学的气本论生命美学。"气本论生命哲学与美学"首先出现在道家思想当中。前已说到老子《道德经》中"冲气以为和"的思想,庄子则言:"人之生,气之聚也。聚则为生,散则为死。若死生为徒,吾又何患!故万物一也。"(《知北游》)这里,庄子明确地将"气"与生命加以联系,认为"通天下一气耳",万物都根源于"气",都处于"气"之聚散的循环之中,所以"万物一也"。管子也提出"有气则生,无气则死"(《管子·枢言》)。

纵观"气本论生命美学"有这样几个基本观点:其一是"元气论"。中国古代哲学与美学认为,"气"是万物之源,也是生命之源。南宋真德秀说道:"盖圣人之文,元气也,聚为日月之光,耀发为风尘之奇变,皆自然而然,非用力可至也。"[①] 对"气"之形态,唐人张文在《气赋》中进行了形象的描述。形容气之形态为"辽阔天象,中虚自然","聚散无定,盈亏独全","惟恍惟忽,玄之又玄",是一种无实体的混沌之态,其作用是"变化千体,包含万类","其纤也,入于有象;其大也,入于无边",无论日月星辰、山河树木、虹楼蜃阁、春荣秋壑、早霞晚霭,圣人遇之而为主,道士得之而成仙……总之,一切天上人间之生命万象均由"元气"化出,元气乃宇宙之本,生命之源。具体到文学作品,即是曹丕之"文气论"与刘勰《文心雕龙》之"养气说"。曹丕在《典论·论文》中指出:"文以气为主,气之清浊有体,不可力强而致。譬如音乐,曲度虽均,节奏同检,至于引气不齐,巧拙有素,虽在父兄,不能以移子弟。"说明文章的生命力量都在于"气",这是一种先天的禀赋,不为后天所强,即便是同曲度同节奏的音乐,也因先天禀气之不同而有不同的生命个性。这是以生命论之"文气说"对作品风格与创作个性的深刻界说。而刘勰则在

[①] 夏静:《文气话语形态研究》,商务印书馆2014年版,第142页。

《文心雕龙》"养气篇"中对作家论进行了深入的论述。他说:"纷哉万象,劳矣千想。玄思宜宝,素气资养。水停以鉴,火静而朗。无忧无虑,郁此精爽。"这里强调了在纷繁复杂的文学创作活动中必须珍惜元神,滋养元气,保持平静的心态,培育强化精爽的创作精神。这是十分重要的作家论,强调了对于元神与元气的滋养,以"停"与"静"来排除干扰,保持生命之本然状态,从而使作品充满"精爽"之生命之气。

以上论述了"元气"在生命论美学中的重要地位,说明审美与艺术的根本是保有纯真之元气,为此除先天之禀赋外,还要通过养气之过程培养元神元气,使文学艺术作品充满生命活力。另外一个重要观点,是中国古代哲学与美学中借以产生生命活力的"气交"之说。所谓"气交",是指万物生命与艺术生命之产生是由天与地、阴与阳两气相交相合而成。提出"气交"说的是《黄帝内经》,"六徽旨大论"借岐伯与黄帝的对话讲了"气交"之论。"岐伯曰:言天者求之本,言地者求之位,言人者求之气交。帝曰:何谓气交?岐伯曰:上下之位,气交之中,人之居也。故曰:天枢之上,天气主之;天枢之下,地气主之;气交之分,人气从之,万物由之。"说明"天人之际"正是通过天与地、上与下、阴与阳的相交才产生包括人在内的生命,这就是"万物由之"。但其源头则可以追溯到《易传》,所谓"天地交而万物生也,上下交而志同也",这就是著名的"泰卦",阴上阳下,阴气上升,阳气下降,两气相交而生万物,两气相交就是"天人合一"。《易传·系辞上》还有言:"一阴一阳之谓道,继之者善也,成之者性也。"说明阴阳相对生成生命之气,形成特有的一呼一吸之生命特征。而两气相交的前提是阴上阳下各在其位,要做到这一点必须要求圣人、大人与君子做到"致中和",与天地合其德,与日月合其明,与鬼神合其吉凶,从而"天地位焉,万物育焉"。

这里需要进一步解释一下,《周易》坤卦文言六五的爻辞,所谓"黄中通理,正位居体,美在其中,而畅于四肢,发于事业,美之至也"。这是《周易》集中并直接论美的一句话,说明六五处于坤卦上卦之中位,是一种执中,所以有"正体居位,黄中通理"之美。而"正体居位"也可以解释为"执中",是一种乾坤各在其位,从而天地相交,即气交,而万物诞育繁茂。所以，在中国古代"天人合一"之哲学与美学看来，只有"执中""中和"才是一种反映万物繁茂与诞育的生命之美。所谓"保合太和乃利贞"，由此，阴阳相生的生命之美就有着另一种深化，就是一种对于"生"的善的祝福，就是《周易》乾卦所言"乾，元亨利贞"四德之美，元者善之长也，亨者嘉之汇也，利者义之和也，贞者事之干也，包含着中国古代吉祥安康的善的祝福。在艺术中特别是民间艺术中，大量存在这种善的祝福。春节张贴可怖的门神如钟馗等，就包括避邪趋善的内涵，还有倒贴"福"字意味着"福到"等等。"气本论"生态—生命美学在绘画理论中的体现就是"气韵生动"的提出。晋代谢赫在《古画品录》中所言六法之首为"气韵生动"。清之唐岱在《绘事发微》中对"气韵生动"作了进一步阐发。他说："画山水贵乎气韵生动。气韵者，非云烟雾霭也，是天地间之真气，凡物无气不生……气韵由笔墨而生，或取圆浑而雄壮者，或取顺快而流畅者，用笔不痴不弱，是得笔之气也。用笔要浓淡相宜，干湿得当，不滞不枯，使石上苍润之气欲吐，是得墨之气也。"这里提出生命之真气通过笔墨的强与弱、浓与淡的对比而表现出来，正是"一阴一阳之谓道"在艺术创作中的表现。庄子在《刻意》篇中讲道："吹呴呼吸，吐故纳新，熊经鸟申，为寿而已矣。"说明通过导引之术的吹呴呼吸与吐故纳新得以强化和延长生命寿限。而艺术创作中的阴与阳、笔与墨、浓与淡、疏与密，同样是一种生命气息的导引，可以表现出一呼一吸、吐故纳新的有节奏的生命活动。所以宗白华说："所谓气韵生动，即是一种有生命的节奏和有节奏的生命。"[①]

生命美学成为中国传统美学与艺术的特点，成为其区别于西方古典形式之美与理性之美的基本特征。但20世纪以降，西方在现象学哲学对主客二分、人与自然对立的工具理性批判的前提下，生命美学也成为西方现代美学特别是生态美学的重要理论内涵。其中包括海德格尔在《物》中论述的物之本性是阳光雨露与给万物以生命的泉水，梅洛-庞蒂对身体美学特别是"肉体间性"的论述，伯林特对"介入美学"的论述，卡尔松对生命之

[①] 宗白华：《中国现代美学家文丛·宗白华卷》，浙江大学出版社2009年版，第268页。

美高于形式之美的论述等,说明中西美学在当代生命美学中相遇了。笔者认为,当代生命美学就是生态美学的深化,为中国古代生命美学的发展开拓了广阔的空间。

三 "太极图式":文化模式

"天人合一"在中国传统艺术中成为一种文化模式,中国传统艺术包含着一种"天人关系",如形与神、文与质、意与境、意与象、情与景、言与意等,构成形神、文质、意境、意象、情景、言意等特殊的范畴,其中均包含"天人合一"之因素。对于这些范畴绝不能像解释西方"典型"范畴那样,将之简单地理解为共性与个性的对立统一等,而是具有更为丰富复杂的东方哲学与美学内涵。它们只能以中国古代特有的文化模式"太极图式"加以阐释。

宋初的周敦颐援道入儒,在继承改造道教试图通过炼丹以求长生不老之术的基础上,画出新的"太极图",写出"太极图说",成为宋明理学重要的宇宙观,也成为中国传统文化艺术中极为重要的"太极图式",构成一种特有的中国传统文化的"太极思维"。这种"太极图式"难以用西方的"对立统一""形而上学"等理论观点予以阐释,必须回归中国传统文化的语境中才能理解。有些大理论家走以西释中之路,以西方哲学阐释"太极图式"显然是牵强的,离开了中国古代的文化语境。这种"太极图式"起源于中国古老的以图像和符号为其表征的"卜筮文化"与"卜筮思维",经过儒道等传统文化的改造、浸润、熏陶而更显精致化,并带有一种东方的理性色彩,成为中国古代特有的生命论美学的文化与思维方式。很明显,周敦颐继承了《易传》有关"太极"的观念:"是故易有太极,是生两仪。两仪生四象,四象生八卦,八卦定吉凶,吉凶生大业。"(《系辞上》)周敦颐在此基础上加以发挥,形象而生动地阐释了"太极图式"这一生命与审美思维模式的内涵。首先他回答了什么是"太极",所谓"无极而太极"。这里的"极"是"至也,极边也"之意。"太极"即指

"没有最高点,也没有任何极边"。所以不是通常的"主客二分",但却是万事万物生命的起源,是"道法自然"之"道","一生二"之"一"。其次,探讨了太极的活动形态,所谓"太极动而生阳,动极而静,静而生阴,静极复动。一动一静,互为本根"。这就形象地阐释了老子《道德经》所谓"负阴而抱阳冲气以为和",说明"太极"是一种阴阳相依、相存、相融,交互施受、互为本根的状态。这实际上是对生命诞育发展过程的模拟和描述。生命诞育发展过程就是天地、阴阳、男女互依、互存、互融、交互施受的过程,有如活生生的"人"与生气勃勃的自然万物。由此,导致万物与人的诞育,所谓"二气交感,化生万物,万物生生而变化无穷焉。惟人也得其秀而最灵"。说明"太极"之阴阳二气交感是万物生命产生的根源,而"人得其秀而最灵"。归结为在这种"太极化生"的宇宙大化中,圣人所起的重要作用即为"定之以中正仁义""无欲故静""与天地合其德"等;最后是"原始反终,故知死生之学,大哉易也,斯其至矣"。这就是"易学"关于生命的产生与终止、循环往复、无始无终的"太极图式",是一种对生命形态的形象描述,几乎概括了中国古代一切文化艺术现象。其中包含了天与人、阴与阳、意与象的互依、互存、互融,是一种活生生的生命的律动,即所谓"大美无言""大象无形""象外之象""言外之意""味外之旨""味在咸酸之外""情境交融""一切景语即情语"等,都是这种"太极图式"与"太极思维"的具体呈现,是中国古代"天人合一"生命论美学的重要特征。

由此可见,所谓"太极图式"实际上是一种东方古典形态的"现象学",所谓"易者,易也;易者,简也",将复杂的宇宙人生简化为"阴阳"两卦,演化为六十四卦,揭示了宇宙、人生、社会与艺术的发展变化,呈现一种生命诞育律动的蓬勃生机,不是主客二分思维模式下的传统认识论所能把握的,就像诗歌之味外之旨、国画之气韵生动、书法之龙飞凤舞、音乐之弦外之音、书法之筋骨生命。中国传统艺术中的这种"天地氤氲,万物化醇"的太极之美是玄妙无穷、变化多端的。这种一动一静的太极图式表现在艺术中就是一种"一阴一阳之谓道"的艺术模式,如绘画中的画与白、虚与实产生无穷生命之力,如齐白石的"虾图",以灵动的虾呈现于白底之上，表现出无限的生命之力；戏曲中的表演与程式，一阴一阳产生生命动感，如川剧"秋江"的老艄翁与陈妙常，通过其独到的表演呈现出江水汹涌之势等。这种"太极化生"的审美与艺术模式，倒是与现代西方的现象学美学有几分接近。现象学美学通过对"主客"与"人与自然"二分对立的"悬搁"，在意向性中将审美对象与审美知觉、身体与自然变成一种可逆的主体间性的关系，既是对象又是知觉，既是身体又是自然，相辅相成，互相渗透，充满生命之力、呼吸之气，如梅洛-庞蒂所论，雷诺阿在著名油画《大浴女》中表现的原始性、神秘性与"一呼一吸"之生命力。梅洛-庞蒂在《眼与心》中所说的"身体图示"倒很像中国的"太极图示"。① 东西方美学在当代生态的生命美学中交融了。需要说明的是，"太极图式"作为古典形态的现象学毕竟是前现代农业社会的产物，尽管十分切合审美与艺术的思维特点，但历史证明它是不利于现代实验科学发展的，它与西方后现代时期对工业文明进行反思的现代现象学还是有所区别的。"太极图式"之中不免混杂了迷信与落后的东西，需经现代的清理与改造。

四 "线性艺术"：艺术特征

"天人合一"之文化模式决定了中国传统艺术是一种生命的、线性的艺术，时间的艺术，而西方古代艺术则是一种块的艺术、空间的艺术。因为生命呈现一种时间的线性的发展模式。而线性的时间的艺术又呈现一种音乐之美，如绵绵的乐音在生命的时间之维中流淌。在中国传统艺术中，一切空间意识都化作时间意识，一切艺术内容都在时间与线性中呈现。

关于中国古代艺术的线性特点及其与西方古代块的艺术的区别，宗白华说道："埃及、希腊的建筑、雕刻是一种团块的造型。米开朗琪罗说过：一个好的雕刻作品，就是从山上滚下来也滚不坏的。他们的画也是团块。中国就很不同。中国古代艺术家要打破这团块，使它有虚有实，使它疏

---

① ［法］梅洛-庞蒂：《眼与心》，杨大春译，商务印书馆2007年版，第137页。

通。中国的画，我们前面引过《论语》'绘事后素'的话以及《韩非子》'客有为周君画荚者'的故事，说明特别注意线条，是一个线条的组织。中国雕刻也像画，不重视立体性，而注意在流动的线条。"[1] 李泽厚则认为，中国艺术"不是书法从绘画，而是绘画从书法吸取经验、技巧和力量。运笔的轻重、疾涩、虚实、强弱、转折顿挫、节奏韵律，净化了的线条如同音乐旋律一般，它们竟成为中国各类造型艺术和表现艺术的灵魂"[2]。宗白华指出了中国古代艺术的线性特点，李泽厚则同时指出了中国古代艺术的线性和音乐性特点。其实，线性就是时间性，也就是音乐性。宗、李两位的论述都是十分精到的。

对于中国传统艺术的线性特点，我们按照宗白华的论述路径在中西古代艺术的比较中展开。首先是从哲学背景来看，西方古代艺术的哲学背景是几何哲学，而中国古代艺术的哲学背景则是"律历哲学"。宗白华说道："中国哲学既非'几何空间'之哲学，亦非'纯粹时间'（柏格森）之哲学，乃'四时自成岁'之律历哲学也。"[3] 所谓"律历哲学"是指，中国古代拿音乐上的五声配合四时五行，拿十二律配合十二月。古人认为，音律是季节更替导致四方之气变化的表征，所以，以音律衡量天地之气，以气候来修订历法，从而使律历之学成为沟通天人的一个重要渠道。而古代希腊则因航海业的发达，使观测航向的几何之学成为希腊哲学的重要依据。由此，律历哲学成为中国古代"线的艺术"的哲学依据，而"几何哲学"则成为古希腊"块的艺术"的哲学根据。其次，从艺术与现实的关系看，古希腊艺术与现实的关系是一种对客观现实的"模仿"，无论是柏拉图还是亚里士多德都对"模仿说"多有论述；而中国古代则是一种"感物说"。《乐记》有言："乐者，音之所由生也，其本在人心之感于物也。"《周易》"咸卦象"曰："咸，感也。柔上而刚下，二气感应以相与。……天地感而万物生，圣人感人心而天下和平。观其所感，而天下万物之情可见矣。"由此可见，古希腊之"模仿说"更偏重在"客体之物"，着眼于物之真实

---

[1] 宗白华：《中国现代美学家文丛·宗白华》，浙江大学出版社2009年版，第268页。
[2] 李泽厚：《美的历程》，生活·读书·新知三联书店2014年版，第46页。
[3] 《宗白华全集》第一卷，安徽教育出版社1994年版，第626—627页。

与否；而中国古代之"感物说"则更偏重于"主体之感"，着眼于被感之情。总之，"物"而化为实体，"感"而化为情感。

从代表性的艺术门类看，古希腊具有代表性的艺术门类是雕塑，而中国古代的代表性艺术门类则为书法。中国书法是中国古代特有的艺术形式，发源于殷商之甲骨文与金文，成为中国传统艺术的源头和灵魂。李泽厚在谈到甲骨文时说："它更以其净化了的线条美——比彩陶文饰的抽象几何纹还要更为自由和更为多样的线的曲直运动和空间构造，表现出和表达出种种形体姿态、情感意兴和气势力量，终于形成中国特有的线的艺术：书法。"[①] 最后，从艺术中的透视来看，古希腊艺术特别是此后的古代西方绘画艺术集中于一个视点的焦点透视，而中国古代艺术特别是国画则是一种多视点的散点透视，是一种"景随人移，人随景迁，步步可观"，在人的生命活动中、在时间中不断变换视角。如《清明上河图》对汴河两岸宏阔图景的全方位展示，实际上是一种多视角，仿佛一个游人在汴河两岸行走，边走边看，景随人移，步步可观，构成众多视点，从而将汴河全景纳入整个视野，这其实是一种生命的线的流动过程；再如传统戏曲中虚拟性的表演，以演员边歌边舞的动作，即舞动中的散点透视形象地表现了极为复杂的场景和空间，所谓"三五步千山万水，六七人千军万马"，"走几步楼上楼下"，"手一推门里门外"，"鞭一挥马上马下"等都是一种化空间为时间的艺术处理，这在中国艺术中司空见惯。但西方只有到20世纪后半期，现代美学与现代艺术才打破传统的焦点透视模式而走向散点透视，诸如西方现代派艺术，特别是绘画，当代西方美学领域也开始对于焦点透视作为"人类中心""视点中心"之表现的批判。总之，中西在绘画艺术视角之表现上又相遇了。当然这并不能因此而模糊中西美学与艺术的区别。

时代的钟声已经敲响21世纪的大门，但传统文化遗产的继承创新仍然是永久的课题。中国古代"天人合一"的生态—生命美学尽管产生于古代，但作为一种思维方式与民族记忆却是活在当代的，特别活在世俗的生

---

① 李泽厚：《美的历程》，生活·读书·新知三联书店2014年版，第42页。

活之中，几乎无处不在。但仍然有逐渐流失的危险，我们也有改造创新的责任。记住历史，留住民族记忆，我们需要继续努力。

"Harmony of Heaven and Man": Ancient Chinese "Ecological-Life Aesthetics"

Zeng Fanren

Abstract The conception of "Harmony of Heaven and Man" is the foundation of traditional Chinese culture, which covers the three major schools including Confucianism, Buddhism and Taoism. The conception of the interaction between *yin* and *yang* indicates that ancient Chinese philosophy is an ecological-life philosophy concentrating on the conception of "creating life continuously," which takes the theory of ontological qi as its philosophical base. "Tai Ji Schema" is the production of the confusion of Confucianism and Taoism, which can sum up all cultural and artistic phenomena in ancient China. Meanwhile, ancient Chinese art is a kind of liner temporal art form based on the theory of "inspiration from natural objects," which is different from block mass art form based on the theory of "imitation" in the ancient West.

Key Words Harmony of Heaven and Man; Ecological-Life Aesthetics

Author Zeng Fanren is a professor and honorary director of Research Center for Literary Theory and Aesthetics, Shandong University, China, with main research interests in ecoaesthetics, Western aesthetics, artistic aesthetics and aesthetic education. [1]

---

[1] 英译：程相占。

生态视野中的梵净山弥勒道场与傩信仰

——兼谈人类纪·精神圈·宗教文化

鲁枢元

摘 要 联合国教科文组织"人与生物圈"计划早期圈定的自然保护区武陵山脉的主峰梵净山,具有两个十分显著的特色:一是山林与自然资源保护良好,二是宗教文化源远流长。这里既是堪称佛教"第五圣地"的弥勒净土坛场,又是世界上最原始的宗教"傩"信仰的策源地之一。较之其他生物,人类的优越和幸运在于其拥有了地球的"精神圈";然而,人类社会如今面临的种种足以致自己于死地的生态困境,也正是由于人类自己营造的这个"精神圈"出了问题。"心灵环保,世界和谐",心态决定生态,心境牵动环境;大自然雾霾的源头是人类心灵的雾霾,人类必须先解决好内在的心态问题,才能更好地处理外在的生态问题。多数宗教文化都是与自然界以及人的自然天性相互融渗的,东方宗教与原始宗教更是如此。营造人类纪的生态社会,修补地球生态系统的精神圈,梵净山佛教文化中的"弥勒道场"与流行于梵净山周边的原始宗教"傩文化",恰好可以作为具体的案例。

关键词 生态;梵净山;弥勒道场;傩文化;精神圈

作者简介 鲁枢元,黄河科技学院生态文化研究中心主任,教授,博士生导师。主要从事生态批评与生态文化研究。

作为联合国教科文组织"人与生物圈"计划早期圈定的自然保护区,武陵山脉的主峰梵净山具有两个十分显著的特色。一是山林与自然资源保护较好,核心保护区仍然保留着原始生态状况,仍然存活着世界罕有的濒危物种,如植物中的珙桐、水杉。即使在农家的庄院里,仍可以寻觅到物种稀有的千年古树"金丝楠"。动物中则有云豹、白颈长尾雉,尤其是黔金丝猴,在梵净山的林地深处尚存有近800只。二是宗教文化源远流长,至今长盛不衰。这里既是堪称佛教"第五圣地"的弥勒净土坛场,又是世界上最原始的宗教"傩"信仰的策源地之一。庙堂教义与自然崇拜在梵净山并行不悖，形成宗教文化领域的一道奇观。

2015年3月，笔者随中科院《人与生物圈》杂志社组织的专家组考察梵净山地区的生态保护状况，笔者发现，梵净山的自然环境保护与其宗教文化的兴盛之间存在着相互支撑的关系。深山密林成为宗教人士修行的首选之地，保护良好的自然环境促生了种种宗教门派的兴盛与和谐相处；不同宗教文化交织而成的精神网络强化了当地民众万物有灵的宇宙观，造就了当地民众敬畏自然、养护自然的生态观念，使人与自然得以共生共存。正是由于浓烈的宗教文化氛围，才使大片森林免于生态浩劫。

关于生态与宗教的关系，这是一个宏大的研究课题，这里笔者只能结合自己在梵净山有限的见闻，谈一点体会。

中国佛教协会副会长学诚大法师指出：梵净山佛教自唐宋开始传入，由周边向中心地区推进发展，到明朝万历年间达到鼎盛。是时高僧云集，如妙玄、明然、深持、隆参等曾驻锡于此，特别是破山弟子敏树和再传弟子圣符、天隐等大建法幢，传为佛门佳话。梵净山宋元时期即为梵天净土，明代初年形成弥勒道场。到了明末南逃期间，一大批南明官员"逃禅"隐居到梵净山区域，如南明兵部尚书吕大器、礼部尚书郑逢元等都曾隐居梵净山周围，或缁衣尽孝，或披剃出家，给梵净山弥勒道场的振兴注入了新的活力。近来，江口梵净山佛教协会会长释祖德法师等人，曾在梵净山麓的太平乡白鹤山上发现两座保存完好的弥勒佛道场遗址，再度证明梵净山弥勒佛古道场曾经辉煌鼎盛于明、清之际。

"弥勒"为梵文，全译为梅达丽（Maitreya），又译为"慈"，为释迦世尊同时代人。弥勒菩萨是文殊、普贤、观音、大势至诸菩萨的同事，在佛教中是一个极其特殊的人物，不仅大乘佛教信仰他，小乘佛教也信仰他。弥勒以慈悲为怀，是仁爱的化身，他亲近自然中的各个物种、所有生灵，是一位"深绿的自然环保主义者"。佛经中曾流传这样一个故事：往古洪水暴发，一切修行之人无法乞食，眼看就要饿死。此时山林中还剩下一群白兔，兔王担心僧人饿死、法幢崩溃，便率其子孙不惜生命自投火中，用烧熟的兔肉供养僧人。弥勒亲睹此景，悲不能言，心痛欲碎，于是自己也投入烈焰中与兔子生死与共。弥勒成佛后便立下"断肉戒"，开创了古印度修行者食素的先河。在《弥勒菩萨本愿经》中，弥勒还曾立下宏大誓愿：令国中人民绝无污垢瑕秽，国土异常清净，人民丰衣足食，生活安宁幸福，使娑婆世界早日变成净土，即后人所说的"弥勒净土"，又叫作"兜率天"。① 这块净土，当然是一个没有污水、没有雾霾、没有贪腐、没有强权，人与自然高度和谐的生态世界。

2014年7月，铜仁市成功举办了以"铜仁生态美·梵净天下灵"为主题的中国梵净山生态文明与佛教文化论坛。与会的中外佛教文化研究专家达成一系列"梵净山共识"，其中首要的一点就是："心灵环保，世界和谐。"心态决定生态，心境牵动环境；大自然雾霾的源头是人类心灵的雾霾，人类必须先解决好内在的心态问题，才能更好地处理外在的生态问题。与会代表一致认为"以佛教文化为代表的东方智慧，是一剂疗救生态危机的良药"。这里所说的"心灵""心态""心境"，也正是地球"精神圈"的核心内涵。弘扬弥勒净土的宗教文化，改善世人的心灵境界，无疑也是在修补日渐破损、糜烂的地球"精神圈"。

如果说"弥勒道场"是一种富于学理性的庙堂宗教文化，那么，至今流布于梵净山周边地区的"傩文化"则是一种操作性极强的山野宗教文化。二者的差别虽然显著，但用意又大致相同，无外乎驱邪纳吉，禳灾解难，祈祷家族兴旺，呵护心身康健，保佑地方平安。不同之处在于：弥勒道场重在个人内心世界的修行，傩坛重在道器与巫术的施展运用。以往，包括学界的人多尊佛贬巫，这是有欠思量的。从人类学的角度看，巫教还应是佛教以及其他许多宗教的源头。甚至还不止于宗教，巫教作为原始宗教还是哲学、医学与文学艺术的源头之一。也正因为如此，傩文化作为原始的山野宗教文化也就与天地自然保存了更为密切的关系，展示出人的精神世界与地球生物圈之间种种奇妙的景观。

有学者认为，傩文化起源于远古时代部族的"祭祖"与"祭土"活

---

① 印如居士：弥勒兜率净土的由来，https://www.milejt.com/html/9.html。

动。最初的傩神就是本民族的始祖神，苗语称"Ned nuox"（汉语音译为"奶傩"），木雕偶像为老年女性形象。[①]另有学者认为傩文化源于对"社神"的崇拜，"社"即"神土"，"皇天垕土"中的"垕土"，"土地"作为神灵在最初的傩文化中占据重要地位，而"社坛"也总是要设置在祖田、村头、山石、溪流旁，多由石块垒成。社坛旁更要有老树，如枫树、榆树、梓树、银杏树等，体现了先民对于大地的崇拜。"女性始祖"加上"神圣大地"，不能不叫人联想起古代希腊神话中的大地女神"盖娅"，以及更深一层联想到林恩·马古利斯（L. Margulis）与詹姆斯·洛夫洛克（J. E. Lovelock）共同提出的在当代生态学研究中具有里程碑意义的"盖娅假设"。

傩文化中的设坛降神、镇魔驱鬼、禳灾祈福有着繁复的仪式与高难度的法术，本文自难一一述及。但其原始性，即与自然界近乎天然的关系至今仍保留着。这从施法者操持的某些法器中不难看出。

比如"面具"的制作。傩坛使用的面具与京剧的脸谱不同，它几乎就是面具所代表的那位神祇的灵位与替身，是拥有神性的。因此，它的制作也就非同寻常。面具的材料取自树木，如杨树或银杏，雕刻成形后要举行"收猖"与"点光"仪式。天黑以后，执事人和端公（即法师）等一起上山，按八卦方位站定，所有人一律噤声，端公则手持瓦罐满山搜索，听有什么生物鸣叫，最好是老虎、豹子之类猛兽的吼叫，端公立即吹"猖哨子"，将那叫声收于罐中。同时锣鼓铳炮齐响，灯笼火把通明，表示已经"收猖"成功。回到村里，听金鸡报晓，便为面具"点光"。用公鸡血，兑朱砂、金粉等矿物质，依面具神的位阶高低，分别点涂七窍，将面具陈列于"本社号嗨神位"木主之前。最后，将猖罐埋在社坛的泥土之中，此时的傩面具才具备了神灵的威严与法力。[②]

又如"符箓"的制作。在傩文化中，"符箓"是沟通人、鬼、神的重要信息渠道，不但有寓意复杂、形制不一，即使在书写的工具和材料方面

---

① 吴国瑜：《傩的内涵与外延刍探》，《贵州傩文化》2014 年第 2 期。
② 王兆乾：《安徽贵池的傩面具与面具戏剧》，《贵州傩文化》2014 年第 2 期。

也有严格的要求。画符所用的朱砂，具有镇邪作用，在鬼怪那里是神火轮，以辰州深山中所产为佳；纸，宜用草本植物为原料手工制成的黄表纸、朱砂笺，机制纸禁用；毛笔，以狼毫制作的为宜，羊毛的次之，钢笔、铅笔、圆珠笔绝不可用；墨，要用松烟烧制的，且必须是新磨的墨汁，不能用玻璃、塑料瓶装墨汁；砚台，须石砚，越古老越好。磨墨的水以露水最佳，雨雪之水皆为天水，又称阳水，亦佳。井水和山泉水为地水，又称阴水，也是可以使用的。① 概而言之，符箓的材质必须贴近自然，取自自然，进而与自然融为一体。这样做的用意应是让符箓从大自然中获取无尽力量，从而拥有出奇制胜的神效。这个过程中显然还残留着人类原始思维、自然崇拜的遗风，一张傩文化的符箓，如此便成为一个融"天地神人"为一体的能量场。

无论是佛教文化还是类乎傩文化的民间信仰，都在某种程度上表达了普通百姓一心向善的意向、惩恶扬善的愿望，这对于营造社会的精神生态会产生良好的作用。正如前人大副委员长许嘉璐先生在视察梵净山后所指出的，从世界范围看，当下人们心灵面临的冲击与毁坏是一样的，解脱之道也是一样的，最重要的是要把梵净山的精神文化弘扬下去。② 新时期以来，佛教文化得到弘扬与发展，傩坛、傩戏、傩技之类的民间活动也重新开展起来。我们在江口县梵净山区的寨沙侗寨遇到一位名叫舒六妹（男）的老人，他是一位端公（傩坛法师），17岁从业，掌握"画符""念咒""上刀山""下火海""演傩戏"等绝技。如今他已经87岁，还不时接受乡民的邀请设坛施法。

目前值得警惕的另一种倾向，即所谓"文化搭台，经济唱戏"，把发展文化的目的限定在经济利益的获取上，古刹名寺成了招揽游客的卖点，傩戏、傩技成了吸引眼球的杂耍，各个旅游点上都在表演上刀山、蹚火海、下油锅，这就大大消减了宗教文化的精神意义与生态价值。宗教文化作为精神文化，其根本价值就在于精神自身。这是一种内在的自足的价

---

① 钟玉如：《辰州符·傩文化的灵魂》，《贵州傩文化》2014年第2期。
② 许嘉璐先生座谈侧记：《醍醐灌顶　如坐春风》，《梵境论坛》2014年第2期。

值,重在净化、提升自我的精神,进而改善一个时代、一个地区的文化风貌与精神生态。

目前很多国家仍然陷于"经济高速发展"的迷思之中,认为只有快速开拓的市场、大量积聚的财富,才是人类社会幸福美满的保证。所谓"全球化"正是为此设计并强力推行的一个发展模式、一种时代走向。

按照日裔美籍学者弗朗西斯·福山(F. Fukuyama)的说法:"全球化"就是由高新科技支撑下的跨国资本对全球市场的占领,主要是经济的一体化与文化的普适化。[①]

与此相对,一个新的提法在国际学术界浮现出来,那就是"人类纪"。给出这一说法的是两位科学家:一位是诺贝尔奖获得者鲍尔·克鲁岑(P. Crutzen),一位是地壳与生物圈研究国际计划领导人兼国际全球环境变化人文因素计划(IHDP)执行主任威尔·史蒂芬(W. Steffen)。他们认为,自工业革命以来,人类对于自然环境的影响力已经超过了大自然本身的活动力量,人类正在快速地改变着这个星球的物理、化学和生物特征。"人类纪"与人类社会发展初期平静的日子有着根本性的区别,如今人类面临的将是人类自己引发的全球性环境动荡。最为明显的表征就是全球性生态危机的日益严峻,包括已经开始了的地表温度上升、淡水资源枯竭、极地冰川融化、海平面抬升、土壤沙化、海水酸化以及由此引发的动植物种群的全线溃败乃至灭绝。

"人类纪",与以往人们所熟知的"寒武纪""泥盆纪""侏罗纪""白垩纪"一样,本该是一个地质学的术语;然而在今天,"人类纪"已经涵盖了地球上人类社会与自然环境交互关联的各个方面,包括地球上不同国家、不同种族共同面对经济、政治、安全、教育、文化、信仰的全部问题。这就是说,"人类纪"不仅是一个地质科学概念,同时也成了一个人文学科概念,一个跨越了人与自然的多学科概念,一个人类必须密切关注的整体性概念。从这个意义上说,"人类纪"才是真正意义上的"全球

---

① [美]弗朗西斯·福山:《大分裂:人类本性与社会秩序的重建》,刘榜离等译,中国社会科学出版社 2002 年版,第 318 页。

化"，一种充盈着浓郁生态学意味的"全球化"。

"人类纪"与以往的"寒武纪""泥盆纪""侏罗纪""白垩纪"之所以截然不同，就是人类做了这个地质时代的主体。而"人"与以往的"三叶虫""恐龙""剑齿象"的不同，就在于人类拥有自觉的意识亦即独立的精神。人类发展至今，"人类的精神状况"对地球生态系统的影响越来越强。尤其是近300年来，人类的精神已经渐渐成为地球生态体系中一个几乎占据主导地位的决定性因素，在构成地球生态系统的"岩石圈""水圈""大气圈""生物圈"之上，实际上已经构成了一个"精神圈"。

生态学家善于用"多层同心圆"的系统模式描摹地球上的生态景观，将这个独特的天体划分出许多层"圈"：岩石圈、水圈、大气圈、生物圈等。从"人类纪"的视野看，在地球上已经生成了另一个"圈"，一个以人的欲望、意志、思维、判断、理念、信仰为内容的"圈"。

这个虚悬着的"圈"，就是地球生态系统中的"精神圈"。

20世纪30年代，长期在中国从事地质生物考古学研究的法国思想家夏尔丹（T. de Chardin）曾经使用过"精神圈"这一概念。他说，地球上"除了生物圈外，还有一个通过综合产生意识的精神圈"[1]。"系统论之父"F. 贝塔朗菲（L. V. Bertalanffy）虽然没有直接提出"精神圈"的概念，实际上他已经把人类独自拥有的"语言—符号系统"看作地球生态系统中的一个至关重要的层面，一个高居于生物圈之上的精神层面[2]。人类在地球上谋得统治地位，人类社会在地球生物圈内取得超越一切生物种群的发展，凭借的就是它所拥有的这个"精神圈"。"人类纪"的生成也正是得力于这个威力强大的"精神圈"。

较之其他生物，人类的优越和幸运在于其拥有了地球的"精神圈"；然而，人类社会如今面临的种种生态困境，也正是由于人类自己营造的这个"精神圈"出了问题。当代人沉湎于构造一种世俗的、物质的安全感，来代替已经失去的精神上的安全感。我们为什么活着，我们精神上的实际

---

① ［德］G. R. 毫克：《绝望与信心》，李永平译，中国社会科学出版社1992年版，第218页。
② ［奥］冯·贝塔朗菲：《人的系统观》，张志伟等译，华夏出版社1989年版，第85页。

状况如何，这类问题渐渐被搁置起来，最终完全被消解掉了。

宗教，在人类精神生活中占有重要地位，是人类自身创造的一种古老的精神文化。宗教文化是人类精神层面的一种奇妙的符号系统，是地球"精神圈"的重要构成要素。"人类纪"时代精神圈的"荒废"与"破损"，也与宗教文化在现代社会的衰落有关。生态运动兴起以来，学界流行这样一种观点：文化与自然总是对立对抗的、势不两立的。其实并非如此绝对，纵观人类文化发展的历史，既有与自然分离对抗的文化，也有与自然亲近和谐的文化。具体说，大多数宗教文化都是与自然界以及人的自然天性相互融渗的，东方宗教与原始宗教更是如此。营造"人类纪"的生态社会，修补地球生态系统的精神圈，有必要对宗教文化做出新的阐释。

梵净山佛教文化中的"弥勒道场"与流行于梵净山周边的原始宗教"傩文化"，恰好可以作为具体的案例。

A Study of Fanjing Mountain Maitreya Monastery and Nuo Belief from an Ecological Perspective: On Anthropocene, Noosphere and Religious Culture

Lu Shuyuan

Abstract Fanjing Peak Nature Reserve in Wuling Mountains early delineated by Man and the Biosphere plan of UNESCO which has two significant features: forests in mountain and natural resources are well-reserved; the religious culture has a long history. It is the fifth holy land of Maitreya Monastery, and one of birthplaces of primitive religion Nuo worship in the world. Thanks to "noosphere," humans are luckier than other creatures on earth, however, the human society is now facing with the ecological predicament resulting from the "noosphere" which has something wrong. "Mental Fitness, Harmonious World," mind decides ecology and the state of inner heart affects the external environment; Natural fog and haze originates from human psyche. In order to deal with external ecological problems better, human must solve the problem of inner mind firstly. Most of the religious culture is in harmony with nature and human nature, much more are Oriental religion and primitive religion. Constructing the ecological society of the anthropocene, mending noosphere of ecological system on earth, Maitreya Monastery in Buddhism culture and the primitive religion of "Nuo Culture" surrounded Fanjing Mountain, can be used as a specific case.

Key Words　Ecology; Fanjing Mountains; Maitreya Monastery; Nuo culture; Noosphere

Author　Lu Shuyuan, director of Eco-culture Research Center of Huanghe S&T College, professor, with major research interests in ecocriticism and eco-culture.

论李育霖《拟造新地球：当代台湾自然书写》里的生命书写与论述策略

张嘉如

摘 要 本文探索以下两个问题：强调书写生命、探索生存与其他物种的爱生关系的自然写作文类在当今以围绕在物质环境问题为主的生态批评转向扮演何种角色。非西方生态批评学者又如何在西方理论与非西方文本中找到一个治学的出口，有创意地开辟出一套研究与论述方法来解决西方论述与非西方文本之间的话语权力不平等？这里笔者以李育霖的新著《拟造新地球：当代台湾自然书写》为案例，探讨此学者将西方理论（如德勒兹—瓜达希的理论）与台湾作家并置、交错、模拟、对话，在巧妙地搅混西方理论与台湾本土写作之余，凸显台湾自然书写的主体性与位置，进而开发出一种新的生态批评研究方法与视野。

关键词 德勒兹—瓜达希；流变；台湾自然书写；《拟造新地球：当代台湾自然书写》；情动美学；异盟（不可能的同盟）

作者简介 张嘉如，纽约市立大学布鲁克林学院现代语言文学系副教授，主要从事生态批评与比较文学研究。

在石光电火的人类文明发展中，因过度发展而覆灭国家文明的例子比比皆是，如西域古国楼兰和美洲印第安玛雅文明。现今研究发现，这些古文明的消失与过度开垦、乱砍滥伐、人口无节制增长、生态环境恶化脱不了关系：生态灾难最终导致楼兰亡国，而玛雅人则被迫弃城外迁。在当今的"人类世"或"资本主义世"（"capital-anthropocene"一词，来自美国学者唐娜·哈若薇）的文明里，我们仍旧重蹈覆辙，生态破坏规模更胜于前，而破坏后的逻辑却与前人如出一辙，那就是放弃被破坏殆尽的家园转向他方寻找生存之路。从美国太空总署NASA的太空计划里就可以看出这样的思维。美国太空总署宣布已经在火星上找到水，并找到了另一个与地球相似的行星，做起星际移民的大梦。他们要放弃的不是一个地区，而是一个地球。人类如何脱离地球和其他生物而独自生存？这不仅是一个实际的问题或道德问题，它更是一个人类此一物种可否脱离地球及地球上的生灵独立存在（生于斯，长于斯，在地球上与大气、水土、矿物质元素和其他生物共生共构慢慢演化而来）的根本问题。在发展中国家开始向外层空间寻求人类新的存活地之余，西方生态批评研究也进入现实层面的生态可维持性的探讨（如地球温度如何保持在2℃之内），生态研究中人类与万物最根本的生命生存联结之命题已经逐渐减少。毫无疑问，生态环境污染、气候变迁、物种灭绝或变异等问题当然是生态批评研究的中心课题，然而若将环境问题视为科技或政策问题以挟持根本存有、存在的问题，终将本末倒置，无法重建一个深刻的生态人文精神。本文将就台湾学者李育霖的《拟造新地球：当代台湾自然书写》中的一些观点来探讨生命书写里对人类生存与动物之间那种最直接"爱生的冲动"（借用 E. O. Wilson 的"biophilia hypothesis"一词）的探索，同时也检视这位学者如何巧妙地将西方理论与台湾本土写作进行糅合，进而探寻开发新的生态批评研究方法的可能性。

李育霖的《拟造新地球：当代台湾自然书写》（以下简称《拟造》）一共五章，囊括台湾当代四位最具代表性的作家：刘克襄、吴明益、廖鸿基和夏曼·蓝波安。该书借由文本考察来"披露当代台湾自然作家们对于日益严重的生态与环境问题的响应与思考"[①]。然而，除了涉及"浅层生态"哲学，笔者认为该书作者更有兴趣的是在某种深层生态哲学意义上的探索。这里的深层生态指的不是狭隘的深层生态学的整体主义（holism），而是一个相对于浅层生态哲学的生命、形上哲学。《拟造》探索的是当代台湾自然作家作品中人、环境、非人类生物相互交织而成生存图景，涉及美学、哲学、生命与伦理政治学。书名中的"拟造"来自 fabulation，意为生产、创作，强调利比多（libido）自由流动的积极创造性，塑造出臻至人类外部的生命虚拟力。而创造力的拟造（creative fabulation），即艺术创造

---

① 李育霖：《拟造新地球：当代台湾自然书写》，台湾大学出版社 2015 年版，第 21 页。

活动，此艺术家的生命与创造便是在"超越生活的感知状态"并萃取"感觉的纯粹存有"[1]。对李育霖来说，"新地球"一词意味着一个"新的人民与尚未存在的地球"[2]。艺术家便是此新地球的拟造者、创造者。在当前全球气候变迁的生态危机下，台湾自然作家的自然书写本身可被视为对现今全球资本主义社会下主体商品化与同质化的一个反抗、一个积极的逃逸，进而在逃逸之后树立新的生命价值与伦理典范。

学者陈永国在其文章《德勒兹思想要略》中写道：这样的"逃逸路线"(lines of flight) 或"道路"(paths)"共有三条：第一条是严格切分的路线，称作'分层'(stratification) 或克分子路线 (molar line)，它通过二元对立的符码对社会关系加以划分、编序、分等和调整，造成了性别、种族和阶级的对立，把现实分成了主体与客体。第二条是流动性较强的分子路线 (molecular line)，它越过克分子的严格限制而构成关系网络，图绘生成、变化、运动和重组的过程。第三条与分子路线并没有清晰的界限，但较之更具有游牧性质，它越过特定的界限而到达事先未知的目的地，构成逃亡路线、突变，甚至量的飞跃"[3]。此由"新地球"开展出来的伦理观于是便含涉此三种逃逸路线，进而建立"对自己身体的重新认知，以及对动物与其他物种关系的重新分辨，涉及主体与存在领域的重新派分"[4]。由此延伸，"拟造新地球"指的是作家身体力行地出走，深入大自然中，去从事一种全新的文学想象创作，用李育霖的话来说，就是：刻画人类与其他物种之间的感知经验与动情状态。李育霖将此类台湾自然文学创作诠释为人类生活与生命之外的乌托邦建构。借用德勒兹对"乌托邦"一词来源的解释，即"不在何地"和"此时此地"之意[5]，李育霖将台湾自然文学里的乌托邦建设诠释为一个在历史时间缝隙之中介入的纯粹地景，浑然体现出"生命混沌与感官无法分辨的领域，所有的生物都被卷入其中"[6]。

---

[1] 李育霖：《拟造新地球：当代台湾自然书写》，台湾大学出版社2015年版，第79页。
[2] 同上书，第225页。
[3] 陈永国：《德勒兹思想要略》，《外国文学》2004年第4期。
[4] 李育霖：《拟造新地球：当代台湾自然书写》，台湾大学出版社2015年版，第16页。
[5] 同上书，第13页。
[6] 同上书，第96页。

生态美学
Ecoaesthetics

在笔者看来，李育霖的《拟造》捕捉到台湾自然作家的一个内在的东方禅宗的特色，此特色也反映在他的论述中。虽然李育霖在书中并未提到佛道文化对于这些生长在台湾的作家（尤其是吴明益）的影响，但是它们潜藏于作家的心灵、思维与行为里。若说21世纪的台湾自然作家建构了一个"新野蛮主义"，在笔者看来，这样的新野蛮主义不仅是资深生态批评学者特瑞·吉福德（Terry Gifford）的后现代"后田园式"的（post-pastoral），不仅带有早期美国荒野作家的特色，也深具东方色彩。然而，李育霖采取的视角是一个世界大都会式的、跨文化的，因此，本书评的焦点将集中在法国解构学派德勒兹—瓜达希哲学与中国台湾自然写作的组配上。

一 同盟抑异盟：西方生态批评、台湾自然书写与德勒兹—瓜达希研究的对话

首先，在台湾德勒兹—瓜达希研究与台湾自然作家组配是有学术脉络可寻的。台湾的文学研究或比较文学值得自豪的是创立了阐发式的研究方法，即利用西方理论研究本土作品，和德勒兹的研究方法很像。这或许可以解释德勒兹在台湾受欢迎的原因。首先，德勒兹—瓜达希理论在20世纪80年代由蔡源煌教授引进台湾学术界之后一直占有一席之地，相关研究持续不断。之后生态（动物）批评论袭来，德勒兹相关理论研究在台湾与生态批评研究平行发展，有时也出现交集。第一届国际德勒兹亚洲会议于2013年在淡江大学召开，以"创意组配"（assemblage，也有译作"装配"或"配置"）为主题来研究跨学科之关联。会议中有不乏讨论亚洲地域内跨学科的生态、宗教、生命哲学、动物研究、台湾文学与电影方面的报告。2014年，由Ronald Bogue、邱汉平和李育霖等教授合编的 *Deleuze and Asia*（《德勒兹与亚洲》，2014）专著由剑桥学者出版社付梓出版。之后李育霖的《拟造新地球：当代台湾自然书写》也相继出版。除了"亚洲德勒兹研究"之外，《拟造》另一个论述上的组配为"亚洲生态批评研究"或"台湾生态批评研究"。沿用邱汉平教授之说法，此"再地域化"（也有

· 83 ·

译作"再疆域化")可以看作德勒兹的"少数文学"(也有译作"弱势文学")重新再领域化演绎。从上面所述的脉络来看,德勒兹与台湾自然书写的连接组配在台湾的学术环境下是可以预期的,这也是《拟造》所占的一个特殊的位置。该书的主副标题将地方的想象做了一个全球与在地的呼应,也点出贯穿全书的一个研究方法。

这里,李育霖特别强调德勒兹学说与台湾自然写作之间的关系并非"西方理论东方套用",而是一个平等对话式的"西方理论与东方文本相互参照",李育霖尝试使其交错进行,尝试"找寻两者之间共同的(音乐)动机与主题"[1]。然而,作为东西文化翻译与诠释者的李育霖承认,在实际演奏中,"德勒兹与瓜达希的理论与当代台湾文学并非总能达到完全的和谐与共鸣……"[2] 当代台湾文学与西方理论与其说是一个"琴瑟和鸣"的同盟,不如说是一个"异盟",或如作者所说,是一个"奇怪的同盟,既不属于西方也不属于东方"[3]。所以德勒兹—瓜达希的理论与当代台湾文学联结而流变后形成此不东不西的组合体,这两个"身体"(body)相遇之后,产生的装配不可能跟原来的身体一样,所以德勒兹强调,这种相遇就是一个"事件"(event),而"事件"的唯一特性就是它们彼此的绝对不同。这正是本书欲传达的新思维样态。由此可看出,作者深掘德勒兹—瓜达希思想中的生态论述,来为生态批评学者提供一个新的思考面向或"组配",而德勒兹—瓜达希的哲学与台湾自然书写的联结,为比较生态批评学者提供了一种跨文化批评研究的范式。

让笔者先指出生态批评与德勒兹—瓜达希生态论述之间的一些差异。首先,许多生态批评学者可能会将此类组配视为一种不可能的同盟。其实,这样的思维必须从西方生态批评发展的脉络来理解。在美国 20 世纪 80 年代中期发轫的生态批评研究最初为一个学术运动(如学界里的后解构主义或其他法国学派的转向),呼吁生态学者由建构出来的文化、语言、文本的世界回到真实的世界,强调在建构的意识形态之外,还有一个真真

---

[1] 李育霖:《拟造新地球:当代台湾自然书写》,台湾大学出版社 2015 年版,第 20 页。
[2] 同上。
[3] 同上。

实实的物质世界。多数生态或动物批评研究学者对法国学派多半保持距离,以致德勒兹—瓜达希研究与生态批评研究之间的交集不多。一些学者如唐娜·哈若薇(Donna Haraway)甚至直接批评德勒兹与瓜达希思想里的人类中心主义,概括来说,德勒兹的生态观属于社会中心论,而生态批评偏向生态中心论。在对《当物种的相遇时》(When Species Meet)一书的介绍里,唐娜·哈若薇质疑德勒兹与瓜达希形上观点克服人与动物间距离的可能性。她认为德勒兹与瓜达希的形而上学阻碍了一个与动物更真实、具体的关系,那种关系是基于对他者的好奇心、情感与对差异的尊重。[1] 李育霖在书中也提到著名动物行为学家康拉德·罗瑞兹(Konrad Lorenz)跟德勒兹与瓜达希在动物行为如"领域"一词的概念上有分歧。[2] 最后一个发生在淡江大学生态批评会议上的例子为琼妮·亚当森(Joni Adamson)教授在发表论文时强调:"德勒兹的茎块论与生态完全无关,他不懂生物学。"这些例子凸显出德勒兹和瓜达希的生态哲学与自然科学、动物行为学家和生态批评学者之间的认识论上的差异。

  作为哲学家,其主要任务为创造概念(create concepts),所以哲学场域亦不受物质、历史世界限制,可以自由穿梭往来于思想的创造与真实世界之间。这是哲学与生态批评学者和环境历史学家最大的不同。从哲学家的视角出发,德勒兹和瓜达希批评自然历史,认为它的方法有局限,只能用关系(由 A 到 B)来思考,而非创造生产(由 A 到 X)。这里他们进一步批评生态批评理论里非常重要与根本的这个"关系"的概念(譬如生态研究就是研究不同有机体之间,或有机体与所在的环境之间的相互关系),借用李彼得(Akira Mizuta Lippit)的话来说,就是"关系这个概念阻碍了

---

[1] Donna Haraway, *When Species Meet*, Minneapolis: University of Minnesota Press, 2007, pp. 27-35. 对哈若薇的批评言论有兴趣者,可以参考此篇学术论文。这里作者进一步为德勒兹与瓜达希提出辩护:Alan Beaulieu, "The Status of Animality in Deleuze's Thought", http:// www.criticalanimalstudies.org/wp-content/uploads/2012/09/JCAS-2011-Vol-X1-Issue-1-2.pdf, 69-88.

[2] 李育霖:《拟造新地球:当代台湾自然书写》,台湾大学出版社 2015 年版,第 76 页。

毫无相关的团组之间潜在的沟通线路"[1]。故而，对生态批评学者而言，若要将德勒兹—瓜达希的学说与生态思想产生联结，其生态学说必须重新被理解，也就是他们的生态观并非自然科学学科里所理解的生态观。德勒兹的生态观点应归属于地理哲学（geophilosophy）的范畴，"以地球与领域之间的关系定义思考"[2]，这里牵涉到他们的哲学系谱，还有资本主义资本流动、领域化运动等概念。李育霖写道："地理哲学不再以'人'作为思考主轴，而可以看作是对于'地球'的思考。"这里我们可以看出此"地理哲学"与生态批评的基本区别。

近年来，由于生态批评主义论述的"物质"转向，生态和动物批评学者对德勒兹和瓜达希的接受度逐渐提高。物质生态批评学者欧帕曼（Serpil Oppermann）甚至将生态批评归属"根茎说"，认为生态批评的多音性即为一种耕耘出来的根茎活动。动物研究学者兰迪·马拉穆德（Randy Malamud）在《诗性动物与动物灵魂》（*Poetic Animals and Animal Souls*）里借用德勒兹—瓜达希的哲学理论来挑战西方犹太基督教传统里人与动物的二元划分。马拉穆德首先承认此"流变动物"（也有人将流变译为"生成"）本身即为矛盾的词：一来人类本身就是动物，但当人类使用"动物"一词时，却又将动物与人类对立起来。[3] 但他随即引用上面提到的学者 Akira Mizuta Lippit 来解释此"流变动物"概念的颠覆性，在"流变动物"的世界里，人类的存有是对动物的存有开放的，或者是有可能与动物存有接轨的。他写道："流变动物召唤出一种物种与物种之间的流动力，一个逃开疆界的互相穿透性使得人与非人类动物之间的亲密关系更加神圣。"[4] 在此，马拉穆德指出，德勒兹和瓜达希注意到神话里面的跨物种变形记，引用利瓦伊·史陀（Claude Lévi-Strauss）对神话的

---

[1] Akira Mizuta Lippit, *Electric Animal: Toward a Rhetoric of Wildlife*, Minneapolis, MN: University of Minnesota Press, 2000, p.129.

[2] 李育霖：《拟造新地球：当代台湾自然书写》，台湾大学出版社 2015 年版，第 12 页。

[3] Randy Malamud, *Poetic Animals and Animal Souls*, Basingstoke, UK: Palgrave Macmillan, 2003, chapter 1.

[4] Akira Mizuta Lippit, *Electric Animal: Toward a Rhetoric of Wildlife*, Minneapolis, MN: University of Minnesota Press, 2000, p.11.

研究。李育霖对德勒兹与瓜达希的理解则是,"流变动物"的核心为"流变"过程本身,而非流变之后的什么,在此,唯一可以确定的是人与动物之间的同盟,以及对人类的"绝对去领域化"(或译为"解疆域化"),即逃离资本主义社会"伊底帕斯结构"(Oedipal configuration)的逃逸的线,或寻求一个介于人类生活与生命之外的途径。此"动物转向"即带出对形式的考虑,反对"模仿说"的再现论而更倾心亚陶(Antonin Artaud)表演式的语言,或培根的变成动物艺术语言。在此,德勒兹和瓜达希要求的是一个认识论上的融合。在这里李育霖以刘克襄的《永远的信天翁》为例,说明文本里的流变动物并非模仿式的流变,他写道:

> 在《永远的信天翁》的叙述中,作者以主角的飞行对应信天翁的飞行,人类没有羽翼,因此借由滑翔翼飞行。然而……书中主角的飞行同时也是信天翁的飞行,两者不应只是被看作彼此的模仿或模拟,而是主角流变鸟的历程。在滑翔翼的飞行中,主角拥有了信天翁的地形、山脉、气流、风势与温度等。换句话说,信天翁的天空同样构成了主角滑翔的天空。①

二 建构文学乌托邦:台湾自然书写里的地理美学、生命伦理

由上文可以看出,李育霖在思考台湾自然书写里的文学乌托邦、生命伦理与书写美学时为什么转向德勒兹—瓜达希的学说,而非采用美国生态批评理论里自然写作论述的视角。就方法论而言,李育霖借由德勒兹—瓜达希的学说颠覆解构传统本体认识论的生态分析方法(如传统作家作为观察主体,翔实客观地描写外在自然环境的方法),撷取德勒兹—瓜达希的"流变"(becoming)来进行介入与对话,游刃有余地在德勒兹—瓜达希(像流变、组配、团块/丛体、少数化、战争机器、机器生态论)、台湾自

---

① 李育霖:《拟造新地球:当代台湾自然书写》,台湾大学出版社2015年版,第138页。

然作家文本，以及霍米·巴巴（Homi K. Bhabha）和史碧瓦克（Gayatri Chakravorty Spivak）等后殖民学者的论述中穿梭，来表述一个个体自我生命甚至是物种之外的乌托邦。

既然这里论述的是文学艺术介入自然，那么美学便是首要探讨对象。《拟造》研凿不同作家所呈现出不同乌托邦的地理美学书写。首先，李育霖认为台湾自然书写作家笔下所认知的环境或地理并非一个相对于人类主体的客体，而是"人类与其他物种生存交叠与生命交织的环境"。对此环境的新的认识论继而形成新的生命共构的环境伦理与"地理美学"，一个"超越文字的表达意涵之外，不可计量也无法言诠之物"[①]。然而，美学，诚如李育霖所言，关乎感觉而非修辞，那么，"艺术创造的是无人称的境遇，一个'无人称的流变'"，亦即艺术捕捉感觉并创造未知的情动力。[②]这里，李育霖将艺术和情动美学做了一个有力的联结。德勒兹—瓜达希在《何为哲学？》一书中将艺术定义为组成或构成，那么美学（字源为"感官"）即为对此组合所产生的因组合而生成的一种"复合感觉"[③]或感觉团块。在这样的定位下，美学之生产并非来自于人物、故事情节，而是"框架"里组合的元素之间产生的共鸣（或杂鸣）。这里我们可以看到现代主义里传统的转向形式、元素组合，最早最典型的即为塞尚的景物油画作品里的块状组合，或者跨领域美学互涉如蒙德里安的捕捉音乐抽象画。德勒兹与瓜达希所谓的"感官流变"（也就是情动力的流变），李育霖提醒我们，感官流变是"他者性在表现的材质中被捕捉"[④]。有意思的是，李育霖这里有关形式和材质的说法与一位生态学者墨顿（Timothy Morton）的"氛围"（ambience）论有许多异曲同工之处。

在对音乐的探讨上，如德勒兹—瓜达希如此命题"自然即音乐"（假设这里的自然指的是大自然，而非道家的自然），该书对音乐的论述，着

[①] 李育霖：《拟造新地球：当代台湾自然书写》，台湾大学出版社2015年版，第88页。
[②] 同上书，第15页。
[③] 同上书，第71页。
[④] 同上书，第14页。

重在古典到浪漫主义，当代音乐如合音，是否在自然之列，可见下面的例子。深受东方影响的前卫音乐家约翰·凯吉（John Cage）企图解放西方音乐，他引用《易经》卜卦来作曲，完全打破"和谐"。若以此视角来创新思考"自然即音乐"，我们又得到了另一层面的可能，"音乐即自然"，即音乐有其人为构成性，人若为自然的一部分，那么人类的噪音，或者《4分33秒》作品里被"框住"的无为之声也可一并纳入音乐式思考生态的范畴。由此无限延伸、延宕，吴明益的行书或土占、刘克襄的飞行、夏曼·蓝波安的游牧和航行，皆是揭示身体力行的书写，打破作者写作的无限可能。在阅读之余，也跟读者产生了新的联结与团块，一个不断在发酵、流变的生命同体而生。

回到台湾文学文本上，笔者认为李育霖在"他者性在表现的材质中被捕捉"这点上写得最精辟的是第二章《水之叠韵：吴明益的单身步行者》，即是吴明益水文书写当中各种感官领域的表现，以及其感知与动情状态，这在《家离水那么近》中尤其明显。作者以于库尔的自然描绘作为音乐构成，以自然界中不同物种之间对位关系来比拟。在探讨作家吴明益如何以声音来呈现水之景是相当成功的，但除此之外，他更指出吴明益书写中的一种德勒兹—瓜达希式的、超出生物界范畴（如自然声音与人类语言对位，如"来自海的灵魂组成的复杂性，以及人类的语言对位，如呼吸、打鼾、呼喊、哭泣、喘息、尖叫，还会交谈、沟通，或者念诗的独特声音"，吴明益的《水边》）[1]的跨领域的一种对位关系：

> 相对于溪流声音的表现，重视领域化动机形成的脸庞与角色，在吴明益关于大海景象与声响的书写中，我们目睹更多不同领域间对位旋律所形成的风景与景观。当鱼族、软体动物、海流，甚至一枚石头的每一个细节成为表现的特质，它们构成了大海的景象，而这一景象已不再有个别的旋律，个别旋律与其他领域的旋律对位应和。例如赫克克斯与盖娅神话、达尔文与赫胥黎的书信，甚至哥伦布、麦哲伦、

---

[1] 李育霖：《拟造新地球：当代台湾自然书写》，台湾大学出版社2015年版，第92页。

康拉德、梅尔维尔等，共同赋予一个旋律的风景或景象。①

这里的旋律对位是在去领域化后重新组合对位的。类似的组配或构成也可以在刘克襄的人与鸟的跨物种组配而产生的流变，以及廖鸿基与鲸鱼、海洋相遇而产生的共振与旋律里看出。由听觉和视觉来共同构成作家的地理美学②，来捕捉一个有韵律的混沌海洋世界与文化丛体。

在第五章《游牧的身体：夏曼·蓝波安的虚拟生态学》中，李育霖在强调德勒兹—瓜达希的政治力时，将"环境正义"的探讨纳入德勒兹—瓜达希"少数文学"的论述里。德勒兹与瓜达希强调一种集体组配③，认为少数文学可以以中介的身份进而质疑主流同质文化，并提供了一个"虚拟的可能社群"④。李育霖将夏曼·蓝波安与瓜达希的《三维生态学》（*The Three Ecologies*）配对，尤其是社会生态学的部分来处理少数民族主体性的问题，进而为书写里呈现出的主体性进行诠释。由于夏曼·蓝波安的少数民族身份，自然地，在面对主流社会对"缺席尚未存在的人民"的不公上必须强调以主体性作为一政治策略，如作者写道："主体性在其作品中铭刻的，经常是在危机中寻找存在可能领域的生命欲求。"⑤ 此主体性的铭刻可以在达悟母语的运用上凸显出来，李育霖写道："夏曼·蓝波安以中文书写，但作家在中文句法中却经常说着达悟母语，传颂着达悟族的故事与传说，吟唱着达悟族的古谣，因此，我们认为作家在其作品中重新发现了某种'口语性'（orality）。"而"中文创造的重新发现或发明那些语言交会点以及发声的交界处"带出了"一种主体化与生存领域构成的可能性"⑥。由此视角展开，李育霖将夏曼·蓝波安的自然书写当作一种"机器运作"，一部文学机器，"一方面控诉国家体制机器的运作，一方面也指出

---

① 李育霖：《拟造新地球：当代台湾自然书写》，台湾大学出版社2015年版，第92页。
② 同上书，第241—242页。
③ 同上书，第224页。
④ 同上。
⑤ 同上书，第183页。
⑥ 同上书，第196页。

其断裂,观察其机器运作的崩解与毁坏"①,并创造一个新兴的达悟(为"人"的意思)社会。

结语：生态自然书写与生命书写

艺术文学创作和美学如何与环境倡议政治成为一个同盟？自然写作作家如何成为身体力行的革命家？一个如何取代个人的哲学为身体政治发言？《拟造》为我们提供了一个具有说服力的答案,指出台湾自然作家对生命书写的执着：自然书写即生命书写,二者不可分割。如同作家不断强调台湾自然书写不仅仅是机械地摹写再现其形态与行为,不仅仅是科学的工具,在他们的作品里,书写生态(如海洋、鲸鱼、蝴蝶)的节奏韵律也是作家流变后演奏的根本生命律动,如作者引用廖鸿基《寻找一座岛屿》的话："海洋即是我的稿纸,稿纸亦是我的海洋。"生命流露出来的样态表现在文学作品本身就是一种政治呼声与行动。

生态批评研究的生成背景来自对地球未来的不确定性与焦虑。至今,每年大约有三十万到七十万人因尘烟污染而死亡,饮用水污染也导致全球两千万人死亡;森林以平均每年四千平方公里的速度消失,土地沙漠化威胁十亿人的生活,这些皆会直接影响具有人文关怀的作家与学者。地球环境危机已使得生态批评研究成为学界的主流,当今在西方人文领域的"环境人文"转向就是最好的例子。生态批评的讨论与分歧不绝于耳,但他们有一个共识,就是强调生态体系里的关联性或同盟必要性,若非完全生物中心主义(或酷儿/queer)信奉者,起码的公分母为反人类(或男性)中心主义,以及生态批评学者的一个"道德上"的默契。历史学者 Dipesh Chakrabarty 甚至呼吁,如果我们想要化解环境危机的话,我们必须启动"一个人类新普世历史"(an emergent, new universal history of humans)②。由

---

① 李育霖:《拟造新地球：当代台湾自然书写》,台湾大学出版社 2015 年版,第 26 页。
② Dipesh Chakrabarty, "The Climate of History: Four Theses," *Critical Inquiry*, 2009, 197-222: 221.

此观之,德勒兹—瓜达希研究与生态批评研究之间对话的启动,以及形成的异盟,是一个非常有意义的研究计划。

Writing Life: Discursive Strategy of Yulin Lee's *The Fabulation of a New Earth:Contemporary Taiwanese Nature Writing*

Zhang Jiaru

Abstract This article explores the following questions: what can contemporary Taiwanese nature writing-writing that tends to take a deep ecological, biophilic stance-contribute to current ecocritical theory that is environmentalist in orientation? In interweaving Taiwanese nature writing texts with French theory, what kind of dialog can be generated from such intersection? In this article, I use Yulin Lee's *The Fabulation of a New Earth: Contemporary Taiwanese Nature Writing* as a case study to examine how he skillfully weaves together Deleuze-Guattari's theory and Taiwanese texts without falling into the trap of colonial scholarly tradition. Through a creative juxtaposition and hybridization, Lee foregrounds the subjectivity of Taiwanese nature writing and provides a fresh ecocritical praxis.

Key Words Deleuze-Guattari; becoming; Taiwanese Nature Writing; *The Fabulation of a New Earth*; affective aesthetics; impossible alliance

Author Zhang Jiaru teaches at Brooklyn College-City College of New York. She has taught at several universities, including the University of Florida at Gainesville; Trinity University, Texas; and Washington and Lee University, Virginia. Her first book, *The Imagination of the Ecological Communities: Western and Chinese Ecocritical Praxis* (Jiangsu University Press, 2013), written in Chinese, traverses diverse disciplines, theories, genres, and geographic regions to explore animal and environmental issues and also cultural/literary/cinematic representations and strategies of speaking for non-human and human subaltern subjects. The book has won an award from the Bureau of Journalism and Publications in Jiangsu Province(under the social science division). As an active member of ASLE(Association for the Study of Literature and Environment), she has served on ASLE's executive committee as well as on other committees, including the Translation Grants Committee.

审美经验对构建生态意识的作用
——以现象学为基点

孙丽君

摘 要 在现象学的视野中,审美经验的本质是对自我构成的经验,也是对自我有限性的经验。这一经验是生态意识的一部分,与生态意识构成了部分与整体的循环关系。在个人意识领域,审美经验构成了反思认识论传统的冲力,也是形成生态真理观、生态价值观的基础。在公共文化视域中,审美经验是形成对话的动力。审美经验对个人有限性的反思,也有助于反思人类语言的边界,促进人与自然之间的对话。

关键词 现象学;生态意识;审美经验;生态真理观;生态价值观;语言

作者简介 孙丽君,山东财经大学文学与新闻传播学院教授,硕士生导师,主要从事西方美学、生态美学与现象学美学研究。

基金项目 本文为作者主持的国家社科基金一般资助项目"现象学视域中生态美学的方法论问题研究"(13BZW022)的阶段性成果。

随着生态环境对人类的制约,人类文化逐渐转向了以生态为核心和基础的生态文化阶段。作为对工业文明的反拨,生态文化不仅需反思形成生态危机的原因、表现及改进方式,同时,也要求人们在自我意识领域重新构建人与自然的生态关系。可以说,只有在人的意识领域中推动人与自然的相互理解,并在人的意识领域构建生态的真理观、价值观和审美学,才有可能使各种生态措施推行开来。作为以意识意向性为起点的哲学思潮,现象学对人类意识的研究、对人类审美经验的研究,不仅使审美经验本身显现新的本质和内容,也论证了这种新型的审美经验在构建生态意识的过程中所起的基础作用。

一 审美经验是反思认识论思维的冲力

生态危机形成的根本原因,在于认识论思维方式。在认识论思维方式中,人类视自己为自然的主人,视自然为利用的对象,认为自然可被人类自由支配。所以,人类不顾自然的规律,按自身的意志对自然进行任意的破坏和改造,导致了当下的生态危机。认识论思维是形成生态危机的基础,这表现在以下两个方面:第一,认识论思维导致了人与自然之间的割裂关系。认识论将人与外物两分,认为外在于人类的存在都是客体,其中,自然就是人类面对的最为根本性的客体,人与自然的关系是一种人类认识自然、改造自然并利用自然的关系。认识论思维割裂了人与自然之间共属一体的关系,自然成为人类的工具,这是形成生态危机的直接原因。第二,在认识论割裂人与自然关系的过程中,认识论极端抬高了人类的主体地位,形成人类对自我能力不受限制或人定胜天的错觉,这是形成生态危机的根本原因。在认识论主客两分的过程中,能进行主客二分的,正是人类主体,因此,主体有能力进行主客二分,就构成了认识论的预设。但认识论并不能说明主体能力的来源。正是在这一层面,认识论奠基于"主体形而上学":主体的能力不需论证、先天而来。正是在这一层面上,认识论将康德的先验哲学视为哲学上的"哥白尼转向"。"只有到了现代,具有认知能力和道德判断能力的主体才掌握了上帝的立场。"[①] 主体的上帝地位蕴含着一种可怕的倾向:既然主体能力是不证自明的,那么,人类的能力就可以无限发展、不受制约。所以,主体形而上学必然导致主体能力的无限扩张,人定胜天正是这种扩张的结果。在人定胜天的思维中,自然成为人类征服的对象,在对自然的无限索取中,酿成当前的生态危机。

要构建生态意识,就要反思形成生态危机的认识论思维方式。但正如

---

① [德]哈贝马斯:《关于上帝与世界的对话》,曹卫东译。根据曹卫东的介绍,这篇文章最初发表于《政治神学年鉴》(*Jahrbuch fuer Politische Theologie*)1999年第三卷。国内论文刊于文化研究网(http://www.culstudies.com)。

现象学所发现的那样，所有人类知识的建构，来自于人类意识的意向性，人类的意识具有意向性，构成了现象学的起点。但是，人类意识意向性并不是先天而来，而是在特定的历史和现实中形成的，用胡塞尔的话来讲，有自己的"生活世界"。"世界存在着，总是预先就存在着，一种观点（不论是经验的观点还是其他的观点）的任何修正，是以已经存在着的世界为前提的，也就是说，是以当时毋庸置疑地存在着的有效东西的地平线——在其中有某种熟悉的东西和无疑是确定的东西。"① 现象学对生活世界的研究，表明认识论那种奠基于"主体形而上学"的哲学是一种无根的、不科学的哲学。现象学对意识意向性构成因素的探讨，构成了现象学追求"科学哲学"的根本动力，构成了对认识论哲学最为彻底的反思，也为生态文化提供了一种哲学的思维方式。在这一思维方式中，审美经验不仅是人类生态意识的一种构成元素，它还构成了生态意识反思认识论思维的冲力。

首先，由于现象学的使命在于"在纯粹的直观中阐明内在于现象之中的意义：即阐明认识本身以及对象本身根据其内在本质所指的是什么"②，审美经验的本质就来自于对意识意向性各种相关项的追溯过程。现象学的审美经验，本质上是一种对于自我的经验。"对于胡塞尔来讲，特别有一种奇迹超过于其他奇迹，即'纯粹的自我与纯粹的意识'。"③ 正是意识到纯粹自我所具有的构建能力，构成了胡塞尔对审美经验的基本描述。在审美活动中，"对于主体而言，它们作为现象才是现象；正是主体在一块画布上的风景面前把自身确立起来，主体从自身之中把悲剧性的东西产生出来，并且使这个事件充满了戏剧性。因此，我们又可以反映这些事实了，正是在这些事实之中，主体对这个现象世界的构造发生了"④。所以，"宜人的风景，开心的是我；但是情感，是我对风景的归属，而反过来，风景

---

① ［德］胡塞尔：《欧洲科学的危机与超越论的现象学》，王炳文译，商务印书馆2002年版，第134页。
② ［德］胡塞尔：《哲学作为严格的科学》，倪梁康译，人民出版社2009年版，第61页。
③ ［美］赫伯特·施皮格伯格：《现象学运动》，王炳文、张金言译，商务印书馆2011年版，第132页。
④ ［德］盖格尔：《现象学美学》，艾彦译，载《面对实事本身——现象学经典文选》，东方出版社2000年版，第254页。

是表达我内心的信号与密码"①。在现象学的视野中,一些现象之所以美,就来自于这些现象确证了人类意识的形成过程。现象学运动对审美经验的本质界定有一个共同方向:那就是强调意识意向性得以形成的基础,强调自我意识之所以形成的基础,而审美经验本质上正是对于这一基础的经验。胡塞尔发现了生活世界对人类意识意向性的决定性作用,海德格尔则关注人类通过什么样的活动获知世界,伽达默尔发现了传统对人类意识意向性的决定性作用,梅洛·庞蒂则强化身体在构建意识意向性中的作用,总之,从某种意义上,现象学运动就是对人类意向性能力形成过程和形成因素的研究,这一研究向度决定了现象学视野中的审美经验是对自我形成过程的经验,通过在意识中建构自我的形成过程,人类意识到自我的有限性,审美经验就是对这一有限性的领悟,在这一领悟中,人们与自我的有限性和解并安于自身的有限存在方式,这就是海德格尔所说的诗意栖居的本质。

  海德格尔对人类两种活动的区分,集中解释了审美经验的本质:在海德格尔看来,人类都是在自我的世界中形成的,要了解自我,必须要了解世界对自我的构成性。人类有两种性质的活动,一种是以使用为目的的日常活动,一种是不以使用为目的的活动,审美活动正是这一活动的代表。使用活动的本质,就在于它是一种以此在世界为基础的向前的筹划,此在之所以能筹划的可靠性来自于此在生活在一个特定的世界之中,但此在只有忘了构成它的世界,它才能自由地筹划它的使用活动,因此,在使用活动中,人们不可能形成对自我构成过程的意识。只有在不以使用为目的的活动中,此在才能倒转其视野,进入构成它自身的这个世界之中,意识到正是这个世界,构成了现在的自我。在海德格尔的描述中,我们可以看出,科学活动、以认识为目的的活动,都具有一个强烈的使用目的,因而本质上都属于第一种以使用为目的的活动;而在审美活动中,由于这一活动不是以使用为目的,因此,审美活动隔离了人类的日常活动,使人们进入艺术作品的世界之中,在这一世界中,人们倒转了自身的关注视野,惊

---

① [法]保罗·利科尔:《论现象学流派》,蒋海燕译,南京大学出版社2010年版,第242页。

异地意识到构成自我的世界。

其次,在现象学的视野中,审美经验是生态意识的一种构成元素或组成部分,二者是部分与整体的关系,但这一部分与整体的关系并不是认识论的那种线性关系,而是一种循环关系。认识论的审美经验本质上是由人类意识的本质所决定的,是人类意识的一部分,这一部分代表了人类主体的自由感,代表了一种"无功利的功利性"和"无目的的目的性"。认识论的各种美学理论,其基础都在于这种对自由主体意志的追求。在这一追求中,人类将外在的规律内化为自身的目的,从而构成了人类历史无限进步的理念。这是一种线性的思维,主体构成了这一线性思维的起点。但是,在现象学的思维中,审美经验与生态意识之间的关系并不是这种奠基于"主体形而上学"中的线性思维方式,而是"整体决定部分""部分推动整体"的循环方式。一方面,生态意识作为一个整体,包括生态价值观、生态真理观、生态审美观,其中,审美经验是生态意识的一部分,审美经验的内容受到生态意识的决定和制约。没有生态意识的整体改变,单靠生态审美观的单兵突进,不可能形成并进行真正的生态审美。另一方面,现象学认为,意识的意向性是一个生成的、历史的概念,人类的生活世界决定了意识意向性的基本能力。在这一过程中,生态意识的发展必然会推动审美经验的改变,同时,审美经验的改变又形成了生态意识新的生活世界,二者形成一种循环往复的互动关系。这是探讨审美经验与生态意识关系的前提。

再次,由于审美经验的原初性,审美经验构成了反思认识论的冲力。这一冲力体现在两个方面:第一,现象学视野中的审美经验强调对自我构成过程的反思,作为一种自我有限性经验,它促使人们重新关注自我有限性的来源,关注意识的构成过程。这种对自我世界的反思正是对认识论基础——主体形而上学——最为彻底的反思。第二,审美经验作为冲破旧传统的力量,对认识论思维形成了一种冲力。生态意识不是无源之水,生态意识的产生,也有自身的生活世界。从这一角度来讲,认识论思维构成了生态意识产生的前提和传统,构成了形成生态意识的生活世界的一部分。对于生态意识来讲,认识论构成了一个已定的存在秩序,要冲破这一存在秩序，就需要寻找这一存在秩序的基础并考察这一基础的"科学性"。在这里，现象学提供了一种思路，现象学的审美经验则提供了一种现实的路径。可以说，认识论正是我们日常生活中使用活动的思维根基，但现象学证明了使用活动本质上是一种后发的活动，依赖于通过不以使用为目的的活动而形成的自我意识，只有在以审美经验为代表的不以使用为目的的活动中，人们才可以倒转自身的结构，反思自身的世界，反思认识论的盲点。"每当艺术发生，亦有一个开端存在之际，就有一种冲力进入历史中，历史才开始或者重又开始。"① 而生态意识的本质，在于使人们意识到自己仅仅是生态环链的一部分，自然构成了自我，自我的有限性本质上来自于自然对自我的构成性。因此，在这一过程中，审美经验对自我有限性的反思构成了生态真理观与伦理观的基础。

二 审美经验对构建生态真理观的作用

每种哲学视野，都有自身特有真理观，生态意识也必须构建符合生态原则这一基本目标的真理观。这一真理观不仅能扬弃认识论真理观，而且能促使人们形成生态意识，将自身视为自然生态环链的一环。可以说，现象学视域不仅有助于形成这样一种真理观，在这一视域中，审美经验作为真理观的基础，对构建生态真理观起着至关重要的作用。

在现象学看来，古希腊时期、认识论时期和现象学时期的真理观，其本质区分来自于对个人视域与公共视域的态度与反思。个人视域即个人看问题的角度，由于人们的生活世界不同，导致了人们都有独特的个人视域。而由于人们共同生活在一个特定的群体或文化中，形成了一个群体或文化的公共视域。而个人视域与公共视域之间的矛盾与融合，构成了真理观的不同向度：古希腊时期处于文化初创时期，公共视域正在构建，古希腊的真理观就奠基于对公共视域的追求过程。对古希腊人来讲，真理首先

---

① ［德］海德格尔：《艺术作品的本源》，孙周兴译，载《海德格尔选集》，上海三联书店1996年版，第298页。

来自于个人视域，这是一种自然的态度，因为外部世界首先来自于人们的个人视域。在个人视域之外，是否存在着一个大家认可的公共视域？最终，古希腊哲学家意识到个人对事物的理解基于自身的私人视域，但私人视域并不能构成大家公认的真理，真理意味着必须有一个公共视域，追求真理，也就意味着构建公共视域。那如何构建这一公共视域呢？古希腊人认为：人类的精神，具有向一个公共视域敞开的能力，正是在人类精神的敞开过程中，人们构建了不同范围的公共视域。

古希腊人所发现的人类的精神，形成了认识论哲学的起点。人类的精神，不仅使人类超越于别的物种，也使人类可以不受任何限制地发展自我的精神能力。康德哲学正是全面地论证了人类的精神，形成真理观的"哥白尼式革命"，全面确立了认识论思维方式。随着以认识论为基础的自然科学的传播，人类的精神作为主体能力，构成了人类社会广泛的公共视域。在这一公共视域中，认识论的真理观演变为主客符合论，即主体的构想与客体符合时，便构成真理。但是，主体与客体的符合，本质上来自于主体对自我力量的设定，符合论真理观的本质正在于主体的精神，主体的精神具有一种认识或探索的力量。对主体精神的盲目自信，是形成生态危机的根本原因。这种对主体精神的设定，不仅消泯了人类的个人视域，认为所有人类都具有某种"先天图式"，并将这一"先天图式"上升到人类的本质属性，认为全世界的人类都处于这一公共视域之中。因此，认识论真理观的后果，正在于以科学的名义，将西方某一段时期的真理观向全世界推广，将生态危机推向全人类。

现象学的真理观来自于对认识论真理观基础的反思。现象学看到了认识论对主体能力的不证自明，发现了形成主体能力的生活世界。现象学将认识论线性的思维方式还原为一种循环性思维方式。生活世界构建了个人视域，个人视域构成了探索外在世界的力量；在个人视域的对话中，形成了一个个公共视域，在这些公共视域中，逐渐形成了某个文化共同体和某个约定俗成的大的公共视域，这些大的公共视域，重新构成了个人生活世界的外在环境并进而构成人们的生活世界，又继续影响着个人视域。可以看出，现象学的真理观，本质上来自于人们基于个人视域所形成的开放态度。通过开放的态度，人类不停地修正自我，形成新的公共视域，促进文化的开放和新文化的形成。但是，人类怎样才能形成这种开放的态度呢？在这里，不同的现象学家所提供的答案不尽相同，哈贝马斯认为是反思的意识，海德格尔认为是此在的诗性存在，伽达默尔则认为是"效果历史意识"……但现象学运动的共性在于：他们都倾向于在个人视域形成的过程中去寻找形成开放态度的关键。由于个人视域在个人生活世界的基础上形成，而任何个人的生活世界都是有限的，这就形成了个人视域的有限性，而一旦人类在自我意识领域形成对自我有限性的反思，人类就产生了向一个更大的公共视域进行开放的可能性。这个过程就是真理。

可以说，现象学的真理观奠基于对自我有限性的反思或理解，现象学发现人类都生活在不同的"家"中，因而人类都是一个有限的存在者。因此，如何使人类自觉意识到形成自我的那个"家"，是现象学运动的一个方向，这个方向同样开启了生态的思维方式。从这一角度来讲，现象学的真理观奠定了生态真理观的发展方向。在生态真理观中，自然构成了人类的家或终极限制，是构成人类生活世界的根本，因此，意识到自然对人类的限制，并在这一限制内活动，构成了生态真理观的核心内容。

那么，审美经验在构建生态真理观中起着什么样的作用呢？在上文中，我们已经分析了，现象学审美经验的本质，正是对自我有限性的经验，这种自我有限性的经验，构成了开放真理观形成的基础。"美并非只是对称均匀，而是显露本身。它和'照射'的理念有关（照射这个词在德语中的意思是'照射'和'显露'），'照射'意味着照向某物并因此使得光落在上面的某物显露出来。美具有光的存在方式。"[1] "存在于美向外照射和可理解物的显示之间的紧密联系是以光的形而上学为基础的。"[2] 审美经验本质上是不以使用为目的的经验，不同于以使用为目的的日常生活经验，审美经验使人们倒转了自身的关注视野，由关注使用目的转向了对自我使用目的之所以产生的"可靠性"的反思，转向对自我被构成过程的反

---

[1] Hans-Georg Gadamer, Garrett Barden and John Cumming, New York: Sheed and Ward Ltd., 1975, p.439.

[2] Ibid., p.440.

思。也正是在对自我构成过程的反思过程中，人们意识到自我的有限性。这种对自我有限性的意识形成了人们开放自身、形成更大的公共视域的动力。因此，正是在审美经验中，人们形成了开放的态度，形成了真理。所以，在现象学的视域中，审美经验构成了真理的基础。在这一真理观中，当人们反思到自然对自我的构成性时，也就形成了生态的真理观。在生态真理观具体的形成过程中，首先，通过审美经验，人们倒转了自身的关注视野，由使用为目的转向了领悟自身的被构成性，在反思形成自我的各种因素的过程中，个人经历、传统、语言、文化被一层层地反思，反思的最后，人们逐渐意识到：传统、语言、文化等因素，总是基于某种特定的自然环境。自然是形成自我的终极因素，"在自然中存在"是人类对自我存在状态的最终领悟。从这一角度来讲，生态真理观不仅是现象学真理观在生态文化中的延伸，也是对现象学意识意向性理论中唯心主义成分的克服。其次，在体验到自我最终被自然所构成之后，人们也就理解了关爱自然就是关爱自我和人类，向自然的过度索取也是向人类的挑战。在这一过程中，以审美经验为基础的真理观构成了一种生态智慧，这一生态智慧也反过来促使人们"诗意栖居"。

三 审美经验对构建生态价值观的作用

在生态意识中，人们不仅必须纠正认识论所形成的真理观，也必须纠正在认识论基础上形成的价值观。在认识论那里，由于将主体精神设定为世界的本源，因此，自然成为符合主体需要的工具，人们面对自然的态度，就是将自然视为人们利用的某物，价值观的本源，就在于以"主体的需要为基础"，主体的需要构成了人与自然之间的中介。以主体的需要为基础，人们对自然进行任意的改造和索取，自然成为人类实现自我需要的工具。自然的工具化，也是认识论价值观的最终结果。

在生态意识中，人们必须构建一种生态价值观。"土地伦理是要把人类在共同体中以征服者的面目出现的角色，变成这个共同体中的平等的一员和公民。它暗含着对每个成员的尊敬，也包括对这个共同体本身的尊敬。"① 如果说，生态真理观的核心在于：对自我有限性的认识及在这一基础上对世界和人类的关系进行重新定位。那么，生态价值观的核心就在于：用这一新的定位指导人们的精神，形成一种新的价值判断体系，将生态真理转变成人类行为的指南。

现象学构建了不同于认识论的价值观。在通过生活世界概念回答了人的境域性之后，胡塞尔又用了一个"充实性"概念建构了人类价值观的转向。由于现象学是有关事物在意识中显现的学问，当事物在意识中显现时，就产生了一个显现得好与不好的问题，胡塞尔将意识显现事物的好与不好的标准称为"充实性"："自胡塞尔以来，这样一个说法已经颇为泛滥：只要意识是关于某物的意识，即只要意识与各种类型的对象发生关系，意识就是意向的。当人们不假思索地使用这个说法时，下列联系往往会被忽略：对象是带着一个与它们各自的规定性种类相应的自在存在而显现给意向意识的。但它们之所以能够这样，乃是因为意识每次都熟悉这个指明联系，它可以追溯这个联系，从而发现自身给予的本原体验境况。故而在意识的信念中，即它是在与自身存在的对象打交道这个信念中，包含着一个趋向：不懈地追溯这个指明联系，直至到达自身给予的层面。因此，意向的'关于某物的意识'并不具有静态的特征，而是从根本上具有一种动力学的标志：要达到这种充实的趋向。"② 也就是说，在事物向意识显现的过程中，意识所追求的最终显现应是那种本原的显现，这一本源显现的标志就是：意识不能进一步被指明，这一状态就是充实。可以说，充实性是胡塞尔现象伦理学的基础，也是其价值观的基础。

胡塞尔开创的以充实为方向的价值观，对生态价值观起着一种示范作用。充实价值观的核心，正在于充分的反思，反思并发现自身被给予的本原体验境况。这种本原体验境况发生在如下情景之中：只有当我们的反思意识不再进一步进入其他指明联系时，意识的反思才得以结束。可以说，

---

① [美] 奥尔多·利奥波德：《沙乡年鉴》，侯文蕙译，吉林人民出版社1997年版，第204页。
② [德] 克劳斯·黑尔德：《现象学的意向性伦理学》，《南京大学学报》2001年第1期，第17页。

生态价值观的基础，正在于胡塞尔充实概念的提出。在这种充实概念中，当人们反思自我的被构成过程时，只有反思到这一步——人们意识到自然是构成人类最终的限制性因素，才真正达到了充实。充实性正是生态价值观的本质，这表现在如下几个方面：

第一，充实价值观强调静观而非行动。在认识论中，认识论的价值观以主体概念为起点，满足主体需求的，即为有价值，反之则无价值。这种以主体需求为基础的价值观，强调的是改造自然，使自然作为我的工具。因此，认识论价值观以满足主体需求的行动为最终目的，其价值核心在于改造，按主体需求进行改造。这种以改造为方向的价值观强调的是行动，而过度的人类行动正是形成生态灾难的原因之一。反之，以充实为方向的价值观，则强调对自我形成过程的反思或理解。在这一反思或理解的过程中，价值观的核心在于静观，静观自然、社会、他者和自我，正是在静观的过程中，人们不仅发现了自我能力的来源，而且发现了自我能力的极限，因而，人们学会了理解，学会了宽容，更学会了与他者包括自然和谐地生存在一起。

第二，以充实为方向的价值观强调反思和理解。认识论的价值观是一种单向度的线性发展方向。主体产生需求，按自我需求改变世界，因此，认识论的价值观以主体为基点，向外在的目标作无尽的探索，这是一种单向度的探索过程。在这一过程中，人类不断产生新的需求并进行着新的行动，从不对自我的需求进行反思。但是，以充实为方向的价值观则强调关注视野转向自身，强调反思和理解，强调发现"所有的指明联系"。作为个体的人，必须反思到形成自我的所有指明性联系，才真正达到了充实。在这种充实状态中，每个人都意识到他者对自身的意义，当然也包括自然的意义。

第三，以充实为方向的价值观强调人与自我的和谐。认识论的价值观强调人与外在事物的关系，在这种关系中，当人类征服外在事物时，感觉到了自由，自由感构成了认识论真、善、美的核心和最终的追求。认识论的自由感强化人与外物的征服关系；但以充实为方向的价值观，则强调人与自身存在状态的和谐关系。充实就是找到自我形成的所有指明联系，而当人们找到自我形成的依据时,他也就理解了自我所赖以形成的所有条件。正是因为这种理解,人们就能与自身和解,他在反思自我的过程中,了解了自我的极限,并进而能对自我需求、自我的发展方向等问题产生明确的自省,在自省中,自我与构成自我的各种元素和谐相处。因而,以充实为方向的价值观,培养人们与自我和解的能力,自然作为构成人类自我的因素,构成了人与自我和谐相处的终极根源。人与自身的和解,同样也构成了生态意识的审美经验的本质。

在现象学的视野中,审美经验对构造以充实为基本方向的生态价值观所起的作用表现在三个方面:

首先,审美经验是充实价值观得以形成的前提。在以使用为目的的活动中,此在与外在事物发生关系的前提是世界的可靠性。这一可靠性使得此在可以自由于筹划他的使用行为。世界越是可靠,此在的活动越是自由。"只有当这个在一个作为手段被使用的用具事物与一个相应的目的之间的指明联系被这样一个事物的不可使用性或坏的使用性所妨碍时,这个指明关系才会引起我们的注意。"[1] 因此,这一活动不可能使得此在进入指明关系之中。只有在那种不以使用为目的的审美活动中,"由于用具的不为人注目要归功于世界的隐蔽性,因此我们可以期待,在一个用具事物以其不为人注目的可靠性而非对象地遭遇着我们的体验中,世界作为世界也可以非对象化地从它的隐蔽性中显露出来"[2]。这一不以使用为目的的活动不仅可以使人们进入一种指明关系,同时,在进入一种指明关系以后,构成对自身世界的反思,从而有可能构成一种充实体验。可以说,离开了不以使用为目的的审美经验,人们不可能进入对自我构成性的反思,因而就不具备形成一种充实性价值观的可能性。

其次,审美经验是构成充实价值观的基础。充实的价值观,首先需要人们倒转自身的关注视野,但以使用为目的的活动是在自身世界的基础上一种向前的筹划,这种向前的筹划以人们自身的世界为基础,但人们只有

---

[1] [德]克劳斯·黑尔德:《现象学的意向性伦理学》,《南京大学学报》2001年第1期,第19页。

[2] 同上书,第20页。

忘了自身的世界，才能更自由地筹划自身的活动，因此这一活动不可能形成一种倒转视野。但是，在审美经验中，审美经验的本质，在于它为人们提供了一个惊异的机会，人们遭遇一个艺术作品，通过与这个艺术作品遭遇的经验，人们惊异地意识到"这就是我的生活"，以此为起点，人们向构成自我的生活世界回溯。这种倒转自我视野的结构，使得人们开始反思构成自我的元素，这是形成充实价值观的基础。

最后，充实价值观需要一个充分的反思，审美经验为这一充分的反思提供了条件。胡塞尔所提到的"不再进入别的指明关系"只是意识活动的极限，随着反思的深入，某一视域的形成，总是关联着其他的视域，这就需要一个充分的反思，自然才有可能作为一种终极性限制进入人类的意识之中，进而指导着人们的行为。因此，充实性价值观，一定会反思到一个极限性构成元素——自然。自然构成了人类生存的起点和限制，同样也构成了充实性价值观回溯的最终对象。在这一充分反思的过程中，审美经验作为本质上不以使用为目的的经验，隔绝了人们将自然视为需求目标的可能性，自然作为一种被静观而非行动的对象，不再被视为仅与人类的需求有关，自然本身具有了一种独立的品格，被"确认自然界的价值和自然界的权利"[①]。

四　审美经验对构建生态公共视域的作用

我们上文所述的生态真理观、生态价值观，本质上仍囿于个人意识的领域，生态真理观、价值观，不仅需要人们在个人意识领域中建构自然对自我的构成作用，也需要将这些观点的核心向度形成为人类的公共视域或共识。生态危机的形成是一个全球性问题，只有构成一种世界性共识或世界性的公共视域，生态危机才有可能得到根本解决。

现象学重新发现了个人视域与公共视域之间的关系，厘清了认识论的前提以及其有可能导致的后果。现象学认为：我们每个人都只能生活在自

---

① 夏东民：《环境建设的伦理观》，《哲学研究》2002年第2期，第19页。

己的个人视域之中。因此,个人视域是我们探索外在事物的唯一依据。同时,由于我们每个人的生活世界不仅是自己的世界,也是公共世界的一部分,甚至有可能就是公共世界中切下来的一部分,"对于赫拉克里特来说,哲学就是这样一种苏醒,它为单个的人开启了一个对所有人而言的共同世界。这同一个世界是存在的,因为局部世界完全是从其他世界中切割下来的"①。因此,公共视域也是形成个人视域的前提。而公共视域的形成,奠基于上文所说的个人的开放态度,但开放态度并不必然会形成公共视域,只有许多个体形成对话,并在对话中取得共识,公共视域才有可能建立起来。

可以看出,在个人视域的基础上形成一定的公共视域,关键的一环正在于对话的形成。通过对话,不同的个人视域形成共识、形成不同范围的公共视域。对于生态意识来讲,要将生态真理观和生态价值观构建为一种新的世界性的公共视域,需经如下步骤,而审美经验对构建生态公共视域的作用也正体现在这些步骤之中:

第一,在个体审美经验的基础上,个体对构成自我的元素进行反思,意识到自我的被构成性,并进而意识到正是一系列前提:自然、传统、文化、语言、历史及自我的经历等构成了自我的现状,在这一对自我构成性的反思过程中,个体的人意识到自我的有限性及这一有限性的来源,其中,自然作为自我有限性来源的一种因素进入人们的意识之中。对自我有限性的理解与反思构成了个体的人开放自身的前提,这一过程构成了个体对真理追求的起点,也构成了个体充实性价值观的起点。

第二,在个体开放自身的前提下,个体的人进而意识到:他人与自己一样,也有着自身的被构成过程,而他者的生活世界不同于自我,这种不同来自于他者所处的自然环境、文化、传统及历史等因素,进而,他者也是有限的,他者的有限性决定了他必然也会开放自身,进入真理。同样,由于他人构成了自我意识相关项,对他人的想象也构成了充实价值观的一部分。

---

① [德]克劳斯·黑尔德:《真理之争——哲学的起源与未来》,《浙江学刊》1999年第1期,第13页。

第三，在自我和他者开放自身的过程中，自我与他者形成对话，两者的个人视域逐渐融合，构成相对的公共视域。在不同的对话过程中，公共视域逐渐形成。在公共视域形成的过程中，某些决定着人类意识的元素逐渐被人们所把握，处于共同文化体的人们逐渐意识到某种传统、语言构成了"我们"，而每个都生活在某个特定的共同体中。"我们不可能回避将决定我们命运的共同体，犹如不可能通过低头躲闪就希望雷电不加害于某个人一样。"①

第四，相对的公共视域仍有着自身的被构成性和有限性，因此，这些相对的公共视域会继续对话并形成更大的公共视域。也就是说，当人类以对话的姿态反思人类文明的最终来源时，就会发现：人类文明所使用的基本工具是语言，而语言的本质在于：它是一种由人所创造的工具，人们只能使用语言进行思维，但是，当人们用语言进行思维时，也就意味着人类只与自身的创造物进行对话，也就是说，人们的对话，在一种极限的层次上，只能是人类与人类自身的对话。在这一对话中，缺失了关键的一极——自然。语言的使用，导致了人们的对话不再指向自然，而只指向意识本身，"形象书写系统——象形文字系统、表意文字系统以及别的字符系统，必须依赖于我们对开放的自然领域的原初感知，只是随着音标字母的出现，以及古希腊人对这一系统的修正，使得被记录下来的图像失去了和更大的表意系统的联系。现在，每一个图像都被人类严格地指向某物：每个字母都只单纯地与人类的手势和嘴唇有关。这一图像系统不再具有向更多非人类系统开放的窗口功能，而只是变成人类自身形象的镜子式的反映"②。正是在这样的图像系统中，通过语言，人类的意识变成了自身的独白，而自然在这一独白中沉默了，人类只是在与自己对话。可以说，人类文明只能用语言作为其思维工具，决定了人类的思维最终必将陷入人类的独白，而不是人类与自然的对话，这是所有人类文明的本质，也决定了人类的文明本质上就具有的忽视自然的整体倾向。只有对这一倾向有足够的

---

① ［德］伽达默尔：《赞美理论》，夏镇平译，生活·读书·新知三联书店1988年版，第132页。
② David Abrams, *The Spell of the Sensuous · Perception and Language in a More-than-Human-World*, New York: Pantheon Books, 1996, p.138.

反思，人类才有可能形成尊重自然的生态文化。当然，人类只能用语言来思考，这是人类的本质，也是现象学思维的限度。现象学作为认识论的反拨，本质上是对文明的反思，但现象学对文明的反思，仍处于语言的框架之中。从这一角度来讲，生态现象学对人类之外的生物智慧的发掘[①]，一方面是现象学精神的发展，另一方面也是对传统现象学过于强调文化和语言对人类的决定性作用的反思。

最终，基于不同文化传统的人们，形成了最终的公共视域：在所有那些构建人类的元素中，有一个元素，这一元素参与了构建所有的人类文化共同体，这一元素就是自然。因此，一方面，自然是人类的终极限制，人类起源于自然，人类的能力，归根结底，都最终被自然所构建；在这里，"先验现象学恰如生态学一样，也是一种反叛性的科学：它削弱和相对化了现代自然科学的有效性诉求，指出：自然科学的事实是在一个沉默的、尚未特意专题化的，然而又始终在先作为前提的基础（即生活世界或生活世界的经验）之上的高层级的思想性构造物"[②]。另一方面，自然不仅构建了人类的能力，它同时也构建了自身的生态系统，生态系统同样也是构建人类意识的元素之一。人类不过是自然生态的一个环节，这些环节，同样也是人类生存的宿命。因此，作为生态环链中的一员，人类的行为必须顺应生态环链对自身的规定和生态环链运行的规律。这样，生态文化才有可能形成一种世界性的公共视域。

可以看出，在上述对话的过程中，审美经验所构成的对自我有限性的经验，正是对话得以进行的动力，正是对自我有限性的意识，才使得人们去开放自身。可以说，"胡塞尔的先验现象学不是这样一个计划吗？这个计划要求从有限性中爆破出来，以及在理性的自我形态及世界形态的无限视域中觉醒过来；而相比之下，对于生态哲学来说，任务在于重返大地，

---

① David Abrams, *The Spell of the Sensuous · Perception and Language in a More-than-Human-World*, New York: Pantheon Books, 1996, 在第一章中，作者记录了他在巴厘岛的经历，他考察了巫师的力量、动物的智慧等，在巴厘岛学会了与动物沟通，但在回到文明社会后，逐渐丧失了这一能力。

② ［德］梅勒：《生态现象学》，柯小刚译，《世界哲学》2004年第4期，第88页。

重返人和自然无所不包的大地的家,走向自我满足和自我限制。……人在将来不应该再是自然的征服者,而应该仅仅成为生物共同体中的一名普通的市民成员"[①]。

由是可知,现象学思维方式对生态文化的建立有着重要的作用,在现象学的视野中,审美经验构成了生态真理观和生态价值观的基础,构成了形成生态公共视域的动力。但是,作为一种哲学思潮,现象学反思同样也有着自身的局限与问题,其中最具代表性的莫过于通过有限性促进人类的开放态度,在许多人眼里,人类意识到自身的有限性,并不必然会形成开放的态度,在这个地方,现象学仍有必要继续论证。另外,通过生态的考察,我们发现语言的独白本质,这实际上是生态问题对现象学的提升。从这一角度来讲,生态文化视域在某种程度上是对现象学的反思。如何冲破人类语言的边界,构建人类与自然之间的真正对话,只有回到隐喻性思维之中,在这里,现象学理性的思维方式就开始捉襟见肘了。但这是我们另外一篇文章的主题了。

The Role of Aesthetic Experience in the Construction of Ecological Consciousness
——On the Phenomenological Basis

Sun Lijun

Abstract In the view of phenomenology, the essence of aesthetic experience is the experience of self-composing and self-limited. This kind of experience is a part of ecological consciousness and composes the recycling relationship between part and unitary. In the individual consciousness field, the aesthetic experience forms the impulsion to rethink the tradition of epistemology and the base of the ecological view of truth and value. In the public cultural field, the aesthetic experience is the formation of dialogue. The introspection in aesthetic experience contributes to rethinking the boundary of human languages and can

---

[①] [德] 梅勒:《生态现象学》,柯小刚译,《世界哲学》2004年第4期,第87页。

promotes the dialogue between human and nature.

Key Words　Phenomenology; the ecological consciousness; the aesthetic experience; the ecological view of truth; the ecological view of value; language

Author　Sun Lijun is a professor of the School of Literature & Journalism Shandong University of Finance and Economics with main research interests in Western aesthetics, eco-aesthetics, Phenomenological aesthetic.

"卧游"与中国古代山水画的环境审美之维

刘心恬

摘　要　"卧游"一词由宗炳提出而一贯至明清,是中国艺术史的重要范畴。"卧游"是指观者面对山水画的虚拟环境,凭借神思畅游于山巅水涯之间,全身心、全方位地感知艺术空间暨自然空间的审美体验。"卧游"是中国式"入画性"审美活动的典范,与西式"如画性"环境审美模式不同,观者在物理层面上与画中世界相隔有距,而在心理层面上伴信置身其中,被山水包围,人景浑融一体。因而所谓散点透视乃处处皆"游"点,使观者得以在画中世界自由地立足、无拘地神游。"卧游"之心游天地的环境审美活动是中国古代哲学以仰观俯察为核心的宇宙观在艺术空间审美上的体现,凝结了虚实相生而有意境的中国传统审美观的精华,呈现出虚拟性、过程性、游戏性、仪式性与身心性等特征。

关键词　卧游;山水画;环境审美;中国艺术精神

作者简介　刘心恬,山东艺术学院艺术学系讲师,主要研究领域为中西艺术史、中西美学史、身体美学、生态美学与环境美学等。

一

雷吉斯·德布雷曾记述一则有趣的轶事:"有一天,一位中国皇帝请宫中首席画师把宫殿墙上刚刚画成的瀑布抹去,因为水声让他夜不成寐。"[①] 画作本是无声诗,画师运用高超的技艺将一挂"瀑布"置入宫室之

[①] [法]雷吉斯·德布雷:《图像的生与死:西方观图史》,黄迅余、黄建华译,华东师范大学出版社2014年版,第1页。

中，望之使人联想到水流，佯信水声不绝于耳，以至于被瀑布声惊扰了美梦。视觉刺激了想象并引导听觉的运作，使皇帝被置身画中山水的念头困扰，不能成寐。这是一次虚拟性的环境体验，以艺术为媒，感知了画作再现的山水环境。

将山水图之于壁的做法让人联想到宗炳，他将生平所游历之山川绘于家中，每每坐卧临画便似故地重游。据《宋书》记载，他"好山水，爱远游，西陟荆、巫，南登衡岳，因结宇居衡山，欲怀尚平之志。有疾还江陵，叹曰：'老疾俱至，名山恐难遍睹，唯当澄怀观道，卧以游之。'凡所游履，皆图之于室，谓人曰：抚琴动操，欲令众山皆响。"① 与那位皇帝不同，宗炳乐于被满室的"山水"所围绕，想必不但不会夜不成寐，更会邀山水入梦。徐复观先生指出："他画山水，乃为了满足他想生活于名山胜水的要求。这说明了山水画最基本的价值之所在。"② 在无法亲临名山胜水时，宗炳不得不退而求其次，在山水画卷中寻求慰藉。中国古代文人"以玄对山水"的"澄怀观道"是精神修行的典型途径，但在无法"身即山川"之时，只得求助于山川的图像，以此为审美想象的出发点，假装自己正置身山光水色之中。

自宗炳提出"卧游"的山水画欣赏方式之后，这一审美观多次出现在画家及画论家的论述中。譬如董其昌，不仅将山水画卷轴放置在案几之上，时时展卷观之，"日夕游于枕烟庭、涤烦矶、竹里馆、茱英洪中"③，还对着巨然画作参禅悟道，将之"悬之画禅室，合乐以享同观者"④。他如此描述欣赏范宽山水画作的审美体验——"凝坐观之，云烟忽生。……每对之，不知身在千岩万壑中"⑤，这至少是"卧游"，甚或是"卧游"之上

---

① 许嘉璐主编：《二十四史全译·宋书·卷九十三·列传第五十三·宗炳》，汉语大词典出版社2004年版，第1925页。
② 徐复观：《中国艺术精神》，华东师范大学出版社2001年版，第142页。
③ （明）董其昌著，邵海清点校：《容台集（上）·文集·卷四·兔柴记》，西泠印社出版社2012年版，第279页。
④ （明）董其昌：《画旨》，周积寅编著《中国历代画论》（上编），江苏美术出版社2013年版，第32页。
⑤ （明）董其昌：《画禅室随笔》，周积寅编著《中国历代画论》（下编），江苏美术出版社2013年版，第613页。

的"神游"。又如《林泉高致》中,郭熙亦陈类似宗炳的遗憾:心有"林泉之志"而"耳目断绝",退而求其次,为满足"梦寐在焉"的期待,"得妙手,郁然出之",才得以"不下堂筵,坐穷泉壑",甚至可以获得"猿声鸟啼,依约在耳;山光水色,滉漾夺目"[①] 的虚拟视听体验。这证实了世人珍视山水画的原因,也说明"卧游"这一临画而坐卧观之的审美体验方式是被古人广泛接受的。观画不仅是"看",也是"听",是"感",是"游",是多重身体感官参与其中的一种审美体验。除却细致阐发"卧游"体验过程的论述之外,宗炳之后的古人也常用"卧游"作为画册或文集的题名,吕祖谦(1137—1181)的《卧游录》、沈周(1427—1509)的《卧游图》、陈继儒(1558—1639)的《卧游清福编序》、李流芳(1575—1629)的《江南卧游册》与《西湖卧游图》、王铎(1592—1652)的《西山卧游图轴》与《家山卧游图轴》、程正揆(1604—1676)的《江山卧游图》、盛大士(1771—1836)的《溪山卧游录》、黄宾虹(1865—1955)的《山水卧游册》等皆为例。可见,自南朝至明清,"卧游"已成为文人普遍认可的以艺术为媒介进行山水审美欣赏方式的代名词,其所包蕴的"卧以游之"的内涵不仅是中国艺术精神的体现,也指向一种在中国传统审美文化土壤中滋养生成的独特环境体验方式。

二

徐复观先生认为:"宗炳的画山水,即是他的游山水;此即其所谓卧游。"[②] "卧游"不仅是一种山水画的审美欣赏方式,更首先是一种创作山水画的心与物游的审美体验。"卧游"体验得以实现的原因在于艺术家构造画中山水空间的技巧。宗炳在《画山水序》中指出,绘制山水时要"身

---

① (北宋)郭熙、郭思:《林泉高致·山水训》,周积寅编著《中国历代画论》(上编),江苏美术出版社 2013 年版,第 243 页。
② 徐复观:《中国艺术精神》,华东师范大学出版社 2001 年版,第 144 页。

所盘桓，目所绸缪。以形写形，以色貌色"①。一"盘桓"一"绸缪"，画家在头脑中艺术地构思出了一片山水的空间。只有画家首先佯信自己被真实的山水与笔下的山水所"包围"，才能描绘出"围绕"观画者的景致。中国画缺失了西画焦点透视的立足点，却收获了更多的"卧游"立足点，收获了山水画审美意境之所由生的立足点。

宗炳更详尽地阐述了"卧游"审美体验的生成原理及意义价值。首先，"卧游"是这样一种审美活动："闲居理气，拂觞鸣琴，披图幽对，坐究四荒，不违天励之丛，独应无人之野。峰岫峣嶷，云林森渺。"② 心境闲适之时，轻抚琴弦，伴着清远的乐音，缓缓展开画卷，凝神静观，闭目思量，仿若穿越时空来到画中，独自一人置身山川荒野，被群峰四下围绕，举目见葱翠，低头听溪潺，画外画内一片幽然静谧。"卧游"要求观画之人保有一种道家的虚静心境，"疏瀹五脏，澡雪精神"后而"披图幽对"。因此，"卧游"正是"致虚极，守静笃，万物并作，吾以观复"的哲学观和宇宙观在艺术领域的践行。由于宗炳信仰佛教，"卧游"又带有佛家参禅修行的意味。观览画卷之际，既是坐忘，也是坐禅，不仅名山胜水纳入心中，宇宙四海也进入观照的视野。基于画作的环境审美体验使自然虚拟性地外化在观画人身体周围，又内化在其心灵之中，身心内外都被山水以感性和理性的方式所占据了。

其次，"卧游"的关键环节在于"神思"。简言之，神思即审美想象。基于艺术作品的形式特征，观画人在头脑中描绘新的图景、领略新的风光、踏足新的境地。只需说服自己佯信"身即山川"，便可被自然万物所簇拥，因而以"神思"为基础的"卧游"是一种以画作为道具的假扮游戏。宗炳在此时期提出"卧游"是符合中国古代艺术史与传统审美文化的发展规律的。对审美想象的理论化表述是魏晋南北朝时期审美意识达到自觉的表征之一。刘勰以"思接千载""视通万里"③，陆机以"精骛

---

① （南朝宋）宗炳：《画山水序》，周积寅编著《中国历代画论》（上编），江苏美术出版社2013年版，第102页。
② 同上书，第286页。
③ （南朝梁）刘勰著，范文澜注：《文心雕龙注》（下），人民文学出版社1958年版，第493页。

八极，心游万仞"①分别描述了审美想象活动的特征，皆指出其能突破时间与空间的限制，达到情感思绪在历史维度与地域维度上的自由，通过无中生有、虚实互生而营造意境。凭借想象的展开，观画人在水墨山川间无拘无束地畅游，虚拟性地听闻鸟鸣溪流的声响，观望自然旖旎的风光，嗅闻川泽的清新与温润，感受微风送爽的清凉——足不出户而遍游天下，难怪宗炳要将平生所游历之山水请入室内以慰藉向往自然之心，在"神思"中融会万趣以求身心为之一畅。至于"卧游"之审美想象的具体展开环节，宗炳指出其关键在于"应目会心……目亦同应，心亦俱会"②，即从视觉观看起步而至心旷神怡，由身的感知到心的感悟，再到心神层面上的身的虚拟感知，最终实现身心相融互渗、不分彼此。因此，"卧游"的真正意义不止于"以目光在画面上的游动代替了人在真山水中的游动"③，更在于"猿声鸟啼，依约在耳"，"山光水色，混漾夺目"，在于"涤烦襟，破孤闷，释躁心，迎静气"④，是一种身心关联的虚拟环境审美体验。

再者，"卧游"的功效在于"畅神"。在想象中模拟真实的山水体验，由心关联身并产生"畅神"效果。古人相信观看山水画也有治愈身心的功效。秦观曾记述自己观画疗疾的经历："元祐丁卯，余为汝南郡学官，夏得肠癖之疾，卧直舍中。所善高仲符，携摩诘《辋川图》示余曰：'阅此可以疗疾。'余本江海人，得图喜甚，即使二儿从旁引之，阅于枕上，恍然若与摩诘入辋川……忘其身之匏系于汝南也。数日疾良愈。"⑤ 不独秦观，阿尔贝蒂在《论建筑》中也指出，"观看喷泉、河流和瀑布的图画，

---

① （西晋）陆机、陆云：《陆机文集·陆云文集·卷第一·赋一·文赋并序》，上海社会科学院出版社2000年版，第11—12页。

② （南朝宋）宗炳：《画山水序》，周积寅编著《中国历代画论》（上编），江苏美术出版社2013年版，第321页。

③ 聂涛：《"卧游"对中国山水画透视法的影响》，《中国石油大学胜利学院报》2002年第1期，第55—56页。

④ （清）王昱：《东庄论画》，周积寅编著《中国历代画论》（上编），江苏美术出版社2013年版，第251页。

⑤ 周义敢、程自信、周雷编注：《秦观集编年校注·卷二十四·序跋·书辋川图后》，人民文学出版社2001年版，第538—539页。

对发热病人大有神益。若有人夜间难以入睡，请他观看泉水，便会觉得睡意袭人……"[1]艺术与自然的结合使人身心愉悦，但并非从物理层面直接作用于感官，而必须借助想象间接地将观者送入一种被山水环抱的虚构情境中。此类"透过图画的表象，让观者的身体感受到眼中水流的清冽"[2]的现象确乎存在，但无法用"视觉体验"或"环境体验"来描述，因为在严格意义上它不归属于二者中的任何一种。姑且将之称作一种虚拟性的环境审美体验，依托于再现自然环境的艺术作品，在精神层面拉近并消减人与环境的距离。

宗炳又云："今张绡素以远暎，则昆、阆之形，可围于方寸之内，竖画三寸当千仞之高，横墨数尺，体百里之迥。"[3]其审美心理的关键在"当"，在"体"，将三寸当作千仞，把数尺视为百里，假装相信画中寥寥几笔便可开疆拓土。这不正是中国古代戏曲布景的写意手法吗？正如三五武生代表千军万马，"趟马"几步便是日行千里。如果说形是骨架，神是血肉，写意就是中国艺术精神的精和髓，将虚实互生、有无转换的哲学基因带入了"卧游"体验。"当"与"体"强调一种中国式的接受美学思想，要求观画者兑现一种配合画家的默契。原本写意山水在技法上就淡化了西画讲求的形似求真与空间透视，要求观者配合就意味着要从线条勾勒与水墨浓淡的手法中自行体悟并还原所再现的山水环境，恰似观看戏曲表演时对动作程式、舞台布景、道具脸谱等写意元素的心领神会。

---

[1] [法]雷吉斯·德布雷：《图像的生与死：西方观图史》，黄迅余、黄建华译，华东师范大学出版社2014年版，第1页。原引自[意]阿尔贝蒂《论建筑》（*De Re aedificatoria*）第四卷。Paul-Henri Michel, *La Pensée de L. B. Alberti*, Les Belles Lettres, 1930, p. 493.

[2] [法]雷吉斯·德布雷：《图像的生与死：西方观图史》，黄迅余、黄建华译，华东师范大学出版社2014年版，第1页。

[3] （南朝宋）宗炳：《画山水序》，周积寅《中国历代画论》（上编），江苏美术出版社2013年版，第393页。

三

除上述虚拟性、身心性与过程性之外,"卧游"体验还具有游戏性和仪式性的特征。这鲜明地表现为一种"入画"的审美过程:观者以山水画为道具,生发出关于被再现景致的虚构事实,并借助"神思"在画作所虚构的自然环境中徜徉流连,佯信自我正被此山此水环绕,嗅到山巅青葱的气息,湿润的微风拂面而来,调动身心感官参与其中,从而获得与游览真山水相似的畅神怡情的审美效果。因此,"卧游"式虚拟环境审美体验建立在一种精神模拟(mental simulation)的假扮游戏(game of make-believe)[①]的基础上——审美主体在精神层面的"神思"中模拟艺术场景之"虚"而佯信自我感知到了虚构事实之"实",在虚实相生中获得审美愉悦,生成了审美意境。

德布雷认为"图像……是一种媒介……本身并非终极目的,而是一种占卜、防卫、迷惑、治疗、启蒙的手段"[②]。在卧榻画中游的审美游戏中,具有媒介身份的图像是道具和手段,而非目的,不难理解它所服务于的审美过程具有疗愈的作用。这一疗愈功效是以置身画中山水进行审美体验为前提的,因而"入画"的审美参与才是山水画实现审美价值的关键。德布雷感叹道:"'巫术'(magic)和'图像'(image)由同样的字母组成,真是恰当不过。求助于图像,就是求助于魔法。"[③] 图像恰是一种作用于视觉进而作用于身体的魔法,把远在天边的山水景致带入自家屋宇,足不出户便可尽游天下旖旎风光。其疗病的效果或许不为现代医学所承认,但愉悦人心的"畅神"之效必然是有的。

[①] 有关"精神模拟"与"假扮游戏"的概念,参见肯德尔·沃尔顿的相关著作。See Kendall L. Walton, *In Other Shoes: Music, Metaphor, Empathy, Existence*, Oxford University Press, 2015, pp.1-2, 130-150, 270, 273-287.

[②] [法]雷吉斯·德布雷:《图像的生与死:西方观图史》,华东师范大学出版社2014年版,第17页。

[③] 同上书,第17页。

在中国传统艺术的创作与欣赏中,"图像"与"巫术"的关联远比德布雷所述更为深厚。"卧游"式的观画体验便是一种类仪式化的过程,且这一仪式化特征恰与中华民族文化根性形成时期的巫术活动相近。以"卧游"为代表的精神模拟被再现对象,以及全身心沉浸在画作世界中的审美体验方式遗传并保留了上古巫文化的内核——一种虔敬而理性的仪式膜拜心态——只是在形式上略去了烦琐的礼乐典仪准备,将物质性的形式因素皆搁置在身外,甚至连肉身也忘却地、毫无利害与负担地踏入画中世界,迎接令人神往的"辋川",洗却人世间的烦忧,荡涤世俗心灵的凡尘。在此体验中,画纸所分隔的人与画所在的两个世界合而为一,人与画中山水合而为一,进而人的身心亦合而为一了。

神圣的仪式在"卧游"的过程中被内化为一种审美心理,即便繁缛的仪式环节不在场,内化的"仪式"仍在举行。宗炳、秦观们保有一份虔敬的心,面对山水画卷若举行一种仪式,在这一个人的仪式中,水墨勾勒出的不仅是山水的轮廓,更是降神于斯的庙堂。李泽厚先生指出:"孔子……强调巫术礼仪中的敬、畏、忠、诚、庄、信等基本情感、心态而加以人文化、理性化,并放置在世俗日常生活和人际关系中,使这生活和关系本身具有神圣意义。"[1]"卧游"笔墨山水的过程便是这样一种神圣的、仪礼性的过程,其深层文化根源即在于上古的巫史传统,因之具有"重过程而非对象""重身心一体而非灵肉二分"的基本特征。[2]

关于中国古代文人面对山水与山水画卷时的虔敬的内心状态,贡布里希指出,中国的画家常"以毕恭毕敬的态度画山水",其目的是"给深思提供材料"[3]。而观画之人亦抱持一种类似的态度欣赏画作,"只有在相当安静时,才打开来观看和玩味"[4]。不论是山水画的创作还是欣赏,这种虔敬的仪式化心态是中国人所特有的,借由描绘山水、观看山水画的艺术体

---

[1] 李泽厚:《由巫到礼 释礼归仁》,生活·读书·新知三联书店 2015 年版,第 31 页。
[2] 同上书,第 35 页。
[3] [英] 贡布里希:《艺术发展史——"艺术的故事"》,范景中译,林夕校,天津人民美术出版社 2006 年版,第 81 页。
[4] 同上。

验进行游观天地的冥想训练的审美活动也是中国艺术精神有别于西方的特质之一。正如贡布里希所承认的："我们不易再去体会那种心情，因为我们是浮躁的西方人，对那种参悟的功夫缺乏耐心和了解。"① 若论这其中的渊源，一方面，基于宗炳本人的生平经历，"卧游"必然是儒道释三家哲学思想圆融影响下的产物，是以画为媒的"心斋""坐忘"与"不下堂筵"的禅定修行。画作所再现的山水环境是一条牵引思绪的线索，带"卧游"之人神游出屋宇之外，来到广阔的天地间遨游。另一方面，"涤除玄鉴"、虚如橐籥的精神状态使绘者与观者更易进入自由无拘的虚构世界中，闭上观看现实世界的肉眼，切断与居室环境的连续性，而张开省察内心世界的心灵之眼，将思绪连接至水墨山水中。得益于虚静的内心状态，"卧游"之人"所观之物是艺术虚像承载的实有万象，所沿袭的是自由而尚虚、外求而内省的路数，所体悟与追求的是有限言筌背后的无限意境"②。

四

"卧游"是这样一种"入画"的虚拟环境审美体验：绘者与观者在山水画卷中畅游，在审美想象中虚拟地感受山水的包围，佯信自己正在聆听林间悠扬的虫鸣鸟叫，品味甘洌清爽的山溪泉水，即视满目苍翠熠熠闪光，呼吸木叶青草的香气。这种体验来自于真实环境审美体验的记忆。"卧游"的审美体验方式无疑是无法取代"身即山川"的真实环境审美活动的，但作为退而求其次的选择，既见出了古人为了达成与山水无比亲近的目标而做出的努力，也证明了山水画作为一种山水情怀的寄托物的属性。因此，"卧游"作为"身即山川"的真实山水环境审美体验的有益补充，凝聚并彰显了中国艺术精神及传统环境审美观，使自然美与艺术美得以在一种虔敬的心理状态与审美习惯中并行不悖、互融共生。

---

① ［英］贡布里希：《艺术发展史——"艺术的故事"》，范景中译，林夕校，天津人民美术出版社 2006 年版，第 81 页。
② 刘心恬：《从"卧游"看中国传统艺术的假扮游戏特征》，《时代文学》2015 年第 2 期，第 155—157 页。

"卧游"的对象不仅是虚拟的山水"环境",更是一种审美的山水"意境"。或说,中国山水画中的意境来自于一种被再现的山水环境,画中山水以"意"为精髓与韵味,以虚构的"境"包围环绕"卧游"之士。因而,画家所营造的是有意味的环境——可"观"的实境与可"游"的虚境须臾不分地彼此交融呈现,才更加耐人寻味。以"卧游"为代表的山水画虚拟环境审美体验对中国艺术精神研究的启示是,能够承载并彰显中国艺术精神的并非只有艺术创作过程,对中国传统艺术作品的审美欣赏方式同样应当成为研讨中国艺术精神元素的重要对象。尤其是以"卧游"为代表的中国传统审美欣赏范式的"重过程而非对象""重身心一体而非灵肉二分"的基本特征,不仅典型地内化并外显了中国艺术精神的基本内涵,也培养并塑造了中国的欣赏者。得益于中国传统审美文化的滋养与塑造,这一审美接受的群体才更易自然而然地理解并践行"卧游"的审美欣赏方式及与之相应的虚拟环境审美体验。

"Woyou" and Picturesque: On Environmental Aesthetic Values of Chinese Aesthetic Activities

Liu Xintian

Abstract "Woyou", one of the representative categories in Chinese art history, was proposed by Zong Bing and developed by artists and scholars from Tang Dynasty to Qing Dynasty, which indicates a unique aesthetic experience of appreciating Chinese landscape paintings. The viewer imagines herself wondering in the natural world represented by the painting, instead of watching it in a distance, who pretends to believe that the fictional space and environment generated by the work are true and as real as that can be felt and touched. Although the viewer is absence from the painted world in a physical way, she's enjoying the embrace by creeks, mountains, vegetation, warble and breeze all around her in a spiritual manner. She could also stands behind the characters in the painting, watching them playing chess and drinking tea together, in a fictional way. There's no standing point as perspective for the painter, but standing points everywhere for the viewer to travel in her imagination. Created in scattered perspective, Chinese landscape painting is environment-friendly art, which emphasizes the mental combination of human and nature, as well as the harmony among mind, body and environment. This idea derives from Chinese ancient philosophy, especially Taoism. By the virtual perception of "Woyou", the fictional painted space and the real landscape mutually generating the beauty of each other, to achieve higher aesthetic level that absorbs the essence of Chinese traditional aesthetic principles. Aesthetic activities of "Woyou" is substantially the game of make-believe, a kind of personal ceremony like Zen practice, and also provides deeper connection between body and mind under the fictional circumstances of natural environment. Thus, "Woyou" represents "Chinese picturesque", which differs from the western "picturesque". Instead of separating human and landscape, it encourages viewers to engage in the painted landscape during mental simulation, purifying and refining the mind without actual traveling around.

Key Words　"Woyou"; Chinese landscape painting; picturesque; environmental aesthetics

Author　Liu Xintian is a lecturer of Department of Arts at Shandong University of Arts in China. Her main research interests concentrate on the arts and art history of China, Chinese and western aesthetic theories, somaethetics, ecological aesthetics and environmental aesthetics.

杜夫海纳的造化自然观及其天人和谐内蕴
——从《审美经验现象学》的一个悖论谈起

尹 航

摘 要 现象学美学家杜夫海纳在其后期代表著作《诗学》中，阐发了其独具特色的造化自然观。这一观点赋予了通常意义上的自然概念以全新而深刻的内涵，并进而立足于文艺创作与审美经验领域，建构出人与自然的一种本源和谐的主体间性关系。本文从杜夫海纳前期著作《审美经验现象学》的"审美对象就是自然"这一悖论谈起，对其造化自然观进行了解读，并结合杜夫海纳对造化自然与艺术家之间召唤与应答的论述，尝试揭示这一自然观念天人和谐的主体间性内蕴。

关键词 造化自然；召唤与应答；灵感激发；天人和谐；主体间性

作者简介 尹航（1982— ），女，山东济南人，山东青年政治学院舞蹈学院副教授，副院长，文学博士，主要从事文艺理论、西方美学、文艺美学等方面的研究。

杜夫海纳秉承胡塞尔"回到事物本身"的严格科学精神，以现象学还原方法将审美经验置于审美知觉意向性结构中加以考察，建立了独具特色的审美经验现象学。为保证研究对象的纯粹性以回归事物本身，杜夫海纳把审美经验层层还原到艺术审美经验上，认为："有关审美对象的思考……只有在艺术方面才能得到充分的发挥，因为艺术充分发挥趣味并引起最纯粹的审美知觉。"[①] 而在具体的还原过程中，对自然的审美经验是被首先悬搁起来的，因为审美经验"在感知自然界的审美对象时可能混进的不纯成分的影响"[②]。在外部自然中，有太多纯粹知觉意向结构之外的元

[①]［法］米盖尔·杜夫海纳：《美学与哲学》（第一卷），孙非译，中国社会科学出版社1987年版，第33页。
[②]［法］米盖尔·杜夫海纳：《审美经验现象学》，韩树站译，文化艺术出版社1996年版，第7页。

素，如"掺杂了清新的空气或芬芳的草香"[①]的感官刺激物，"超俗独处的怡然自乐、向上攀登的快乐以及因无拘无束而产生的高度兴奋"[②]的心理活动，甚至还有征服一个高度和挑战自我极限的那种功利性的成就感和满足感，它们无不超越于纯粹知觉关联对象之外并趋于理性思考和功利目的，理应首先被排除在纯粹审美知觉之外。但事实证明，自然这一概念，在审美经验现象学中从未真正退场过。为了将审美经验严格纳入意向性结构，区分审美经验与日常生活经验，厘清审美对象与其他经验对象的界限，杜夫海纳曾专门考察审美对象与生命对象、实用对象、意指对象和自然之物的区别。出人意料的是，通过比较，杜夫海纳在明确审美对象与前三者的显著差异的同时，却唯独得出"审美对象就是自然"[③]的结论。显然，这与上述现象学还原的目的是背道而驰的：审美对象本就是知觉主体悬搁了对自然对象等"不纯成分"的知觉经验后，在所剩余的纯粹的艺术审美经验观照中的产物，却又为何被重新归于自然？自然与审美对象在杜夫海纳的思想中到底有何关联？这种关联具体体现在哪里？"审美对象就是自然"这个悖论无疑是耐人寻味的，它不仅暗示了自然与艺术之间纠缠不清的复杂关系，也牵引出杜夫海纳对自然概念的独特理解。

一　杜夫海纳的造化自然观

其实，杜夫海纳美学体系中的自然概念，远非《审美经验现象学》所指的自然之物那样简单，而是具有更加深广的内涵，这在其后期的代表性著作《诗学》（*Le Poétique*）中得到了集中而详尽的阐明。由于译介的不足，当前国内理论界对杜夫海纳美学思想的研究仅停留在其前期的《审美经验现象学》和《美学与哲学》（第一卷）的中文版上，这就为我们全面理解其美学观念造成了局限——"审美对象就是自然"这一论断成为悖论

[①] ［法］米盖尔·杜夫海纳：《审美经验现象学》，韩树站译，文化艺术出版社1996年版，第7页。
[②] 同上。
[③] 同上书，第121页。

就是如此。在法文版《诗学》中，我们发现杜夫海纳在表述"自然"概念时，往往特意将"la nature"一词的首字母大写而成为"la Nature"，即自觉地把通常意义的自然之物向一种大写的自然——造化自然升华转化。在这部专门论述诗歌艺术创作的著作中，他集中表述了一种造化自然观：首先，造化自然是一种无尽的深度和无限的广度。作为万物的源头和载体，它原初而永恒，孕育并包容一切，且不以人的意志为转移。"自然是静寂而不透明的深渊，是盲目的迟滞与呆缓。"[1] 作为"根本不可测量"[2] 的深度，它是存在性、基底性的，有时显现，有时遮掩。它化生万物，世间大全均为它的体现；它并非"偶然的组合，而是作为沉默的源泉提供可能性"[3]。这样的造化自然是万象起始的根源和居存于万物之根本的整体性精华与灵韵所在，由于深度所以沉默，所以存而不显。人们通常所说的自然（la nature）只是它的产出物与承载物，由于肤浅所以清晰明显。杜夫海纳十分强调"造化自然"的"造化"含义，它以创造化生之意与作为创造物的一切自然事物相区别。所以他把"nature"（自然）一词的首字母大写成"Nature"，以与小写的"nature"（自然物）相区别。在这个意义上，所有具体的自然物，以及人类和人类文明这些传统自然观所划归文化而非自然的事物，尽管其演化级别与生态机能由低到高各不相同，在造化面前都是其产物。唯有深藏于这些自然物存在深处的那个创生性的包蕴物与本源物才是高于自然物的造化本身："我们可以说造化是一种显现为原生自然的超越自然的自然。"[4]

杜夫海纳对自然的理解，首先来源于斯宾诺莎的自然哲学：后者直接以"原生自然"（la nature naturant，又译"产生自然的自然"）和"所生的自然"（la nautre naturée，又译"被自然产生的自然"）来设定造化与自然的区分。这对概念最早来自经院哲学，前者指上帝，后者指被造的世

---

[1] Mikel Dufrenne, *Le Poétique*, Paris：PUF, 1963, p. 213.
[2] Ibid..
[3] Ibid., p. 215.
[4] Ibid., p. 177.

界。① 在《伦理学》中，斯宾诺莎转用来建构其泛神论思想。前者又被他称为"能动的自然"，指"在自身内并通过自身而被认识的东西，或者指表示实体的永恒无限的本质的属性，换言之，就是指作为自由因的神而言"②。后者又被称为"被动的自然"，指"出于神或神的任何属性的必然性的一切事物，换言之，就是指神的属性的全部样式"③。他认为神是世间万物的第一因，通过"能动的自然"与"被动的自然"的明确区分，他把作为唯一的实体的神等同于前者，而把后者等同于自然神性的具体表现。另一方面，这一泛神论的神不是有人格、意志和超越于一切并以某种神秘力量来谋划、创构自然发展史的纯粹精神，而是按照自身自然规律而必然运行的自然本身，所以在泛神的同时却又带有浓郁的无神思想。

这一双重性在杜夫海纳的造化自然观中体现出来：一方面，杜夫海纳对自然伟力的崇敬，使他将造化置于神的位置："上帝，就是自然。"④ "上帝于是成为这造化的名字。"⑤ "寻找深度，在某种意义上说，就是寻找上帝。"⑥ 上帝创造并化身于万事万物中，这一优越性和本源基础性通过"原生的自然"和"所生的自然"明确划分，清晰体现在杜夫海纳自然观对造化与自然之物差异的设定里。《诗学》对造化向诗人的召唤及造化与人类关系的论述，始终充满了人对造化这个产生自我内在性的绝对外在性的至上尊崇。"形而上学的窗口将杜夫海纳引到神学的门口，结果使他选择了斯宾诺莎式的研究方向。"⑦ 而在这个过程中，能动自然的深广造化与创生功能及由此而来的人类主体对自然伟力的敬服心态，使自然相对于万物及人的主体地位被牢固树立起来。

但与此同时，杜夫海纳同样强调造化自然的无意识性和无目的性。在

---

① 尼古拉斯·布宁、余纪元编著：《西方哲学英汉对照辞典》，人民出版社2001年版，第654页。
② 别涅狄克特·斯宾诺莎：《伦理学》，贺麟译，商务印书馆1983年版，第29—30页。
③ 同上。
④ ［法］米盖尔·杜夫海纳：《美学与哲学》（第一卷），孙非译，中国社会科学出版社1987年版，第51页。
⑤ Mikel Dufrenne, *Le Poétique*, Paris: PUF, 1963, p. 207.
⑥ Ibid., p. 206.
⑦ Maryvonne Saison, *L'esthétique de Mikel Dufrenne*, 转引自《世界哲学》2003年第2期。

125

充分肯定原生自然的能动创生力及其深度的不可测量性的前提下，杜夫海纳找来谢林作依据。谢林在建构其客观唯心主义的"同一哲学"时突出体现了斯宾诺莎的泛神论特点，但加进了目的论。他视自然本身为一股强大而绝对的宇宙精神并具有内在而强烈的自我外化、铺展并最终实现的终极目的。在其宏大的展现历程中，从原初物形态，经过机械、电磁、化学、有机等层层高级的作用和从矿物、植物、动物及人的发展演变，自然的绝对精神发展至人而达到自由理智。于是斯宾诺莎那里无目的的自然必然性规律被这里目的性的绝对意识所取代。杜夫海纳看中了谢林绝对意识和宇宙精神能动性、主体性的一面及其作为自然伟力化生万物的博大精深："造化在将自身能量不断显现和将其无限的可能性不断现实化的过程中展开自身，这是一种预设着实现与行动的能量。"① 但同时，他又抛弃其目的性、潜意识性的一面，继续在斯宾诺莎的意义上认为造化主体能动性的来源在于其客观的必然规律与演化规则。如此一来，杜夫海纳的自然观又在相当程度上显现出与谢林客观唯心论不同的唯物论因素。列维纳斯甚至评论说："杜夫海纳可谓走到了尽头：梅洛-庞蒂和萨特的某些唯物主义的表述都没有他这样极端。"②

然而，造化自然作为人类的原初性创造力量和本源性存在深度，同时又是与人息息相关的。造化创造人的同时，化作人所生存的背景与环境。人与其他自然的创造物共有造化的灵气，生活在造化之家。不同的是，人作为较高级进化的杰作，拥有凭借自身发达的感觉与先进的智力更好地感受、理解并适应造化的能力。正是在这个意义上，杜夫海纳并不完全否认谢林视域中自然发展至人而实现自由理智，不反对人是自然物中相对的主体优越性，并将这一优越性视作人面对无限深广的造化力量时的那种不卑不亢的精神底气，以及在此基础上人与造化之间的密切关系。人是造化的产物，却也是造化伟力的最有力印证者。造化在人的身上典型地反映出自己最全面的面貌和意义。"造化沉默的力量穿过居住于天地的所有存在物

---

① Mikel Dufrenne, *Le Poétique*, Paris: PUF, 1963, p. 221.
② Emmanuel Levinas, "A Priori et Subjectivité", Revue de *Métaphysique et de Moral*, 67e année, No. 4, oct. —déc. 1962, p. 496.

及所有生命形式而自我揭示"①，但只有"相伴于人类，造化的概念才能真相大白……人是造化的产物也是造化衍生的一部分，这是具有优先性的一部分，一切在人身上自我揭示"②。造化自然在本质上强大于人并优先于人，但这种强势性与优先性必须首先在与人的紧密结合中才能完美地表现自己、证明自己。理解造化自然，必须结合人类，造化自然与人类是绑定在一起的。他主张按照谢林理论的构思把时间性重新还给造化。造化自然的无限是排除时间性的，而人的历史却是在时间性的漫漫长河中步步展开。只有在这种时间性的历史长河中观察与造化密切关联的人类的发展历程，才能愈加清楚明了地看到造化的神力。至此，杜夫海纳超越了斯宾诺莎：一方面，人本身作为造化的最高杰作具有与造化的同质性，成为造化的深邃与伟力的体现者。在人面前，"原生的自然"不是上帝的独白，而是为人提供终极生存环境的与人相关物。另一方面，凭其理性能力与情感禀赋，人又能深入洞悉造化的法则而拥有高出他物的主体优越性，在人身上造化显现自身。造化与人不可分离，"我们只有根据它向人的显现才能谈论造化，甚至根据人关于造化的所想所为。造化与其说先于我们，不如说包围着我们"③。造化自然，恰恰是在与人的血缘共生与交相呼应中，成为人之生存的世界。"造化需要人类，同时在人身上它实现了自我需要。"④"与人同在，目的才能实现。没有人的力量是盲目的，深度亦成为深渊。"⑤

二 造化自然的显现——与艺术家的召唤和应答

既是深不可测的创世者，又是休戚与共的关联者——造化自然在人类面前充满悖论意味的双重性，蓄积着二者之间强劲的张力。作为人类存在的极限深度，它往往静而不宣，隐而不显；作为实现于人的共在世界，它

---

① Mikel Dufrenne, *Le Poétique*, Paris: PUF, 1963, p. 206.
② Ibid., p. 222.
③ Ibid., p. 215.
④ Ibid., p. 219.
⑤ Ibid..

又时常化身显现。造化需要通过人类而显现自我完成,就必须找到一条从深远到临近,从遮蔽到澄明,从疏离到亲密,从不可见到可见的有效路径。杜夫海纳找到了这样一条路径,这便是造化自然对艺术家的召唤。在《诗学》中,他以诗歌创作为例,集中阐述了艺术是造化自然向人类显现自身的方式和途径。

"诗人是预言家,他看到不可见的东西。但不可见的并非存在于可见的彼岸,它是内在化的可见物。"① 造化自然正是需要诗人帮助自己这一"内在化的可见物"重新敞开,将不可见的深度挖掘至表层,呈现在人类感知阈中。如此,造化自然的自我实现在人的面前才被领悟,获得意义。这一过程不是超越,而是去蔽;不是让人向"可见的彼岸"无限迈进,而是在此岸抹去可见物上的灰尘,让不可见之物显形。"一旦诗人说话——一旦人类感知——造化便成为世界。"② "在诗中,深度的沉默产生了回响。在对世界的欢庆中,诗句述说着不可言喻的造化。……正因如此,造化需要诗人。"③ 成为世界,意味着造化与人结缘,其最高实现宣告完成。

诗人拥有通晓和感应这种召唤的能力,他们似乎生来就是与造化对话的。兰波认为诗人必须使自己成为"通灵者……因为他到达了未知领域"④,克洛岱尔试图"找出通向无形世界——即世界灵魂的道路"⑤。"诗人有着想要成为洞察者,想要知道的野心。……为了成为洞察者,兰波变成了野兽般的心灵。诗人为造化自然交给的使命而着迷,并忠诚无比。"⑥ 接受召唤,将造化自然编写入诗,最终造化自然潜入人的意识,变不可见为可见,这便是在造化自然的召唤下,诗人生来固有的使命。作为造化自然与人类的中介,他对造化是洞察者,对人类是翻译家。面对召唤,他以诗作应答。诗歌于是成为连接造化自然与人类的桥梁和纽带,它将二者共

---

① Mikel Dufrenne, *Le Poétique*, Paris: PUF, 1963, p.164.
② Ibid., p.227.
③ Ibid., p.229.
④ 弗朗索瓦兹·普洛坎、洛朗·埃尔莫利纳、罗米尼克·罗兰编著:《法国文学大手笔》,钱培鑫、陈伟译注,上海译文出版社2002年版,第120页。
⑤ 同上书,第136页。
⑥ Mikel Dufrenne, *Le Poétique*, Paris: PUF, 1963, p.170.

同置入世界。

　　杜夫海纳进一步认为，造化自然对诗人的召唤，是以赋予灵感（inspiraton）而实现的。通过灵感，造化自然潜入诗人思维，变对众人不可见为只对诗人可见。这一赋予灵感的活动过程便是造化自然对诗人的激发（inspirer）。于是灵感成为造化自然与诗人相通的关键。这种召唤是在某种意向性的关联中，造化把平素不可见之处向诗人开放，以宏大精深之伟力转化为智、情统一的情感向诗人提供，并在主体间性的关照中借助诗人之主体性而将自身主体性向世界彰显。诗人以其具体的构思和创作活动接受召唤，并使激发活动具化为诗。首先，杜夫海纳认为，意向性关联中的造化和诗人发生的活动关系，是在一瞬间交互双向完成的：在造化赋予灵感以发出对诗人的召唤的那一刻，诗人凭借自身的主体想象力同样予造化以回应。在灵感与想象力的相互作用中，造化将自己化不可见为可见，置入诗人的心灵和思维之中。从诗人的角度讲，便是通过对灵感的领受而获得了造化自然提供的"大形象"（les grandes images）。这种形象与我们平时说的具体呈现于面前的可视、清晰、恒定的形象不同，它是浑然一体、游移模糊的，处于非理性与前思考状态，又是满载着意义并显得坚决而急迫的[①]，急于借诗人之话语自我言说。"大形象"又称"想象主题"，它源于造化，又直接是诗人运用诗性思维进行个性化的想象活动的产物，体现着诗人对造化召唤的回应。作为"主题"，它体现出某种笼统的集合性，作为凝聚于某一核心的整体而尚未展开，作为原初之共性还没有分殊到无限多样的个别性中去。"这些大形象，这些神话的种子，这些原初的象征由造化向着我们发散。"[②] 杜夫海纳比喻说，"大形象"正如同荣格的原型[③]，是广博浩瀚的造化不断重复显现在诗人思维中的形象。但相比于荣格的原型侧重表现为从自然原生性向人性文明性发展过程中所积累下来的人类主体性与能动精神，杜夫海纳的"大形象"似更有意表明，自然原生性在历史的漫漫长河自人类的远古原始状态向今日高度发达的人类文明

[①] Mikel Dufrenne, *Le Poétique*, Paris: PUF, 1963, p. 186.
[②] Ibid., p. 192.
[③] Ibid., p. 189.

奔流的过程中，从来未曾消失，而是时刻与人类相伴存在。"大形象"积淀在诗人诗性思维的深处，同时必须通过诗人朝向它的想象活动才能被看见。如果说，原型由人类从祖先那里继承下来，并经由无意识的保存而被动领受；而"大形象"却是造化的召唤与诗人的个性化想象力共同作用的结果，兼有造化与诗人在同质性状态下的双重主体性，以及诗人在灵感激发下的无意识与诗人接受灵感的想象意识的叠合性。在这个意义上，"除了对世界最原初的意识——想象，无意识便什么都不是"[1]。想象使诗人将"大形象"这一母题在思维主体的个性化运作中成形，具象化为一个体现之前那混沌未分、不确定、非理性的母题的具体可感的形象（les images），并通过诗之语言置入诗歌作品中，这也便是诗歌的具体写作过程。"诗人立刻捕捉住（大形象）并把它固定在（诗性）语言中。"[2] 杜夫海纳认为，诗性语言具有直接契合"大形象"及具体形象的神奇功能。这表现在前者本身的情感性与表现性能够与造化寓于情感的形象正相对应。"诗把情感潜力放置于词中"[3]，"情感像一声呐喊那样激发了词语，使之具有表现力。而情感本身就是对世界面孔——这是一个需要一种声音来自我感动和自我表现的世界——的一次发现"[4]。与审美经验现象学的表现观与情感观一脉相承，此处的"表现力"和"情感"概念均指那种融感性与意义、形式与内容浑然一体的前谓词性的存在与思维（因为处于前谓词自明性中，所以二者往往合而不分）。其中"情感"是感性融合理性扬弃自身后世界的整体面貌，而"表现力"则是诗性语言对世界这种浑融状态的整体把握。具有表现力的诗性语言与呈现情感特质的世界面孔于是具有了天然相合性。这也是为什么杜夫海纳认为索绪尔语言学的"随意性原则"不适用于诗歌语言，对后者来说，能指与所指恰恰在造化的天然层面便已经一一对应了，正如象形或表意文字那样。"如果我的语言在命名事物时的

---

[1] Mikel Dufrenne, *Le Poétique*, Paris: PUF, 1963, p.191.
[2] Ibid., p.192.
[3] Ibid., p.186.
[4] Ibid., p.187.

确具有表现力,那是因为事物就是这样呈现于我,并可以说是自我命名的。"① 在这个意义上,他从现代派诗人,特别是表现主义诗人立场出发,认为诗歌语言整体上所追求的音乐性正是世界情感,即造化之面目的表现。"引起音乐性的不是精神上的秩序,而是来自宇宙的秩序……它源于世界。"② 这是内在的音乐性,杜夫海纳称之为"形象的音乐性"。这一看似矛盾的命名实际指出了造化形象的混沌性与音乐的情感表现性之间相当程度的本源和谐。在他看来,形象是双面的:一方面,它是诗人在捕捉"大形象"后,对其加以具体想象而获得的具象化图景;另一方面,它也是感性与意义、形式与内容混沌未分、完美融合的表现性事物,就像作为汇集了意义及情感整体的审美对象表现世界一样,就像作为表现性艺术之最高体现的音乐一样。"词总有一个意义,这个意义是音乐性的一个元素。没有一种音乐性只是发音的,它总是同时为了耳朵和为了理解力的。"③ 所以形象是作为再现与表现的统一而存在的。"这种被感到的形象的音乐性,是世界创造了它。"④ 作为造化自然的产物,它体现了造化自然的面目。

"诗人所做的,就是收集并传达音乐性的形象。"⑤ "形象是世界在人类身上的第一声回响。"⑥ 从"伟大的形象"到具体的音乐性的形象,诗人以诗歌这种特有的手段将不可见的造化向他的读者呈现为可见。造化由此通过诗人而实现自我言说、自我显形,在与人的照面相遇中,"一个读者可进入的世界由此打开"⑦。透过诗歌,"诗人总在述说着:造化在这里……"⑧

---

① Mikel Dufrenne, *Le Poétique*, Paris: PUF, 1963, p. 178.
② Ibid., p. 192.
③ Ibid., p. 193.
④ Ibid..
⑤ Ibid., p. 195.
⑥ Ibid..
⑦ Ibid., p. 196.
⑧ Ibid., p. 189.

三 造化自然在艺术审美对象中的显现

理解了杜夫海纳的造化自然观，再来反观《审美经验现象学》，"审美对象就是自然"这一论断便不再构成悖论。造化自然与艺术创造之间召唤与应答的双向关系，决定了在具体的审美知觉意向结构中，由艺术作品转化而成的审美对象与造化自然之间的密切关联。后者经艺术家的创作，将自身转化为可见可感的自然性而固定、留存在艺术作品和审美对象中，使自然与艺术难分难离。的确，艺术创作是对自然之物的征服，是自然之物向人为之物转变的结果，但这一征服和转变却恰恰是造化自然向作为艺术欣赏者的人类化身显现的方式和途径。正因如此，自然"当它与艺术结成联盟时，它保持着自己的自然特征，并把这一特征传给艺术"[1]。

首先，艺术作品的创作材料，被杜夫海纳称为"物质手段"的东西，如绘画的颜料和画板、音乐的乐器、歌剧的嗓音、舞蹈的肢体、建筑的石头和雕塑的泥巴等，无不来自自然。他甚至认为："如果说起木管和铜管，那么我们指的不是乐器的物质材料，而是声音的物质性。"[2] 这代表了音乐的自然天性。这些自然元素通过艺术家的精心加工、组合而成为艺术作品的结构元素，其自然性不但没有消失，而是被固定、保存了下来——颜料转化为色彩，其色质与光泽仍在；乐器吹奏出音响，其声音却源于声孔的天然振动；建筑与雕塑把石头和泥巴赋予形状，我们却看得到原来的质地与色泽。当这些元素随整个艺术作品进入审美知觉，同时成为审美对象的有机组成部分，继续以感性形态参与审美经验活动中。因此，"审美对象首先就是感性的不可抗拒的出色的呈现"[3] 或"审美对象就是辉煌呈现的

---

[1] ［法］米盖尔·杜夫海纳：《审美经验现象学》，韩树站译，文化艺术出版社1996年版，第113页。
[2] 同上书，第116页。
[3] 同上书，第114页。

感性"[1]等表述，实质上也是关于审美对象中自然性元素大量存留的表述。"如果旋律不是倾泻在我们身上的声的洪流，那又是什么呢？如果诗不是词句的协调和娓娓动听，那又是什么呢？如果绘画不是斑斓的色彩，那又是什么呢？甚至纪念性建筑物如果不是石头的感性特质，即石头的质量、色泽和折光，那又是什么呢？如果颜色暗淡了，消失了，绘画对象也就不复存在。废墟之所以仍是审美对象，是因为废墟的石头仍是石头，即使磨损变旧，它也表现出石头的本质。"[2]"声的洪流"、诗句的娓娓动听、"斑斓的色彩""石头的质量、色泽和折光"无一不是自然性元素在审美对象上的显现，是造化创世的伟力向可见可感的自然性体现。它们生机勃勃地印证和表征着造化自然的无限深广和欣欣向荣。这也是为什么"假如遇上一场大火，建筑物失去自身的图形与油漆色彩，那它就不再称其为审美对象了"[3]。从造化自身显现的意义上说，失去了自然性因素，艺术作品也就失去了存在的意义。

更进一步，自然并非仅存于审美对象感性阶段，而是随后者在辩证性的逻辑展开中充满整个审美对象。从感性经再现世界达到表现世界，审美对象不仅完成了自我扬弃后的最终实现，也将蕴含其中的自然性因素同时提升到新的阶段。在情感这种"新的直接性"对感官刺激的直接性的超越中，自然性元素也一道被赋予了感性与意义的多元内涵，从而成为表现的自然。感受一个表现世界，便是连同浑融其间的自然一起感受。自然由此渗入自足自律的对象"准主体"的内涵中："我们可以说审美对象具有自然物的特征，例如冷漠、不透明性、自足。"[4]这三个特征恰恰就是作品自然性元素向我们所揭示的造化自然那深远、遮蔽与创生能动的特质。"自然在不带有人类做出的规定性的印记时就是这种存在的形象……它是照耀自己的光……但不是通过接受世界赖以显露的外来的光，而是使它发出自己的光。"[5]

---

[1] ［法］米盖尔·杜夫海纳：《审美经验现象学》，韩树站译，文化艺术出版社1996年版，第115页。

[2] 同上书，第114—115页。

[3] 同上书，第115页。

[4] 同上书，第178页。

[5] 同上书，第178—179页。

在此意义上，艺术家对审美对象的形式赋予并非完全是对自然的人为规训征服，也并不意味着艺术品终于在形式的层面超越自然。赋形并不等于抹杀天然要素，而是助其愈益彰显。音乐创作以和弦与调性整合声音，将不和谐的噪音转变为和谐的乐音，声音因此悠扬而洪亮；绘画以构图与布局安排颜色与光线，自然的色泽得到加强而更易吸引审美知觉。这一切加强了自然感性的力度，所以说"感性的登峰造极仅仅标志着形式的充分发展。感性是通过形式而出现的……形式在这里就是感性成为自然的东西"[1]，并且"这种固定下来的带有形式的、充满活力的、最终成为对象的感性，构成一种具有造物主那种无名的、盲目的、潜能的自然"[2]。另一方面，形式的赋予确又是感性自然中人为因素的加入，虽然"审美对象确是通过形式的统一性本身才仍然是自然，但这种自然是意指的自然，超出盲目自然的自然"[3]。自然性元素在形式化的感性中得到加强从而彰显造化之伟力，那也是在人的协助下得到加强。人所表现的自然，既是"具有造物主那种无名的、盲目的、潜能的自然"，又是"意指的""超出盲目自然的自然"。艺术作品中自然性元素的这种看似矛盾的双重性，正是作为原生自然的造化既深不可测又与人类共在的两面性的集中体现。"审美对象只是因为是人为的所以才是自然的"[4]，所以"我们完全可以说，审美对象就是自然"[5]。

---

[1] [法]米盖尔·杜夫海纳：《审美经验现象学》，韩树站译，文化艺术出版社1996年版，第120页。
[2] 同上书，第121页。
[3] 同上书，第177页。
[4] 同上书，第121页。
[5] 同上。

四　人类与造化自然的本源和谐

"自然所激起的审美经验给我们上了一堂在世界上存在的课。"① 造化与艺术家之间的召唤与应答，实质上是人与造化自然在美学意义上双向、可逆的交流与对话：造化通过向艺术家发出召唤，将自身植入艺术审美对象，造化进入人类审美知觉的视野，显现并诉说自身；而人类则通过知觉艺术审美对象，静观凝视其自然性元素，在美的体验中领悟深邃而隐蔽的造化本身，使造化重回意识，体悟自身与造化的共存。所以，造化自然"在对我谈论它自己的同时，它对我谈论了我自己；它不是让我回忆起我自身、我的历史或者我的独特性，甚至也不是明白地给我讲述我的人性……然而它至少告诉我说，这种无边无际的呈现是一种为我的呈现，因此我暗中是与这无边无际的呈现相协调一致的"②。正是在这个意义上，杜夫海纳得出结论："在这世界里，人在美的指导下体验到他与自然的共同实体性，又仿佛体验到一种先定和谐的效果。"③

我们有理由认为，杜夫海纳是立足于美学领域，在主体间性的意义上谈论造化自然和人类的关系的。造化是人类的原初性孕育者，也是以自身实现之欲求对人发出召唤者，它依靠人类而彰显自身基底性、深度性及创生性的伟大力量。"《诗学》不但把人描述为自然的'共同实体'，而且认为，只要自然与人类一起出现，只要自然出现在人类面前，那么，自然就是为了自我而创造人类。"④ "为了自我而创造人类"正是同时体现了造化自然的双重性与人类形成的那股巨大张力：创造人类是其主体能动性，而人类对其召唤的回应则同时体现了人类的主体能动性。所以我们说造化自然与人类之间具有一种天然而原初意义上的本源和谐性，这种和谐无疑同

---

① ［法］米盖尔·杜夫海纳：《美学与哲学》（第一卷），孙非译，中国社会科学出版社1987年版，第49页。
② 同上书，第50页。
③ 同上书，第51页。
④ 王岳川：《现象学与解释学文论》，山东教育出版社1999年版，第134—135页。

时表现为造化主体与人类主体的间性关系，它最终实现于人类投身于造化自然的审美经验中。如果说在日复一日的日常生活中，人因为造化自我掩蔽的深度性而忽略了这种本源和谐性，在艺术审美经验中他通过驻留于审美对象感性本身的审美知觉而重新注目于感性内蕴的自然性，从而看到了造化的显影，重新领受自然必然性背后的造化自然的伟力。在审美经验中，人类得以重拾这种主体间的本源和谐性。

杜夫海纳正是基于这种主体间性的本源和谐性来思考诸多美学问题的。限于篇幅，这里仅以他对崇高的诠释为例。康德把崇高归于人之作为能动的理性主体面对自然对象之被动客体的一种凌驾性的主体自豪感。而杜夫海纳却认为，伟大和崇高是自然未经人化时最经常呈现的方面[①]，即原生的造化自然本身的显露。造化自然作为深不可测的创生伟力，本身正体现为康德所说的数学崇高的"绝对地大"和力学崇高的"强制力"，而根本不是人类内心世界与理性精神内部的某种情感。康德以崇高感来印证理性主体压过自然伟力，表面上是肯定自然伟力的强大性和真实性，其实质却是来衬托人类理性的崇高和伟大。所以杜夫海纳带着些许讽刺的口气说："我们不是'通过什么隐瞒真相的欺骗方式'，去向自然的一个对象表示'敬意'。"[②] 相反，他将自然命名为"原生的自然"即造化自然，从而将其置于世间一切存在物（包括人）的地位之上。他对造化自然的"敬意"是最真诚的敬意，而绝非通过一种"隐瞒真相的欺骗方式"。他甚至有时把造化自然抬升至上帝的高度，认为人与自然的具有先定和谐效果的共同实体性，根本"不需要上帝去预先设定，因为它就是上帝：'上帝，就是自然。'"[③] 杜夫海纳是在充分肯定并论证了造化的原生性、创造性和强大性的前提下，引入人及其主观认知能力的。人类与造化建立的是奠基于本源和谐性上的主体间性关系。一方面造化创造人类，包围并滋养着人类；另一方面人类在最高表现形态上彰显造化，并在审美的层面上见证造

[①] [法]米盖尔·杜夫海纳：《美学与哲学》（第一卷），孙非译，中国社会科学出版社1987年版，第48页。
[②] 同上书，第41页。
[③] 同上书，第51页。

化。造化与人类不是康德主体中心论意义上的自然对象和人类主体的被认识、被支配和认识、支配的关系,而是存在论意义上的造化主体与人类主体的相互交往、彼此共存、水乳交融、相得益彰的主体间性关系。所以杜夫海纳的观点是:"我们不说:'真正的崇高仅存在于判断者的精神之中,而不存在于产生这种素质的自然对象之中。'我们说:真正的崇高存在于这二者之中。在这个条件下,自然把我自己的形象反射给我,对我来说,它的深渊就是我的地狱,它的风暴就是我的激情,它的天空就是我的高尚,它的鲜花就是我的纯洁。"[①] 在此,崇高既不再是自然事物本身的客观特性,亦非我这个认知主体的主观精神与情感,而是同时表征造化与人类的一体两面的镜子。深渊与地狱、风暴与激情、天空与高尚、鲜花与纯洁的两相融合,正是处于前谓词世界中原初意义上的造化与人类的基于血缘亲情关系的整体未分的状态。在我身上映现的是造化的伟大面貌,而通过造化我看到了那深藏于伟力深处的自己的显影——二者难解难分的同一性特质,便是其本源和谐性的集中表征和体现。

Dufrenne's Idea of the Nature and Its Inter-subjective Connotation of the Harmony: Beginning on a Paradox in *The Phenomenology of Aesthetical Experience*

Yin Hang

Abstract Phenomenological aesthetician Dufrenne expounds his characteristic idea of the Nature in The Poetic, which is his later period representative work. This idea endows a new and deep connotation to the notion of nature in ordinary sense, and establishes in the field of artistic creation and the aesthetical experience a kind of inter-subjective relationship between human being and nature. Beginning on the paradox—The aesthetical object is the nature—in his earlier period work *The Phenomenology of Aesthetical Experience*, this

---

① [法] 米盖尔·杜夫海纳:《美学与哲学》(第一卷),孙非译,中国社会科学出版社 1987 年版,第 41 页。

article explains his idea of the Nature, and attempts to reveal the inter-subjective connotation of the harmony between the Nature and the human beings in this idea.

Key Words　the Nature; require and reply; inspiration; harmony between the Nature and the human beings; inter-subjectivity

Author　Yin Hang, Doctor of Humane Letters, is a adjunct professor and deputy director of Dance Academy, Shandong Youth University of Political Science, China, with main research interests in theory of literature, western aesthetics and artistic aesthetics.

华兹华斯和柯勒律治自然观之比较研究

张玮玮

摘　要　随着浪漫主义生态学的兴起,重返浪漫主义已经成为当代生态批评界的学术热点之一。对浪漫主义遗产的继承将为我们形成更复杂更现代的自然观奠定基础。但是,浪漫主义并非有着统一纲领的思想运动,浪漫主义作家也绝非观点统一的作家群体。对浪漫主义作家的比较研究将有助于我们更加全面和深刻地理解浪漫主义自然观的内涵,充分利用浪漫主义遗产。华兹华斯和柯勒律治同为英国早期浪漫主义的代表人物,但是尽管二人都反对人和自然的对立,主张人和自然统一,但对实现统一的途径却有着严重分歧。在诗歌中,华兹华斯主张上帝寓居于自然之中,人应当主动回归自然,接受自然的引领。而柯勒律治虽然早年与华兹华斯秉持相似的观点,但他在后期反对华兹华斯的自然崇拜,坚持人类心灵之于自然的优先性,自然的高贵在于与人类心灵具有同样的基础,是人类获得上帝启示的友伴。华兹华斯和柯勒律治将实现人和自然统一的途径分别给予自然和人类心灵的观点表明浪漫主义时期自然主义和唯心主义倾向的共存,以及浪漫主义者对于自然和人类何者居于主导地位的矛盾。但他们殊途同归,对自然在人类心灵自我构建过程中的价值都予以充分认可。

关键词　华兹华斯；柯勒律治；自然观；心灵

作者简介　张玮玮(1982—　),女,山东淄博人,齐鲁工业大学外国语学院副教授,文学博士,主要从事西方文艺理论、生态批评等方面的研究。

随着"浪漫主义生态学"(又被称为"绿色的浪漫主义")的兴起,重返浪漫主义已经成为当代生态批评界的学术热点之一。正如美国环境史学家唐纳德·沃斯特(Donald Worster)所评价:"浪漫派看待自然的方式基本是生态的。"① 浪漫主义作家通常反对机械论自然观，倡导一切事物的整体性和相互联系性。因而，对浪漫主义遗产的重新研究和继承将为我们形成更复杂更现代的自然观奠定基础。但是，以往许多研究更加倾向于将浪漫主义作为一个整体来研究，忽略了浪漫主义作家之间的差异性。事实上，浪漫主义运动并非有着统一纲领的思想运动，浪漫主义作家也绝非观点统一的作家群体。以威廉·华兹华斯和萨缪尔·泰勒·柯勒律治为例，二人于1796年合作出版《抒情歌谣集》，共同拉开了英国浪漫主义的序幕，并因为共同在湖区生活的经历与骚塞一起被并称为"湖畔诗人"。他们不仅曾经是生活中的挚友，更是彼此事业发展过程中重要的推动力量，用麦克法兰的话说，他们的对话和互动形成了文学史上极为罕见的"共生"（Symbiosis）现象。② 但是，尽管华兹华斯的作品及柯勒律治早年的诗歌，大都以自然景物为主题并充满了对自然的热爱之情，经常被拿来相提并论。但实际上，他们二人的自然观，尤其是在自然和人的心灵的关系上存在着巨大的差异，甚至可以说存在着本质的区别。因此，对他们的比较研究将有助于我们更加全面和深刻地理解浪漫主义自然观的内涵，充分利用浪漫主义遗产。

一 华兹华斯的自然崇拜

众所周知，华兹华斯是英国浪漫主义文学的开创者。他的诗歌一改此前新古典主义文学和美学对人类理性的片面推崇，将诗歌呈现的对象转向了自然。作为伟大的自然诗人，华兹华斯的诗歌中充满了对自然的赞美乃至崇拜，并且这一自然崇拜带有强烈的泛神论色彩。根据斯坦福哲学百科的定义，泛神论就是把上帝等同于宇宙，认为上帝之外无他物的观点。或

---

① 唐纳德·沃斯特：《自然的经济体系——生态思想史》，侯文蕙译，商务印书馆1999年版，第81页。

② Thomas McFarland, "The Symbiosis of Coleridge and Wordsworth." *Studies in Romanticism*, Vol. 11, No. 4, Samuel Taylor Coleridge (Fall, 1972), pp. 263-303.

者反过来说，它拒绝承认其他任何认为上帝与自然分离的说法。[1] 换句话说，所谓泛神论，就是将自然与上帝相等同的一种哲学及神学思想。泛神论者还主张，由于上帝存在于万物之中，世间万物也分有了上帝的灵气和神性。在华兹华斯的时代，面对工业革命后自然环境的大规模破坏，泛神论把自然等同于上帝的观点恰好满足了当时思想界"返回自然"的诉求，因此当时几乎整个欧洲思想界都被卷入泛神论的狂潮之中。华兹华斯本人自然也深受泛神论思潮的影响。因而，几乎在他的全部诗歌中，自然都不仅仅是外在的客观事物，更不是人类肆意剥削的对象，而是有神灵寓居其中且充满神性的世界。诗人对自然中哪怕是最低等最卑微的事物都满怀崇拜之情。在其早年的代表作《廷腾寺》中，华兹华斯曾经如此盛赞自然：

> 我感到
> 仿佛有灵物，以崇高肃穆的欢欣
> 把我惊动；我还庄严地感到
> 仿佛有某种流贯深远的素质，
> 寓于落日的光辉，浑圆的碧海，
> 蓝天，大气，也寓于人类的心灵，
> 仿佛是一种动力，一种精神，
> 在宇宙万物中运行不息，推动着
> 一切思维的主体、思维的对象
> 和谐地运转。[2]

很显然，华兹华斯在诗歌中指出自然不是僵死的、无生命的，而是感到其中"仿佛有灵物"，它充斥于"落日的光辉""浑圆的碧海""蓝天"和"大气"等一切自然物中。并且这种"灵物"和"某种流贯深远的素

---

[1] Levine, Michael, "Pantheism", *The Stanford Encyclopedia of Philosophy*, 2012. 见 http://plato.stanford.edu/archives/sum2012/entries/pantheism/, 2014 年 9 月 5 日访问。

[2] ［英］华兹华斯：《廷腾寺》，《华兹华斯抒情诗选》，杨德豫译，湖南文艺出版社 1996 年版，第 113—115 页。

质"既存在于自然物中,也存在于人类的心灵之中,它在宇宙万物之间运行不息,使一切都和谐运转,构成和谐的整体。

华兹华斯在另一首名诗《鹿跳泉》中也表达了同样的思想。许多年之前,一头公鹿被外出狩猎的沃特尔爵士追赶,最终精疲力竭,死于一口泉边。为了纪念勇敢的公鹿,爵士在泉边修葺了石潭和三根石柱,并将此泉命名为"鹿跳泉"。此后,这里一度泉水潺潺,一派繁茂。但是,时隔多年之后,诗歌中的"我"经过此地时却是另一番悲凉萧瑟之景:"那些树,无枝无叶,灰暗萧索,/那土冈,不黄不绿,荒凉枯瘠。"① 只是凭借残存的石柱才能判断出此地曾经有人居住过。后来,经过的牧民才为"我"解开了心中的迷惑——"它毁了,遭了天罚。"报应的起因就是那头横死的公鹿,是造化以"神圣的悲悯"对公鹿的遭遇表现的哀悼。到结尾处,华兹华斯点明了诗歌的主旨:

> 上帝寓居于周遭的天光云影,
> 寓居于处处树林的青枝绿叶;
> 他对他所爱护的无害的生灵
> 总是怀着深沉、恳挚的关切。②

华兹华斯通过《鹿跳泉》表明:上帝就存在于天光云影、青枝绿叶等宇宙万物之中,他既爱人类,也爱其他一切自然事物。因为上帝之爱,自然万物都是神圣的,破坏自然中的任何个体人类都将遭受上帝的惩罚。所以,诗歌的结尾是华兹华斯对人类的劝告:"在我们的欢情豪兴里,万万不可/羼入任何微贱生灵的不幸。"

由此可见,华兹华斯诗歌中的自然世界总是一个"有神灵居于其中的天地形态,是一个神灵莅临的世界"③。国外有学者同样深刻意识到华兹华

---

① [英]华兹华斯:《鹿跳泉》,《华兹华斯抒情诗选》,杨德豫译,湖南文艺出版社1996年版,第99页。
② 同上。
③ 易晓明:《华兹华斯与泛神论》,《国外文学》2002年第2期。

斯将自然神化为上帝的倾向,因此评价说,华兹华斯可能是"最后一个能说自己失去了对于父辈人的上帝之信仰的人。但是,他真正的上帝不是教堂中的上帝,而是山川中的上帝"[①]。

在人和自然的关系上,华兹华斯进一步认为上帝既然就存在于山川、河流之中,那么人类心灵理应回归自然之中,接受自然的引领。与自然的接触,"不仅能使他从人世的创伤中恢复过来,使他纯洁、恬静,使他逐渐看清事物的内在生命,而且使他成为一个更善良更富于同情心的人"[②]。因此,华兹华斯经常在诗歌中歌咏自然对心灵提供的庇护。

《廷腾寺》中,面对着廷腾寺周围的自然美景,华兹华斯向人们讲述了他对自然美景的记忆对于心灵产生的重要影响。诗人在此诗写作五年前,曾经与妹妹多萝西·华兹华斯一起游历过廷腾寺。时隔五年,诗人再次到访,不禁回忆起廷腾寺的自然景观对他最初的震撼:

> 我初来这一片山野,像一头小鹿
> 奔跃于峰岭之间,或深涧之旁,
> 或清溪之侧,听凭自然来引导;
> 那情景,既像是出于爱慕而追寻,
> 更像是出于畏惧而奔逸。那时
> (童年的粗犷乐趣,欢娱戏耍,
> 都成了往事),唯有自然,主宰着
> 我的全部的身心。[③]

而后来诗人告诉我们虽然他与廷腾寺的美景一别五年,但是他对这里的美好记忆却一直为生活于喧嚣城市中的诗人提供着心灵的慰藉,保留着一片心灵中的净土:

---

① William Hale White, *The Autobiography of Mark Rutherford, Dissenting Minister*, 2nd Edition, London: Oxford University Press, 1936, p. 21.
② 王佐良:《英国文学论集》,外国文学出版社1980年版,第79页。
③ [英]华兹华斯:《廷腾寺》,《华兹华斯抒情诗选》,杨德豫译,湖南文艺出版社1996年版,第113页。

>　　而是时常，当我孤栖于斗室，
>　　困于城市的喧嚣，倦怠的时刻，
>　　这些鲜明的影像便翩然而来，
>　　在我血脉中，在我心房里，唤起
>　　甜美的激动；使我纯真的性灵
>　　得到安恬的康复；同时唤回了
>　　那业已淡忘的欢愉：这样的景物
>　　对一个善良生灵的美好岁月，
>　　潜移默化的作用未必轻微：
>　　他也曾出于善意，出于爱，做了
>　　许多业已淡忘的无名小事。
>　　我同样深信，是这些自然景物
>　　给了我另一份更其崇高的厚礼
>　　一种欣幸的、如沐天恩的心境……[①]

对于华兹华斯，自然之于心灵的意义极为巨大，是其心灵的"主宰者"，也是其庇佑者和慰藉者。因而到接近诗歌的结尾处，华兹华斯对于自然的膜拜也被推向了极端。他宣称自己"能从自然中，也从感官的语言中"找到自己"纯真信念的牢固依托"，并且声称自然就是自己"心灵的乳母、导师、家长"，是他"全部精神生活的灵魂"。总而言之，在华兹华斯的诗歌中，自然具有绝对的优势地位，而人类要想获得心灵的健全应当主动地顺从自然的引领，与自然融为一体，接受自然的训导。而他的这一观点与柯勒律治，尤其是柯勒律治后期的思想形成了明显的对比。

---

①　[英]华兹华斯：《廷腾寺》，《华兹华斯抒情诗选》，杨德豫译，湖南文艺出版社1996年版，第113页。

二 柯勒律治早期的自然崇拜

与一直执着于在诗歌中讴歌自然的华兹华斯不同，以 1802 年为界，柯勒律治的思想及事业的重心都曾发生过重要的转变。虽然在 1802 年之后，柯勒律治逐渐从诗歌创作中抽身转向哲学和神学思辨，并且对自然和人类心灵关系的认识也发生了重要转折。但在此之前，柯勒律治与华兹华斯一样也深受泛神论思想的影响，是自然的爱好者和崇拜者，其自然观与华兹华斯十分相似。1774—1778 年间，也就是柯勒律治诗歌创作最鼎盛的时期，他创作出《风瑟》（*The Eolian Harp*）、《午夜寒霜》（*Frost at Midnight*）、《这椴树凉亭——我的牢房》（*This Lime-Tree Bower My Prison*）一大批以自然事物为对象的自然诗歌。在这些诗歌中，柯勒律治笔下的自然物各不相同，但共同点是它们几乎都是充满了灵性和神性的生命。在《夜莺》（*The Nightingale*）中，夜莺不再是传统中忧郁的动物，而是充满灵气的生灵。它们

> 此一唱彼一和，互相引逗着：
> 小小的口角，变化多端的争执，
> 佳妙动听的喁语，急速的啼唤，
> 笛韵一般的低吟——
> 比什么都柔美。①

而面对月亮时，它们甚至还有着人类一般的情感和反应。

> 当月亮被浮云掩没，那一片歌吟
> 便戛然而止，霎时间声息全消
> 而等到月亮重新露脸，激动了

---

① ［英］柯勒律治：《夜莺》，《老水手行——柯尔律治诗选》，杨德豫译，译林出版社 2012 年版，第 151 页。

大地和长空，这些醒着的鸣禽

又一齐吐出欢愉的合唱，俨如

一阵突起的天风，同时掠过了百十架风瑟！[1]

在《这椴树凉亭——我的牢房》中，柯勒律治因为脚伤不能与华兹华斯兄妹以及来访的查尔斯·兰姆一起外出游览。他想象他们三人正走向那片"幽深狭仄、林木蔚然"的山谷。那里生长着一棵白蜡树，虽然它远离了阳光这一生命的源泉，但是奔流的瀑布就足以使它的叶子重新焕发出生机。甚至《午夜寒霜》中的寒冷都具有某种"神秘功能"，能够将水滴冰冻成"无声的水柱，/静静闪耀着，迎着静静的月光"[2]。可以看出，在这些诗歌中，与华兹华斯的观点十分类似，柯勒律治也彻底抛弃了自启蒙时代以来盛行的机械—粒子论自然观，他拒绝把自然看成毫无生气的、僵死的物质，而是呈现了一个具有创造力量的世界，上帝寓于其中。不仅如此，柯勒律治还拒绝了启蒙式的工具理性为了实现对自然的了解，而将自然不断分解的做法。他认为上帝的力量无处不在，使整个自然形成一个不可分割的整体。

在心灵与自然的关系上，早年的柯勒律治与华兹华斯一样，都认为上帝存在于自然之中，所以自然必然地居于主导地位，人应当崇拜自然，主动地投身于自然之中，接受自然的滋养。《午夜寒霜》中，柯勒律治以教诲儿子哈特利的口吻说，人遨游在"湖滨、沙岸和山岭高崖下"能够看到各种瑰丽的景象，听到各种明晰的音响，而这些都是"上帝永久的语言"。上帝"在永恒中取法于万物，而又让万物取法于他"，所以，柯勒律治称上帝为"宇宙的恩师"。既然上帝能够塑造人的美好心灵，因此人应当允许心灵在自然中对上帝索取，接受上帝的颁赐。至于诗人，更应当投身自然，在自然中寻找诗歌灵感。柯勒律治在《夜莺》中提出诗人应当到自然

---

[1] [英]柯勒律治：《夜莺》，《老水手行——柯尔律治诗选》，杨德豫译，译林出版社2012年版，第151—152页。

[2] [英]柯勒律治：《午夜寒霜》，《老水手行——柯尔律治诗选》，杨德豫译，译林出版社2012年版，第129页。

中寻找灵感,诗人与其冥思苦想、雕章琢句,不如沐浴于自然中。唯有如此,才能使自己的诗歌"像自然一样动人"。

> 他与其如此,远不如悠然偃卧在
> 树林苍翠、苔藓如茵的谷地里,
> 傍着溪流,沐着日光或月光,
> 把他的灵根慧性,全然交付给
> 大自然的光影声色和风云变幻,
> 忘掉他的歌和他的名声!①

直到1802年,在泛神论对他的影响已经逐步式微之时,仍然在写给好友的信中坚持自然之于心灵的优先性。他提到,"自然有它恰当的利益;相信并感觉到每一个事物都有自己的生命以及我们都是同一个的生命的人将会知道它是什么。诗人的心智应当与自然的伟大外观紧密地结合起来——不是以形式上的明喻的形式,处于摇摆不定中或者与它们的松散的混合"②。可见,在泛神论思想及英国经验主义哲学的影响下,柯勒律治早年的自然观与华兹华斯一脉相承。

三 柯勒律治后期自然观的转变及对华兹华斯的批判

随着柯勒律治游学德国归来,其思想发生了重要转变。他认为早年的泛神论自然观不但混淆了自然和上帝,认为一切都是上帝便等于没有上帝;更重要的是,它只强调自然对人心灵的主导作用,否定了人类心灵自身的能动性。在柏拉图主义、康德的先验唯心主义哲学和正统基督教等多种力量的影响下,柯勒律治开始笃信人的心灵是能动的,并借助对牛顿的

---

① [英]柯勒律治:《夜莺》,《老水手行——柯尔律治诗选》,杨德豫译,译林出版社2012年版,第151页。
② Samuel Taylor Coleridge, *Collected Letters of Samuel Taylor Coleridge*, Oxford: Clarendon Press, 1956-71, Ⅱ, p.864.

批评对一切主张心灵被动性的哲学展开了批判。他说:"牛顿仅仅是一个唯物主义者。在他的体系中,心灵对于外部世界总是被动的,是一个懒惰的旁观者。如果心灵不是被动的,如果它真的是按上帝的形象造就的,以及在最崇高的意义上,是按造物主的形象造就的。我们有理由怀疑,建立在心灵被动性之上的体系作为体系是错误的。"①

因此,柯勒律治借用基督教传统的"三位一体"思想重新确定了上帝、自然和人类心灵的关系。在他看来,上帝不再等同于自然,而是自然和人类心灵的创造者,并超验于自然之外。上帝的理性同时以自然法则和人类理性的形式存在于自然和人类心灵中,使得人和自然同时处于上帝创造的整体之中。但是,他对心灵与自然关系的认识却发生了反转。人类因为上帝赋予的理性成为自由的主体,而自然却受制于自然法则,不具有任何自由。因而,在柯勒律治后期的思想中,人类心灵具有了位于自然之上的优先地位。他主张通过理性"崇高的名号","人类的威严要求具有居于一切其他生物之上的优先性"②。相反,"自然中每一个开端的表象都是我们自身投射的影子。它是对我们自身意志或精神的反射"③。他甚至宣称,人类一切知识的本质都存在于心灵之中,人的心灵体现着自然法则,具有容纳自然的生成和成长的力量。他说:"我们在自身中发现的是我们一切知识的本质和生命。没有'我'的潜在的存在,一切外在自然中的存在方式将如幻影一般从我们面前掠过,其深度和稳固程度将不会超过溪流中的石块或暴风雨后的彩虹……人类心灵在它首要和构成性的形式中体现了自然法则,是一个本身就足以让我们相信宗教的奥秘……"④

柯勒律治的诗歌创作也体现了他思想的这一转变。虽然后来柯勒律治

---

① S. F. Gingerich, "From Necessity to Transcendentalism in Coleridge," *PMLA*, Vol. 35, No. 1, 1920, pp. 1-59.

② Samuel Taylor Coleridge, *The Friend: A Series of Essays to Aid in the Formation of Fixed Principles in Politics, Morals, and Religion, with Literary Amusement Interspersed*, London: William Pickering, 1837, I, p. 259.

③ Samuel Taylor Coleridge, "Aids to Reflection," *The Complete Works of Samuel Taylor Coleridge, with an Introductory Essay upon His Philosophical and Theological Opinions*, New York: Harper & Brothers, 1856, p. 272.

④ Ibid., p. 465.

将主要精力投入于哲学和神学思辨，其诗歌创作近乎停止，但在他发表于1802年的诗歌《失意吟》(*Dejection：An Ode*) 却集中体现了他后期的自然观念。《失意吟》中，面对与此前的诗歌中类似的自然美景，诗人却再也找不到以往面对自然的喜悦之情，而是感到"我的元气已凋丧"。诗人感到从自然中无法找到任何抚慰，因为"激情和活力导源于内在的心境"，所以人不能"求之于、得之于外在的光景"。诗人更明确地指出："我们所得的都得自我们自己，/大自然仅仅存在于我们的生活里；/是我们给她以婚袍，给她以尸衣！"也就是说，此时的柯勒律治认为，心灵仅从自然中寻求安慰是不成功的，无论是"婚袍"还是"尸衣"，都是人类心灵赋予自然的。很显然，不同于此前对自然的讴歌和崇拜，柯勒律治在这首诗歌中转而认为自然本身没有生命，仅仅依赖人易变的性情才有了生命。

正因为如此，柯勒律治后来不仅与自己早年的思想划清了界限，也与华兹华斯逐渐疏远，并对其展开了批判。他在写给友人的信中表示，华兹华斯在诗歌中完全混淆了自然和上帝："毫不讳言，华兹华斯的诗歌中我最不喜欢的特点就是这一可以推断的人类灵魂对出生地和居所的偶然事件的依赖，以及这种对上帝和自然的模糊的、无意识的，或者毋宁说是神秘的混淆，还有随之而来的自然崇拜……而他后期作品中以古怪的方式引入流行的甚至于粗野的宗教（就像哈兹里特说的，长着胡子的老人的突然出现）……让我想起斯宾诺莎和瓦特博士（Dr. Watts）的双面头。"①

从柯勒律治对华兹华斯的这段点评中我们可以看出，对于华兹华斯的泛神论柯勒律治感到恼怒的，一方面是他对上帝与自然的混淆，另一方面还有随之而来的将自然凌驾于人的心灵之上的自然崇拜。柯勒律治甚至进一步把过度的自然崇拜等同于迷信的偶像崇拜，他对华兹华斯总是把心灵置于伟大的"绿色头发的女神"②的服从地位十分不满。柯勒律治在1801

---

① Thomas Mc Farland, *Coleridge and the Pantheist Tradition*, Oxford: Clarendon Press, 1969, p. 271.

② Raimonda Modiano, *Coleridge and the Concept of Nature*, London and Basingstoke: The Macmillan Press, 1985, p. 45.

年8月邀请弗朗西斯·兰厄姆（Francis Wrangham）访问湖区的一封信中，以嘲讽的语气说华兹华斯一定会把自然中最好的事物的一切细节都介绍给他，因为"极少有人会为与自然夫人如此亲密而感到自豪"①。在1803年的一则笔记中，柯勒律治对华兹华斯发起了明确批判，指责他过度迷恋自然会挫伤人的心智："为了从物体的美中获得快乐而一直关注物体的表面，以及对它们真实或想象的生命充满同情对于心智的健康和成长是危险的，如同凝视和揭示矫揉造作之物之于情感的质朴和想象的高贵和统一一般。"②

然而，柯勒律治对华兹华斯自然崇拜的批判是否意味着他对自然的彻底否定呢？答案是否定的。在他看来，虽然一切知识的本质都存在于人的心灵之中，但是心灵至高无上的地位却不能摆脱对外部自然的依赖。离开了自然，人类将不能获得任何知识。柯勒律治提出，人为了认识自身必须首先理解自身之中的自然以及以自身存在为依据的自然法则，原因在于"只有当他在他们联合的基础上已经发现了他们差异的必然性、在他们持续的原则中发现他们变化的原因时"，人才能将一切现象简化为原则，形成方法，最终理解每个事物同其他事物和整体，以及整体和个体事物之间的关系，直至发现整体。③ 也就是说，只有人类意识到自然是既与自己拥有共同的源头，又相异于自身的事物时，才能超越感官的限制，发现终极真理——上帝及其创造的整体的存在。因而，柯勒律治对自然进行了象征性解读，他认为自然作为上帝的象征是另一本《圣经》，能够向人类传达不能以其他形式言说的真理。在这种意义上，人类心灵仍然应当对自然心存敬畏。他说："对于理性，与随意的说明及我的幻想的产物——单纯的明喻相比，我似乎更能在我所注视的这些悄无声息的对象中找到。我感到

---

① Samuel Taylor Coleridge, *Collected Letters of Samuel Taylor Coleridge*, Oxford: Clarendon Press, 1956-71, Ⅱ, p.750.

② Samuel Taylor Coleridge, *The Notebooks of Samuel Taylor Coleridge*, London: Routledge, 2002, Ⅰ, p.1616.

③ Samuel Taylor Coleridge, *The Friend: A Series of Essays to Aid in the Formation of Fixed Principles in Politics, Morals, and Religion, with Literary Amusement Interspersed*, London: William Pickering, 1837, Ⅲ, pp.199-200.

一种敬畏——如同有与理性的力量相同的力量存在于我的眼前——在尊贵性上稍逊一筹的同一种力量,因此是在事物的真理中建立的象征。无论是我凝视一草一木,还是对世界中的植物进行冥思时,我感到它就是自然之生命的伟大的器官。"[①] 不止如此,柯勒律治还认为上帝所赋予的理性不仅使人成为自由的主体,也同时使人类成为对自然负有道德责任的主体。人类的自由需要依靠对自然法则的尊重来平衡,对自然的敬重和关爱是人类得以存在的前提,应当内在于人的生命之中:"作为自由的人,必须遵守法则;作为独立者,必须服从上帝。作为理想的天才(ideal genius),必须听从于显示世界、对自然的同情和与自然的内在交流。在中间点上,人类才能存在;只有两极的平等存在,生命才能得以昭示!"[②]

结　语

通过上文的分析可以看出,华兹华斯与柯勒律治都主张一种整体主义的自然观,倡导人和自然的有机统一,但是对于人类心灵和自然关系的认识却存在截然相反的看法。正是这一分歧更进一步导致了二人诗歌理念的差异,并最终使二人友情破裂、分道扬镳。美国文学批评家艾布拉姆斯在其著名的《镜与灯》中曾经一语中地指出:"柯勒律治与华兹华斯的分歧不是拖延过长、事后产生的,也不是(像人们有时指责的那样)这两位诗人不和的结果;这种分歧是根本性的,并非细枝末节上的分歧。"[③] 实际上,华兹华斯和柯勒律治将优先性分别给予自然和人类心灵的做法是浪漫主义时期思想倾向的一个缩影。工业革命后,科学技术的飞速发展和机器

---

① Samuel Taylor Coleridge, *The Complete Works of Samuel Taylor Coleridge*, *with an Introductory Essay upon His Philosophical and Theological Opinions*, New York, 1856, pp. 462-463.

② Samuel Taylor Coleridge, *The Complete Works of Samuel Taylor Coleridge*, *with an Introductory Essay upon His Philosophical and Theological Opinions*, New York: Harper & Brothers, 1856, p. 412.

③ [英]艾布拉姆斯:《镜与灯——浪漫主义文论及批评传统》,郦稚牛、张照进、童庆生译,北京大学出版社1989年版,第176页。

大工业的逐渐流行不仅造成了自然环境的大规模破坏，对工具理性的过度推崇也造成了人类自身精神的异化。因此，浪漫主义者一方面主张对自然的崇拜和热爱，另一方面他们又高呼"天才""自由"等口号张扬人类自身的主体性。华兹华斯和柯勒律治的分歧清晰地体现了浪漫主义时期这种"强烈的主观唯心主义倾向和同样强大的自然主义倾向的共存"[①]，以及浪漫主义者对于自然和人类何者居于主导地位的矛盾。正是这种共存和矛盾使得浪漫主义者在人和自然之间没有倒向任何一方，而是在二者之间维持着一种恰当的张力。更重要的是，透过他们的分歧我们也能看出，尽管他们对心灵和自然地位的认识不同，但他们却殊途同归，都没有把自然视为可供人类剥削和利用的客观对象，而是人类摆脱物质的束缚、寻求精神自由的必然途径，对自然在人类心灵自我构建过程中的价值都予以充分认可。

A Comparative Study on Wordsworth's and Coleridge's View of Nature

Zhang Weiwei

Abstract With the rise of Romantic Ecology, a return to Romanticism has become one of the hot issues in the field of ecocriticism. Inheriting the heritage of Romanticism will help us to approach a more complicated modern view of nature. However, Romanticism was far from a movement with a unified principle, and the Romanticists were also not a group with identical thoughts. Thus a comparative study of the Romantic writers will contribute to our understanding of the connotation of Romantic view of nature and our ample application of Romantic heritage. As representatives of British Romanticism, both Wordsworth and Coleridge fought against the opposition of man and nature, and advocated the unity of them. However, there exists a radical divergence between their understanding of achieving this unity. Wordsworth considered nature as the place where God dwells, therefore, man

---

① Raimonda Modiano, *Coleridge and the Concept of Nature*, London and Basingstoke: The Macmillan Press, 1985, p.54.

should return to nature for its instruction. On the contrary, although Coleridge shared the same opinion at an early age, he opposed Wordsworth's nature-worship gradually. Instead, he argued man's mind has the privilege over nature, whose dignity just lies in its common ground with the former and its companionship in man's obtaining of God's revelation. Wordsworth and Coleridge's divergence indicates the coexistence of naturalism and idealism in the Romantic period, and the Romanticists' ambivalence towards the status of man and nature. On the other hand, both of them recognized the value of nature in the self-construction process of human mind.

Key Words　Wordsworth; Coleridge; view of nature; mind

Author　Zhang Weiwei, Doctor of Humane Letters, is an associate professor of School of Foreign Languages, Qilu University of Technology, China, with main research interests in western theory of literature and ecocriticism.

文艺美学

Artistic Aesthetics

关于文艺美学的一些思考

杜书瀛

摘　要　文艺美学其实就是中国学者提出来的有中国特色的艺术哲学,它的对象就是研究文艺领域中的审美问题,特别是审美价值问题。文艺美学是"美学热"的一部分,是文艺学研究"向内转"的重要表现。文艺美学以文艺的审美特性为视角、为对象,"审美"地研究文艺,同时研究文艺的"审美"。它深入研究文艺不同于其他社会文化现象的特殊性,是对以往庸俗文艺政治学、庸俗文艺社会学、庸俗文艺认识论的有力反拨。文艺美学的提出、建立及其学术研究的开展,从两个层面即文艺学层面和美学层面深化了对文学艺术的理性把握。文学艺术不会消亡,文艺美学也不会消亡,它们会应新的历史文化环境和自身内在发展的需求,不断变化、前进。

关键词　文艺美学;审美价值;审美特性

作者简介　杜书瀛,中国社会科学院文学研究所研究员,博士生导师,主要从事文艺美学研究。

　　文艺美学其实就是中国学者提出来的有中国特色的艺术哲学,它的对象就是研究文艺领域中的审美问题,特别是审美价值问题。严肃的学术研究是一种创造性的精神生产活动。某个时代某个民族的学者或学术群体对人类社会的贡献,就在于同前人相比,他或他们在学术活动中是否能拿出具有创新意义的有价值的成果,以促进学术的发展,以利于人类的进步。

文艺美学的提出是对思想禁锢和僵化模式的反拨

我个人意见,文艺美学的学科定位基本清楚。台湾的情况且不说,仅就 20 世纪 80—90 年代的中国大陆而言,文艺美学作为一种新的学术现象和研究热点,作为一个新学科,它之所以会在这个特定时期萌生、形成、确立、发展,绝不是宿命论的注定的,或决定论的必然的,而是有其特定的历史文化机缘。如果对文艺美学这个新学科得以命名的前后情况作历时性和共时性的具体考察,就会发现:第一,它同周围的社会文化环境和历史变迁有着直接或间接、隐蔽或明显、紧密或松散的关系;第二,它自身存在着得以生发、成长的内在机制和学术理路。

众所周知,自今上溯五六十年(尤其是 20 世纪 80 年代前的数十年),中国大陆的政治文化特别发达。与此相应,各个方面的学术事业,特别是人文学术,就其主导而言,与政治文化关系极为密切,可以说只有得到政治文化的庇荫才能生存和发展——它们或者直接就是政治文化的一部分,或者经受着政治文化的无可抵御的渗透,或者被置于政治文化的强大笼罩之下。

这对数十年来文艺理论和美学的学术状况造成严重影响,使之处于不正常状态甚至出现某种学术怪胎,打个比方说,这打破了文艺理论和美学的"生态平衡"。

本来,文学艺术与其他社会文化现象有着千丝万缕、难分难舍的联系,文艺与政治密切相关自然也并不令人感到奇怪,就如同文艺与经济、文艺与认识、文艺与审美、文艺与道德、文艺与宗教、文艺与哲学等密切相关一样。文学艺术可以有多种价值因素和品质性格,如认识的、政治的、宗教的、伦理道德的、社会历史的、意识形态的、游戏娱乐的以及审美的等,但在我看来,它之所以叫作文学艺术,就因为其中的审美价值、审美品格最为突出,最为重要,占据主导地位。我在《文艺美学原理》里曾说,"艺术生产必须以审美价值的生产为主导、为基本目的","除了审美价值的生产不可或缺之外,其他价值的生产并不是注定不可缺少的",艺术价值是一种以审美价值为主导的综合价值。①

现在我仍然坚持这些基本观点,但要作一些补充说明。文学艺术总是历史地、具体地存在着。在特定的历史时代、特定的社会环境和文化场域之中,具体的文学艺术活动和文学艺术作品,虽不失其审美价值和审美品格,但常常相对突出了其他某个方面的价值和品格。例如,有的时候文学艺术的宗教价值和品格相对突出,像我国敦煌莫高窟、大同云冈石窟、洛阳龙门石窟、天水麦积山石窟等从南北朝以来长达千余年的佛教艺术(雕塑和壁画等),像中世纪欧洲基督教艺术,拜占庭艺术(宗教建筑,教堂镶嵌画、壁画,宗教雕刻、绘画等),以及文艺复兴以来意大利、法国、德国、英国、荷兰、西班牙等国家和地区带有浓厚宗教色彩的艺术(雕刻、绘画、教堂音乐等)。有的时候文学艺术的认识价值和品格相对突出,像19世纪法国巴尔扎克、英国狄更斯等批判现实主义作家的小说,恩格斯说:"他(指巴尔扎克——本文作者注)汇集了法国社会的全部历史,我从这里,甚至在经济细节方面(如革命以后动产和不动产的重新分配)所学到的东西,也要比从当时所有职业的历史学家、经济学家和统计学家那里学到的全部东西还要多。"② 有的时候文学艺术的政治价值和品格相对突出,像中国抗日战争时期的"抗战文艺"、延安的"革命文艺",法国作家阿尔封斯·都德写于19世纪70年代普法战争之后的爱国主义小说《最后一课》《柏林之围》。还有突出伦理道德、社会历史、意识形态、游戏娱乐等价值和品格的作品。但不管哪种价值和品格相对突出,它们都必须同审美价值和品格融合在一起,才能称得上是文学艺术。从与此对应的理论把握和学术研究层面上说,在一定历史时代和一定社会文化环境中,把上述不同类型的文学艺术现象所突出的价值和品格作为特定的对象或从特定的角度加以侧重的理性思考和研究,则可以有不同类型的理论形态,如宗教学文艺学、认识论文艺学、政治学文艺学、美学文艺学(文艺美学)、文

---

① 杜书瀛:《文艺美学原理》,社会科学文献出版社1992年版,第44—45页。
② 《马克思恩格斯选集》第四卷,人民出版社1972年版,第463页。

艺伦理学、文艺社会学、文艺经济学……

而且，我认为只有上述所有这些文艺学分支学科协同发展、联合工作，才能比较全面而准确地把握内涵如此复杂丰富的文学艺术的全貌。我主张多元化、多学派的文艺学，赞赏百花齐放、百家争鸣的理论局面。假如仅仅注意文艺与一两种文化现象的关系而忽视其他关系，仅仅重视一两种文艺学分支学科而忽视其他学科；或者以某一两种关系涵盖、代替、吞并、笼罩其他关系并凌驾于其他关系之上，以某一两种文艺学分支学科涵盖、代替、吞并、笼罩其他学科并凌驾于其上，必然会给学术事业造成伤害。

中国大陆20世纪80年代以前的文艺理论和美学研究，虽然不能说完全没有取得某些成绩，但以政治文化涵盖、代替、吞并、笼罩、凌驾其他一切学术活动，视文艺学和美学为自己的附庸，只允许与主流政治文化相一致的文艺学和美学存在和发展，否则即为叛逆。在一个相当长的时期内，少数几种与主流政治文化密切相关、保持一致的文艺学品种得以发展和膨胀，而数量更多的没有"保持一致"或被认为没有"保持一致"、没有"紧跟"或被认为没有"紧跟"、结合得不紧密或被认为结合得不紧密的文艺学学派，则遭到压制、蔑视，被定为异端，逐渐萎缩以至消亡，导致整个文艺学的学术格局成为一种畸形样态。

当时的文艺学品种有：第一，文艺政治学（或政治学文艺学）。文艺与政治（严格说是主流政治）的关系得到特别惠顾。一个最响亮的口号是："文艺必须为政治服务"（有时更具体明确地说"文艺必须为无产阶级政治服务"），再由此引申："文艺是阶级斗争的工具。"毛泽东在当年的抗战环境里作《在延安文艺座谈会上的讲话》，强调文艺从属于一定的政治路线，强调文艺服从于抗战的总目标，有其特定含义，具有其包含积极性、合理性。而后来的倡导者将之普遍化、本质化，发展为"文艺必须为政治服务""文艺是阶级斗争的工具"的"唯政治论"和"阶级斗争工具论"，走上极端，消解了文艺政治学本来具有的积极意义和合理因素，成为庸俗文艺政治学。第二，文艺社会学（社会学文艺学）。当时的倡导者似乎特别重视文艺与"社会历史"的关系，特别重视从"社会学"角度观察文艺,但由于深受当年苏联庸俗社会学的影响,采用贴标签特别是贴阶级标签的方法考察文艺现象,只强调文艺与社会意识形态的关系而无视其他,其口号是"文艺是一种社会意识形态",且仅仅是一种"社会意识形态",谁若离开意识形态观点论述文艺,则违反"祖法",是为谬种。这可以称之为"唯意识形态论"。发展到极致,把文艺社会学本来具有的积极性、合理性取消了,则易成为庸俗文艺社会学。第三,文艺认识论(认识论文艺学)。文艺本来就包含着认识因素,毛泽东在延安提出"文艺是现实生活在作家头脑中反映的产物",但后来的某些倡导者则把坚持文艺上的"唯物主义认识论"观点推向绝对,认定文艺仅仅是对现实的认识、仅仅是对现实的反映,顶多在"认识"或"反映"前面加上定语"形象",叫作"形象认识"或"形象反映";倘若有人说"文艺也表现自我",则立即被扣上"唯心主义"的帽子。这样,就把文艺认识论的积极因素和合理因素消解殆尽。

这可以称为文艺的"唯认识论",或者叫作庸俗文艺认识论。庸俗文艺政治学、庸俗文艺社会学、庸俗文艺认识论作为主流政治文化的三个连体宠儿,得天独厚。一段时间内,特别是"四人帮"肆虐的那段日子,一方面,离开"为政治服务""阶级斗争工具"不敢谈文艺,离开"社会意识形态"不敢谈文艺,离开"唯物主义认识论"不敢谈文艺;另一方面,谈文艺不敢谈"人性""人情",谈创作不敢谈"表现自我",分析作品不敢分析"文艺心理"(文艺心理学被视为唯心主义)……在文艺界,不管是在理论家那里还是在作家那里,相当严重地存在着忽视甚至蔑视文艺自身独特品格的现象,而文艺的审美特性尤其不受待见。

20世纪70年代末,政治路线和思想路线发生根本改变,文艺理论和美学出现重大变化。

但是,这种变化不是自动发生的,而是经过学界同人的自觉努力,即有意识地对以往的思想禁锢和僵化模式进行反拨。不是以往不注意区分不同精神生产方式的特点吗?此刻则大谈文艺创作的"形象思维"问题,20世纪70年代末掀起"形象思维"研讨热潮;不是以往忌讳说"人性""人情"吗?此刻则为《论"文学是人学"》平反——钱谷融《论"文学是人学"》发表于1957年5月号《文艺月刊》，立即被作为典型的"人性论"理论受到批判。1980年第3期《文艺研究》重新发表此文，1981年，人民文学出版社又出版单行本《论"文学是人学"》，文艺界以此为题开研讨会，学者纷纷著文，对钱谷融的观点予以热烈赞扬。又是再版，又是研讨，不亦乐乎。针对以往只重视文艺与政治、文艺与社会、文艺与认识等关系（有人称之为文艺的"外部关系"）的研究，现在则"向内转"，借鉴西方的"新批评""俄国形式主义""结构主义"，以及"弗洛伊德主义"和"格式塔"等流派的文艺心理学，进行文艺的内在品格（有人称为文艺的"内部关系"）的研究。针对以往蔑视文艺的审美性质，此刻则涌起一股前所未有的"美学热"——它实际上是思想解放的一个组成部分。正是在这种具体历史环境和文化氛围中，乘时代变迁之风，文艺美学才应运而生。

文艺美学是"美学热"的一部分——它是美学队伍中一支新的生力军。文艺美学是文艺学研究"向内转"的重要表现——审美关系是文艺最重要的所谓"内部关系"之一。尤其是，文艺美学以文艺的审美特性为视角、为对象，"审美"地研究文艺，同时研究文艺的"审美"。它深入研究文艺不同于其他社会文化现象的特殊性，是对以往庸俗文艺政治学、庸俗文艺社会学、庸俗文艺认识论的有力反拨。在文艺美学看来，文艺不但不是阶级斗争的工具，也绝非任何他物之附庸。它不是如以往所说那种派生的低一级的次一等的"雕虫"之"小技"，而是人类本体论意义上的活动。它同人类其他生命活动方式和形态处于平等地位，是同样重要的活动。它以自己特有的样态、手段和途径，对人类通过自己万千年社会历史实践而熔铸和积淀的自由生命本质进行确证、肯定、欣赏和张扬。它直接成为人的本体生活的组成部分，成为人的生命存在的一种形态。

台湾诗人蒋勋有一首诗，题目叫作《笔》："好像是我新长出的一根手指/所以我总觉得出/你应该流红色的血液/而不是这黑色的墨汁。"这首诗表现了诗人以生命为诗的美学态度。文艺本该如此。

在文艺美学看来，文艺虽然可以具有某种意识形态性，存在某种意识形态特点，但它决不如庸俗文艺社会学者所说仅仅是一种社会意识形态；

文 艺 美 学
Artistic Aesthetics

文艺虽然可以包含某种认识因素，但它决不如庸俗文艺认识论者所说仅仅是认识。那种庸俗文艺社会学和庸俗文艺认识论理论不符合文艺实际，无法解释许多十分普通的文艺现象。

例如：你说齐白石所画大虾洋溢出来的审美情趣，中国古画史上的"曹衣出水""吴带当风"，中国文学史上的四言诗体、五言诗体、七言诗体和欧洲的十四行体，古希腊建筑中的陶立安柱式、爱奥尼柱式、科林斯柱式……是什么"意识形态"？它又"认识"了什么？

顺便说一说，为匡正以往，也有人提出"文艺是审美意识形态""文艺是审美反映（认识）"①。这比说文艺仅仅是社会意识形态、文艺仅仅是反映（认识），大大前进了一步。作为文艺学的一个重要派别、一种重要观点，"审美意识形态论"（"审美反映论"）的提出，无疑从某个方面把握住了文艺的一个重要特性，对文艺学的学术事业是有益的、有贡献的，它与文艺学的其他有价值的理论派别一样，应该继续发展，而且应该一起携手前进。但也应该看到，这种理论同样有它的局限和不足。如前所述，文艺中的审美与意识形态、与反映（认识），可以有联系，但又是不同的两种东西。一方面，"审美"中还具有意识形态所包含不了的东西，同样它也具有反映（认识）所包含不了的东西；另一方面，文艺中也有"审美意识形态"和"审美反映（认识）"所包含不了的东西。所以，仅仅说"文艺是审美意识形态""文艺是审美反映（认识）"，尚不能说出文艺的全貌，也不能完全说清文艺的最根本的特质。

文艺美学不仅是对上述僵化理论的反拨，同时也是对学界长期存在的"本质主义""普遍主义"思维模式的冲击。前几年北京学者陶东风著文对文艺学教学和研究中的"本质主义""普遍主义"思维模式提出批评。

陶东风的文章《大学文艺学的学科反思》发表在《文学评论》2001年第5期，虽然某些地方我不能完全苟同，但基本意思我是赞成的。数十年

---

① 这是钱中文和童庆炳先生提出来的，不幸的是，童先生因心脏病突发于2015年6月14日去世。

来文艺学、美学研究中的确存在那种"本质主义""普遍主义"的"僵化、封闭、独断的思维方式",非要把本是历史的、具体的文艺现象本质主义化、普遍主义化,找出"放之四海而皆准"的"普遍规律"和万古不变的"固有本质"。

庸俗文艺政治学、庸俗文艺社会学、庸俗文艺认识论的那些命题,就是将具体的、历史的文艺问题本质主义化、普遍主义化的结果,成为本质主义、普遍主义的标本。文艺美学对它们的反拨,同时也是对其僵化思维模式的反拨。

但是我想指出,反对本质主义、普遍主义,并非绝对不要"本质""规律""普遍"这些概念。我主张:可以要"本质",但不要"主义";可以要"普遍",但不要"主义";可以要"规律",但不是"放之四海而皆准"。"本质""普遍""规律",都是相对的、历史的、具体的,而没有也不可能有抽象的、超历史的、超时空的、万古不变的、放之四海而皆准的。然而,却不能因此绝对否定事物(包括文艺现象)有变动中的相对稳态,多样性中的相对统一性,运化中的相对规律性……不然,世上的事物就会完全不可捉摸、不可掌握。

内在根据与学术理路

从文艺理论自身的学术发展理路来看,关注文艺本身的"审美"特性以及"审美"地关注文艺本身的特性,是其题中应有之义,也就是说,是其本然的内在要求,是任何外力无法取消的内在品性。我在上文说过:文艺可以有认识的、政治的、道德的、宗教的、审美的等多种因素,唯审美因素不可或缺。再补充一句:审美因素如同一种酵母,其他因素必须经审美因素的发酵,与审美因素相融合才有意义,才能"和"成文艺有机体,才能创造出以审美因素为发酵剂、同时也以审美因素为核心的多种因素综合的艺术价值。

为什么呢?

此乃文艺本性使然。关于这个问题，我曾在《文学原理——创作论》（人民文学出版社 2001 年版）中做过一些理论探索，提出过一些假说。现再略作申说。第一，从发生学的角度来说，文艺与审美从一开始就结下了不解之缘。一般地说，人猿揖别之初，人对世界的掌握是混沌一体的。那时的初始意识主要是感性观念；稍后，出现了原始思维，出现了情、意的分化，有了喜悦、惧怕、敬畏等的情绪、情感，也有了征服的意志。原始人在生存道路上取得的每个进步，既增加了对世界的了解（原始的知），也增强了前行的信心、意志（原始的意），同时也产生了对人自身生存意义的肯定以及由这种肯定所带来的由衷喜悦（原始的情）。这种肯定和喜悦，就是最初的审美因素，只是尚未从其他因素中分化、独立出来而已。经过若干万年，随着人类实践的发展，审美因素逐渐趋于分化和独立。据考古发现，距今数万年前的山顶洞人已有类似于今天的颇富"装饰"意味的物品，如钻孔的小砾石、钻孔的石珠，而且都是用微绿色的火成岩从两面对钻而成，很周正，都是红色，似用赤铁矿染过。[①] 如果说这些物品是人类审美活动开始分化和独立的萌芽，那么经过距今数千年前（至少五六千年以前）陶器和玉器上所表现出来的审美活动因素进一步独立发展，到夏商周时期青铜器、诗、乐、舞的繁荣，则可看到审美活动完成了分化、独立的历程。审美活动原本同原始的宗教巫术和祭祀礼仪活动等混为一体，但它总是追求自己独立的活动形式和专有领地。当歌（诗）、乐、舞等出现的时候，它也就逐渐找到了自己的独立活动形式和专有领地；再往前发展，当歌（诗）、乐、舞主要不是祭祀礼仪的依托、不是宗教巫术的附庸，而是以创造审美价值为己任时，它们就成为一种独立的实践—精神活动形态。

"实践—精神"的形态或方式的说法，是指人类各种不同的掌握世界的方式，来源于马克思。

在《〈政治经济学批判〉导言》中马克思说："整体，当它在头脑中作为被思维的整体而出现时，是思维着的头脑的产物，这个头脑用它所专有

---

① 贾兰坡：《北京人的故居》，北京出版社 1958 年版，第 41 页。

的方式掌握世界,而这种方式是不同于对世界的艺术的、宗教的、实践—精神的掌握的。"

当歌(诗)、乐、舞主要以创造审美价值为己任时,它们就成为一种独立的实践—精神活动形态,成为一种独立的社会文化现象,文艺就诞生了。审美不仅是文艺得以生发的前提和原动力,同时也是文艺自身具有标志性的内在品性。文艺理论不能不对此作理性思考。

第二,随着文学艺术和审美活动相得益彰的发展,人们可以清楚地看到,文学艺术越来越成为审美活动的高级形态和典型表现。人们稍一留心就会发现,审美活动是人类现实生活中普遍存在的现象,俄罗斯美学家尤·鲍列夫在其《美学》中甚至说"审美活动——这是在全人类意义上的人的所有活动"[1]。然而,又必须注意到:既然文艺是审美的专有领地和主要活动场所,那么,一方面,审美在文艺中总是借其得天独厚的地位和条件,获得充分的发展;另一方面,文艺也对现实生活中的审美活动进行集中、概括和升华,成为它最充分最典型的高级表现形态,并不断创造出新的审美样式、新的方式、新的领域。这些都要求文艺学给以新的理论把握和理论解说。这样,研究文艺的审美特性和审美地研究文艺的特性,就自然而然成为文艺理论自身的内在需求和无可回避的趋向,也成为它不可或缺的主要内容。

从历史上看,关注和研究文艺的审美性质,不论在中国还是在世界上的其他民族,都古已有之。

例如,孔子就对文艺的审美魅力深有体会,在齐闻《韶》三月不知肉味,说"不图为乐之至于斯也"(《论语·述而》)。在另一个地方,孔子还从审美的角度对不同作品作了比较,说"《韶》'尽美矣,又尽善也'",而"《武》'尽美矣,未尽善也'"(《论语·八佾》)。柏拉图在《大希庇阿斯篇》中谈到菲狄阿斯雕刻的美。亚里士多德在《诗学》第七章也谈到史诗的情节长度与美的关系,说"情节只要有条不紊,则越长越美"。黑格尔甚至把他的美学称为艺术哲学,即美的艺术的哲学,专门研究艺术美,因

---

[1] [俄]尤·鲍列夫:《美学》,乔修业、常谢枫译,中国文联出版公司1988年版,第18页。

此有人认为黑格尔美学就是文艺美学。[①] 中国和西方以及世界其他民族，两千年来关于文艺的审美问题的探讨，从未间断过，且不断深入发展。所以从这个角度说，文艺美学作为一个独立的学科虽然是20世纪80年代才得以命名，但文艺美学思想却绝不自20世纪80年代始，正如同美学（Aesthetics，感性学）虽自德国哲学家鲍姆加通那里得名（1750年），然美学思想绝非从那时起。由此我们也可以得到启示：文艺美学作为一个学科在20世纪80年代于特定社会环境和文化场域中得以命名，从学术自身的内在理路看，有它悠久而又深厚的历史传统作为基础和根据。

上面我分别从逻辑的和历史的两个方面论述了文艺美学作为一个学科产生和发展的内在根据。

下面还要说一说，文艺美学的提出、建立及其学术研究的开展，从两个层面即文艺学层面和美学层面上深化对文学艺术的理性把握。

先说文艺学层面。前面曾提到，文学艺术可以有多种品质和性格，多种因素和层次，因此也就可以从多种角度、用多种方法对其进行多方面、多层次的研究，由此也就可以形成文艺学的多种分支学科（如文艺认识论、文艺社会学、文艺心理学、文艺伦理学、文艺文化学、文艺美学等），而每一分支学科都可以发挥自己的优势和特长，做出自己独到的贡献。一般的文艺学研究，着眼于文学艺术的一般性质和品格，这当然也是必要的；但要做到对文学艺术各个方面各个角落更加细密更加精致的了解和把握，则需发展各个分支学科的研究；如果已有的分支学科还不够用，那就再建立新的，如20世纪80年代建立和发展文艺美学。中国20世纪80年代以前的文艺学研究，主要发展了文艺政治学、文艺认识论、文艺社会学，也取得了某些成绩；去掉庸俗化后的文艺政治学、文艺认识论、文艺社会学还是需要的，并且是应该加以发展的。文艺美学的建立，并不是要取代文艺政治学、文艺认识论、文艺社会学，而是要开辟文艺学研究的另外一个领域，即开辟对以往被忽视了的文艺固有的审美领域的研究。审美是文艺本身更加具有本质意义的性质和特点。建立和发展文艺美学，开展

---

① 柯汉琳：《文艺美学的学科定位》，《文艺研究》2000年第1期。

对文学艺术审美特性的研究，不但对以往庸俗的文艺政治学、文艺认识论、文艺社会学弊病是一种匡正；而且相对于文艺学的一般研究而言，也是一种深化和具体化。譬如，文艺美学可以比一般文艺学更加深入和具体地探讨文学艺术中的内容美和形式美的特殊关系，可以从美学角度探讨表现和再现、写意和写真、形似和神似、情与理、虚与实、动与静、疏与密、奇与正、隐与秀、真与幻等等一系列关系，探讨如何通过上述关系的恰切处理从而产生无穷无尽的审美魅力，等等。当然，文艺美学还有其他许多具体内容。所有这些研究任务，不但是一般文艺学所不能细致地照顾到的，而且也是文艺学的其他分支学科所不能代替的。

再说美学层面。相对于一般美学而言，文艺美学也为美学研究开辟了一个具体的专门的领域，使其更加深入和细密；这同文艺美学相对于一般文艺学的情况相似。文艺美学不像一般美学那样研究人类所有审美活动，而是加以专门化，把力气用在它所特别关注的地方，即集中研究文艺领域的审美活动。这也同美学的其他分支学科区分开来：它不同于技术美学专门研究科技活动中工艺设计的审美特性，也不同于生活美学专门研究日常生活中的审美现象……如此，则文艺美学的任务既不能被一般美学也不能被美学的其他分支学科所取代。我认为，文艺美学的出现使得美学研究更加专门化，更加细密和具体，这是美学研究的进步，是一件好事。但是有的美学家不这么看。1988年我和同事访问莫斯科的时候，曾同当时的苏联科学院高尔基世界文学研究所高级研究员、美学家尤·鲍列夫就这个问题交换过意见。我对鲍列夫说："中国学者提出文艺美学这一新的术语，也可以说是一个学科。您怎样看这一问题？苏联有无类似的提法？"鲍列夫说："我认为'文艺美学'，还有什么'音乐美学'，其他什么什么美学，这种提法不科学。苏联也有人提什么什么美学，但我认为并不科学。正像（他指着桌子）说'桌子的哲学'、（指着头上的电灯）'电灯的哲学'等一样不科学，这样可以有无数种'哲学'。同样，如果有'文艺美学''音乐美学',那么也可以提出无数种'美学',这就把美学泛化了、庸俗化了。"① 而我的意见同鲍列夫相反。在我看来,文艺美学不是美学的泛化和庸俗化,而是美学自身的具体化和深化。一般美学因其研究对象的宽泛性,故它所得出的命题和论断,既适于日常生活的审美活动,也适于生产劳动中的审美活动,也适于科学技术中的审美活动,也适于文学艺术中的审美活动……具有更广阔的涵盖面,更概括,更抽象。然而,正因为其更概括更抽象,因此对某一特定领域来说则不够具体和细致。譬如,科学技术和生产劳动中涉及许多特殊的美学问题,特别是"工艺设计"(Design,迪扎因),如飞机座舱的颜色如何适应乘客眼睛的美感需要,机器的设计如何既符合科学原理又美观等,都需要专门加以研究和解决。同样,文艺领域自身有着许多特殊问题,也需要专门研究解决。例如,人的情感是美学研究中必然要涉及的问题。但一般美学只是研究和揭示审美活动中人的情感所具有的地位、意义和作用,日常生活中的情感与审美情感的关系,审美情感的性质和特点,审美情感与道德情感有什么不同,等等。但是,审美情感在文学艺术中具有极其不同的意义和作用。文艺美学要研究和揭示:在文学艺术中审美情感是怎样作为想象的诱发剂,又怎样作为形象的黏合剂发挥作用的?艺术家的审美情感是怎样通过语言、画笔、雕刀、音符等流注于他所创造的形象中去的?作者和读者(观众)怎样以特殊形态进行情感交流和对话的?读者(观众)的审美情感是怎样既受作者情感的规范又不断突破这些规范的?读者(观众)的情感在何种程度上使作品的形象变形甚至变性的?等等。随着人类社会的前进,人类审美活动也不断发展,而各种不同的审美活动领域也越来越充分地表现出自己的特点。在这样的情况下,假如美学研究仍然仅仅停留在人类审美活动一般性质和共同品格的探讨上,则会变得空泛、抽象,与各个领域具体、生动、丰富、多样、各具特色的审美实际离得太远,美学也就难以充分发挥它应有的作用。客观现实本身要求美学理论同它相适应。于是从一般美学中发展、分

---

① 有关我同鲍列夫的谈话内容,在本人主编的《文艺美学原理》中作了记述,可参见该书第8页(社会科学文献出版社1998年版)。

化出生活美学、技术美学、文艺美学等，是美学自身发展的顺理成章的事情。这些分支美学在一般美学的基础上，更加深入、具体地研究各自领域审美活动的特殊性质，使审美活动的一般性质和特殊性质密切联系起来，使美学理论与各种各样、丰富多彩的审美活动紧密联系起来，这是近年来美学研究的一大进步。因此，文艺美学不但不是美学的泛化和庸俗化，相反，是美学的深化和精细化，它将推进美学理论从空泛走向切实，从抽象走向具体。文艺美学以及其他分支美学的出现，是美学理论发展的一个新成果。

文学艺术和文艺美学的未来

最近二三十年来，世界越来越明显地笼罩在"全球化"的天空之下。生活在各个地区、各个国家的人们，就其总体而言，大都在"市场化"脚步的催促声中不断地选择、追求、竞争、奋斗、发展……社会生活、审美活动、文学艺术、学术文化，也自愿地或被迫地承受着"全球化""市场化"无孔不入的渗透并往前运行；而在它们或急或缓的前行身影之中，敏感的学者发现了一些值得注意、值得深思、值得研究的动向和特征，其中与我们讨论的文艺美学问题关系最紧密的就是：生活的审美化和审美的生活化；艺术与生活的界限越来越模糊不清；艺术是否会终结或消亡的问题再次受到关注。在这种情况下，人们不能不思考：美学、文艺美学向何处去？美学、文艺美学还有没有存在的理由和价值？

据我所知，所谓"敏感的学者"中，有两个代表人物值得一提，他们是美国学者理查德·舒斯特曼（Richard Shusterman）和德国学者沃尔夫冈·沃尔什（Wolfgang Welsch）。他们在最近十余年发表了许多具有广泛影响的文章和著作，特别关注"全球化"语境和"市场化"氛围中出现的生活审美化和审美生活化的动向和特点，提出应对措施，主张突破以往那种脱离生活实践而只局限于艺术领域的狭义美学模式，展现自己新的理论蓝图。

在舒斯特曼看来，审美活动本来就渗透在人的广大感性生活之中，它不应该也已经不可能局限于艺术的窄狭领域；相应的，美学研究也不应该局限于美的艺术的研究而应扩大到人的感性生活领域，特别是以往美学所忽视的人的身体领域、身体经验的领域。就此，舒斯特曼提出应该建立"身体美学"。他认为，不能将哲学视为纯粹学院式的知识追求，而应看作是一种实践智慧，一种生活艺术；哲学与审美密切相关，传统的哲学应该变成一种美学实践，应该恢复哲学最初作为一种生活艺术的角色。这些思想集中表现在舒斯特曼1992年出版的《实用主义美学》和1997年出版的《哲学实践——实用主义和哲学生活》之中。[①] 舒斯特曼说："一个人的哲学工作，一个人对真理和智慧的追求，将不仅只是通过文本来追求，而且也通过身体的探测和试验来追求。通过对身体和其非言语交际信息的敏锐关注，通过身体训练——提高身体的意识和改造身体怎样感觉和怎样发挥作用——的实践，一个人可以通过再造自我来发现和拓展自我知识。这种对自我知识和作为转换的追求，可以构成一种越来越具体丰富的、具有不可抵制的审美魅力的哲学生活。"又说："哲学需要给身体实践的多样性以更重要的关注，通过这种实践，我们可以从事对自我知识和自我创造的追求，从事对美貌、力量和欢乐的追求，从事将直接经验重构为改善生命的追求。处理这种具体追求的哲学学科可以称作'身体美学'。在这种身体的意义上，经验应该属于哲学实践。"[②]

德国美学家沃尔什也认为，目前全球正在进行一种全面的审美化历程。从表面的装饰、享乐主义的文化系统、运用美学手段的经济策略，到深层的以新材料技术改变的物质结构、通过大众传媒的虚拟化的现实，以及更深层的科学和认识论的审美化，整个社会生活从外到里、从软件到硬件，被全面审美化了。美学或者审美策略，已经渗透到了社会生活的各个层面。美学不再是极少数知识分子的研究领域，而是普通大众所普遍采取

[①] 这两本书都已被译成中文：《实用主义美学》，彭锋译，商务印书馆2002年版；《哲学实践——实用主义和哲学生活》，彭锋等译，北京大学出版社2002年版。

[②] [美] 理查德·舒斯特曼：《哲学实践——实用主义和哲学生活》，彭锋等译，北京大学出版社2002年版，第202—203页。

的一种生活策略。因此，要重新理解审美与实践之间的关系，把美学从对美的艺术的狭隘关注中解放出来："美学已经失去作为一门仅仅关于艺术的学科的特征，而成为一种更宽泛更一般的理解现实的方法。这对今天的美学思想具有一般的意义，并导致了美学学科结构的改变，它使美学变成了超越传统美学，包含在日常生活、科学、政治、艺术和伦理等之中的全部感性认识的学科。……美学不得不将自己的范围从艺术问题扩展到日常生活、认识态度、媒介文化和审美－反审美并存的经验。无论对传统美学所研究的问题，还是对当代美学研究的新范围来说，这些都是今天最紧迫的研究领域。更有意思的是，这种将美学开放到超越艺术之外的做法，对每一个有关艺术的适当分析来说，也证明是富有成效的。"沃尔什还说："自从鲍姆加通对科学的审美完善的设计、康德的审美的先验化、尼采对知识的审美和虚构的理解，以及20世纪科学哲学与科学实践在完全不同的形式中所发现的科学中的审美成分，真理、认识和现实已经显示自己显然是审美的。首先，审美要素对我们的认识和我们的现实来说是基础的，这一点变得明显了。这是从康德的先验感性——接着鲍姆加通的准备——和今天对自然科学的自我反思开始的。其次，认识和现实是审美的，这在它们的存在形式中得到了越来越多的证明。这是尼采的发现，这一点已经被其他人用不同的术语表达出来了，并达到了我们时代的构成主义。现实不再是与认识无关的，而是一个构成的对象。尽管附加的现实具有的审美特征，非常明显只是第二性的，但我们越来越认识到，我们最初的现实中也存在一个最好被描述为审美的成分。审美范畴成了基础范畴。"[1]

舒斯特曼和沃尔什都认为，审美渗透在感性生活领域，生活审美化和审美生活化是一个普遍趋向，目前全球正经历着全面审美化进程。面对这种现实，他们从重新解读鲍姆加通寻求突破传统的狭义美学的框框，发掘

---

[1] 沃尔什的话，我采用的是北京大学彭锋博士的译文，参见《从实践美学到美学实践》，《学术月刊》2002年第2期。沃尔什的原文见 Wolfgang Welsch, *Undoing Aesthetics*, Translated by Andrew Inkpin, London: SAGE Publications, 1997, pp.2-6, 38-47。该书已由陆扬、张岩冰译成中文，书名为《重构美学》，作者中文译名为沃尔夫冈·韦尔施，上海译文出版社2002年版。译文也不错，读者可参见该书第1编"美学的新图景"（第3—138页）和第2编第9节"走向一种听觉文化"、第10节"人工天堂？对电子媒体世界和其他世界的思考"（第209—263页）。

鲍姆加通"美学"("Aesthetics")的"感性学"含义,将美学研究范围扩大到感性生活领域,使美学成为研究感性生活、研究广大审美活动的学科,成为一种"身体实践",成为"第一哲学",成为一种更宽泛更一般的理解现实的方法。

对照我们所能了解到的国外某些文化情况,以及我们所看到的中国目前的文学艺术和美学实际,虽然我并不完全赞成舒斯特曼和沃尔什的看法,但如果不作绝对化的理解,他们是有部分道理的。现在的确出现了某些方面某种程度的审美生活化和生活审美化、艺术与生活界限模糊的现象。大众文化、流行歌曲、广告艺术、卡拉OK、街头秧歌、公园舞会、文化标准化……所有这些现象都使人难以把审美与生活决然分开,也很难把生活与艺术决然分开,同时也难以把审美与功利决然分开(广告中有审美,但最功利)。这些新的现象,生活中这些新变化,对传统美学的"审美无利害"、纯文学纯艺术、艺术创作天才论、艺术个性化等观念,发起了猛烈冲击。它们是审美也是生活,是生活也是艺术,是"制作"也是"创作",是"创作"也是"欣赏";它们已经远远越出以往神圣的纯洁的"艺术殿堂",普通得像村姑,像牧童,像农夫,像工人,像教师,像蓝领,也像白领;它们的参与者不用打上领带,洒上香水,一尘不染地走进音乐厅,而是席地而坐听演唱,有时自己跑上去又歌又舞,是演员也是观众,散场时拍拍屁股上的灰就走;还有,现在"贵族们"穿上了"下等人"的服装,而所谓的"泥腿子"则西装革履,在某些场合辨不清身份。

在某些人看来:既然审美与生活合流了(审美即生活,生活即审美),艺术与生活模糊了(生活即艺术,艺术即生活),那么,艺术是不是就此终结或消亡?艺术如果终结了,消亡了,文艺学、美学、文艺美学还有必要存在吗?

但是我认为不必忙着下判断,作结论。必须仔细考察和思索一下:艺术是不是真的"熔化"了,消失得无影无踪了,不存在了,从而,黑格尔的"艺术终结"断言成为现实了。

未必如此。

我的基本看法是:第一,必须承认生活与审美、生活与艺术关系的这些新变化、新动向。文艺学、美学、文艺美学必须适应这些变化和动向作出理论上的调整，对新现象作出新解说，甚至不断建立新理论。就此而言，舒斯特曼和沃尔什的理论新说是很有价值的。

第二，对上述生活与审美、生活与艺术的这些新变化、新动向也不能夸大其词，如詹明信所描述的那样："在后现代的世界里，似乎有这种情况：成千上万的主体性突然都说起话来，他们都要求平等。在这样的世界里，个体艺术家的个体创作就不再那么重要了。艺术成为众人参与的过程，不只是一个毕加索。"似乎艺术、艺术家在这种"平等""人人参与""标准化"之中失去了意义和价值，艺术与生活完全合一了；似乎人人都成为毕加索，从而毕加索就销声匿迹了，艺术家就不存在了。其实，这是一种误解。人类的整个生活和艺术并不都是这样。以往把艺术放在象牙之塔中与生活隔离开来，是不对的；现在倘若把艺术完全视同生活，也不符合事实。以往的那些所谓高雅艺术（剧场艺术、音乐厅艺术、博物馆艺术）和艺术家、作家的创作，并没有消失，恐怕也不会消失。人是最丰富的，人的需要（包括人的审美需要、审美趣味、艺术爱好）也是最丰富最多样的。谁敢说，古希腊的雕刻、贝多芬的音乐、曹雪芹的《红楼梦》、泰戈尔的诗……过几百年几千年就没人看了，没人喜欢了？谁敢说，以后就永远不能产生伟大作家、伟大艺术家？帕格尼尼时代的普通人小提琴没有帕格尼尼拉得好，今天的普通人小提琴没有吕思清拉得好，将来，恐怕还会出现普通人与帕格尼尼、吕思清式的小提琴家之间的差距。艺术天才还会存在，艺术个性还会存在。面对"全球化"浪潮下产生的所谓"文化标准化"，更应该强调艺术个性。詹明信曾说："全球性的交流，包括互联网，距离感的消除，这些都是积极的、可喜可贺的。……全球化在各地都在促进标准化。这种标准化影响到文化问题，使文化也产生了标准化，相同的媒介在全世界到处宣扬。目前的文化远不是差异大的问题，而是越来越趋向同一的问题。我们有一件好东西，就是文化差异，是可喜的。我们也有两件坏东西，一件是经济标准化，另一件是文化标准化。"① 我赞成这种反对文化标准化的态度。审美趣味永远千差万别（"趣味无争辩"是对的），艺术个性永远千种百样。

第三，即使就上述生活与审美、生活与艺术的新变化、新动向而言，也还要作具体分析。审美融合在生活里了，艺术融合在生活里了，这并不表明审美和艺术真的消失或消亡，而只表明它们转换了自己的存在形式。在这里我还想引述美国学者詹明信与中国学者在北京《读书》杂志进行座谈时说过的两段话。詹明信说："在六十年代，即后现代的开端，发生了这样一种情况：文化扩张了，其中美学冲破了艺术品的窄狭框架，艺术的对象（即构成艺术的内容）消失在世界里了。有一个革命性的思想是这样的：世界变得审美化了，从某种意义上说，生活本身变成艺术品了，艺术也许就消失了。这看上去是黑格尔的思想，因为黑格尔说，艺术被哲学取代了。但从事这方面研究的人们说，黑格尔并不是说艺术的对象没有了，因为生活需要更多装饰。"他又说："……艺术对象的消失被德里达称之为自由了，从这个意义上说，艺术变成了空间而不是客体。……在美国，当今一种重要而兴旺的艺术形式，它正在取代简单的油画和旧的框架意义上的艺术形式，没有艺术对象，只有空间。对艺术对象不进行研究。艺术对象的消失被解构主义者说成是艺术的死亡，是一种毁灭。"詹明信并不赞同"审美消失论"和"艺术消失论"。现实生活中发生了审美生活化和生活审美化、艺术和生活的界限不清的现象，这都是事实。但这只表明艺术的对象、构成艺术的内容消失在世界里了，只是说艺术的对象（构成艺术的内容）转换了存在的位置和形式，却并不是说它们不存在了；更不是说审美和艺术不存在了。譬如，广场歌舞、狂欢，当然可以视之为人们的一种特殊生存形式；但它是人们生存的娱乐、审美、艺术形式，而不是人们生存的生产形式。审美和艺术融合其中了，但还是可以从中找出它们的影子来。它们并非从此消亡和终结。或者按詹明信的说法，只是因为"文化

---

① 詹明信等：《回归"当前事件的哲学"》，《读书》2002年第12期，第12—24页。下面所引詹明信的话，出处相同，不再赘言。

扩张""生活本身变成艺术品了"，因此，原来意义上的艺术对象（构成艺术的内容），消融在"文化""生活""世界"里了，这即产生了所谓"艺术的消失"或"艺术的终结"。其实，艺术还照样存在，审美、装饰照样需要，只是它不是像过去那样与"生活""文化""世界"隔离开来、独立出来，而是与"生活""文化""世界"融合在一起，从而也就不易于被人们单独挑出来指指点点而已。美、崇高，丑、卑下，悲、喜……永远存在，艺术永远存在；可能存在的方式、形态有变化。如詹明信所说："但在如今的社会里，艺术和文化运作具有经济的性质，其形式是广告，我们消费事物的形象，即物品形象中的美。"

因此，审美活动和文学艺术不断发展变化，审美和艺术可以有新的方式、形式、形态，变化无穷。

然而，我坚信审美不会消亡，艺术不会消亡。由此，对审美和艺术的把握和思考不会消失，文艺学、美学、文艺美学也会存在下去，只是，它要随社会现实、审美活动、文学艺术的不断发展变化而发展变化。仅就文艺美学而言，第一，目前就急需对审美和艺术的新现象如网络文艺、广场文艺、狂欢文艺、晚会文艺、广告艺术、包装和装饰艺术、街头舞蹈、杂技艺术、人体艺术、卡拉OK、电视小说、电视散文、音乐TV等，进行理论解说。第二，的确应该走出以往"学院美学"的狭窄院落，吸收舒斯特曼和沃尔什的有价值的意见，加强它的"实践"意义和"田野"意义。文艺美学绝不仅仅是"知识追求"或"理性把握"，也绝不能局限于以往纯文学、纯艺术的"神圣领地"，而应该到审美和艺术所能达到的一切地方去，谋求新意义、新发展、新突破。

总之，文学艺术不会消亡，文艺美学不会消亡，它们会应新的历史文化环境和自身内在发展的需求，不断变化、前进。

Some Reflections on Artistic Aesthetics

Du Shuying

Abstract What we called artistic aesthetics is actually philosophy of art with Chinese characteristics proposed by Chinese scholars. Its subject matter is aesthetic issues, especially the issues of aesthetic value, in the field of literature and arts. It belongs intrinsically to the "great mass fervor of aesthetics" and is the important representation of the "internal turn" in studies in literature and arts. It takes the aesthetic qualities of literary works as its perspective and subject in order to research literary aesthetically. Literature and arts will never disappear and artistic aesthetics will never disappear too.

Key Words artistic aesthetics; aesthetic value; aesthetic quality

Author Du Shuying is a professor of Institute of Literature, Chinese Academy of Social Sciences, with main research interest in artistic aesthetics. ①

---

① 英译：程相占。

新时期文学理论观念演进的动因、历程与结构

谭好哲

摘 要 新时期文学理论发展的总结和反思首先需要对一些宏观性问题进行整体考察与系统综合,包括新时期文学理论观念的演进动因、历时进程、共时结构等。新时期文学理论观念的演进是社会历史、文学实践以及理论自身多重因素"合力"作用的结果,有其历时进程与共时结构。就历时进程而言,新时期文学理论观念经历了由新时期之初的一元垄断到20世纪八九十年代的多元分化,再到20世纪90年代后期以来走向综合创新的辩证历程。从共时结构来说,则以对文学基本性质的认识为主体和思想轴心,以对具体、局部性问题的研究和对文学理论自身学科性质、学科建设的反思为两翼,形成了一体两翼的整体结构组合。对这些具有内在关联的宏观性问题的考察与综合不可或缺,它们涉及对于新时期文学理论的基本特征、精神风貌和总体轮廓的概括与把握,也是具体理论问题研究的认知前提与论析参照。

关键词 新时期;文学理论观念;演进动因;历时进程;共时结构

作者简介 谭好哲,山东大学文艺美学研究中心教授、主任、博士生导师,主要研究领域为马列文论、文艺美学与审美教育。

近一二十年来,对新时期文学理论进程的总结和反思构成了当代文论研究的一个重要方面,成果颇多。然而,认真检视这方面的研究成果则不难发现,许多研究只是限于对一些具体理论和观念之发展流变的梳理,而缺乏宏观整体性的反思和评说,使人有只见树木不见森林的感觉。实际上,宏观研究是一个时代的思想观念研究首先要做的课题。没有宏观方面的分析和研讨就难以对各种具体的理论观念、理论命题、理论问题的时代合理性和学术价值给予恰当的学术定位与分析阐发,也不可能对各种相关学术论争作出确切、公允的评判与论断。新时期文学理论的历史总结和反

思也是如此。欲全面准确地认识和把握新时期文学理论和观念的发展状况，既需要对具体文学观念演进和论争的梳理和研判，也需要对相关宏观性问题的整体考察与系统综合。这其中，演进动因、演进历程、共时结构等，即属于首先需要面对的几个大的宏观性问题。这些具有内在关联的宏观性问题的考察与综合不可或缺，它们涉及对于新时期文学理论的基本特征、精神风貌和总体轮廓的概括与把握，也是具体性理论问题研究的认知前提与论析参照。只有在这些研究的基础上，对新时期文学理论进程中各个重要文学观念的流变和论争的辨析与评定才能回到历史语境和理论本体，以符合历史逻辑和理论逻辑的方式有效地加以展开并落到实处。

新时期文学理论观念的演进动因

相较于此前也就是新中国成立后的 30 年，新时期文学观念的发展可以用活跃、开放、进取、创新来加以概括。这种氛围和格局的形成是多种历史因素"合力"作用的结果。这些"合力"因素既有属于文学理论之外之客观方面的，也有属于文学理论自身之主观方面的。文学理论之外的因素主要包括中国社会政治、经济和文化由封闭到渐次开放的历史巨变，以及中国当代文艺实践的时代变化两个方面。文学理论自身的因素也主要包括两个方面，一是西方现当代文艺观念包括西方马克思主义文艺理论和美学的传播与影响，二是对此前中国文学理论发展之经验、教训的总结和反思，以及由此而带来的问题意识的觉醒和强化、学术论争意识的恢复和增强等。脱离这些相关历史因素的分析，就难以说清新时期文学观念何以变动不居，又为何而如此演变。

一时代有一时代之文学。新时期文学理论的发展与文学观念的变化首先是由新时期改革开放的客观历史进程所规约所决定的。在文学理论之外的客观时代因素方面，政治、经济和文化三个维度的深刻历史巨变，均在不同时期和不同程度上为新时期文学理论注入了变革与创新的动力，刻下这个时代特有的精神印记。以政治而论，没有新时期之初政治领域的拨乱反正，就不会有新时期文学理论早期对以往"极左"政治时期遗留下来的各种错误文学理论和思想观念的清算，就不会有新时期伊始文学与政治关系的大讨论和文艺不再从属于政治的理论调整，也不会有文学与人道、人情、人性和人学关系的理论重建。在当时，政治和思想领域大是大非问题上的拨乱反正和相对自由宽松的政治环境和氛围，对于文学领域里的思想解放和观念创新起到了直接的促进作用。直至今日，在全球化潮流中的意识形态斗争和话语权力争夺，以及文学创作和批评中不同思想取向和精神价值的冲突与张力背后，其实都或隐或显地存在着政治的身影和影响，因此，面对此类现象和问题之时，文学和政治的关系依然是需要加以思考的理论话题，只不过由于具体情势的变化，政治的面目以及文学与政治关系的具体理论呈现会有所变化而已。讳言政治，看不到中国新时期政治领域的进步及其对于文学发展和思想创新的正面价值，不是实事求是的态度。政治之外，经济的因素也不可小觑。可以说，正是新时期市场经济的快速发展，逐渐地直至从根本上改变了当代文学从业者的身份定位及其与社会的关系，也改变了文学的社会属性和文学理论研究的版图。就文学从业者来说，以往按照国家订货来写作与现在按照市场要求来写作是不同的。就是在当下，给传统文学期刊和出版社创作文学作品与网络写手的写作也不可相提并论。以文学的社会属性而言，市场经济的客观规约，使理论研究不能不在文学的精神属性之外还要认可其商品属性，进而又不能不对文学事业和文学产业加以区分。就文学理论研究的版图看，正是经济因素的影响和侵入，文学生产论、文学生产和消费主义文化观念的关系以及日常生活审美化与文艺学研究边界移动、内容扩容以及范式转换等问题，才进入理论堂奥，引发研究关注。至于一般社会文化状况对文学观念的影响也是显而易见的。新时期中国的文化状况也处于由宏观格局到价值取向的剧烈变动之中。就宏观格局而言，中国新时期的文化经历了由改革开放之前相对封闭的自我发展到打开国门、在和域外文化的交流对话中走向世界的过程，在这一过程中，文化建设的民族性与世界性、传统性与当代性的关系等问题相应而生。就文化存在的价值取向而论，新时期文化由新时期早期

文艺美学

的一体化状态逐渐分流为主流意识形态主导的官方文化、精英文化,以及市场主导的大众文化三种存在形态。文化状况的这两个方面,都给予新时期文学和文学理论发展以深刻影响,总体理论建设中比较文学学科的崛起、文化研究的风行和西方文学理论的本土化、古代文论的现代转换或转化、马克思主义文学理论的中国化之三化需求,以及文学的民族性与世界性的关系、文学与大众文化的关系、文学与民族文化特别是中华美学精神的传承等的理论探讨,应该说均与文化的嬗变相呼应。

除政治、经济和文化场域的时代动因之外,文学场域里当代文学实践的时代变化也直接或间接地给予新时期文学观念以不同影响。总体而言,理论向当代文学实践的开放、理论与实践的互动是新时期文学理论开放性时代特征的一个具体体现,也是新时期文学理论整体发展态势中的一个新气象。20世纪80年代文学理论和批评由较强的政治化思维到逐渐回归文学本身的演变,与当时文学自身的演变密不可分。新时期文学从最初的"伤痕文学"到"反思文学""改革文学",再到"寻根文学""先锋文学""新写实主义文学""新历史主义文学"等的演进其实就是一个逐渐去政治化而回归文学自身的过程,与此相应,才有了当时文学理论在文学内外关系上由外在论、客观论向内在论、主体论的转向,有了文学反映论、文学意识形态论向审美反映论、审美意识形态论的变迁。同样,近一二十年来,文学理论研究由文学研究到文化研究的拓展甚至泛化,也是以通俗文化、大众文化、消费文化的崛起所带来的文学格局变化,主要是以通俗文学、大众性消费文学的大行其道为基础的。理论是实践的产物,是实践的总结和升华,新时期文学理论的发展再次印证了这个道理。理论对于实践的这种依存关系,似乎是理论发展不可逃离的一个"宿命",探讨新时期文学理论的发展和基本文学观念的演进,不能无视这个客观的现实。理论观念的创新当然可以超越具体文学实践的观念营构,从而对其具有引领与指导作用,但却不能完全脱离文学发展的现状,不应无视现实实践的客观需求。新时期从国外传来的文学理论和观念难以计数,中国学者自己提出的理论和观点也不胜枚举,但由于与中国的文学生态不接地气,不能应对中国文学发展的客观需求,其中许多的理论和观念并无现实生命力,这也从反面说明文学实践是理论发展的基础，理论创新的动力应该孕育于客观现实之中。

客观动因之外，文学理论自身场域的变化，也推动了新时期文学观念的变化和演进。新时期之前的一段时间内，中国的文学理论基本上是在一个相对封闭、停滞的状态下运行，基本文学理论和批评观念几十年如一日，没有大的变化。但是，随着西方现当代文艺观念包括西方马克思主义文论和美学的传播与影响，中国的文学理论和文学观念也在东西、新旧理论和观念的交流、碰撞与互动中发生了化学式的交融、化合与裂变。诚如钱中文先生所言："我国文学理论在反思中，深感我国文学理论在求变、求新的过程中，每个阶段都深受外国文论的影响。"[①] 且不说中国当代文学理论和观念之整体格局的变化和位移，仅就文学活动的一些重要局部性环节而论，精神分析文论和人本主义心理学文论对文学创作论的补充，形式主义、新批评、现象学、结构主义等文艺理论与批评对传统的内容—形式二分的作品论、文本观的冲击和改造，接受美学理论对传统上以鉴赏和批评为主要内容的接受论的极大丰富，符号学和叙事学理论对文学符号和叙事问题的新颖拓展，相对于新时期以往的理论研究状况而言，可以说都是别开生面的。这一点，仅从新时期以来特别是近些年的文学理论教材中即可窥见一斑。现在的文学理论教材与20世纪五六十年代的相比，在基本观念、总体框架和局部论述上，都已不可同日而语。在这个变化的过程中，西方马克思主义文论和美学的传播及其影响与作用不可小觑。由于西方马克思主义中的一些代表性人物——如马尔库塞——的理论是以"试图对马克思主义美学的一些流行的正统观念提出质疑，以期有所贡献"[②] 的姿态出现的，这就改变了中国学者心目中马克思主义文艺理论的定型化前见，从而超越了以往仅仅围绕着少数几位经典作家打转转以致造成"理论的贫困"那样一种局面。西方马克思主义文论和美学是在西方发达资本主义国家的社会经济、政治、文化和艺术现实基础上产生的，包含着传统马克思

[①] 钱中文：《文学理论：在新世纪的晨曦中》，《文学评论》1999年第6期。
[②] ［美］赫伯特·马尔库塞：《美学方面》，《现代美学析疑》，绿原译，文化艺术出版社1987年版，第1页。

主义文论和美学限于时代条件而不可能具有的大量新的文化信息和理论内容，对西方马克思主义文论和美学的接纳，形成了马克思主义文学理论经典形态和当代形态的延续与对接，也使我国的马克思主义文学理论呈现出了多取向、多样性的态势和格局。在新时期文学理论与批评中，人道主义文艺观念的复苏，现实主义与现代主义文学的关系及其评价，文学生产论的崛起，文化研究、文化批判特别是文化工业和大众文化研究的兴盛，文学本质研究中文学与意识形态关系的再思考等，以及其他一些文学问题的提出和理论研究的深化，都与西方马克思主义文论和美学的理论旨趣及其中国影响密切相关。

在文学理论自身场域中，对此前中国文学理论发展之经验、教训的总结和反思，也是新时期文学观念演进的一个重要动力。因为这种总结和反思不仅仅重温了已经走过的历程，为中国当代文学理论的学术史书写留下了一篇篇一部部前史、前传，更重要的是令人从中意识到了以往存在的不足、局限和问题，明确了制约中国文学理论发展的整体性问题和具体理论观念创新发展的症结性问题所在，由此催生了问题意识的觉醒和强化。问题意识本是一切理论创新的助推器，但是由于我们以往的文学理论研究深深囿于注经式的思维定式之中，所以问题意识是极度欠缺的。问题意识的觉醒和强化对文学观念的演进主要体现为两个方面：一是从宏观层面上促成了文学理论的哲学基础、主导观念和基本理论命题与理论关系设定上的多样化甚至多元化思考与探索，为新时期文艺理论不同学派和学说的理论建构提供了基础，也造成了不同学派与观念之间相互碰撞与激荡的热闹与活跃局面；二是在众多具体性理论命题和观念上，打破了以往基于一种哲学理论或某个经典论述而定于一尊的局面，具体文学问题的学术认知和论断不再为某一理论或某一学说所垄断，文学理论研究真正显示出了基于鲜活的文学存在现实而本应具有的丰富性、复杂性，以及由此而来的再认识再阐发的可能性、诱惑性。这种变化，不仅带来了文学理论研究的多样化，也使得文学理论研究有了与众不同的个性，有了花样翻新的魅力。

与问题意识的觉醒和强化相伴随着的，是学术论争意识的恢复和增强。中国新时期的历史进程是以思想解放为先导的,思想解放意味着对国家发展指导思想层面上的某些既有思想观念和条条框框都可以纠偏与突破,更不用说在具体思想和实践领域了,这就大大释放了整个社会的活力,也释放了文学理论研究中思想创新、观念突破的活力,从而为学术争鸣的出场奠定了良好的社会氛围和精神氛围。学术争鸣的出场使得一个又一个学术理论问题得以聚焦,受到关注,甚至成为热点话题,致使问题意识的觉醒和强化落到实处,转化为文学理论研究的具体话语行为。回顾新时期文学理论和文学观念的演进历程即不难发现,几乎所有较为重要的理论问题的研讨都伴随着学术争鸣。从新时期之初整个社会拨乱反正时期写真实问题、文学与政治关系问题、马克思主义文艺理论的哲学基础以及文学与人性、人情、人道主义关系等问题的讨论,到 20 世纪 80 年代中后期文学反映论、文学方法论、文学主体性、文学形式论、文学审美论等问题的讨论,再到 20 世纪 90 年代至今围绕文学生产论、文学价值论、文学本体论、文学与文化的关系、文学与市场的关系以及大众文化、消费文化、网络文学等等的讨论,特别是围绕文艺本质问题先后展开的三次讨论,即 20 世纪 70 年代末 80 年代初围绕文艺与上层建筑关系问题的讨论,其后展开的文艺与意识研究关系问题的讨论,以及近十多年关于文艺是否意识形态、是否审美意识形态的讨论,都是在学术争鸣中展开的。新时期不同阶段的学术争鸣体现了不同的历史境遇,凸显了不同阶段文艺理论界当下性的特殊问题意识,也推动着新时期文学理论和文学观念一步步走向进取和多样、丰厚和深广。

新时期文学理论观念的历时进程

就历时进程来看,新时期文学理论和批评的发展大致可以分为三个依次接续、辩证推进的阶段:从"文革"后的 1978 年到 1980 年是新时期文学理论和批评发展的第一个阶段,从 20 世纪 80 年代中期到 90 年代中期,是其第二个阶段,从 20 世纪 90 年代后期以来,则是其第三个阶段。由于具体社会语境的不断变化，新时期文学理论和批评在每一个新的阶段都遭遇到新的问题，同时又都在应对和解决新问题中走向观念的创新和理论上的新发展。三个阶段文学观念的建构，在历史发展的经线上串联起来，前后相续，环环相扣，经历了由新时期之初的一元垄断至20世纪八九十年代的多元分化，再到20世纪90年代后期以来在马克思主义基本文学观念指导下走向综合创新的辩证历程。

新时期文学理论发展的第一阶段是对先前时期文学理论和观念的批判、反思阶段，同时也是新理论新观念创生的阶段。这一时期，伴随着整个社会的拨乱反正，文学理论与批评界先是对长期"极左"政治背景下形成的一些错误文学观念进行了理论批判与思想清算，进而借助于历史反思将被"极左"思潮严重颠倒、弄乱了的一些理论观念再颠倒与反正过来。当时在文学与政治关系问题讨论中对长期以来"文学从属于政治"提法和做法的纠偏，在现实主义问题讨论中对文学"写真实"的再肯定及"写真实"与"写本质"关系的争论、对"两结合"创作方法和典型问题的再研讨，在文学与异化、人性和人道主义关系问题的热烈争鸣中对"文学是人学"命题的再肯定再阐发，都属于这一方面的工作。

在拨乱反正的基础上，新的理论形态和新的文学观念也开始萌动，这主要表现在：随着西方现代派文学和艺术的引进，文艺形式问题开始受到重新审视和重视；占主导地位的反映论文学观开始受到质疑或理论上的补充，文学的认识本性之外，又产生了情感本质论、审美本质论，与此同时，针对文学与上层建筑的关系、文学与意识形态的关系也相继展开讨论与争鸣；随着美学热的再度兴起，马克思主义文艺理论的哲学基础问题引起讨论，在传统的辩证唯物主义与历史唯物主义之外，实践论的观点异军突起；在理论研究形态上，先是文艺心理学，而后是文艺社会学、比较文学等依次登场，开始打破以往哲学思辨范式一统文论研究的格局；如此等等。至于局部性观念的变动就更多了，比如现代派文学和艺术的引进，精神分析和存在主义的传播，对传统的现实主义文学观、文学创作论以及文学与异化、人性关系的讨论等，都产生了极为明显的影响。

新时期文学理论第二阶段的开启以1984年"方法论热"的形成为标志,自此之后的数年之间,中国当代文学理论和批评几乎进入一个难得的"黄金时代"。当时,伴随着进一步改革开放的时代潮流,新术语、新方法、新观念、新理论、新批评纷纷涌现,合力推动中国文学理论与批评走向观念创新、多元探索的新境界,并积淀下诸多创新性理论成果。

多元探索意味着多元分化与多元共存。这一时期在基本文学观念上的变化有六个方面特别引人注目:一是"方法论热"在突破以往研究方法上的单一和局限的同时,也在学术视野和思维心态的扩展与改变上起到了解放性作用,从而推动了观念创新意识的觉醒。二是紧接"方法论热"之后以刘再复"文学主体性"理论为代表,与传统相比具有一定异质性的理论观念对传统文学观和理论研究格局的极大冲击和挑战,这种冲击和挑战在当时引发激烈的回应和争鸣。三是20世纪80年代中期文学审美属性和价值的确立,传统马克思主义文学理论一直信守的文学反映论、文学意识形态论在这一时期被发展为审美反映、审美意识形态论,尤其是审美意识形态论成为当时具有相当共识性的主流观点和提法,钱中文、王元骧、童庆炳等是其中的代表性学者。四是在张扬文学审美属性和价值的审美反映论、审美意识形态论之外,文学象征论、文学生产论、文学价值论、形式本体论、人类学本体论等新的理论观点和学说也竞相登场,文学的本质、属性、价值和功能获得了多侧面、多向度的认识和发掘。五是从1988年开始,马克思主义文艺理论研究界围绕董学文先生率先提出的"马克思主义文艺学当代形态"建设问题展开讨论和争鸣①,这场延续多年的讨论和争鸣事实上在有中国特色马克思主义文艺理论建设的目标诉求之下,提出了如何在新的时代语境下丰富和发展马克思主义文艺理论、为其注入新的时代内容的问题,这对于在中国占主导地位的马克思主义文艺理论进一步解

---

① 在这方面讨论中,主要文章包括董学文的《马克思主义文艺学当代形态论纲》(《文艺研究》1988年第2期)、《从"经典形态"到"当代形态"——关于马克思主义文艺学改革的思考》(《求是》1988年第2期)、《关于有中国特色马克思主义文学理论研究的几个问题》(《甘肃社会科学》1996年第1期),李准的《马克思主义文艺学的新发展与新课题》(《学习与探索》1988年第5期),狄其骢的《马克思主义文艺理论建设的当代形态》(《高校理论战线》1992年第6期)等。

放思想、创新观念起到了推进作用。六是在经历了20世纪80年代末期政治风向的变化和奔涌的市场经济大潮的冲击之后,面对文学日益世俗化、通俗化甚至鄙俗化的境况,文学理论和批评于1993年开始以一场持续数年的人文精神问题的讨论,将文学与人文精神的时代危机提到国人尤其是文学界面前。随着这场讨论的深入,文学理论界又在1995年之后围绕钱中文先生的"新理性精神"论展开了文学与新理性精神问题的争鸣[①]。人文精神讨论由上海的王晓明等学者发起,而新理性精神争鸣围绕北京的钱中文先生的论述展开,一南一北,遥相呼应,深度触动并有力激发了对于文学的价值指向和人文关怀的理论聚焦,进一步深化了文学是人学的理论内涵和文学社会精神价值与功能的再思考。如果说20世纪80年代中后期文学理论和批评的主导倾向是回到文学本身,是寻求文学的自律,是文学观念上的"向内转",那么,人文精神的讨论和新理性精神的争鸣则是回到文学与社会、人生的现世关联和价值关怀,是文学观念上的"向外转",这就使先前一个时期一味追求的文学审美自律性调适到文学审美自律与社会他律的统一上来。

从20世纪90年代后期至今,新时期文学理论进入第三个阶段,这是在全球化语境下走向中国文学理论综合创新的阶段。新时期开启之后,经过第一阶段政治上的拨乱反正和第二阶段政治领域里的体制变革和市场经济的大发展,至20世纪90年代后期以来,国家综合国力得到极大发展,同时国家的发展也不再完全沿着自主、自控的轨道前行,而是深深卷入全球化的滚滚浪潮之中,此时,整个国家在政治、经济、文化各领域所面对的时代问题与先前两个阶段相比均已大不相同,这不能不深深影响到文学理论和批评观念的发展。在急剧全球化和国家快速发展的语境之下,文学理论和批评领域在整体态势与观念趋向上均发生了显著的变化,这种变化主要体现在如下三个方面:

首先,在经历了前两个阶段西方文学和批评理论观念的巨量引进和自

[①] 关于"人文精神"讨论和"新理性精神"讨论的具体情况,参见朱立元主编《新时期以来文学理论和批评发展概况的调查报告》,春风文艺出版社2006年版,第131—152页。

身文学理论和批评观念的多样性以至多元化发展之后,主流文学理论界越来越把综合创新作为中国文学理论发展的自觉选择和追求。自20世纪80年代前期开始,一些学者如吴元迈、刘宁、钱中文等就介绍了苏联和欧洲文论界关于开展文学综合研究的一些理论主张和具体做法,中国文学研究的一些学者如刘再复等也在加强宏观研究的名义下发出了开展综合研究的呼吁,认为文学综合研究已提上议事日程。不过,在当时一般论者大多还是将综合研究作为众多新兴研究方法的一种来看待的。1989年,狄其骢先生在一篇文章中率先从文艺理论研究的整体态势和格局上提出了"面向新的综合"的主张,认为新时期文艺理论在经历了分化、多元的发展之后,关键已不在量的增多和翻新,而在质的提高和落实,也就是说,不在分化而在综合,分化的深入需要综合,综合是分化的深入,新时期文艺理论"正面临着一种新的综合的趋势"[①]。狄其骢先生之外,钱中文、王元骧、陆贵山等文论界领军人物均为文学理论综合创新的大力倡导者与践行者,王元骧先生还直接将自己的一部代表性文论选集名之为《走向综合创造之路》,可见,进入第三个阶段之后,综合创新的思路和主张,的确已经成为主流文论界的理论共识和追求目标。近20年来的许多理论成果,应该说都是这种共识和追求的产物,其创新思路和理论品格大多可以于"综合"二字中获得解释。

其次,与文学理论综合创新的主张和追求相联系,新时期第三阶段的学术界对于中、外文化和文论的态度发生了明显的转向。全球化的加剧使文化和文论建设的民族性与世界性的关系更加突出,20世纪80年代那种睁大眼睛看西方,唯欧美的新理论、新学说、新观点、新方法马首是瞻的做法得以改观。在民族本位日趋自觉的背景之下,先是有的学者通过近百年来的文化和文论反思,得出中国文论界患上了"文论失语症"的沉痛论断,认为中国近百年来的文论都是借用了他人的话语,已经不会说自己的

[①] 狄其骢:《面向新的综合——探讨文艺理论发展的趋向和问题》,《文史哲》1989年第2期。

话了，因此之故需要重建中国文论话语。① 随后，在20世纪50年代即已提出的建设有中国特色的马克思主义文论即马克思主义文论的中国化主张之外，学界又提出了西方文论的本土化和古代文论的现代转换或转化两大宏观性理论建设主张。马克思主义文论中国化、西方文论本土化、古代文论的现代转化，被学界简称为中国文学理论建设的"三化"工程，其实正是中国文学理论综合创新在不同理论领域和向度上的具体延伸。马克思主义文论中国化侧重强调的是中国文学理论研究要把马克思主义的理论原则与中国的具体实践有机结合起来，在中国当代文艺实践的基础上运用马克思主义文论，并创造性地发展融汇中国经验的当代形态的马克思主义文论。西方文论本土化侧重强调的是中外文论的有机融通，强调对外来文论基于中国需要、中国立场、中国发展的自主选择、批判扬弃与合理取用。古代文论的现代转化强调的重点则在于将自身传统的继承与新的时代创造贯通起来，吸取中国传统文论的精华，结合当代的文学实际和审美需求，将古代优秀文论加以创造性转化，在古与今的对话中，用当代的现实去激活传统的精华，又用传统的精华来丰富当代的创造，在这样的激活与创造中使中华文化精神、中华美学精神得以传承，并获得现实的生命活力。不难看出，"三化"工程都是强调在不同文学理论与实践话语的交流、对话与碰撞、融通中走向文学理论与观念的辩证综合，但这种辩证综合有一个共同的落脚点，就是中国当代文论和观念的发展与创新。中国性、当代性的凸显，标示着古今特别是中外文论关系格局的新变化，民族本位立场成为中国当代文学理论研究的自觉站位，中国特色的追求也成为全球化语境中中国学者身份认同的重要理论表征。

最后，伴随着大众性、消费性文化的急剧膨胀性发展和"日常生活审美化"现象的滋生与蔓延，自20世纪90年代中期以降，传统的思辨型哲学美学研究受到强大冲击甚至质疑，文学审美研究转向泛审美文化现象的研究。这一时期，像1980年中前期关于美和美感的本质与根源之类问题的

---

① 曹顺庆：《21世纪中国文论发展战略与重建中国文论话语》，《东方丛刊》1995年第3辑；《文论失语症与文化病态》，《文艺争鸣》1996年第2期；《从"失语症"、"话语重建"到"异质性"》，《文艺研究》1999年第4期；《再说"失语症"》，《浙江大学学报》2006年第1期。

探讨以及反映论美学与实践论美学的论争以及20世纪80年代后期至90年代中前期的生命美学、超越美学等，都不再吸引学者的注意力，代之而起的是审美文化特别是大众审美文化的研究渐成风潮，成为美学研究的热门，也成为文学理论研究不可忽视和回避的问题。在此基础上，文学与审美的关系也日渐成为理论界关注的一个热点问题，这种关注主要体现于新世纪以来两个理论讨论和争鸣之中：一是围绕"日常生活审美化"现象的讨论和争鸣。当代日常生活中审美化现象的蔓延打破了审美与非审美、文艺与非文艺的界限，于是一些学者如王德胜、陶东风等人便敏锐地提出了美学、文学研究的内容要不要扩容，日常生活中的审美现象应不应该进入美学和文学理论研究视野之中，成为研究对象的问题。尽管在这一讨论中学界存在很不相同的观点，但这个讨论对于推动中国当代美学、文艺学走出精英主义的纯艺术研究立场和思路，并由玄学思辨转向关注审美文化的现实发展与语境是起到了推进作用的。二是围绕文学是否为审美意识形态问题展开的讨论和争鸣。如前所述，在新时期文学理论发展的第一个阶段，主流学界形成了"文学是审美意识形态"的文学本质观和理论命题，童庆炳先生还曾撰文将"审美意识形态"作为文艺学的第一原理加以研讨。21世纪以来，这种文学本质观和理论命题遭遇到以董学文先生为代表的一批学者的质疑和批评，他们认为根据马克思主义的经典文献，只能说文学是意识形态的形式，或者说是特殊的意识形态的形式，而不能说是审美意识形态，甚至不能说是意识形态。这场争论历时十余年，至今尚未完全停息，中国文艺理论界的主要学者大多都参与其中，就其延续时间之长、参与人数之众、取得成果之丰而言，堪称新时期文学理论论争的一个典型事件。文学本质是文学观念的核心，也是体系化文学理论建构的逻辑前提，因此这场论争的学术价值和意义是不言自明的，论争将新时期文学理论发展第一阶段已经展开的文艺与意识形态关系的讨论提升至一个新的境界，也为21世纪中国文学理论的反思与前行奠定了一个良好的开局和基础。

新时期文学观念演进的共时结构

从上述历时角度的简略分析中已不难看出，新时期文学观念是极其丰富多样的。那么，从共时的角度来看，这些丰富多样的文学观念又是如何共在，如何结合为一个整体性存在的呢？这便涉及新时期文学观念的共时结构组合问题。就观念自身的关系组合来看，新时期文学观念的发展包含三个有机相连的部分：一是对文学基本性质的认识，包括文学的本质、特性、社会功能等；二是对文学活动系统各个构成部分、环节和重要理论关系与问题的认识；三是对文学理论的学科性质、研究方法等学科自身相关理论问题的研究和反思，以及由此而来的学科建设意识的自觉。三个部分以对文学基本性质的认识为主体和思想轴心，既相互依存又相互促进，共同组成了新时期文学观念创新一体两翼的整体结构组合。

对文学基本性质的研讨贯穿了新时期文学理论发展的始终。在马克思主义文艺理论的发展中，最初是从文学在总体社会结构中的位置来界定其社会本质和功能的，这就是依据马克思主义的历史唯物主义理论，把文学作为矗立于社会经济基础之上的"意识形态"或"观念的上层建筑"。20世纪20年代后期"革命文学"运动兴起之后，中国左翼文学界最先接受的也是这种观念。20世纪30年代之后，苏联学界在反对庸俗文艺社会学对文学意识形态性特别是其阶级性的机械理解的时候，又以马克思主义辩证唯物论关于社会存在和社会意识的辩证关系理论特别是列宁的哲学反映论为基础，将文学界定为社会生活的反映，并将文学的基本理论关系和问题规定为文学与生活的关系。"从此，马克思主义文艺学家们开始转变自己的方法论立场，把生活的一般规律性及其在艺术家社会意识中的反映提到首位。与此同时，则开始尽量少谈艺术作品的思想倾向性和表现于其中的艺术家的社会观点。至四五十年代，'艺术是反映现实的形式'的观点，也就是艺术的认识本性说成为苏联文艺理论和美学界的主导学说，并给予中国文艺学和美学界以决定性影响。"① 文学反映论强调文学对社会生活的认识作用，同时又以形象性解说文学的特征，因而一般被概括为形象认识说，我国 20 世纪五六十年代的文学理论教科书都是以形象认识说为核心建构体系的。文学意识形态论和文学反映论这两种文学本质论，在基本内涵上互有交叉和包容，又在具体理论内容上稍有差异，在中国两种提法其实一直共存并行。虽然由于受苏联影响，文学理论界当时更多使用文学反映论的提法，而在内涵界定上却并没有对两种提法做非此即彼的取舍，蔡仪先生主编的《文学概论》以"文学是反映社会生活的特殊意识形态"的提法而将两种提法合二为一就是一个典型例证。由于历史的原因，在苏联和我国，文学意识形态论曾流入一味贴阶级、政治标签的庸俗文艺社会学，文学反映论则陷于片面强调认识而忽视文艺能动社会作用和文学审美特性的机械反映论，对文学事业的发展造成了不同程度的负面影响和伤害。新时期开始之后，随着文艺与政治的关系、文艺与人道主义的关系等的讨论和争鸣以及对"文学是人学"命题的再确认和对中外非现实主义文学创作的再认识再评价，以往流行的文学本质观对文学的解释受到重新检视，其实践效果也开始受到质疑、反思直至批判。于是，我们看到，作为对机械反映论的反思和超越，而有了能动反映论、审美反映论的理论思考和建构，作为对庸俗文艺社会学的反思和超越，而有了文学与上层建筑的关系、文学与意识形态的关系、文学与审美意识形态的关系等的讨论和争鸣，有了"文学是审美意识形态""文学是意识形态的形式"等新的理论提法和表述。概括而言，以审美论对传统文学本质观加以补充和拓展，以审美反映论取代文学反映论，以审美意识形态论取代文学意识形态论，是 20 世纪 80 年代中期之后文学本质论研究的主流观点。这些新的理论观念和提法的产生，与经历了长期"极左"思潮的蹂躏之后文学由从属于政治向自身的回归，即"回到文学本身"的追求与趋向是一致的。相对于以往而言，这是在文学本质论这一文学观念的核心层面上实现的文学范式革命，至今为止，中国文学理论总体上还处于这一基本观念和理论范式的统

---

① 谭好哲：《文艺与意识形态》，山东大学出版社 1997 年版，第 138 页。

摄之下。与文学本质论的研究密切相关，20世纪80年代中后期以来的文学主体论、文学形式论、文学价值论、文学生产论、文学本体论等等的理论研讨和建构，也都在不同维度、不同层面上对文学的社会属性、社会功能和存在特性做出了理论上的深入开掘，这些理论和其中提出的大量新观点、新方法都是此前的文学研究中少见或未曾见到的，其理论创新意义显而易见。

对文学基本性质的反思和建构，是新时期文学观念演进的主体与核心部分，其对新时期文学观念的整体演进格局和方向也起到了主要的、主导性的推进作用和带动作用。随着基本文学性质认识上的改观，对文学活动系统中的重要环节和重要文学问题的研究也发生了很大的变化。此一时期，对文学活动系统中三大构成板块文学创作论、文学作品论、文学接受论的认识与此前相比均有了很大不同。文学创作论中，以弗洛伊德的本能欲望升华说为代表的精神分析理论和以马斯洛的自我实现说为主要代表的人本主义心理学的影响，可谓众所周知；文学作品论中，以往教科书写作中内容与形式的二分法被现象学文论的层次分析方法以及形式主义、新批评、结构主义、叙事学等等的文本观所补充或者改写；文学接受论中，传统的欣赏加批评的内容安排被来自西方解释学文论、接受理论和读者反映批评的诸多观念和提法重新整合与扩展。与这些变化相适应，在文学活动构成要素的认识上，学界几乎普遍重视艾布拉姆斯以文本为中心的作品、世界、作者、读者四构成要素说，受此启发重新思考文学构成要素以及不同要素的组合所构成的文学关系和理论问题，并且亦如同西方文论发展一样，大致经历了由注重文本与世界和读者的关系逐渐转向注重文本自身以及读者方面。在将西方现当代文论中有价值和启示意义的各种观点和方法引入文学活动系统的认识和阐发的同时，文论界也开始从新的视野审视中国传统文论资源。比如，古代的文学"怨愤"论、"不平则鸣"说以及"童心"说等等重新受到重视，传统"言象意"关系理论之于文学作品论的意义以及刘勰文学"知音"论为代表的中国古代文论中丰富的文学接受思想受到重新估量重新阐发，如此等等。在打通并综合中西古今文学活动论研究的基础上，新时期以来，学界在文学创作、文学文本、文学意象、文学象征、文学形式、文学语言、文学修辞、文学叙事、文学接受等方面，均取得了众多引人瞩目的研究成果，在文学活动系统的观念世界里滋长出一片片生机盎然的茂密丛林。

与文学活动系统中的观念更新与发展相呼应，学科建设意识的自觉和学科理论性质的反思也充分显示出新时期文学观念创新的冲动与活力。新时期学科建设意识的自觉启动于20世纪80年代美学和文论研究的"方法论热"。新中国成立以来，中国当代美学和文论研究一直存在重观念轻方法、以观念代替方法的缺陷。进入新时期之后，在思想解放的浪潮中，在崇尚科学因而必须讲究方法的历史语境下，在人文学科陡然获得松动之后开始努力谋求新空间与新思维向度之时，美学和文论研究界充满填补方法论缺失的渴望和冲动，人们试图通过各种科学方法的引入与借鉴，寻找美学和文论转型的契机，并进而在科学方法论中，获得思想创新的可能性。来自于自然科学和人文社会科学领域里的诸多理论和方法的移植、运用和借鉴，一方面造成了美学文艺学研究中新名词、新概念的"术语大爆炸"，从理论语汇和外观上改变着人们对于美学和文论研究的印象，另一方面这些新名词、新概念携带其原生学科的理论观念和研究方法意气风发地突入美学文艺学研究，对美学文艺学研究领域和学科形态的多样性拓展以及学术思想和价值理想的多维度生成发挥了推动作用。可以说，新时期以来心理学美学、系统论美学、控制论美学、模糊美学、技术美学以及比较文学、比较诗学、文学心理学、文学社会学、文学文化学、文艺传播学、文艺经济学、文艺美学等等新兴学科和研究领域的拓展，无不与方法论热有着直接或间接的关联。

20世纪后期以来，对文论研究学科建设的思考与学科性质的反思在三个方面的讨论和争鸣中得以延续和深化。其一是关于文艺学研究范式的讨论。受西方当代文化研究思潮的影响，同时也基于对中国当代文化和文学、艺术发展现状的判断，金元浦等学者提出中国当代文论应该实现由文学研究向文化研究范式的转换。而多数学者并不同意这个提法，认为虽然当代社会的文化生活中文学与非文学的界限有所模糊，但文化研究还是不能代替文学研究，文论研究应该具有自己特定的文学对象，而不应该是泛化的文化现象。也有的学者认为文论研究范式的转换需要哲学理论和方法的支撑，我们今天的文论研究还是要坚持马克思主义的历史唯物主义和辩证唯物主义的世界观和方法论，文化研究的方法还不能取而代之，因此也就谈不上范式的转换问题。其二是21世纪初期由"日常生活审美化"所引发的当代文论研究要不要扩容问题的讨论。同样是基于当代文学、艺术在日常生活领域的泛化现实，陶东风等学者提出当代文论研究应该从以往本质主义、精英主义的文学观念中走出来，扩展理论研究的边界，将类文学、艺术的文化现实纳入研究对象之中。应该说，在对当代文学现实的认知和文论研究语境的体认、研判上，文论研究的扩容要求有其现实针对性与一定的合理性，但是把这一问题的讨论与文论研究应不应该走出本质主义思路联系起来，就使得问题更显复杂，学界的认识差别也就更难统一。本质主义文论研究思路容易将丰富多彩的文学世界化约为抽象的理论教条，对文学研究带来一些负面影响，但是将丰富的对象抽象化、简约化正是理论研究的本分，也是人类更好地把握世界的客观需要。中外文学史上各种文学本质的抽象论说，构成了人类认识文学世界的重要思想历程，从不同的方面和层次上丰富、深化了对文学的认识和理解，这种文学认知思路是不应该轻易摒弃的。其三是在整体发展思路上对中国文论学科发展、观念创新的探讨。学科建设和观念的发展，如同人类思想领域的一切创新一样，都是以此前的思想资源为前提的，这就有一个如何处理新的发展和创新与先前理论资源的关系问题，同时又都必须适应和满足当下实践的需要，因而又有一个理论与当代实践的关系。这些问题的解决无不关联着理论的整体发展和未来。这方面的思考和探讨体现出一个时代的理论和观念的时代特性和价值理想，因而比起在具体学科领域和具体理论问题上的思考和研讨更加重要，更加不可缺少。20世纪90年代后期以来关于文学理论的科学性、历史性、人文性等等问题的研讨，以及如前所述马克思主义文论中国化、西方文论本土化、古代文论的现代转化等等的提法，均超出了一般学科建设中关于学科对象、逻辑起点、问题框架、研究方法等等的思考范围，从中国文论建设的马克思主义主体性以及精神气质和文学经验上的民族性的双重高度，将新时期文学理论和观念创新的追求推进到了一个新的境界,同时也更加显示出中国当代文学理论和观念创新包容、阔大的风貌与气象。

The Reason, Process and Structure of the Conception of Literary Theory in the New Period

Tan Haozhe

Abstract A summarization and reflection on the development of literary theory in the New Period firstly needs an overall inspection and systemic integration of some of the macroscopic problems, such as the reason for its evolutionary dynamics, historical process, and synchronic structure. As for the historical process, the conception of literary theory in the New Period experiences a dialectical process from the unary monopoly at the beginning of the new period to the multiple differentiation in 1980s and 1990s, and to the comprehensive innovation in the later 1990s. As for the synchronic structure, we can view it as a whole structural combination of one main body and two wings. The main body is the understanding about the basic nature of literature and the two wings are the research of concrete issues and reflection on the nature of literary theory as a discipline.

Key Words new period; the conception of literary theory; reason for its evolutionary dynamics; historical process; synchronic structure

Author Tan Haozhe is a professor and director of Research Center for Literary Theory and Aesthetics, Shandong University, China, with main research interests in Marxism literary theory, artistic aesthetics and aesthetic education. [1]

---

[1] 英译:程相占。

马尔科姆·布迪的艺术价值理论

章 辉

摘 要 布迪认为,艺术价值具有内在性、情感依赖性、互主体性、人类中心性、不可通约性等特征。布迪把艺术品的价值视为它提供的经验的价值,并以这种观点具体分析文学、绘画和音乐的价值。布迪的观点具有独创性,但也面临诸多理论难题,诸如艺术价值的相对论、经验难以界定、经验离不开效果等,产生这种理论困境的原因在于,布迪试图以经验统和艺术价值的客观性和艺术接受的主体性,二元论必定导致矛盾。清理布迪的艺术价值理论及其学术反响,对于中国当代的美学研究具有参考意义。

关键词 艺术价值;经验;互主体性

作者简介 章辉(1974—),男,三峡大学文学与传媒学院教授,文学博士,主要从事西方美学、西方文论研究。

艺术品具有多方面的价值,诸如认知价值、教育价值、历史价值、情感价值、信仰价值、经济价值、治疗价值等。美学研究关注的是其艺术价值,即艺术品作为艺术品所具有的价值。从直觉上看,艺术品的价值具有差异性,有些作品比另一些作品更好。事实上,人们在撰写文学史和艺术史,以及在文学评论和艺术批评的实践中,不是一视同仁地对所有作品给予了同样的关注和价值评判,而且,不同时期不同的人对同一艺术品的价值评判差异甚大。那么,艺术价值存在何处?是在艺术客体之中还是在读者的接受中?有无艺术价值评判的一般标准?这些标准是历史性的吗?如果回答是肯定的,那么历史久远的文艺经典是如何形成的?这些问题是艺术价值研究必须面对的问题,英国美学家马尔科姆·布迪(Malcolm Budd,1941—)对这些问题做了深入的探索,在西方学界产生了较大的影响,值得中国学界吸收借鉴。

一

人们对艺术价值研究的必要性存在疑问，反对艺术价值研究的必要性的观点主要有两种，其一是把不可化约的价值加给所有的艺术，这是不妥当的，因为每种艺术形式如音乐、绘画、雕刻、文学等，都有独特的价值类型，存在着音乐作为音乐的价值，绘画自有价值，雕刻作为雕刻有其自身的价值等，不存在能够统和这么多艺术价值的价值。第二种观点则认为，在个体艺术品中寻找统和性的价值是有问题的，因为每一艺术品具有独特的价值，比如在音乐艺术中，有歌唱作为歌唱的艺术价值，交响曲作为交响曲自有价值等。布迪不赞同这些观点，认为这只能说明艺术价值的实现存在着多种方式，并非说艺术价值缺乏某种本质。在布迪看来，与艺术价值相关的三个问题是个性化（individuation）、身份（status）和认识论（epistemology）。这三个问题指的是，某个艺术品作为艺术品其价值何在？其次，价值的身份指的是，艺术价值是相对的还是绝对的，是主体性的还是互主体性的。它是艺术品的真实特质还是我们投射其上的？最后，如何找到某个作品的艺术价值？我们必须熟悉作品吗？如果答案是肯定的，其必要性何在？[1]

首先，布迪的观点是艺术价值这一概念可借助"某件艺术品提供的经验"来解释，艺术价值决定于作品提供的经验的内在价值（intrinsic value）。[2] 布迪认为，艺术价值的第一个特征是内在性。艺术价值必须是经验某个作品而获得，这种经验是关于那个作品本身的经验，它并非独立于作品自身，其中你必须知晓艺术品的特质。但布迪又认为，艺术价值不是任何个人的实际经验，而是一种类型，是能够多重具体化的经验类型，每个经验或多或少地接近它。[3] 布迪特别强调，某个作品的有价值的特质是

---

[1] Malcolm Budd, *Values of Art: Pictures, Poetry, and Music*, Penguin Books, 1995, p. 3.
[2] Ibid., p. 4.
[3] Ibid..

作品本身的特质，不是它提供的经验的特质，是作品的本质赋予其艺术价值，这一本质是我们在遭遇作品提供的经验的时候经验到的。作品的内在价值不是相对于外在价值，而是相对于工具性的价值（instrumental value），后者指的是作品的经验对人们的实际影响。布迪的思路是，工具性的价值，它的有利或有害、短期或长期的影响是经验的结果，不是经验本身的元素，因此工具性的价值不是艺术品作为艺术品的价值。可见，布迪强调艺术价值的客观性，它不受经验的影响。

事实上，工具性的价值难以确定，我们很难知道某个特殊的艺术品的有利或有害的影响。布迪强调的不是效果本身，而是经验的特征决定了艺术品的价值，艺术所激发的特殊的审美情感以及艺术题材（subject-matter）也不是其艺术价值。但他指出，艺术价值并非隔绝于其他价值，其他价值能够决定艺术价值。艺术价值既非读者导向的，也非艺术家导向的，但又关系到两者。布迪认为，要找出某个艺术品的价值，需要你去感受作品，熟悉是找出艺术价值的基础。只有你在发现这种经验本身是值得（rewarding）的时候，它才是内在的有价值的，其价值在于它传播给我们的思想、情感和其他的东西，艺术家的任务就是创造一种媒介去传递有价值的信息。

其次，艺术价值是情感依赖性的。艺术价值虽然不是绝对的价值，但它也非情感价值那样是相对于个人和时间而言的。但艺术价值类似情感价值的地方是它情感依赖的特质（sentiment-dependent property），它是在对客体的情感反应中去发现的价值。[①] 艺术价值是互主体性的。艺术价值不是某个人投射到客体中的主体性价值，因为这种特质的具体化是独立于任何个体之于作品的反应的。艺术价值的概念也引起了一个问题，即某个人之于某个艺术品的反应是否合适的问题。通过在有根据的基础上赞同或批评某个人对某个艺术作品的评价，艺术价值问题成为互主体性的（intersubjective）。艺术价值是以人类为中心的，因为在艺术价值的概念中，没有什么能够延伸到人类的范围之外。对艺术价值的判断是人根据感

[①] Malcolm Budd, *Values of Art: Pictures, Poetry, and Music*, Penguin Books, 1995, p.38.

知、理解、情感等所作出的。

最后，艺术价值是不可通约的。艺术价值之所以不可比较，是因为如下事实：积极和消极的特质种类无限多，对于价值和等级序列的比较，不存在衡量的尺度；艺术品可不同程度地拥有这些价值，对此无标准；它们可为艺术品以极其多样的方式拥有；对于一件艺术品的艺术价值，它们是整体性地而非个体性地发挥着功能。① 布迪认为，艺术价值在不同种类的艺术中是多样化和开放的，文学的可欣赏的特质不同于音乐的或建筑的特质。即便某种特质，从其自身来说是艺术特质，能够在价值上予以尺度化或秩序化，但在某个语境中构成了艺术的特质，可能在其他语境中减损了另一艺术品的价值，因为在这个艺术品中它可能是以一种不协调的方式与其他的特质结合着。但是，布迪意识到，"艺术价值虽难有价值高低的比较，但并不妨碍个人有艺术偏爱，因为偏爱不是去做艺术价值的高低判断"②。总结布迪关于艺术价值的观点，即"艺术价值是内在的、情感依赖的、互主体性的、人类中心论的和不可通约性的"③。

布迪的核心观点为艺术品的价值就是它提供的经验的价值。当我们在价值上肯定某个艺术品的时候，我们是肯定它提供了某种经验，而且这个作品的经验是不能为其他的作品所替代的。理解某个作品需要许多不同的经验，比如欣赏一栋建筑或雕塑，需要从不同的角度和不同的光线去看。但完全理解某个作品只是理想，我们不能以单一的经验而完全理解作品。④ 与艺术价值相关，布迪将审美价值的界定为"审美价值指的是某个客体对于经验具有的内在的价值"⑤。这里的客体包括自然物和艺术品。审美价值基于审美特质，审美特质是某物被审美评价或批评的一种特质，它建立在更低层次的非审美的特质之上。某物具有何种审美特质不能概念性地从其非审美特质推论而来。某个审美判断可能被呈现为对或错，但它不能要求

---

① Malcolm Budd, *Aesthetic Essays*, Oxford University Press, 2008, p. 4.
② Ibid., p. 100.
③ Malcolm Budd, *Values of Art: Pictures, Poetry, and Music*, Penguin Books, 1995, p. 43.
④ Malcolm Budd, *Aesthetic Essays*, Oxford University Press, 2008, pp. 92-93.
⑤ Ibid., p. 2.

每个人都接受，因为，这些审美判断得以可能的证据是经验性的证据（experiential proof）。[1]

所谓经验性的证据，即审美判断必须基于个人的体验。在《艺术及其客体》中，沃尔海姆讲了美学中的一个基本原则，可称为熟悉原则（acquaintance principle），认为审美价值的判断不像道德判断，必须是建立在关于客体的第一手经验之上，而且不能除了少量的例外从一个人转移到另一个人。这一点是从康德发展而来，康德说审美判断是单称判断，即审美判断是个体性的人所做出的关于个体性事物的情感愉悦判断。布迪指出，其实存在着两个相关的但不同的美学原则，即熟悉原则和自律原则（autonomy principle），两个可能合并为一个。熟悉原则指的是，判断必须建立在对客体熟悉的基础上，缺乏这种熟悉，不可能去判断一物体的审美价值或其他任何审美特质。自律原则，罗伯特·霍普金斯解释的是，因为某个人与其他人的观点不一致，不论这些人的数量是多少，或他们的观点多么具有权威性，就去改变这个人关于某物的审美价值的观点（他通过熟悉某物已做出判断）是不合法的。[2] 审美判断的这种特殊性来自审美特质的独特性和唯一性，你必须去看去体会去感知，别人无法替代。

可能有人反对说，为什么不是把艺术价值定位在艺术自身，而是在对它的经验之中？布迪的解释是，某个艺术品具有艺术价值，是因为它提供的经验本质上是有价值的，这就包含了两者（艺术和经验）在其中。艺术家赋予艺术品以特质使得它值得欣赏，具有这样特质的作品就是有价值的，是因为它提供的经验是值得的：经验的价值是检测构筑了作品的像星群那样的特质的价值的手段。[3] 另一种反对观点是，存在着艺术作品的特质，它们既非包括在以理解去感知一部作品的经验之中，也不决定于它，但它们关系到其艺术价值的评估。布迪指出，这一观点对经验概念的理解

---

[1] 审美经验与审美特质是当前英语学界艺术哲学的重要问题，此处不展开讨论。
[2] Malcolm Budd, *Aesthetic Essays*, Oxford University Press, 2008, p.49.
[3] Ibid., p.95.

过于狭窄，认为经验仅仅是任何欣赏这个作品的人的脑子中的东西。[1] 即是说，在反对的观点看来，艺术作品的特质是客观的，但布迪认为欣赏经验很重要，经验才能呈现作品的特质，经验融合了主体和艺术客体，并非只是主观性的东西，对艺术价值的经验的判断为来自作品的本质的理由所支撑。

其他的观点则是把经验概念理解得过于宽泛，典型例子是认为原创性（originality）是作品的特质，但不能在感知作品的经验中被欣赏到。布迪认为，这种观点忽视了这一事实，即在其作品的创造中欣赏艺术家的艺术才能是为某个艺术品提供的经验的一部分，原创性并没有落在作品的特质之外。在布迪看来，欣赏艺术作品需要欣赏作品呈现的艺术成就，因此对作品的经验必须关系到那个作品生产历史中与美学上相关的事实的理解。[2]

艺术作品包含一系列不同的特质：形式的，诸如平衡和统一；美学的如雅致、艳丽；表现的如忧郁、欢乐；再现性的如一个妇女、一片风景；语义的如词汇的意义；象征的如生命的死亡或衰弱。审美敏感力即是辨识客体的审美特征的能力，关系到审美价值的评价。审美敏感力依赖于非审美的辨识能力，诸如区别颜色、轮廓、趣味、声音或语言意义的能力。布迪指出，并非关于某个作品的任何愉悦都是审美的，只有当它是去反思作品所体现的特征和内容的时候，或者注意高秩序特质（higher-order properties）是如何出现的，这种愉悦才是审美。当然，要感知高秩序的特质，你必须要感知基本特质，因为高秩序的特质就是依赖于基本特质之上的。[3] 在这个意义上，"审美价值指的是一物体的元素之间的关系，或者是实现在这一物体之中的高秩序特质，在其感知或想象性的实现之中，它适合于产生非命题性的愉悦（non-propositonal pleasure）"[4]。

布迪把审美判断分为三种，即纯粹评价性的、纯粹描述性的和评价添加型的（evaluation-added）。纯粹评价性的是指出某物审美价值的高、中、

---

[1] Malcolm Budd, *Aesthetic Essays*, Oxford University Press, 2008, p. 96.
[2] Ibid..
[3] Ibid., p. 42.
[4] Ibid., p. 44.

低而没有说明该物的任何特质,比如说某些艺术品是极好的、优秀的、平庸的等就是纯粹的评价性的。纯粹描述性的是指出某个特质但没有断定任何价值,甚至当那种特质成就了那个物体的价值的时候。比如判断某段音乐听起来忧郁,或某首诗是暗淡的就是纯粹描述性的。评价添加型是指出特质并做出评价,表明了某人的审美态度。比如指出某幅绘画是俗艳的(garish),其意是炫目的鲜艳(obtrusively bright),这就是评价添加型的判断,指的是绘画没有正确地运用颜色。[①] 布迪说,最后一种可以合并到前面两种中去。

二

在讨论了艺术价值的一般理论之后,布迪具体分析了三种艺术即诗歌、绘画和音乐的价值问题。但绘画的部分很简略,基于篇幅,本文从略。布迪认为,诗歌的价值不仅仅在它所表达的思想的意义之中,如果是这样,一旦其表达的思想被领会,诗歌就可能被弃置一旁了,更重要的是阅读诗歌的时候所经历的想象性的经验。诗性价值不能以其他的词汇而只能以诗歌自身的词汇去捕捉,其意义是独特的。

诗歌表达信念(beliefs),这些信念要么真实要么虚假。对于诗人来说,问题是其诗歌要充分实现其诗性价值的话,诗人的信念和诗歌中表达的信念是否必须是一致的;对于读者来说,如果要欣赏和评价诗歌的价值,诗歌中表达的信念和读者的信念是否必须是一致的。这一问题关系到诗人的真诚(sincerity)。布迪指出,一首诗具有一个隐含的言说者(implicit speaker),即诗歌表面上的发声者,他可被称为诗歌的面具人格(persona)。读者获得诗人的这一印象不仅仅决定于阅读诗歌本身,它也为其他诸多因素所塑造,最重要的是关于诗歌的实际作者的信息,以及作者创造这首诗歌的意图或目的。诗人创造的自我形象可能泄露很多信息,也可能只泄露一点或根本没有关于他的信息。这种信息可能是正确的,也可

---

① Malcolm Budd, *Aesthetic Essays*, Oxford University Press, 2008, p.63.

能是扭曲的。①

一首诗邀约赞同它的面具人格所表达的思想观点和态度，这个时候，面具人格的哲学和隐在作者的哲学是同一的。但诗歌也可能具有这风格，即在隐在的诗人和面具人格之间的信念、价值观和态度之间具有差异，有时，隐在作者对其面具人格抱持一种反讽态度，他不期望读者无保留地对面具人格的思想和情感做出反应，并不要求读者认同诗歌的面具人格，相反，诗歌要求读者对面具人格做出反讽性沉思。隐在作者对他的面具人格的态度是诗人对面具人格的显在的态度，但是，它也可能不同于诗人实际的对待面具人格的态度。在反讽性的疏离发生的时候，思考必须指向隐在作者的观点而非面具人格的观点。如果诗歌的隐在作者的信念和态度与读者的是一致的，而诗歌的面具人格的信念和态度与读者的有差异的话，这不能排除读者对诗歌的哲学完全认同。因此，一个诗人的观点和他的诗歌的面具人格的观点存在冲突的话，诗人并非不真诚，但如果他自己的观点和隐在作者的观点缺乏一致的话，他的真诚就有问题。②

诗歌的真诚是其价值实现的途径之一。诗人的真诚可以有许多表现形式，但是如果他的真诚不是表现在其诗歌之中，那么它不会影响到他的诗歌作为诗歌的价值。布迪指出，诗人必须真诚，伪善、不真诚将毁灭诗歌的所有价值。但是诗人的思想信念与诗歌中的表达问题极其复杂，并非总是一致的。布迪认为，诗人不相信他的诗歌表达的哲学思想并非意味着这种哲学思想是错误的，也并非证明这首诗歌是不好的。诗人的不诚实并不一定导致坏的诗歌，没有充分的理由认为，不能把我们对诗歌的反应隔绝于我们关于诗人的真实信念的知识。对于读者来说，他可以把诗歌视为某种信念的表达，而不去关心诗歌的信念和诗人之间是否契合，即是说，"如果一个诗人的不真诚在诗歌本身中无法觉察，读者可能不顾这一点，而是把诗歌视为隐含作者（implied author）所书写，后者是真诚地相信他

---

① Malcolm Budd, *Values of Art: Pictures, Poetry, and Music*, Penguin Books, 1995, pp. 86-87.
② Ibid., pp. 88-89.

所表达的"①。

布迪还指出另外一种形式的不真诚,是诗人故意试图在读者身上产生情感效果,而这又没有发生在他自己身上,他没有为他的诗歌表达的情感所感动,反而是希望他的读者被感动。这种不真诚产生的根源关系到表达在诗歌中的哲学信念与诗人的信念之间的关系问题。从文学观点看,更重要的不真诚是一个诗人不能真实地对待他自己的情感。他错误地表达了他的情感,这可能是出于一种逃避承认它们的欲望,或是一种去追赶理想的努力,即他不能把他自己的真实情感与他希望他能够创作动人的诗歌这种想法区别开:他在欺骗他自己。这种形式的不真诚可能显现在他的诗歌中,结果是诗歌的面具人格是不真诚的。如果面具人格的思想和情感是不真诚的,诗歌就是失败的。如艾略特说的,大多数宗教诗歌基于信仰方面的不真诚都是坏的诗歌,它们表现了没有真实地感受到的理想。②

面具人格的真诚对于以第一人称表达观点和心理状况的诗歌特别重要,在抒情诗,是否真诚是评价诗歌的标准之一。诗歌中出现的诸多特征可以解释为缺乏真诚的标志,这些特征诸如使用夸大的词汇、模糊的情感性的陈词滥调、缺乏精确性、诗歌受惠于其他诗歌等。隐在作者可能是装腔作势,他的情感可能是被迫的、做作的,或是肤浅的,这些都是缺乏真诚的表现。一首诗表达的态度或情感的缺点或优点就是诗歌的优点或缺点,它会消极或积极地影响到诗歌提供的经验的价值。那么,诗歌的信念与诗歌作为诗歌的价值的关系如何呢?一种观点是,如果诗歌中的信念是错误的,那么诗歌就是失败的。第二种观点是另一个极端,认为诗歌中的信念的可接受性和不可接受性无关于诗歌的特质,最重要的不是诗歌的信念是什么,而是它们是如何表达的。中间立场是,不是所有的不可接受的信念,而是仅仅一定种类的信念才会影响到诗歌的价值。

一个相信诗歌所表达的哲学的人既享受了诗歌的美的表达,也享受了

---

① Malcolm Budd, *Values of Art: Pictures, Poetry, and Music*, Penguin Books, 1995, p. 91.

② Ibid., p. 92.

诗歌中表达的他相信是关于世界的真理的东西。如果一首诗表达的哲学思想是一个人无法接受的，他还能完整地享受诗歌吗？布迪的回答是肯定的，即使某个诗歌里有他否认或不知道的哲学，某个读者也能获得愉悦。读者拒绝一首诗表达的哲学是否会影响到他对诗歌价值的评价，或者一首诗表达的哲学是虚假的是否就是这首诗歌的缺陷，这一问题不能混同于某个读者的欣赏能力，即便这首诗中的哲学他不认同。第一个问题是诗歌理论的问题，第二个问题是心理学的问题。很明显，拒绝体现在诗歌中的哲学，对于审美地体验那首诗歌来说，并非不可逾越的障碍。从其不认同的哲学思想的想象性经验中去获得愉悦，每个人的能力是不同的。[①] 笔者认为，这个问题就是诗歌的内容和形式问题。诗歌的内容是其思想观念、传达的信念，形式是语言创造。诗歌的思想观念当然影响到诗歌的价值，但即便读者不喜欢这种观念，他仍然能够欣赏诗歌本身的美，因为他的欣赏集中在形式层面。但在理性的评论层面，诗歌的价值就会受到其思想观念的影响。

  问题涉及价值的时候就有比较，诗歌的评论关系到思想内容和美学形式，即其观点和信念应该是进步的、深刻的，反映人类文明的趋向的，其情感表达应是真挚的、充沛的，美学形式则关系到语言组织和形式韵律。如果诗歌只是某一方面好，那么如何比较呢？布迪的观点是，形式为先。他说，如果一首诗的哲学观点我们无法接受，但它更好地利用关系到诗歌价值的特征去表现这种观点，这一点要比另外一首其哲学我们认同的诗歌做得要好的话，前者就是更好的诗歌。[②] 但是，仅仅有所谓的语言美对于诗歌是不够的，在这一点上，布迪的观点是辩证的，他说，某个诗人没有什么有价值的东西要说，可能在某种意义上比其他人写出了更好的诗歌，但他所写的东西在诗歌的价值上比较小。在我们的诗歌经验中，没有理由把我们的兴趣仅仅集中在"纯粹的文学价值"上，除非它结合了某些值得说的东西。布迪指出："当诗歌涉及伦理评价的时候，最重要的不是诗歌

---

  ① Malcolm Budd, *Values of Art: Pictures, Poetry, and Music*, Penguin Books, 1995, p. 101.
  ② Ibid., p. 104.

的道德观点应该契合已经存在的道德模式,而是诗歌表达的观点应该与人类的本性(human nature)相一致。"① 这是很精当的观点,去除了文学评论中简单的道德评价。

在抽象艺术中,严格意义的抽象指的是艺术表现了无,它不指向外在于它自身的任何事物:它从外在世界没有引入任何东西作为其题材。结果是,抽象艺术的欣赏不需要它的经验契合于指向外在世界的概念,而在文学、戏剧、雕塑和再现性的绘画中,情况则相反。布迪认为,音乐本质上是抽象的,因为即便它具有其他类型的意义,如再现性的、表现性的、语义的意义,但音乐理解的核心是一种音乐性意义(intramusical meaning)的经验,即作品的音乐结构和旋律的、和声的、节奏的等有意义的关系。② 而且,音乐表现的是抽象的情感(abstract emotion)。不像文学、雕塑和再现性的绘画,音乐欣赏既不需要抓住声音的任何思想内容,也不需要意识到任何外在于音乐的可听到的事件、状态和物体。"我们不是把音乐视为一种严格意义上的语言,也不是把它视为可感知世界的再现(representation)。"③

音乐也有再现,音乐再现只是对外在于音乐的声音的模仿,比如音乐描绘了鸟的歌唱、蜜蜂的嗡嗡声、驴子的叫声、蛙鸣声、教堂的钟声等。在这个意义上,音乐只能再现能够发声的事物,它只能近似性地模拟。借助模拟,声音的特质和它们结合的方式可以获得这样的效果,即经验的类似可以发生在音乐和非可听的物体之间,比如太阳、火或水。当音乐的节奏和旋律的特质被用于再现运动的物体或运动的模式,或者当音调的交替被用于再现细微的差异,比如光线或高度的差异,或者当和弦或音乐的组织被用于再现某种可类比的特质的时候,听者也体验了某种相似或类同(affinity)。④

布迪认为,音乐建立在人类倾听纯粹声音的能力的基础之上,听音乐

---

① Malcolm Budd, *Values of Art: Pictures, Poetry, and Music*, Penguin Books, 1995, p.109.
② Ibid., p.127.
③ Ibid., p.129.
④ Ibid., pp.129-130.

时没有思想内容包含其中：听节奏、旋律、和声、韵律即是去意识到声音的某种形式，这些形式能够被纯粹地，即不伴随头脑中的其他东西而被感知。音乐的吸引力是声音的结构，它自身具有价值。音乐欣赏是非概念性的（non-propositional）和非再现性的（non-representational）。[1] 因此，对音乐意义的解释就是对其作为艺术的价值的解释，我们推崇音乐为其自身的目的，不是作为达到某种目的的手段，比如不是为了获得关于情感的知识，或者是获得某种分离于听音乐所获得的经验。布迪指出，某个人对音乐的理解可能从许多不同的维度予以评价，他的理解或多或少是深刻的，或多或少是精准的，或多或少是泛泛的。而且，不能说，如果某个人要理解性地经验作品的话，这种经验必须满足某种条件。我们不能把对某个作品的音乐性理解等同于对作品的内在的、内在于音乐的（intra-musical）、非意指性意义的理解，因为音乐作品各个不同，其开拓的可能性对于作曲家是开放的，对于某个作品的欣赏来说是必要的东西并非对于另外一个作品的欣赏来说是必要的，比如埃尔加的《谜语变奏曲》（*Enigma Variations*）借用了门德尔松的《平静的海和幸福的航行》（*Calm See and Prosperous Voyage*），作曲家意图听者熟悉这一点，而且要具有作品所预设的那种反应。这种情况下，音乐意指到音乐之外的某种东西，即其他的音乐作品或其他类型的音乐。因此，音乐理解包括理解作曲家的意图。但并非所有的音乐都会意指到其他的音乐作品或其他类型的音乐，甚至是外在于其自身的某种东西。意识到作曲家的意图，有时但并非总是音乐理解的必要条件。但是，音乐理解没有一个本质，这并非意味着它没有一个共同的核心，这个核心即是理解音乐的内在的、非意指性的（non-referential nature）本质。[2]

音乐价值的难解在于其抽象性。音乐似乎是与我们的日常生活没有关联的领地，它从其自身获得意义，但又极大地影响了我们。关于音乐价值，主要有两大理论。一种观点认为，音乐价值指向音乐之外，即情

---

[1] Malcolm Budd, *Music and the Emotions*, Routledge, 1985, p. 9.
[2] Malcolm Budd, "Understanding Music," *Proceedings of the Aristotelian Society*, *Supplementary Volumes*, Vol. 59, 1985, pp. 215-248.

感。音乐有能力感动我们，在某些作品中，我们的经验是音乐表现了情感，我们在其中听到了情感的特质。另外一种理论则认为，音乐价值纯粹是音乐性的，它独立于作品与音乐之外的东西的关联，音乐本质上无关于情感。布迪认为，音乐的价值内在于组织了音乐的声音的形式之中，因此，对于无音乐修养的人，就无法辨识音乐作品的价值。音乐是抽象艺术，它不是再现或指向外在的物质世界。但说音乐的经验和价值无关于非音乐的世界也是不对的。因为某些音乐现象（比如节奏）不仅存在于音乐之中，而且对这些非音乐性现象的熟悉还有助于塑造和照亮我们的音乐经验，比如当我们的反应由于音乐节奏和身体的节奏相一致而受到影响的时候，或当音乐通过模仿其节奏成功地昭示了一种非音乐现象的时候。当旋律表达了一种心灵状态、一种态度、一种情感或感觉的时候，旋律就充满了那种心灵状态的意义。[1] 表现性的音乐是情感的有声表达。只有当听者听到并理解了音乐作品，音乐的价值才能实现在他的经验中。理解性地听一个作品，就是具有创作者意图听者去拥有的经验，就是这个经验从创作者传递给了听者。被传递的是一种经验，这种经验即是听声音的经验，就是这种被传递的经验的内在价值决定了音乐作品的价值。[2]

总之，从听者的观点看，音乐价值是内在的，不是工具性的，听者推崇的是音乐作品本身的经验，这种经验不能被替代。音乐价值的理论不仅要尊重音乐的自律性，而且要允许音乐具有不同的价值。在某些时候，音乐的价值在于其与某种情感的特定关系。音乐能够穿透情感的表面直达其最内在的核心之处。布迪不赞同苏珊·朗格的观点，不能把音乐的价值定位在它的象征情感的形态学（morphology）的能力之上。音乐价值不在于外在于音乐的某种情感，而在于在能够理解音乐意义的听者中去产生一定的内在于音乐（intramusical）的情感。这种情感的特殊性在于，它把音乐意识作为其刺激物。但表现情感只是部分地解释了音乐作为抽象艺术的价

---

[1] Malcolm Budd, *Music and the Emotions*, Routledge, 1985, p. 10.
[2] Ibid., p. 152.

值。布迪指出：首先，抽象性并不排除抽象艺术具有各种审美特质，这些审美特质如美、精致和优雅等也为音乐所有。其次，音乐还有其他情感性特质，这些特质不仅与抽象相一致，而且作为抽象艺术的音乐应该具有，比如音乐幽默。音乐的喜剧性不是建立在外在于音乐的幻觉之上，而是通过音乐双关语，如海顿的 D 大调三重唱；借助假装在结束之前就完结的技巧，如海顿的四重奏 OP33、NO2；通过故意的音乐"错误"和变化无常的节奏等，如贝多芬的第一交响曲；使用不适合那种音乐的乐器等方法以取得喜剧性效果。最后，具有审美吸引力的抽象形式和特质实际上是非常广泛的，从简单的非再现性的视觉模式，诸如螺旋形或万花筒或马赛克地板，到无限多样的彩色形式诸如花朵、灌木和其他生物。纯粹音乐相比其他抽象艺术，其突出特点是，其他抽象艺术的抽象形式来自可感知的物体，其范围非常小，而音乐什么都没有再现，仅仅只有形式。[1]

而且，音乐是时间艺术，这一点赋予音乐独特的价值，同时也使得其价值难以理解。音乐经验与许多其他行为即展开的一系列相互关联的事件之间具有类似性，诸如激起期望、延缓满足、高潮的建立、最终的休息、紧张的消除等，所有这些都是有吸引力的。音乐欣赏不是隔绝于生活中的其他东西，比如一阕音乐中的小提琴和钢琴的二重唱，时而模仿，时而对立，时而混合，时而应和，就如在滑冰舞中，两个舞伴以诸多方式相互关联。不奇怪，在竞赛性的滑冰舞中总是配有音乐。许多优秀的音乐作品的价值是多样性的和谐，即多样统一（unity in diversity）或有机统一（organic unity）。这种统一具有多种形式，单个的音乐作品既表现了这种统一也具有其独特的价值。[2]

---

[1] Malcolm Budd, *Values of Art：Pictures，Poetry，and Music*, Penguin Books, 1995, pp. 164-165.

[2] Ibid.，p. 171.

三

布迪把艺术价值的一般理论结合于具体的艺术门类的分析,其对艺术价值的界定在当代西方学界独树一帜,但学界也对其观点做了多方面的批评。美学家夏普(R. A. Sharpe)系统分析了布迪的艺术价值论。[①] 夏普称布迪的理论为"经验主义的艺术价值理论",它把艺术价值化约为我们对艺术品经验的价值。夏普所列举的经验主义价值理论的代表人物是杰拉德·列文森和布迪。列文森的观点类似布迪,认为某个艺术品是有价值的,最终是因为我们对其的经验在某种意义上是值得的(worthwhile),他对此的说明也是以"人性的丰富"(human enrichment)来表述的。[②] 但布迪的表述很奇怪,他把艺术品的内在的(intrinsic)价值描述为外在的(extrinsic),因为它把价值定位在外在于作品自身中的某种东西,即对作品的经验之中。布迪一方面说,对艺术价值概念的阐释借助于"艺术品所提供的经验"才是可能的。同时,他又说,一件艺术品作为艺术品的价值在这个意义上是内在于作品的,即它是决定于作品所提供的经验的内在价值。布迪进一步限制其观点:应该记住的是,一件艺术品提供的经验是"属于作品自身"的经验,作品的有价值的特质是"属于作品"的特质,而不属于它所提供的经验。夏普指出,这就是在不知不觉中滑动。但布迪的核心观点是,艺术价值等同于它给我们的经验的价值,经验的价值是基本的。但是,如果经验是内在地有价值的,那就不能说,授予了价值的特质主要是作品的而非那个经验的。

问题是,对艺术品的经验是有个体差异的,经验可能是基于对作品的不完整的理解,或者以各种方式受到偏见和褊狭经验的影响。这个时候,要说艺术品的价值决定于经验的价值,我们可能问,是谁的经验?哲学家

---

① R. A. Sharpe, "The Empiricist Theory of Artistic Value," *The Journal of Aesthetics and Art Criticism*, Vol. 58, No. 4, Autumn, 2000, pp. 321-332. 夏普的以下观点均出自这篇文章。

② Jerrold Levinson, *The Pleasures of Aesthetics*, Cornell University Press, 1996, p. 12.

可能回答说，是有资格的人的经验，这就排除了无知的或没有准备好的听众和读者。但是，夏普指出，一致同意（consensus）没有经验可言，只有个体具有经验，这就会是各个不同的。

夏普举例说，我不是因为小孩给我的经验而喜爱他们，我是喜欢他们自身。如果说，他们不再是逗人喜爱的，长大了变成了有问题的成年人，我就把他们抛在一边，那么我的行为就是很恶劣的。艺术品在这个方面与此类似。它们的价值独立于它们给予我们的经验，这种价值也是独立于它们的与其创造者的关系的。如果我推崇某个艺术品是基于它给予我的经验，那么这就看起来像我是在使用那个艺术品。我推崇艺术是因为它所是，我竭力去理解它的所是。如果我没有能够看到它是什么东西，失败在于我，就如我没有看到我不喜欢的某个人的优点，那是我的失误那样，比如，我可能看到某个同事有明显的优点但还没有能够与他友好相处，类似的是，我可能看到某个艺术品具有明显的优点，但还没有与它"友好相处"。我不会"使用"某个艺术品以满足我，就如我不会使用某个人为了我的满意那样。夏普的观点是，艺术品的优点是客观的，其价值也就是客观的，并不因为我的经验有所影响，我们所做的很多工作就是试图挑选具有高度独特性的作品。我们推崇的是艺术和人的个体独特性。维特根斯坦的著名说法是，你不能说，拿另一支小步舞曲来！假如我想听海顿的96号交响曲，你手头没有碟子，你说，"朱皮特"小步舞曲也行嘛，这么说是不行的。比如说，某人的妻子去世了，你跟他说，我找到了同样的一个寡妇，黑头发，也是农学专业出身，这么说是不合适的。也就是说，艺术价值如人的价值那样，在于其自身，不仅仅因它们为我们所做的事情，它们的价值不仅仅是工具性的价值。

夏普举其他例子进一步说明艺术价值独立于经验的客观性。设想我们知道达·芬奇的失传的名画《安吉里之战》（*Battle of Anghiari*），不是因为同时代人对其的描绘或复制，而仅仅是因为它被列在画家作品的目录上。因为达·芬奇在他的成熟期绘制了这幅画，我们有信心认为它必定是一幅伟大的作品。这里我们的判断不是基于任何人对作品的经验。再比如某个大师的晚期作品，在其创作之后的一段时间里，不能为人所理解，甚

文艺美学
Artistic Aesthetics

至是需要其他的受它影响的作品的生产才使其意义显现出来。这些被其影响的创作者可能自己都没有理解它，他们只是借取大师作品的某些风格性的模式，通过让我们注意其关键性的特质，不自觉地使得原创性的作品的意义得以呈现。我们可以想象贝多芬的完全四重奏，对于最初的听众来说是难以接受的。这个时候，作品的价值就不是决定于对之经验的价值。而且，在许多熟悉的案例中，作品的价值和其给予我们的经验的价值并非对等，比如，我可能不认为一段滥情的音乐作品非常值得，但我推崇它给予我的经验。我可能推崇某部自传体小说，因为它让我回忆自己的过去，但我们的愉悦并非艺术品价值的显示器。

夏普指出，在艺术经验和艺术价值的具体分析中还有许多情况，一是在我们对艺术品的反应中，批评家可能说，有许多反应是不合格的、不充分的。这里，独立的艺术价值仍然是判断我们的反应是否充分的基准，艺术价值的自律性仍然是被含蓄地承认了的。其次，许多哲学家把作品给予我们的愉悦视为艺术反应的起点，但是，对艺术品的某个特质的认知对于我们遭遇某个作品也是重要的，比如我认识到这部电影是对西部片的讽刺性模仿，在认知到艺术品的某些特质之后，我们的经验要么变得贫乏（thinned）要么变得丰富（amplified），或者是做出第二次判断，认识到经验是导向艺术品特质的不可靠的向导，我们可能重新评价经验的价值，或者区分经验的价值和艺术品的价值。第三种情况是，我们对艺术品的反应结合了发自内心的反应和对作品特质的认知，这种情况下，经验的价值一般是契合了作品的价值，关于作品的事实直接修正了我的反应。这里化约主义必须让步，因为经验是由于承认了作品中所包含的东西而得到修正的，而作品中的东西是独立的和优先的。概而言之，夏普否定艺术品的价值决定于艺术品所提供给我们的经验的内在价值的观点，原因是，经验的合法性需要它尊重作品的独立的优先的价值，而且我们有时候评价艺术品的价值的方式不同于我们推崇它提供给我们的经验的方式。

布迪在论证的开端说，艺术价值是个体艺术品的价值的总和。因此，要理解艺术价值，我们需要理解个体艺术品的价值。艾琳·约翰（Eileen John）指出，这个观点意味着这本书不会考虑艺术价值的文化性，即艺如何对某个文化具有价值,这不是个体艺术品的价值所关系到的问题。布迪可能说,这种价值是工具性的,而非艺术性的。但是,艾琳指出,艺术实践的宽泛的价值关系到个体艺术品的评价。在布迪后来对诗人的真诚性的讨论中,他认为,实际的诗人的真诚与诗歌的价值不相干。但是,如果我们一般地认为诗学行为是不真诚的,这不就根本地改变了我们对诗歌价值的理解吗?常常是具有很大创造性的广告作品,我们认为具有较低的艺术价值,其原因就是认为这种广告是不真诚的。①

在界定艺术价值为经验的内在价值的时候,布迪把内在价值与工具价值对比,后者是某个作品可能具有的好的或坏的结果,如道德的、治疗的、教育的、经济的等。布迪认为这些结果与艺术价值不相干,因为它们是不确定的,难以追踪,我们不能依赖这些结果的知识去判断艺术价值。②因此,把作品的艺术价值联系到不被作品所决定的结果就是不合理的。但是,布迪强调,某个艺术品的艺术价值关系到相关的但非内在的特质,比如当某个作品提供了鼓舞人心的政治或道德的意识,或想象性地认同其他的观点等。这些是有益的效果,它们也是作品的经验的某些方面,因此也贡献了经验的内在价值。艾琳认为,似乎难以清晰地区分作品的内在价值和工具价值,而且,把这些东西如心理学的洞见或对意识的鼓舞视为某个经验的内在价值是一种混乱。布迪意识到,不是艺术品的所有益处都增加了其艺术价值,但我们需要在内在价值和工具价值这两个概念之外,更仔细地区分是哪些益处贡献了艺术价值,哪些益处没有贡献艺术价值。③

布迪强调艺术品的意义是通过我们的经验传递的。马修·基兰(Matthew Kieran)提出疑问,并非所有的艺术都是提供了经验才是有价值的,比如概念艺术不是因为它提供的任何经验,而是对某种观念的认知。这就是为什么很多人,包括布迪,认为概念艺术是无价值的。相反,

---

① Eileen John, "Values of Art: Pictures, Poetry, and Music by Malcolm Budd," *The Journal of Aesthetics and Art Criticism*, Vol. 57, No. 1, Winter, 1999, pp. 76-78.

② Malcolm Budd, *Values of Art: Pictures, Poetry, and Music*, Penguin Books, 1995, p. 5.

③ Eileen John, "Values of Art: Pictures, Poetry, and Music by Malcolm Budd," *The Journal of Aesthetics and Art Criticism*, Vol. 57, No. 1, Winter, 1999, pp. 76-78.

布迪可能认为好的概念艺术改变了人们思考日常事务的方式，这样就提供了某种有价值的经验。但是这样一来，经验这个概念就太过宽泛了。①

除了上面这些疑点，笔者认为，首先经验论的问题还在于它无法言说艺术价值，因为经验是个体差异性的，以之作为艺术价值的标准，必然走向艺术价值的相对论，从而无法评价艺术。但直觉告知我们，艺术品存在价值的高低差异。其次，经验难以界定，是什么样的经验才是有价值的呢？是高度兴奋的，还是愉悦平静的？是悲剧性的，还是喜剧性的？是优美的，还是崇高的？当代审美经验论都承认艺术品的独特性，也就是说，每个艺术品都是独特的，给予我们的经验也就是独特的，这就无法比较其价值。再次，经验离不开效果，去经验某个艺术必定要结合其效果，比如恐怖的经验、愉快的经验、感伤的经验等，都是经验也是效果。最后，如果艺术价值是客观的，那么应该找出艺术品的客观的可评估的特征，是这个特征决定了其价值；如果艺术价值存在于作品提供的经验中，而经验又是各个不同的，打上了主体接受的烙印，这就很难是客观的，也就很难把这种经验与艺术品的效果区分开。导致这种理论的困境，其原因还是布迪试图以经验统和艺术价值的客观性和艺术接受的主体性，二元论必定出现矛盾。事实上，布迪始终没有说出艺术价值到底存在于何处，是在艺术品的客观的可辨认的特质，还是在主体的经验。

布迪的艺术价值理论在当代西方美学界具有重要影响，但也面临诸多理论难题。清理其理论主旨和学术反响，对于中国的艺术价值问题的研究具有重要的理论参考意义。

---

① Matthew Kieran, "Values of Art: Pictures, Poetry, and Music by Malcolm Budd," *The Philosophy Quarterly*, Vol. 47, No. 187, Apr., 1997, pp. 246-248.

Malcolm Budd's Theory of the Value of Artworks

Zhang Hui

Abstract Malcolm Budd holds that artistic value is intrinsic, sentiment-dependent, intersubjective, anthropocentric and incommensurable. Malcolm Budd defines the value of artwork as the value of the experience provided by artwork and analyzes values of literature, paintings and music according to this definition. While his views are creative, they face many challenges such as relativity of artistic value, difficulty to define experience, and indivisibility of experience from effect. The problem lies in his dualism, in which Malcolm Budd attempts to use experience to combine the objectivity of artistic value and the subjectivity of artistic acception. The research of Malcolm Budd's views will shed light on the study of contemporary Chinese aesthetics.

Key Words value of artwork; experience; intersubjectivity

Author Zhang Hui is a professor of College of Literature and Communication of Three Gorges University, Yichang, China. His main research interests are western aesthetics and theories of literature.

论皮尔斯规范美学及其符号美学之关系

张彩霞

摘　要　皮尔斯美学是由规范美学和符号美学两部分组成的，二者缺一不可、相辅相成。它们以美学的研究对象——美学典范的发展为桥梁。来自规范美学的典范由于自身特性的限制，需要在具体的符号活动中得到体现，并逐步发展为情感习惯，进而上升为新的典范回到规范美学；而该典范又通过具体的符号活动获得进一步的提升，发展为高一等级的感觉特性，然后再次上升为感觉习惯、典范以至至善，如此周而复始、循环不止，直至与宇宙的具体理性合而为一。一言以蔽之，规范美学提出美学典范或至善，并严格捍卫美学典范的纯正性；符号美学则在具体的符号活动中实现它，并进一步推动其发展，使之不断形成更为完善的美学典范。规范美学和符号美学一起，共同实现了皮尔斯美学的规范意义。

关键词　规范美学；符号美学；美学典范

作者简介　张彩霞，山东大学外国语学院副教授，主要从事皮尔斯符号学、皮尔斯美学等方面研究。

查尔斯·桑德斯·皮尔斯（1839—1914）是美国迄今为止最具原创性和影响力的哲学家和符号学家。除了在实用主义和符号学方面取得了卓越的成就外，皮尔斯对美学也有着非常独特的思考和见解。皮尔斯美学无论是其内涵还是外延都与现代美学有着本质的区别。皮尔斯美学强调更多的是美学的规范意义。在他看来，美学首先是一种规范科学，是伦理学和符号学以及随后其他特殊科学的基础。但美学作为一门科学，亦离不开符号。符号美学是皮尔斯美学的一种特殊的存在，它不仅是规范美学规范意义的实际践行者，而且还是规范意义得以提升的数据库。符号美学能够不断提供数据帮助修正其规范意义，确保符号活动运行方向的正确。简而言之，符号美学是量的演变，而规范美学是质的提升；美学的规范意义是由规范美学和符号美学共同实现并完善的。

一 规范美学是对美学典范纯正性的捍卫

在皮尔斯看来，"美"既不是美学的研究对象，也不是美学的目的，"美学研究的是那些不考虑任何外在因素，客观上值得赞美的（admirable）事物"[1]。换言之，只有具备了"客观令人赞美性"的事物才是美学的研究对象，这其中不能夹杂任何其他因素，也不能与任何其他因素发生关系。某物之所以能够成为美学的研究对象，是因为，也只能因为"它自身的因素使它成为值得赞美的事物，没有任何其他的理由"[2]。美学的目的就是从纷繁复杂的大千世界里"将蕴含其中的某些感觉特质找出来"[3]，将客观上值得赞美的事物找出来。

皮尔斯将"客观的令人赞美性"，也就是美学的典范，等同于审美意义的善（goodness），认为它比"美"更复杂，也更纯粹，与个人感受、与任何其他因素都不相关。"一个对象，要具备审美意义的善，必须拥有一定数量的要素，这些要素之间相互关联，从而能够使整体呈现出一种肯定的、简单的、直接的特性；只要做到了这一点，就是审美意义的善，至于该整体具备了什么具体特点则不予考虑。"[4] 也就是说，美学典范或审美意义的善是一种客观存在的质，只具有可能性，不具备具体性。这正是美学具备自发性、鲜活性和自由性的源泉。在此基础上，皮尔斯还进一步论述说："（呈现出来的）那种特性可能令我们恶心，也可能令我们害怕，或者还可能令我们不安以至于欣赏者完全脱离了审美享受，不能纯粹地思考具

---

[1] CP1.19.（Peirce Charles Sanders, *The Collected Papers of Charles Sanders Peirce*, Cambridge: Harvard Uni. Press, 1931-1958, Vol. 1, Para. 19. 通常简写为 CP1.19，下文均采用简写方式，不再一一注释。）

[2] CP1.612.

[3] De Waal, Cornelis, *On Peirce*, Wadsworth, Cengage Learning, 2001, p. 19.

[4] CP5.132.

有这个特性的对象。"① 但它仍然具备审美意义的善，因为这个特性自身才是我们思考的对象，与我们对（拥有这个特性的）事物的思考无关②。借用美学定义来说，这个特性是一种客观上的存在，与其他事物（如反思）无关。我们不能平静地、简单地、愉悦地欣赏一个对象，并不能说明这个对象不具备审美意义的善。反之，即使一个对象使我们感到欣喜、愉悦，也并不能表明这个对象就具备审美意义的善。这是因为无论愉悦还是痛苦都属于主观感受，它不是判断一个事物是否具备美学特性的必要因素。借用范畴的概念来说，愉悦还是痛苦虽然也属于感觉特质，但它们已经属于第二性意义的感觉了。一个对象吸引我们，我们就会感到愉悦，一个对象令我们厌烦，我们就会感到痛苦。因此愉悦和痛苦表现的是"吸引与排斥"行为的特点，这是明显的第二性特征。

  美学典范，作为第一性，是一种客观的存在，与我们的主观思考、主观感受无关。这也是为何皮尔斯认为"美"这个词不足以表达美学目的，认为它"太肤浅了"，甚至认为"我们现有语言中没有一个词拥有那种一般性的要素"③。皮尔斯最后勉强借用了希腊语 καλσξ（这个词更接近于现代"和谐"的概念）来指代美学目的。皮尔斯认为，该词虽不尽如人意，但至少没有像"美"那样将那些拥有美学特性但主观感觉不美的对象排除在外。皮尔斯的论述还告诉我们，人们容易将客观的感觉特质与主观的感觉相混淆，主观的感觉最容易干扰我们的审美活动。因此皮尔斯提议说，心智的理想审美状态应该是最单纯的、不受任何外界事物干扰的纯粹状态。美学评论家在进行审美批评之前，必须使自己的心智回到那种状态中，任何先入为主的思想都会干扰到纯粹的审美活动。故皮尔斯认为，"最好的评论家就是那种训练自己以使自己能够最完美地做到这点的人"④。

  皮尔斯强调说，美学目的不是所有人都可以实现的，它需要一种特殊

---

① CP5.132.
② De Waal, Cornelis, *Peirce, A Guide for the Perplexed*, Bloomsbury, 2013, p.52.
③ CP2.199.
④ CP5.111.

的能力；只有真正的艺术家才具有这种罕见的能力。"这种能力能够让他们看清楚面前的事物，正如它自身所呈现的那样，没有添加任何解释，是没有在细节上作任何修缮的原初模样。"① 皮尔斯用一个日光下积雪的例子来解释我们常人的能力与艺术家的能力之间的差异。常人一般都认为阳光下的积雪是纯白色的，而阴影处的雪则略带灰色。但实际上这并不是呈现在我们眼前的真实现象，我们只是描述了我们认为"应该是"的样子。艺术家会告诉我们，阴影处的雪不是灰色，而是灰蓝色的；阳光下的雪也不是纯白色，而是鲜黄色的。因此，皮尔斯认为，对现象的观察最需要的就是艺术家的这种观察能力②，需要描述的不是想当然的样子，也不是感觉出来的样子，而是事物的原初模样，不做添加，也不做删减。规范美学要求艺术家必须具备这种能力。只有这样，他们才能挖掘出现象中那些属于美学的感觉特质，才能保证美学典范的纯粹性。这是艺术创作和艺术批评的第一步，也是最关键的一步。

至此，我们不难看出，皮尔斯美学提及的三个核心内容——美、客观上值得赞美的事物以及典范之间层层递进的关系。"美"被"客观的令人赞美性"所限定，而典范则是对"客观的令人赞美性"的提升。典范还会继续发展，直至它与美学发展的最高目标——宇宙的具体理性相重合。皮尔斯曾经区分过宇宙发展过程中的三种目的：一是以追求主观的愉悦感受为目的；二是以追求当前社会物质上的客观增长为目的；三是以追求整个宇宙的理性发展为目的。③ 皮尔斯认为只有第三种目的才符合自然规律，才是永久的终极目的。由此看来，美学规范意义的发展过程就是宇宙自身理性的发展过程。没有比理性发展自身更令人满意的典范了。④ 美学典范与任何其他事物无关，是一种肯定的、简单的、直接的整体特性，是对宇宙创造过程中表现出来的理性的一种充分表达。⑤ 而"理性的本质是这样

---

① CP5.42.
② Ibid..
③ CP1.590.
④ CP1.615.
⑤ De Waal, Cornelis, *Peirce: A Guide for the Perplexed*, Bloomsbury, 2013, p.52.

的：其存在永远不可能是绝对完美的，它总是处于初始阶段，总是处于发展的过程中"①。理性的发展特点告诉我们，美学典范即美学的至善，不是静止不动的，它总是处于不间断的发展中。至善存在于符号活动中，存在于宇宙的进化中。而这就是符号美学的存在意义。

总而言之，从感觉质——"客观的令人赞美性"入手，到典范，到至善，直至最终的宇宙的具体理性，这是美学研究对象的整个发展过程，规范美学以第一性范畴作保证，捍卫了美学研究对象每一步发展的纯粹性。但美学研究对象每一步的提升却是源于符号美学的推动。

二 符号美学：美学典范得以提升的动力和保证

与规范美学关注美学的整体标准不同，符号美学关注的是具体的艺术创作和艺术批评，探讨的是美学典范如何参与到具体的符号活动中以及艺术家是如何在具体的符号活动中表现出美学典范的。作为美学的特殊分支，符号美学要比其他符号学更靠近美学典范，是美学典范的直接实施者；同时，作为符号活动的直接参与者，符号美学也具备了很多符号活动的特点，是其他所有符号特点的概括。没有了符号美学，美学的规范意义会陷入停滞。符号美学既是美学典范得以提升的动力源泉，也是美学典范能够实施的保证。

皮尔斯对美学、伦理学、符号学三种规范科学之间的关系做了如下的描述，"道德意义的善是被某种特别的附加因素专门限定了的审美意义的善，而逻辑意义的善则是被某种特别的附加因素专门限定了的道德意义的善"②。如美学、伦理学和符号学的关系图所示：

从此种意义上而言，作为伦理学和符号学（逻辑学）的基础，美学是一种最原始、最基本的存在；而符号学则是活动的中心。虽然审美意义的善，即美学的规范性，作为法则限定了行为（伦理）和思想（符号/逻

---

① CP1.615.
② CP5.131.

辑），使之符合了某种目的（美学典范），但是慎思和慎行会通过具体的符号活动为美学典范输送新鲜的数据，使美学典范发生改变，从而得到不断的发展和完善。

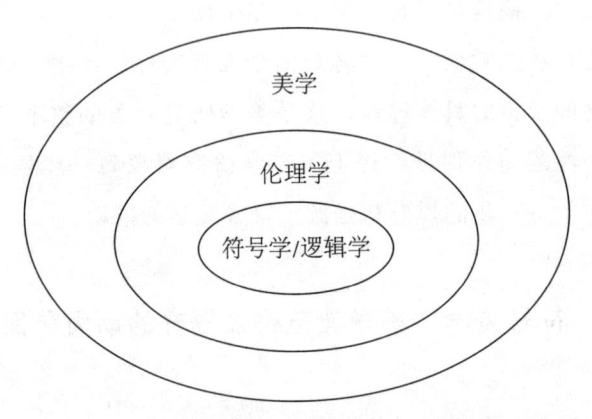

美学、伦理学和符号学的关系图

借助范畴概念，我们可以将这个问题解释得更为清楚。美学典范是一种第一性的存在，只可意会，不可言传，且不与任何其他事物发生关联。没有符号的参与，美学典范根本无法发挥实际的指导作用。美学典范要想在实际生活中起到行动和思想指路灯的作用，它必须具备扩散、发展和再现的能力。而至善，作为一种自身具备令人赞美性的感觉特性，就是通过情感习惯的形成来完成扩散、发展和再现的。当成为一种习惯，美学典范就自然具备了规律性和再现性，如此一来，它的第二性和第三性特征就得以凸显。而这个习惯形成的过程，或者说第二性和第三性凸显的过程就是我们对其进行符号阐释的过程。只有经过了符号的阐释，美学典范才能变为观念，成为思想。换言之，美学典范就是"在实现它的第二性的过程中成为真正属于第三性的第一性"[1]。宇宙进化中的每一个符号活动都承载了美学典范或至善的某些一般特性，我们在行动中对美学典范，或至善所作的任何阐释，都是至善的可能性概念（idea-potentiality）的一个小小的组

---

[1] Beverley, Kent, "Peirce's Esthetics: A New Look," *Transactions of the Charles S. Peirce Society*, Vol. 12, No. 3, Summer, 1976, pp. 263-283.

成部分,都为至善的最终解释贡献着自己的力量。正是在这个不间断的符号活动中,美学典范得以发展、进化,从而对未来的美学典范施加影响。而美学典范之所以可以不断发展,就是因为其不断地被修正、评估和批评。而这个被修正、评估和批评的过程就是理性推理的过程,而理性推理自然就带有了皮尔斯所说的溯因推理、演绎推理和归纳推理的特点。这一切都属于符号活动。我们甚至可以说,正是因为有了符号的阐释,我们才能将那个高高在上属于第一性的美学典范拉入人间。离开了符号理论的支持,美学典范的指导作用就无法得到实际的发挥,也就失去了其规范含义。因此,从广义上来说,规范美学需要符号学,严格而言,它是符号美学的辅助。

从狭义上来看,每一件艺术品,每一部作品,从构思到创作,再到被欣赏和批评,每一步都离不开符号的参与,自然也离不开符号理论的指导。按照皮尔斯的观点,思想必须借助于符号才能得以表达,艺术作品和艺术批评作为思想表现的一种,自然离不开符号。从美学典范的角度来说,每一个具体的艺术作品都有着自身的美学价值,都代表着一个"美学典范"的实现。艺术家付出心血创作作品,是为了让其与自己心中的"美学典范"相吻合;同时也期许在被阐释的过程中,该作品能和欣赏者心中的"美学典范"相吻合,或者说引起欣赏者的共鸣。

三 实现美学规范意义的符号

规范美学实现其规范意义的过程就是符号美学参与的过程,但并不是所有的符号都可以参与其中,只有带有美学特性的独特的美学符号才可以完成对美学典范的阐释。通过对皮尔斯美学特点以及各种符号特点的分析,我们可以得出这样一个结论:能够承载美学典范,并推动美学典范得到提升的美学符号必须是能够传递情感的像标符号。

像标符号是这样一种符号:它自身的特质或特点在某些方面与所要表现的对象特点相似,通过这种相似性,严格而言,是"质"的相似性,像标符号得以再现对象。这些质或者特性是符号自身所拥有的，与它所代表的对象是否存在无关。即是说，它所代表的对象是否在场或是否真实存在并不影响像标符号的意义。像标符号所代表的这种"可能性"解释了文艺创作"自由"的含义，解释了为何艺术家在进行文艺创作时可以自由发挥、自由想象的原因。

此外，同普通符号必须传递意义一样，美学符号需要传递艺术家的思想（idea）。皮尔斯认为此处的思想并不是指思维活动，而是指情感（feeling）。艺术家的思想仅存在于一系列的情感之中（a series of feelings）。① 由此可见，只有那些传递情感的像标符号才是美学符号。在皮尔斯看来，典范实际上就是一种通过批判和自我批判发展起来的情感习惯②，情感是客观的质的主观表达。由此可见，传递情感的像标符号实际上传递的是被主观表达了的美学典范。

所有的艺术作品都是像标符号；像标符号是通过与所指对象相似性的质来表示对象的。即是说，美学符号对解释者产生的刺激与它代表的可能性对象产生的刺激相似；但这种相似性要借助符号在解释者头脑中产生的解释项，或者说要借助前符号的"意指效果"（significate effect）才能获得认知。像标符号的解释项是我们能与艺术作品产生直接交流的唯一原因。皮尔斯认为："一个符号最新产生的有效意指效果就是它激起的感情。（在对符号进行阐释的时候）我们总是会产生一种感情，这个感情（的出现）是我们对该符号意指效果有所了解的证明……这个情感解释项……不仅仅表明那种识别感，在某些情况下，它也是符号所产生的唯一意指效果。"③ 皮尔斯通过乐曲演奏进一步解释了这种情况："一段复调音乐的演奏是一个符号。它传递或者意图传递编曲者的音乐思想；但是这些思想往往只存在于一系列的感情之中。"④ 在皮尔斯看来，这一系列感情的综合就是情感解释项，情感解释项就是这段音乐的意义所在。皮尔斯在此表明，美学符

---

① CP5.475.
② CP1.574.
③ CP5.475.
④ Ibid..

号的任务就是要将那个客观的感觉质——美学特性表现出来,而情感解释项就是美学符号作用于解释者身上的效果,也是唯一的效果。一件拥有了美学特性即 καλσξ 的艺术作品所表现出来的情感解释项是一种美感(a sense of beauty,更准确地说应该是 a sense of καλσξ)。换言之,美感作为一种感觉,它的对象是作为质存在的 καλσξ。皮尔斯认为,这种给我们带来审美享受的美感实际上是一种整体感觉,它来自于对象内部各要素之间的一种合理的排列,它是一种我们可以领悟的理性的情感。[①] 在美学符号活动中,对 καλσξ 持续地、反复地阐释构成了"美学真理"——美学典范或者至善的含义。每个个体的阐释都为最终的、完美的阐释添加了新的要素,但都不足以构成最终的解释项(final interpretant)。即是说,每一个作用于我们个体的情感解释项都承载了至善的某些特性,这些特性又作为新的符号产生新的情感解释项,再进一步丰富至善的含义,如此进行,循环不止。在这个过程中,至善会不断地发展成为情感习惯(the habit of feeling),成为规范,对其他科学做出指导;同时又在具体的符号活动中,通过批评与自我批评而不断地发展,形成新的习惯。情感习惯的不断修正,促进了美学真理与最终解释项的持续靠近,并最终与宇宙的理性发展相吻合。正是在这个意义上,我们说符号美学是美学典范得以提升的动力和保证。

综上所述,皮尔斯的规范美学和符号美学二者缺一不可、相辅相成。它们以美学的研究对象——美学特性的发展为桥梁。美学特性在具体的符号活动中得到体现,逐步发展为感觉习惯,进而上升为典范回到规范美学;而该典范又通过具体的符号活动获得进一步的提升,发展为高一等级的感觉特性,然后再次上升为感觉习惯、典范以至至善,如此周而复始、循环不止,直至与宇宙的具体理性合而为一。一言以蔽之,规范美学提出美学典范或至善,符号美学在具体的符号活动中实现它,并进一步推动其发展,不断形成更为完善的美学典范。

---

① CP5.113.

On the Relationship between Peirce's Normative Aesthetics and His Semeiotic Aesthetics

Zhang Caixia

Abstract Peircean Aesthetics is composed of Normative Aesthetics and Semeiotic Aesthetics, which are indispensable and complement each other. They are linked by aesthetic ideal, the object of aesthetic studies. Due to the limitations of its own characteristics, aesthetic ideal from Normative Aesthetics has to be realized in a specific semeiosis. In this process, the ideal can gradually develop to be a habit of feelings, grow to be a new Ideal and return to Normative Aesthetics. But the ideal will be promoted again in another specific semeiosis to be a quality of feelings with higher level, which then develops to a new habit of feelings, to an ideal and then to summum bonum. The whole process is cyclic and never stops until it achieves the concrete reasonableness of cosmos. In a word, Normative Aesthetics puts forward aesthetic ideal or summum bonum and strictly protects its purity, while Semeiotic Aesthetics realizes the aesthetic ideal in the specific semeiosis and pushes it to grow to be more developed aesthetic ideal. Normative Aesthetics and Semeiotic Aesthetics together achieve the normative sense of Peircean Aesthetics.

Key Words Normative Aesthetics; Semeiotic Aesthetics; aesthetic ideal

Author Zhang Caixia is an associate professor of the School of Foreign Language and Literature, Shandong University, China, with main research interests in Peirce's semeiotics and aesthetics.

阿诺德·柏林特"身体化的音乐"及其研究意义

张 超

摘 要 "身体化的音乐"是柏林特对音乐审美体验所作的现象学解读,既是对音乐属性的再认识,也是对他介入美学的核心范畴"审美场""审美介入"和"审美的身体化"的有力阐释。"作为身体化存在的音乐"和"音乐欣赏的身体化"是柏林特"身体化的音乐"理论的两重意蕴。"身体化的音乐"对音乐审美经验的"整体性"和"身体化特征"的洞见,从根本上超越了传统主客二分、身心分离的静观美学,拓展了我们对审美对象和审美欣赏的理解。它将身体置于知觉经验的起源与核心,不仅唤起我国音乐创作、表演、欣赏和音乐教育中对"身体"态度的审视和思考,还对我们厘清柏林特介入美学思想体系和我国当代环境美学、生态美学的发展具有重要启示。

关键词 "身体化的音乐";介入美学;环境艺术;研究意义

作者简介 张超,文学博士,山东大学文艺美学研究中心博士后,主要从事西方美学方面的研究。

阿诺德·柏林特是美国长岛大学哲学系荣誉退休教授,曾任国际美学协会主席,是当代西方环境美学的最重要代表人物。他和艾伦·卡尔松一起被誉为"当代环境美学研究的双子星座"[1]。哲学家、美学家、作曲家和钢琴演奏家的多重身份,使得他的美学思想和他对音乐的理解存在着深层次的"可逆性"。音乐体验不但是他美学理论的重要来源,也是验证他美学理论的最佳范例。关于音乐的体验,不仅牵引着他对现代审美理论的反思、"审美场"理论的构建,还拓展了他审美理论研究的范围,使他进军到环境美学研究的领域。也正如他自己所说,"音乐是'审美场'的典范,

---

[1] 刘悦笛:《自然美学与环境美学:生发语境与哲学贡献》,《世界哲学》2008年第3期。

可以提供一种对于它的概念洞见，并且，它可以作为一个范例来说明'审美介入'的观念……音乐这个典型也可用来帮助我们辨认存在于其他艺术和审美事件中的吸引人的连续性"[1]，"我对环境美学的兴趣直接来自于上面提到的文本《审美场》，但也受到了个人艺术经验的自然牵引，特别是音乐的……我早期的经验美学（experiential aesthetics）和随后扩展丰富的艺术经验，尤其是音乐，很长时间让我陷于审美无利害性这一不充分的概念当中"[2]。"身体化的音乐"理论是柏林特对音乐审美体验所作的现象学描述，既是验证他前期美学思想范畴"审美场""审美介入""审美的身体化"的最佳范例，也是他后期环境美学得以演进的理论基石，我们有必要对理论的提出、意蕴、意义与局限进行一番仔细的考察。

一 "身体化的音乐"的提出

作为美学家和音乐家的双重经历，使得柏林特美学理论的建构与音乐体验有着深层关联。尽管在他前期"审美场""审美介入"的理论建构过程中曾将音乐审美体验作为它们的实践范例，并对音乐生成、音乐表演和音乐教育的实现等进行了现象学的描述，但是直到2002年，柏林特才在其发表的论文《音乐的身体化》（Musical Embodiment，2002）中首次提出并专门论述了他"身体化的音乐"理论的概念、内涵与意义。同年，此文被柏林特主编的著作《环境与艺术：艺术与环境的多维视角》作为第十一章《身体化的音乐》（Embodied Music，2002）收录重印。其后，又在其著作《美学在思考——激进的美学与艺术学论集》的第六章《审美的身体化》（Aesthetic Embodiment，2004）和论文《音乐不是什么与如何讲授音乐》（What Music isn't and How to Teach It，2009）中对它作了进一步论述。

---

[1] ［美］阿诺德·伯林特：《介入杜威——杜威美学的遗产》，李媛媛译，《文艺争鸣》2010年第5期。

[2] 刘悦笛：《从"审美介入"到"介入美学"——环境美学家阿诺德·伯林特访谈录（1）》，《文艺争鸣》2010年第11期。

文艺美学

柏林特认为，西方哲学界对客体的固定看法也扩展到了艺术领域，认为艺术客体是被主体使用、控制和拥有的。这种"艺术客体中心论"不仅大大固定了我们的理解模式，也局限了我们对于艺术多个方面的关注。如果把艺术看成一个固定的客体，如一幅画、一首诗、一首曲子，就破坏了一个统一的过程。因为在审美的领域内，不管我们从艺术家、客体、欣赏者还是表演者出发，其他因素都有一个确定的位置。这个"位置"不因审美主体的"使用""控制"和"拥有"而发生改变。因此，审美欣赏的知觉经验中，既不存在固定的艺术客体如框架内的绘画、底座上的雕塑和舞台上的表演，也不存在欣赏者和欣赏对象之间的"审美距离"，存在的是它们在知觉经验整体中的各司其职和趋向统一。基于作曲家和钢琴演奏家的双重体验，柏林特对现代美学的审美静观理论提出质疑。他认为，将审美欣赏典型化为一种与主体有关的意识活动，并被设定为意识的一种特别类型，是不充分的。音乐则以其独特的存在方式颠覆了艺术客体的中心论，验证了艺术欣赏作为知觉经验的"整体性"和"身体化"特征。

尽管音乐主要是以声音为表现手段的艺术，经常被表述为"时间的艺术""听觉的艺术"或"情感的符号"。但是，柏林特认为，上述看法是基于传统二元论美学对音乐的误解，不能有效描述音乐属性和音乐欣赏的实质。音乐是什么？我们怎样以音乐自己的方式来理解它？这个问题由奥地利音乐美学家、批评家汉斯立克自1986年提出后，直到现在仍然处于不断的争论中。从澄清"音乐是语言建构的情感"这一现代美学的普遍观念出发，柏林特考察了"音乐具有语言特点"和"音乐是情感的符号"这两种音乐美学观念。他认为，将"音乐类比为语言"是音乐理解的形式化。它解决的问题远不如带来的问题多，因为对于语言本身来说，"意义的意义"问题本身就是个大麻烦。"将音乐视为情感或者将音乐看作一种关于情感的存在"则是音乐理解的主观化。这里面隐含着一个逻辑的错误，即将音乐的效果用于音乐的解释说明上。这是把效果当成原因的典型例子。进而，柏林特指出"将音乐视为体验"是消除音乐理解形式化和主观化的有效途径。音乐既不是一个抽象存在的客体，也不是主观情感的投射，而是一种针对特定感人现象的人类体验。作为一种体验，音乐不仅仅是一种物理事件，同时也是一种社会现象。它包括作曲群体、表演群体和听众群体，并且还有着对音乐进行练习和评价的悠久历史。因此音乐就成了物理的、社会的、情境的，甚至历史化的艺术——一种"社会—环境"艺术。①

柏林特将音乐作为一种环境艺术，不是说音乐是环境因素构成的艺术，也不是将音乐放置于环境之中，而是将"环境"观念作为一种表达方式来描述音乐体验的特征。柏林特的"环境"概念，不是我们今天广而言之的"客观环境"，即环绕我们四周的客观存在，而有着它的独特内涵。他所谓的"环境"是一个包罗万象的普遍语境，最全面地囊括了人类体验的关系领域。它综合了身体、社会、文化和历史等因素，通过感知与趣味来塑造身体。② 作为环境中有意识的"有机体"，身体是知觉经验的起源与核心。身体是环境中的身体，环境是"身体化"的环境。因此，作为环境艺术的音乐是"身体"体验和感知的结果。从这个意义上来讲，音乐是一种"身体化的艺术"。以此为基础，柏林特不仅颠覆了传统音乐欣赏的二元结构，论证了音乐的多维特性和音乐体验的整体性，还提出并阐释了"身体化的音乐"这一理论范畴。

柏林特认为，作为环境艺术的音乐，它具有多维特性。首先，音乐的时空性与环境性。音乐不仅仅是时间性的，也是空间性的。正像歌德对建筑的描述，"建筑是凝固的音乐"③。为什么在歌德那里二者具有可比性呢？柏林特认为，原因在于两者都可以"利用空间对运动、外形、质地、尺寸等观念进行把握"④。音乐又是弥散性的。它在时空中共鸣，在共鸣中扩张。从时间上看，音乐历久弥新，在空气和记忆中回响。从空间上看，音乐展开，吞没了产生它的整个空间，并越来越弥散开来。在这个背景中聆听音乐实际上是声音与身体的结合。我们可视主要声音限定的空间为"声

---

① Arnold Berleant, *What Music isn't and How to Teach It*, Action, Criticism & Theory for Music Education, Vol. 8, 2009, pp. 55-63.
② Ibid..
③ [德] 歌德：《歌德谈话录》，朱光潜译，人民文学出版社1978年版，第153页。
④ 刘悦笛：《从"审美介入"到"介入美学"——环境美学家阿诺德·伯林特访谈录（1）》，《文艺争鸣》2010年第11期。

音空间"。在"身体化的音乐"中,我们拥有的实际上是环境性的:身体—声音—空间。① 可见,"环境性"是柏林特对音乐多维特性的独特表述。其次,音乐具有直接的物质性与完整的经验性。与其他大多数经典的艺术不同,传统欣赏者与艺术对象的二元结构对音乐并不适用。音乐既不是一个抽象的存在,也没有具体的空间界限。它没有一个可以集中于其上、容易辨认的对象,也不是那种自我限制、自律的片段和特制的音调和符号。它是听觉感知的直接在场,直接具有物质性和经验性。它通过声音将表演者、欣赏者以及他们的经验和所处的环境联系起来。"所有这些在此都是在场的,但却不是可以单独体验的或明显地区分开,而是在审美经验里紧密不分地结合。"② 因此,音乐是一个没有明确物质上的分裂、完全介入的经验整体。最后,音乐是"结合身体"的完全有机的参与。演奏者不仅通过声音来实现物理上的呼应,如节奏、强拍及音调与韵味的变化等,还很容易与听众协作。不但听众很容易参与到自己的音乐欣赏中,而且听众的这种参与还直接影响着音乐的表演者。并且,在参与的过程中,听众与演奏者不仅仅借助听力而欣赏音乐,而是还通过耳朵甚至皮肤感受到音乐和音乐表演的力量。音乐还像心脏的节奏和呼吸的频率一样,影响着肌肉的紧张和运动。因此,音乐不仅仅是听觉的,而且是听觉、触觉、视觉、动觉等诸多身体感知的联觉,是一种"身体化"的艺术。此外,音乐欣赏的过程中,表演者和欣赏者的意识、经验、知识、文化还被身体化入审美欣赏,成为音乐体验的一部分。

总之,音乐作为可听、可感、可回味的艺术,不仅仅是时间的、空间和主体化的艺术,更是一种"身体化"的艺术。因此,将音乐作为"对象化的客体"或"情感的符号"来描述音乐审美体验都是不充分的。作为一种身体化的艺术,音乐与精神、身体、空间在音乐欣赏的知觉经验中结成了一个不可分割的整体。

---

① [美]阿诺德·柏林特:《环境与艺术:环境美学的多维视角》,刘悦笛等译,重庆出版社2007年版,第117页。

② 刘悦笛:《从"审美介入"到"介入美学"——环境美学家阿诺德·伯林特访谈录(1)》,《文艺争鸣》2010年第11期。

二 "身体化的音乐"的意蕴

柏林特认为,当我们以欣赏的态度体验任何艺术时,产生的并不完全是个人主观、神秘而独特的体验,而是深处特定环境中的个人所拥有的感受力的实现。所有的艺术欣赏都是卷入身体并与艺术相互交流的过程。从这个意义上说,艺术都是身体化的。音乐是身体化的典范。它为艺术和艺术欣赏的"身体化"提供了有力证明。基于对"审美的身体化"的深入思考和作为作曲家和钢琴演奏家的特别体验,柏林特不仅对音乐的属性进行了再认识,还从"作为身体化存在的音乐"(Embodied Music)和"音乐欣赏的身体化"(Music Embodiment)两个方面论证了"身体化的音乐"的意蕴。

音乐自身是以身体化的方式存在的,它以非同寻常的力度和直接性唤起身体化的体验。首先,乐音的身体特质。乐音不仅通过听觉传播,还贯穿整个身体。比如,听觉并不仅仅存在于耳朵的内部,它还通过身体传导。音调频率的变化、琴弦的振动和气柱的增强都通过身体发生作用。当停止拨动振源时,振动并不停止,而是继续在空气中传播,甚至还会沿着地板传到听众的身体中,听众的身体因而会与这种声音连为一体。[1] 其次,乐音不仅仅诉诸听觉,它还是多种身体方式协调配合的结果。在实际的演出中,表演者需要的也不仅仅是手指、手臂、舌头或喉咙,而是结合整个身体的表演。不管是弦乐器上弓弦的拉奏,还是钢琴或风琴键上手指的弹奏,不管是木管和铜管乐器的吹奏,还是铃鼓和响板的打击,都不仅仅是利用手指、手臂在演奏,而是结合整个身体的协同演奏。唱歌的声音是人身体的一部分,一个团体的演出也意味着团队成员之间的应答传唱和合唱,他们的声音和身体在这种交互性协作中达到立体空间的共鸣;最后,乐音直接讲述着身体的经验。这种情况最明显地反映在标题音乐中。标题

---

[1] John Dewey, *Art as Experience*, New York: The Berkeley Publishing Group, 2005, pp. 236-239.

音乐通过音调形象、节奏模式和组织结构直接讲述着身体的经验。比如，在圣—桑的《骷髅之舞》中，音乐直接描写了雄乌鸦打断了骷髅们狂怒的舞蹈，把它们赶回到自己的墓穴的身体经验。杜卡斯的《魔法师的弟子》中，连续的音乐运动巧妙地传达了故事中的强迫活动和身体的精疲力竭……在一支有关做弥撒人群的乐谱中，巴赫那些表现情感和活动的音调画面，同样对诸如坠落的眼泪之类的事物进行了生动的音乐描写。[①] 舞蹈完全把音乐身体化了。舞蹈中的音乐不仅渗透和激活了身体，还通过身体表达了其中蕴含的精神意义。音乐自身是以身体化的方式存在的，它以非同寻常的力度和直接性唤起身体化的体验。

柏林特认为，身体化更加直接的意义，发生在艺术欣赏的反应中，即"欣赏着的肉体分享介入之时"[②]。这种"身体的参与"，即使在像绘画、文学、雕塑这些身体不能直接参与到对象中的艺术形式中，也在一个更加含蓄的层面发生着。这种情况，在音乐中，更是得到了普遍的认可。柏林特主要从以下两个方面论述了音乐欣赏的身体化。

人类的身体在欣赏经验中积极出场。其一，人的经验被身体化入艺术，被赋予美感的形式。如，普塞尔《黛朵的悲歌》就是把悲伤的经验身体化入了我们的审美欣赏。我们不仅要忍受"黛朵的悲伤"，也和黛朵一起悲伤，并积极地参与其中。其二，艺术被身体化入我们的欣赏经验之中。艺术创作的痕迹成为审美欣赏的一部分。如色彩装饰音不仅仅是表面的音色，而是经过挑选的音，正如罗杰·弗莱所说的"一条旋律线就是一种情态姿势的记录"。舞蹈是身体化艺术的典范，它不仅把音乐身体化了，还将身体和音乐通过多种方式结合起来。许多舞蹈是在音乐的伴奏下进行的，一定程度上是将音乐身体化的结果。通过舞蹈，我们不仅舞出了音乐，还舞出了画面。舞蹈通过身体化的运动，与音乐一起建立了一个世界。它不仅解释了空间，也证明了时间的流逝。总之，人的身体在欣赏经验中的积极出场，由舞蹈典型地揭示出来了。身体化的这种意义就是"艺

[①] ［美］阿诺德·柏林特：《美学再思考——激进的美学与艺术学论文》，肖双荣译，武汉大学出版社2010年版，第110页。

[②] 同上。

术的强烈形式,道出了全部经验的真相……艺术总是把经验理解为身体化的。在人作为有意识的有机体的表演中,强调我们实际的出场。这样的出场总是属于某种情境的,因此我们也可以把对环境的经验称作身体化的审美"[①]。

音乐欣赏的"环境性"与"全人类的统一性"(unity)。音乐欣赏的"环境性"即音乐欣赏的情境性。音乐欣赏通过身体与音乐结合的多种方式,在知觉经验中形成了艺术作品、创作者、表演者、欣赏者、表演环境及其相关因素之间的"多层连续系统"。而这种多层的动态联系在"审美场"的情境中得到了充分的体现。因此,柏林特断定,音乐体验是人与环境的最高结合,它为人类的充分融合提供了毋庸置疑的证据。而且,正是"音乐的身体化"达成了音乐欣赏的"环境性"和"全人类的统一性"。柏林特通过分析沃伦斯·斯蒂文斯(Wallace Stevens)的诗歌《大键琴上的彼得·昆》(*Quince at the Clavier*)和德彪西(Debussy)的音乐《沉没的教堂》(*La Cathedrale Engloutie*)阐释了音乐的身体化特征和音乐欣赏的环境性,并最终将音乐体验导向了"全人类的统一性"即人类众多维度的统一性。柏林特认为,沃伦斯·斯蒂文斯的诗是非凡诗意与敏锐洞察力的微妙结合。它利用音乐性的主题,在指称和隐喻方面,展现了精神到身体再到肉体的不断转换和反复。这种转换和反复,不是含混,而是一种融合,是对身体和意识内在连续性和不可分割性的深度沉思。诗歌以含蓄的修辞洞悉了音乐、身体与意识的内在联系,弥合了哲学家力图分离而未果的东西。《沉没的教堂》的标题虽然只是作为回顾出现在乐谱的末尾,而源源不断的音乐之流中诉说了人类的各个层面。相关文化、音乐知识、表演者的表演、声音等则在现场欣赏的过程中融为一体。相关的文化引导我们利用身体的各指称和隐喻去聆听音乐、观看表演;表演者的身体结合到演奏的作品当中,不仅成了乐器的延伸,也成了乐音的体验者。表演者通过直接接触乐器和耳朵感受声音的物理振

[①] [美]阿诺德·柏林特:《美学再思考——激进的美学与艺术学论文》,肖双荣译,武汉大学出版社2010年版,第112页。

动及听众的反应,投入全身心的聆听,这些又成为他继续演奏的一部分;音乐和音乐表演弥漫了表演的整个空间,也吞没了处于空间、声音、身体这个连续体中的观众;其中,知识虽然是最易变的,但它却具有强大的影响。知识的影响,不仅取决于参与者、表演者和听众各自的文化修养、教育背景、专业训练、过去的际遇等,还渗透着民族风格、作品、表演及欣赏的历史风格,而所有这些都通过认知结构得到协调统一。总之,音乐体验中,我们的感觉、意识、身体与音乐的结合成为一个经验的整体。其中,我们明显感受到了某种审美的融合。这种融合赋予了我们这种无法用二元论的哲学语言表达的"全人类的整体性"(unity)和我们众多维度的连续性(continuity)。[①]

三 "身体化的音乐"的意义与局限

"身体化的音乐"对音乐审美体验的"整体性"和"身体化特征"的洞见,从根本上超越了传统主客二分的静观美学,拓展了我们对审美对象和审美欣赏的理解。它还将身体置于知觉经验的起源与核心,不仅唤起音乐创作、表演、欣赏和音乐教育中对"身体"态度的审视和思考,还对于我们正确理解柏林特介入美学思想体系以及我国当代环境美学、生态美学的发展具有重要启示。然而,尽管柏林特在论证"身体化的音乐"的同时,也广泛论证了绘画、建筑、雕塑、风景等审美经验的"身体化"特征。但是,这种来源于音乐的"经验证据"能否涵盖所有的审美体验,并最终趋向于他所谓的"一元论美学",还有待进一步探讨。

"身体化的音乐"理论对音乐体验的"整体性"和"身体化特征"的洞见,不仅从根本上超越了传统认识论美学的"身心观"和"经验观",还较好地描述了音乐审美经验的特征。这些都将为我国音乐教育的改革

---

① Arnold Berleant (ed.), *Environment and the Arts: Perspectives on Art and Environment*, Aldershot: Ashgate, 2002, pp. 96-98.

与发展提供理论的参考。"身体化的音乐"理论将音乐视为体验,有助于我国音乐教育突破传统注重知识和技法的音乐教育观。柏林特将音乐视为一种针对特定感人现象的人类体验,这种体验中包含了作曲群体、表演群体和听众群体以及对音乐练习和评价的悠久历史。柏林特主张,我们的音乐教育必须摒弃传统完全由技术、理论、历史信息构成的教育理念,转到体验音乐的道路上来,鼓励并引导他人不经过任何媒介,直接聚焦于音乐体验,并让他们认识到音乐体验的范围和变化,然后帮助他们开发参与体验的技能。"身体化的音乐"理论,不仅解构了作为我国音乐教育理论基础的现代美学的"审美无利害"和"艺术自律"的观念,还将音乐教育转到音乐体验的道路上来。同时,"身体化的音乐"理论,将身体置于知觉经验的起源与核心,为我国音乐教育教学范式的转变带来新的视角。"当前我国音乐教育主要还以认识论哲学为基础,'扬心抑身'的音乐教育教学范式存在着身体话语被遮蔽的现象,身体的缺席则成为导致音乐教育异化的根源之一。"[1] 柏林特"身体化的音乐"对音乐属性的再认识和"身体化"特征的描述,不仅给人耳目一新的感觉,还将唤起我国当前音乐创作、表演、欣赏和音乐教育中对"身体"态度的审视和思考。

对于"身体化的音乐"的理论探讨,不仅可以揭示柏林特介入美学和环境美学思想的内在理路和独特内涵,进而为我国当代生态美学和环境美学向纵深发展提供理论参考,还可以为我国现代审美理论的反思和当代审美经验研究带来一种理论视角。音乐体验既是柏林特美学理论的来源,也是阐释他审美经验理论的最佳范例。"身体化的音乐",是柏林特基于现象学视角对音乐性质的再思考和音乐审美体验的描述,既是柏林特前期美学原论拓展的体验来源,又是其后期环境美学得以演进的理论基石,具有承前启后的重要作用。作为最佳的实践范例,"身体化的音乐"理论对于洞察柏林特驳杂多变的美学思想具有代表性。"身体化的音乐"理论是柏林特对音乐体验所作的介入美学解读。介入美学是柏林特审美经验理论的集

---

[1] 董云:《论身体、音乐与音乐教育》,《四川戏剧》2012 年第 5 期。

中概括。"审美场""审美介入""审美的身体化"是他介入美学的三大理论基石。柏林特后期环境美学、文化美学和社会美学的演进都建基在以上三大核心范畴之上。因此,深入探究柏林特"身体化的音乐"的内在理路与意蕴意义,不仅可以深入地理解柏林特前期"审美场""审美介入""审美的身体化"的理论特征,还有助于我们深度洞察他后期环境美学思想的内在逻辑。

作为当代西方环境美学最重要的代表人物,柏林特的美学思想对于我国环境美学和生态美学的建构与发展具有重要的影响。我国环境美学学科的创构与生态美学的部分范畴等都直接或间接地参照了柏林特环境美学的核心范畴。也可以说,作为当代西方环境美学的创始人和重要代表,柏林特环境美学的理论体系是我国环境美学建构发展的重要参考。因此,柏林特美学思想的核心范畴,如"审美场""审美介入""参与模式"等,也成为我国当代环境美学和生态美学建设的重要理论资源。但是,由于缺乏对柏林特美学思想产生背景、内在逻辑和理论特征的深度认识,目前国内的研究还仅停留在对柏林特环境美学思想的核心范畴的阐发和借鉴使用的浅层次上。这不仅导致了他美学范畴"翻译的不统一"和"借鉴的多维度",甚至还造成了研究评判中的偏差和借鉴使用中的不当。音乐体验既是柏林特美学思想的来源,也是他审美经验理论的最佳范例。"身体化的音乐"理论是柏林特介入美学体系建构之后,在对他音乐体验的反思和审视中提出的,因此更具有涵盖性和代表性。因此,深入探究柏林特"身体化的音乐"产生发展、内在逻辑及意义局限,有助于我们厘清柏林特环境美学体系的理论来源、内涵特征和演进逻辑,进而为我国当代生态美学和环境美学向纵深发展提供理论参考。同时,以"身体化的音乐"为范例,柏林特不仅充分阐释了他"审美的身体化"理论,还以此为基点反思和重释了西方现代审美理论,为我国当代美学的转型、环境审美与后现代艺术的阐释带来一种理论视角。柏林特的"身体化的音乐"理论,通过对音乐属性的再认识和音乐体验的现象学描述,不仅颠覆了现代美学主客分离的二元结构,还将审美经验的来源与发生过程诉诸身体,拓展审美经验的范围与空间。随着我国生态危机的加剧和"审美泛化"的进一步扩展，我国当代美学向纵深发展的同时，也面临着诸多困境。这一背景下，"美学的基本问题如审美经验的本质、美学研究方法、美学研究的意义等，都进入了一种新的理论层次并成为当下美学研究的重要理论热点"①。而"绝大多数环境美学问题的解决，最终都牵涉到美学基础理论的变革一样，对于环境审美的模式的考察，最终将触及对美与审美经验这样的核心美学问题的重新思考"②。因此，深入探究柏林特环境审美模式的来源——"身体化的音乐"的经验描述和内涵意蕴，对于厘清柏林特驳杂多变的美学体系具有基础性的作用，进而为我国当代美学转型发展提供一种理论借鉴。

尽管柏林特"身体化的音乐"理论对于他自身美学体系的建构与理解，对于我国环境美学、生态美学和音乐教育具有重要的启示，但它的局限性也是显而易见的。正如柏林特反对西方现代美学将绘画作为范例去概括美学理论。他认为，美学中的很多理论都有赖于那些被当作例证的艺术。这一问题带来的相应后果就是，某些概念似乎是属于整个美学的，但实际上只属于某些艺术，如"距离""非功利""取景""再现"等只属于绘画。虽然绘画鼓励采取分析、理性与静观的反应态度，但是其他艺术的欣赏则把人带向不同的方向。尽管他在论述"身体化的音乐"的同时，也对绘画、建筑、雕塑、风景的审美体验作了"身体化"的描述。但是，他是否也存在用音乐体验去以偏概全的可能？他这种来源于音乐的"体验证据"能否涵盖所有的审美体验，最后趋向于他所谓的"一元论美学"，这是一个有待考察的问题。比如，他这种"身体化"的体验理论如何描述以语言符号的阅读为主的文学体验的身体化特征？当然，柏林特可以用他的"身体化"来统领一切。经验是身体化的经验，意义是身体体验到的意义，符号也是身体化的符号，但是在主体思维范畴化的过程中，确实也存在"非身体化"的理性思维对文学体验的直接支配，比如作家对"陌生化"手法的择取和"陌生化"对读者的"身体化体验"的间离。因

---

① 孙丽君：《生态视野中的审美经验——以现象学为基点》，《社会科学家》2011 年第 9 期。
② 彭锋：《环境美学的审美模式考察》，《郑州大学学报》2006 年第 6 期。

此，柏林特以"身体化"这个更高的感知作为起点和核心，证明了音乐体验的"身体化"特征和"全人类的整体性"之后，还需要对各种审美感知和审美体验的过程作精细化的分析，从而更好地描述"身体化"的感知在各种审美体验中的运作方式，以便促成它更具概括性的审美经验理论的形成。

总之，"身体化的音乐"是柏林特对"音乐的身体化特征"和"身体化的音乐体验"的集中阐释，也是其"审美场""审美介入""审美的身体化"理论得以呈现和验证的实践范例。深入考察"身体化的音乐"的内涵意蕴，不仅有助于我们理清柏林特驳杂多变的美学思想体系，为我国当代美学的转型发展提供一种理论视角，还有助于我们进一步洞察音乐的内涵特性，从而更好地指导我国音乐创作、音乐表演、音乐欣赏和音乐教育的实践。

On Arnold Berleant's "Embodied Music"

Zhang Chao

Abstract "Embodied music" are exemplifications of music experience from the Aesthetics of Engagement. On these, Arnold Berleant not only rethought of the nature of music, but also exemplified his theory of "Aesthetics Embodiment". There are two Significances of "embodied music": music exists as a kind of embodiment, the embodiment of the music appreciation. It was beyond the traditional aesthetics model of contemplation, expanded our understanding of aesthetic object and aesthetic appreciation fundamentally. It would be lead to body's examination and rethink in aesthetic appreciation, afterward, "body" was placed to the origin and core of perceptual experience, and the "Embodied Music" was verified by Berleant. As a conjunct category of Berleant's artistic aesthetics and environmental aesthetics, "Embodied Music" and "music Embodiment" would bring so many Enlightenments to the further study of Environmental Aesthetics and Ecological Aesthetics. But, could his theory coming from music experience cover all the aesthetic experience, and ultimately tend to his monistic aesthetics? There are more researches that need to be done.

Key Words　embodied music; aesthetics of engagement; environmental music; research significance

Author　Zhang Chao, Doctor of Humane Letters, is a post doctor of Research Center for Literary Theory and Aesthetics, Shandong University, China, with main research interests in Western aesthetics.

名篇选译

Translated Papers

文学的意义、表达与阐释

[澳] 保罗·A. 泰勒 著   孔建源 译

摘　要　在阐释一部文学作品时，通常至少关注两种不同的意义，每一种意义都需要有其特有的阐释模式。这两种意义就是保罗·格莱斯所说的文学种类中的自然意义和非自然意义。在笔者看来，始于比亚兹莱和维姆萨特的这场针对"意图谬见论"的旷日持久的争论，其实是对文学作品中非自然意义的争论。另外，笔者坚持认为，如果仅从文学阐释的理论方面看，自然意义已经被严重忽视了，而为此所付出的代价是文学文本无法得到更充分的阐释。首先，通过辨识文学作品的意义（包括自然意义和非自然意义），可以更好地理解读者与作者之间的关系。其次，对自然意义和非自然意义的辨识也把这场关于文学意义的争论推向了另一重境界，并得以为后来的意向论提供理论支撑。对文学意义的观点了解得越详尽，对诺埃尔·卡罗尔提出的难题的理解就会越深入。

关键词　文学阐释；自然意义；非自然意义

作者简介　保罗·A. 泰勒，澳大利亚麦考瑞大学国际管理与表现研究中心高级研究员，主要研究方向：哲学（美学、伦理学）、高等教育。

译者简介　孔建源，山东大学文化传播学院文艺学在读博士生，主要从事现代文学理论、文学语言理论研究。

在文学阐释理论领域里有这样一种趋势：当阐释者在阐释一部文学作品的意义时，只是考虑这部作品的风格。基于这种现状，阐释者经常会关注如下情况：

1. 文学文本中词、短语或段落是否具有讽刺、幽默、比喻或寓意，又或者是一个典故；

2. 语词的音韵或组合是否被用来创造特定的美学（艺术）效果；

3. （以叙事文学为例）叙述者的叙述是否真实；

4. 文学作品的整体风格是什么，是现实主义、戏仿，还是象征或是其他。

当一提到解读一本小说、一首诗歌或者一部戏剧，大家的第一反应就是对作品进行风格的解读。因此，我们就会理解这样的一种倾向：在文学阐释的理论中，主要关注的是文学作品的意向意义。

是否应该按照原作者的意图来翻译？比厄斯利和维姆萨特为此进行了长时间的辩论。[1] 由此番争论开始，还引发了有关其他问题的辩论，如怎么解释诸如"作者"以及"作者的意图"的概念。"作者"是指现实意义中的人物还是隐含意义中的，抑或是虚拟的、假设的人物？"作者"的意图是否应被认为是现实意义中"作者"的真实意图，还是假设的意图？（这种假设的意图是基于一定的历史和文化语境，并在此基础上提供对作品最为合理的解释。）

在文章接下来的部分中，笔者将重新审视这些关于言内之意的争论。但笔者首先要重点讨论阐释者在对文学作品的理解过程中，所关注的另外一种完全不同的"意义"，而这种"意义"基本已被文学阐释理论界所忽略了。笔者认为，只关注以上四种情况中的"意义"不仅仅容易造成误解，而且因此也付出了很大的代价，因为这遗漏了关于意义的一个重要维度，同时，也是对正处在争论中的、已经被认识和明确的意向意义的一种曲解。

笔者在本文中特别甄选出阐释活动的另外一种重要模式，为此，笔者需借助保罗·格莱斯关于非自然意义和自然意义的划分，尤其是格莱斯在对文学意义的理解上区别于其他学者的观点。[2] 意向意义是格莱斯非自然意义的构成，笔者借用了格莱斯对意向意义的分析进一步明确非自然意义

---

[1] 门罗·比厄斯利、W.K.维姆萨特：《意图谬见》，约瑟夫·马戈利斯《美学的哲学视角》第三版，天普大学出版社，第367—380页。

[2] 保罗·格莱斯：《意义》，《言词用法研究》，哈佛大学出版社1989年版，第213—223页。

以及其所涉及的相关解释活动，同时也对比分析了文学中的非自然意义（包括其相关的阐释模式）与自然意义（包括其阐释的方式）。就以某部小说的作者为例，当小说的作者开始构思他的作品时，就会有意识地将特定的意义和意图传输给读者，但是他作为作者的身份以及在小说中未刻意表达出的意义同样会引起读者的兴趣。例如，我们可能已经注意到了，作者在创作中也会刻意将个人倾向夹杂到小说的某种意象，或某个特定人物、某种道德倾向的设定中。因此，当我们对文学作品的这一重要维度进行阐释时，不能只关注作品所体现出的意义，还应该关注作者独立于作品之外的观点。这种被带入作品中的意义完全不同于借助多种阐释活动的意向意义，而是格莱斯所讲的非自然意义。

笔者认为，通过对自然意义和非自然意义的认识，可以更好地了解文学的阐释活动。首先，对文学作品中表现出自然意义的认识，有助于我们更好地了解阐释者与实际作者之间的关系。其次，对这场文学意义之争论的回顾，以及对文学作品中非自然意义与自然意义之间界限的认识，不仅使我们能够更清晰地了解这场论争，同时也为我们了解实际意向论提供了有力的支撑。笔者认为针对文学意义更为兼收并蓄的观点对解决诺埃尔·卡罗尔在构思实际意向论观点时陷入的困境有所助益。且笔者认为，正是由于这一困境，使卡罗尔的思路陷入迷途，并偏离了他一开始的初衷。

一　阐释与意义

在前文中，笔者提到了学术界的一种错误趋向，即认为文学阐释只需关注意向意义——也就是在前文中提到的那四种情况。为了更好地阐释笔者的观点，我们需要对这四种情况为特征的意义进行更为全面的解释。首先，从本文观点的基础上对这一意义进行延伸——这种意义被认为是排除在文学作品本来的意义之外的——也就是格莱斯所说的非自然意义的一种。

虽然格莱斯关于意义的分析已是经典，但其观点仍可为接下来要讨论的基本问题提供帮助。格莱斯希望用我们所熟悉的"意义"解释非自然意义。举一个例子来说明非自然意义：在一段令人烦躁的通话中，我偶然瞥到站在旁边的友人在模仿我焦躁地跺脚。我的朋友猜到了我对电话那头的人很是不满，朋友捕捉到的是我这一动作所表达出的非自然意义：我已经（从这个词的最常用的义项上理解）生气了。格莱斯通过论述交谈行为的非自然意义进而提炼出非自然意义的根本特征。论述如下，当交谈行为具有非自然意义时，就会包含两种意图：交流者（或称为说话人）不仅对听话人表达了语言中本就包含的意图（比如某种特定的观念），还对听话人表达了必须通过分析他或她的行为才得以进一步明确揭示出的第一意图。①

格莱斯这样对比自然意义与非自然意义②：当我们说到烟，就会想到着火，这就是自然意义。一般说来，火是烟的起因，所以看到烟就会想到着火。但并非所有现象都是直接关联到起因。如果遇到一连串复杂的现象，比如说一场火灾导致了一场交通事故，就不能说交通事故直接意味着有火灾的发生。我们很自然地将烟雾与着火联系起来并不是因为火一定产生烟，而是因为烟是我们所熟知的关于着火的一个特征，看到烟，就会自然而然地想到火的存在。在下面的论述中，笔者将特别关注作为人类行为的自然意义。例如，两个人在争论一件事情时，其中一人气愤到不自觉地折断了手中的铅笔，这样的行为会让对方很自然地猜测：他应该是生气了。之所以会有这种判断，首先因为大家对"生气"是熟悉的，进而知道行为无节制或是做出某些具有攻击性的行为一般被认为是生气的表征，因此就可以做出如下解读：对方的行为（自然地）意味着他生气了。③

自然意义和非自然意义的根本区别是解释者获得信息方式的不同。当

---

① 保罗·格莱斯：《意义》，《言词用法研究》，哈佛大学出版社1989年版，第219页。
② 同上书，第214页。
③ 自然意义是人类行为的特征，在此之上的规律或多或少地会从普遍的特征中剥离（比如害怕与颤抖的联系）或是从个人的怪癖或习惯中剥离。因此阐释就被要求熟悉个体行为的表现。在理查德·福特的小说《加拿大》中，福特的年轻叙述者戴尔·帕森斯这样描述他的同伴查理："他厚厚的嘴唇撅起来，像是要亲吻，但其实他正在思考。"（《加拿大》，亦柯出版社2012年版，第343页。）与查理认识多年，戴尔知道查理撅起嘴来就意味着他在思考，这就是基于查理的个人习惯所判断出的自然意义。

从折断铅笔这一动作中判断出生气，是基于这样一种关联：我的行为可以看作是生气的证据，且这种关联是有据可循的。相反，对于非自然意义来说，以跺脚这一动作为例：我不停地跺脚，很明显是在模仿生气时的表现。所以在我看来，跺脚并不能作为我生气的直接证据，而是我试图让对方明白我在生气的一种方式。你从我的表现中得到提示（这一提示是我主动提供且希望让你获得的），从而判断：对方生气了。而你之所以能够做出这一判断是因为理解了我这一动作（即跺脚）的意图。非自然意义涉及这样的相互作用，即说话人引起听话人的注意，并将听话人视作对话的合作者，在能够成功交流的情况下，双方就会通过暗示——推断对方某一行为是故意的或是同样以故意的方式回应——达成合作，之所以能够达成合作是由于他们都承认这种暗示是说话人有意为之而非自然流露的。即前文提到的阐释者关注的第二种情况，这一思想也体现在格莱斯对非自然意义的分析中。

再重新回到文学的范畴内审视非自然意义。笔者开篇所提的四种情况均可看作是文学的非自然意义。拿第一种情况为例，要理解莎士比亚诗文中所用的典故，解读者就必须与莎士比亚建立一定关联，准确理解莎翁的意图。比如说，如果我们认为莎士比亚的诗文中相似的段落只是一种巧合，那么我们就不能说是真正理解了莎翁诗文中暗含的意义。这就是文学"意义"的一个实证，因为作者不仅想要读者理解莎翁的诗文，而且想要通过建立关联让读者能够理解莎翁原本的意图，这个意图绝非后人的杜撰。让我们再来分析叶慈的诗作《在学童中间》中的最后两行诗：

> 随音乐摇曳的身体啊，灼亮的眼神！
> 我们怎能区分舞蹈与跳舞人！[①]

诗歌描绘了一位舞者，因为诗文自身的韵律让读者感受到了舞蹈中摇曳的动作，才使诗文变得极富感染力。这种效果自然是作者有意为之的，

---

① 威廉·巴勒特·叶芝：《在学童中间》，理查德·J. 芬纳兰主编《威廉·巴勒特·叶芝诗集》，伯纳出版社1989年版，第217页。

叶慈极力想让读者感受到舞蹈的摇曳,他不仅仅描述了这一动作,更是呈现给读者一个动态的画面。这样的效果是诗文意义的特征,因为只有当我们意识到诗文之所以如此雕琢是为了使读者联想到舞者的姿态,我们才能够更充分地感受到舞蹈的感染力。再简单点来说,以第三种情况为例,当作者设定的叙述人并不可信,且读者在阅读时发现叙述人的叙述并不符合故事发展的逻辑,假如读者此时并未意识到叙述人的不可靠源于作者的有意为之,那么读者就无法真正理解叙述人在故事中的作用。最后,以第四种情况为例,作者会通过夸大作品中人物的形象来戏仿文学作品的类型。那些认为这样的创作仅仅是一种有趣但不具体裁意义的读者,并没有理解所谓的无意义是作者故意制造的效果,很显然,这样的读者不能真正地理解戏仿这种文学手法。以上这些例子都阐明了格莱斯对非自然意义的要求:解读者只有准确理解说话人想要传达的意图,才能真正理解作品中的意义。

二 对自然意义的忽视

笔者在前文已提到,现在的学术界有这样一种趋势:即认为文学阐释一直局限在文学作品的非自然意义上。彼得·拉马克就一直坚持这样的观点。[①] 拉马克指出,自然现象和人类的行为及艺术创作都可以看作是阐释的对象。但是对这两种对象的区分,拉马克这样认为:"在不同的情况下寻求意义,这本身就是一种不同。"同时,他认为只有自然的现象可能被看作具有自然意义。[②] 为此,他这样论述:

> 在某种程度上讲,"物理现象"一般意味着某些事情,但意味着什么却不清楚,这需要进行阐释。但是这种情况下的意义就是格莱斯所说的"自然意义"……对艺术作品的不同形式的阐释相应地也会阐

[①] 彼得·拉马克:《阐释的对象》,《元哲学》2000年第31期,第96—124页。
[②] 同上书,第97页。

释出不同的意义（在这里指非自然意义）……通过自然主义的解释，我们会认为现象的自然要多于意图，但这并不适用于人文现象（或意向论）的分析。①

笔者赞同拉马克相关的论述：自然现象、人类的行为以及艺术创作都可以看作是阐释的对象，且此时阐释者需要区分这两种截然不同的情况，也赞同"在第二种情况下的阐释需要寻求目的以及潜在意图"这一言论。但是，笔者并不赞同拉马克所说的"一旦对象被认为是一种动作或一种艺术品，那么就不适合以一种自然主义的方式阐释"② 这一观点。拉马克的这一观点忽略了这样一种可能性：除了构建行为或艺术品背后的意图，我们仍需要考虑行为和艺术品也许会具有自然意义的要素。回到笔者前文所提的那个在气头上折断铅笔的例子，笔者说过，如果你有注意到，那么就应该知道这意味着那个折断铅笔的人生气了。在这种情况下，这个表示我生气的动作的重点并非指该动作是有意图的，而是这一动作是自然意义的表征。（的确一些人会通过折断铅笔刻意表现他或她的怒火，但是我的例子并不是指这个：我所说的虽然与这一情景相似，但却是指有些并非可控的怒火会激发我们突然做出某些事情，这不是出于自己的意图。）不仅行为或是艺术品才具有自然意义，在第一次阐释他人的非自然意义时也可以获得自然意义。举例来说，某人对我说了某些话，我把这些解释为讽刺，基于这一判断，我又进一步将这些语言解读为他们不喜欢我。讽刺本身就是对格莱斯非自然意义的最好例证——讽刺就是说话人故意说给听话人的——但是说话人无意中透露出来的，比如他或她对我的不悦，这就是非自然意义了。（再次重申，某人在某些情况下可以通过讽刺来故意传达对我的不喜欢，但是笔者考虑的是在相同情况下的讽刺在无意中透露出来的不悦。）

---

① 彼得·拉马克：《阐释的对象》，《元哲学》2000 年第 31 期，第 96—97 页。注：此处在原文中为重点标记。

② 虽然拉马克接受"甚至人文现象都承认阐释的多种形式"（《阐释的对象》，第 97 页），他明显不赞同人类现象的阐释依靠的是文化对象的不同亚类还有艺术品对意向论阐释的要求，而不是意向论的阐释，人类现象和人文现象应该适合不同形式的意向论阐释。

虽然拉马克专门将自然意义排除在意义的类别之外，但我们必须在阐释人类艺术品时适当地考虑这一问题，在通过暗示排除掉自然意义时，下面的情况又经常在近期文学作品的意义与阐释理论中出现：非自然意义的阐释成为这场讨论的中心，而自然意义则被草草忽略了。关于文学意义的争论可以追溯到笔者之前提到的伯斯利和维姆萨特关于意图谬误之争，具体来说就是关于文学中非自然意义的讨论，涉及在阐释中非自然意义对意图的作用。笔者关注的是这场争论深入地探讨了什么是"文学阐释"这一主题。

下面我们以罗伯特·斯特克关于艺术阐释的长篇巨著《阐释与重建》为例进行说明。这是罗伯特·斯特克最重要的著作之一，作者承认在阐释艺术作品时，我们会在诸多问题中考虑两个问题：（1）"艺术家创作的目的"或"艺术家可能想要表现的意图"；（2）"艺术家想要做什么？比如：除了艺术家的意图之外，艺术家表达出的态度是什么？"① 在这里，斯特克承认在艺术阐释时，我们需要处理至少两种完全不同的意义或意思。现在我们将第一种问题命名为"意图主导的意义"，将第二种问题命名为"非意图主导的意义"。斯特克认为"作品都会有'意义'"，而"作品的意义"就包括了意图主导的意义和非意图主导的意义②。这种前瞻性的观点同时承认了文学意义中非意图主导的意义的存在，但这并不是文中重点论述的部分，也并不是指潜在的意图。在拉马克看来，这种非意图主导的意义阐释被他称为"写实主义"的阐释，但是拉马克并没有在这个问题上继续深入下去。笔者赞同拉马克下面的观点："就文学作品来说，一部作品的意义与它所传递的意义是一致的……"但是，当拉马克提到文学中传递意义的本质这一问题时，仍旧遵循了一般的标准，即认为从本质上来说这还是关于意图主导的意义。这将拉马克关于文学意义的讨论局限在一些反对的理论中，这些理论是关于意图在决定文学作品意义中的作用③。因此文中

---

① 罗伯特·斯特克：《阐释与建构：艺术、演讲和法律》，布莱克威尔出版社 2003 年版，第 54 页。
② 同上书，第 34 页。
③ 详见斯特克的《阐释与重建》的第二章。

只有部分提到前文所说的"非意图主导的意义"以及阐释这样的意义时的明显特征，这让人有些失望。在笔者看来，拉马克不能进一步充分说明非自然意义的原因是：艺术的意义包括意图主导的意义和非意图主导的意义，二者应该分开讨论，但拉马克却在讨论中混淆了两者，虽充分分析了"意图主导的意义"，却忽略了"非意图主导的意义"。

意图主导与非意图主导的意义之间的区别同格莱斯所说的非自然意义与自然意义之间的区别是一致的。笔者依据格莱斯的表述（下文也采用格莱斯对意义的分类）区分文学自然意义与非自然意义，并给予二者以充分的关注，特别是二者的差异。斯特克所提到的但关注较少的第二种意义，即自然意义，是文学意义的一个重要纬度，同时在文学理论中对其关注的缺失在阐释理论中留下空缺，这是需要加以重视的。① 笔者将在下文中重点关注文学作品中的这类意义。

三 文学中的自然意义

文学作品是有意图地创造出来的一种艺术，总是有着丰富的非自然意义。因此，正如斯特克指出的那样，在阐释的过程中，不仅要求解读者关注有意传达的意义或是非刻意传达的意图，而且需要关注之前只是粗略涉及，又或许是几乎忽略掉的"艺术家做了什么"——即艺术家的意图的重要性。② 首先，笔者认为我们应该注意下面的情况：

　　一部作品或者作品中的章节恰好透露出悲伤的、愤怒的、谨慎的、浮夸的、愉悦的、怀旧的、乐观的，或是充满渴望的情感……

---

① 许多阐释的运动和学派都是关于文学中非自然意义的重要性的依据。在马克思主义者、精神分析学、女权主义者、后殖民主义中都可寻到。这些运动和学派寻求展示作者如何分析明显意图、叙事内容、写作风格等可以在作品中产生非意图性意义的方面。在文学作品中出现基于经典的意识形态的假设，如压制的欲望、隐含的歧视女性的态度或是对东方文化的偏见的情况下，这些都属于笔者所讲的文学中的自然意义。

② 罗伯特·斯特克：《阐释与建构：艺术、演讲和法律》，布莱克威尔出版社2003年版，第54页。

类似这些情感通常被认为是表现特征，但笔者特别强调，当指出一部作品中具有的某些表现特征时，需要注意的是要将这情况中所说的表现特征与其他作为作品中非自然意义的表现力区分开来。就像叶慈非自然地赋予他的诗歌以意义，通过借助其诗歌语言的韵律来生动展现舞蹈的摇摆，同样诗人也可能借用诗歌语言的韵律来激发诗歌中对非自然意义的感受或是态度。例如，诗人可以用欢快的韵律来暗示（或是表现出暗示）嬉闹和欢愉。

但是在这种情况中，通过对比可知，在写作中并非有意地表达某种情感或是态度，也就是说作品表现出了——有证据表明——作者是在这种情感或态度的影响下写作，而不是为了传递这种影响，因此也不是作者暗示读者按照自己的表达方式来阅读文章。

这种特质是写作所附带的。我们的行为总是缘于自我意识，但可能并非有意这样做：作者按照某种特定的方式写作，用某种特定的语词描写，这并不是故意去揭示作者自己的内心生活，然而在很多时候我们并没有意识到这一点。作者不需要刻意说明，读者便可以从小说中读出愤怒、怀旧或是情欲。然而当批评家将这些情绪解读出来时，作者本人或许都会觉得惊讶。当一部作品在写作过程中并没有刻意去揭示某种情感或是其他心理状态，而是由于作者的这种写作方式能够自然地流露出这些情感或是态度，这种表达特性就是格莱斯的非自然意义在文学中的例证。[①] 笔者给"非自然意义"与"自然意义"的定义是："非自然意义"是指在写作中有意图地表达；而"自然意义"是指在写作中直截了当地表达。我们应该从内部的阐释来理解非自然意义，从外部的阐释来理解自然意义（见下表）。

自然意义和非自然意义表达、阐释的方式表

意义的种类	表达的方式	阐释的方式
非自然意义	有意图地	交互的
自然意义	直接地	外部的

---

① 在这些例子中，情感或者态度命名的同时也命名了在情感中揭示出的作品中表达的特性，所以我们说作品本身就是严肃的、谨慎的、艳丽的。

名篇选译
Translated Papers

  并不是所有理论家都承认文学中自然意义的存在,罗宾森教授是其中一位对自然意义的理解和讨论较为深入的学者。[①] 罗宾森认为,作者的文体风格(写作特点)是对作者个人特点的直接表现。具体来说,作者的写作风格其实是作者个人品格的展现,因为在写作时,作家会把自己的个人品格代入作品中,就像罗宾森所说的:"在表达时会有相对应的行为印记……"[②]因此,"如果一个人的行为是其个人品性的展现,那么这些行为就会被个人的品性所影响,也会有诸如怜悯、羞怯、勇敢之类的品性"[③]。就如亨利·詹姆斯的《使节》中著名的角色兰伯特·史瑞德,詹姆斯的同情心促使其创作出史瑞德这个角色,因此史瑞德这一角色是詹姆斯有同情心的表现,同时在创作中,詹姆斯也对史瑞德产生了同情。之所以对角色产生这种同情心,是因为作者本就出于同情才创造出这一角色,这可以看作是作者人格的展现。詹姆斯并没有刻意将同情展示出来或者让读者感受到他在刻意制造"同情"这一要素。[④]

  对文学中自然意义展现的阐释与非自然意义的阐释方式完全不同。在

[①] 贝伊斯·高特指出,文学作品包含了自然意义和非自然意义,而这导致了两种不同的阐释方式的产生。(《艺术阐释:拼凑理论》,《美学和艺术批评杂志》1993年第51期,第597—609页)但是当他用"拼凑"的观点来讨论文学中的意义时,"实际上是在讨论各种不同的道具"(第602页)。因此,"需要一系列阐释的具体理论"(第597页),笔者主要关注大概两种意义以及相关的阐释。詹妮弗·M.罗宾逊:《文学作品中的风格与个性》,《哲学评论》1985年第94期,第227—247页。罗宾逊引用(很显然是在支持)评论家伊恩·瓦特评论亨利·詹姆斯的词汇和句法是"直接反映了他对生活的态度"(第227页)。

[②] 詹妮弗·M.罗宾逊:《文学作品中的风格与个性》,《哲学评论》1985年第94期,第229页。虽然笔者同罗宾逊一样,对作者个人风格的分析特别关注,但文章不将其表达出来的态度(通过展示对那种态度令人信服的证据)作为作者风格的一般特征。

[③] 詹妮弗·M.罗宾逊:《文学作品中的风格与个性》,《哲学评论》1985年第94期,第229页。在罗宾逊之后对自己的观点进行调整的讨论中,他提到:通过作品的风格所表达出的是"隐含"作者的个性,在罗宾逊的观点里,一般事实中的文学作品往往会创造一个与实际作者相差不大的人物形象。在下一部分,笔者将回到罗宾逊提出的这一问题中来。

[④] 笔者所依据的罗宾逊对表达的解释不应该被其近期或之前全然不相符的解释所混淆,罗宾逊的近期著作《超越理性:情感在文学、音乐和绘画中的作用》,牛津大学出版社2005年版。在2005年版的解释中,罗宾逊的"表达的新浪漫主义"将表达描绘为在创作中将情感带入全意识的有意图过程。针对表达这一概念,笔者在最近的解释中企图阐明,并与之前的解释相结合,但并非要完全取代以往的观点。如此一来,在《超越理性》里对朱迪斯·菲特利的评论中,罗宾逊不断认识到文学中的无意识的披露或者背叛的感觉及态度的关键性联系,朱迪斯认为海明威的《永别了,武器》(第191页)中无意识地透露出对女性的歧视。

· 253 ·

这里，笔者将总结如何将文学作品中的非自然意义（交互阐释）与自然意义（外部阐释）区分开来。解读一部作品的非自然意义就是解读言外之意，是从文章里基于作者意图的线索中解读出其中的意义。而解读一部作品的自然意义则是基于心理阐释。解读者的任务就是确认某种在作品中的情感表达的产生是基于某些心理状态。阐释包含在当确定的心理状态产生时的模式中，这种确定的心理状态基于作者对作品的表达模式作出了最好解释时对心理状态产生的影响。

内部阐释与外部阐释之间存在三个显著区别。区别一：交互的阐释是在作者掌控下基于作者意图、从表面入手的阐释。解读者的任务就是使自己与作者的观点合拍，同时遵循作者在文本中对自己写作意图的提示。相反，外部阐释并不是基于作者的意图：解读者对作品的阐释更倾向于依照自己独立的观点，为作者的写作方式寻求最佳的心理学解释，而不是以作者的意图为依据进行阐释。区别二：因为非自然意义是有意为之的，而自然意义则不是，因此作者会优先知道作品中的非自然意义而不是自然意义，对作品中非自然意义的掌控也会强过对自然意义的掌控。区别三：非自然意义包含了作者想要表达的意图，但是自然意义所涵盖的则是无论心理状态是否严重影响作品的写作方式，都可以在作品中揭示出的意义。

四　阐释与作者

有很多原因可以说明为什么文学作品中的自然意义与非自然意义同等重要，同时对这两种意义的阐释也催生了两种不同的阐释模式——交互的和外部的阐释模式。下面，笔者还要继续说明关于阐释理论的这两个问题，对阐释理论进行更为详细的论述也可帮助阐明笔者的阐释理论，这两方面都涉及解读者与作者间的关系。其中一个问题在于如何证明在文学作品中表现出的心理状态是归属于真实的作者，又或者我们是否要把自己限制在对隐含的作者思想状态的争论中。另外一个问题是在对文学作品的意义进行判断时，我们是否应该将相关的意图视为作者的真正意图。如果视作作者的真正意图，那么就出现了卡罗尔所说的问题：实际意向论这一论题该如何明确表达？笔者将在这一部分讨论第一个问题，在下一部分讨论第二个问题。

在文学作品中隐含的经验被认为是所谓作者的意识，通常伴随着作者对所写和所喜爱的人物的态度。但是，因为文学的创作在很大程度上都被作者所掌控，所以由作者向他（她）的读者展示特定的形象，无论是为了提升读者对作品经验的理解又或者仅仅是作者希望读者能够赞扬，至少是接受他（她）的作品，这看起来似乎很合理。在作品中作者创造出来的"作者"形象似乎与真实的作者的态度与个性相符，但对此我们应该采取一种谨慎合理的态度。因为这些似乎更应该归功于隐含作者，也就是从读者的角度来看，那个成为"作者"的形象。

由于普遍的看法认为文学作品中的意义只是非自然意义，因此，作品中意义的掌控权都集中在作者手中，但现在这种观点需要给予足够的关注。非自然意义肯定是有意图的，因此，如果在非自然意义下考量文学的意义，那么作者就是意义的全部来源：我们会认为作者掌控着作品中的所有形象。假如那样的话，我们就没有理由假设某一个形象是反映了真实作者的个性，而只能简单地说这是作者表现出了自己想要表现的样子。

然而，一旦意识到文学作品中存在的自然意义，以上的推理就会陷入困境，当作品中的某些情境被整个创造出来时，读者就不会太过依赖"作者"这一形象。自然意义隐含在作者的意向性活动中，它包含在作者完成作品时有技巧地表达感情和态度的过程中。当作者没有刻意创造且常常忽略自然意义时，自然意义就不在作者的掌控之中。提到自然意义，往往会与在创作过程中作者思想无意识、无约束的状态联系起来，而且会把这些与实际的作者，而不是暗含的作者相联系，因此就这一点而言，如何确定文学作品中的自然意义一直存在争议。

但是这一争议至今没有定论。当然，如果早已知道作品中显现出的情感或态度是作者写作时的直接和随意的表达，那么这种情感或态度理应归因于作者。但是对诗人和小说家来说，在写作中可能会表达想象中的作者的个性，好像在个人品性的直接影响下，诗人和小说家只是在想象中伴随着嬉闹和故作姿态进行表达。我们怎样才能知道一部作品中被直接表达出来的情感或态度是否真的对作者的写作方式产生了直接影响？又或者是否这只是作者故意制造出的一种影响。[1] 换言之，作为读者，我们怎样才能知道何时读到的才是真正的自然意义——也就是在作者创写时，由于对情感或态度的直接、偶然的影响，所表达出的文学品性？

通过对比写作中对自然意义和非自然意义的阐释，笔者试图解决这一问题。但在着手比较之前，最好先进一步了解文学作品中自然意义的多样性。在文学表达的一般范畴中，有些表达会存在积极的或者消极的价值，而有些表达则没有。笔者在第三部分中罗列的表达：诸如悲伤、愤怒则普遍不涉及价值；在讨论是否悲伤还是愤怒时，一般不会暗指这些情绪的好坏，因为作品是否从这种情绪的表达中获取价值要取决于悲伤或是愤怒的情绪在行文中的使用是否得当。从这层意义上说，这些情感就只是描述性的。但是现在说到另外一个不同的例子，要解读文学作品，就会对下面这种情况感兴趣：

> 作品是否是感情用事的、无偏见的、虚假的、敏锐的、歧视女性的、诙谐的、庸俗的，或是其他。

当解读出文学作品的以上特征时，我们往往在暗指一种价值判断：感情用事是一种缺陷，无偏见是一种美德……笔者认为，在文学作品中伴随所表达出的情感，其积极或消极的价值为作者表达真实的心理状态提供基础，因此，这属于自然意义的真实表现。

在确定真实的自然意义时，其中一个主要因素在于：非自然意义将作者与读者紧密联系在一起，但自然意义往往不涉及读者，所以对读者来说，对自然意义和非自然意义的感知是通过不同的阅读体验来完成的。假

---

[1] 这一观点从罗宾逊那里得到了支持，罗宾逊总结道："一般认为个性通过文学作品的风格得以展现，这并非实际作者的功劳，而是隐含作者的功劳。"（《文学作品的风格与个性》，第234页）对此，有力的批评来自罗伯特·斯特克的文章《明指、暗指以及假设的作者》，《哲学与文学》1987年第11期，第258—271页。

设 A 诗人写出一首诗歌，但这首诗歌是模仿了 B 诗人某名篇的情感方式。那么 A 诗人的读者就可以说，在 A 诗人的诗歌中展现的伤感并不是 A 诗人的伤感，而实际上是将 B 诗人的伤感借用到了 A 诗人的诗歌中。读者可能注意到，假如 A 诗人的写作方式脱离了自己习惯的写作方式，且 A 诗人习惯的写作方式并非是伤感，但却夸大了 A 诗人诗歌中伤感的要素（就像打油诗人那样），使诗文不像正常的诗文，A 诗人创作诗文的方式（但其实这种方式来自于 B 诗人）就可以被认为是 A 诗人在利用这样的诗文创作方式来嘲讽 B 诗人的诗文写作。这就是 A 诗人对读者传达嘲讽意图的标志。戏仿是非自然意义的一种形式——这种非自然意义是作者希望读者通过交际意图得知自己的写作意图。读者获得作品中的非自然意义是因为阅读的过程是交互式的。

就这一点而言，也是读者体验 B 诗人诗歌的一种方式。（我们假设）这是直接表达的伤感，那么伤感就是被 B 诗人的诗歌创作直接影响的。在笔者的术语系统中，诗歌"自然地意味"着 B 诗人在诗歌创作中是伤感的。一个细心的读者怎么会认为这是一个实例，而不是 B 在假装伤感呢？最主要的考虑是读者会注意到没有迹象表明 B 诗人在提示读者关于诗文中的伤感，因为 B 诗人本来就没有这样做。B 诗人的文化语境表明所有无迹象的伤感都是一种讽刺。但是在这个例子中，读者有理由说，从表面上看，诗文是有伤感的暗示的——直接的证据就是 B 诗人的诗文写作的确采用了多愁善感的方式。

我们可能会问，我们是怎样低估了 B 诗人因某些艺术原因在不暗示读者的情况下传达多愁善感情绪的可能性。事实上，笔者相信，对于低估这种可能性，我们的确有合理的理由。也就是说，多愁善感的这种情绪本就是诗歌的不足之处。假如有这样的情况：B 诗人故意在诗歌中加入这种多愁善感的表达，且没有暗示读者诗歌具有这种效果。这是一种奇怪的做法，因为没有任何反证的线索出现，B 诗人会让读者觉得诗歌只是在宣泄诗人的多愁善感，从而认为这是一首没有多大价值的诗歌。就拿鲁珀特·布鲁克的诗歌《格兰切斯特的老神舍》为例，这是一首被认为充满了多愁善感的诗歌。我们并非倾向于认为布鲁克的诗歌中展现的多愁善感对他来说是刻意制造的，因为布鲁克不太可能故意让自己的诗歌陷入批判中。这就给我们提供了假设的理由，这种假设就是布鲁克并非刻意在诗歌写作中表现多愁善感，而是自然流露出的情绪。[①]（有人故意对着自己的脚开枪，这是可能的，但是一般认为这不是正常的做法，所以当这样的事情发生时，往往会猜测这是故意为之的。）

我们常常会将特定的态度和人格特点的表达看作是文章自然意义的特征，是影响作者写作方式的要素，比如，我们会考虑文学作品中所表现出的优点，如熟练的言语、洞察力、智慧等。基于此，我们就可以自信地说作者的言辞技巧、洞察力及智慧是体现在他的写作中的。就像你不能因为自己跑得快就说自己是个飞毛腿，但是你可以通过跑得飞快来证明自己是个飞毛腿。同样的，一位作者可以在文本中证明自己对语言的机敏、具有洞察力或是智慧，而不能假装拥有这些能力。因此，当我们发觉文学作品中的类似品性时，就有理由说我们已经识别了作者的实际品性，这种品性是作为自然意义的对作者本身品性的反映。

五 阐明实际意向论——卡罗尔的批判

在第四部分的开始，笔者提及了当我们意识到作品具有自然和非自然意义时，有两种方式可以了解阐释者和作者之间的关系。第一种方式在第四部分已有提及。下面将要提及的是第二种方式，以更为详尽地说明解读者与作者意图之间的关系。在这里，笔者想说明一个一直处在争论中的问题，即关于是否作为实际意向论的文学作品的阐释像之前所认为的那样，应该被作者的实际意图所限制。在过去的几十年里，卡罗尔是实际意向论

[①] 将隐含的作者看作是文学叙述者——实际的作者赋予人物以态度和价值，使其成为最能满足自己的艺术目的的人物，这是一件很有吸引力的事情。实际上，在读者的经验中，隐含作者与叙述者是完全不同的两种角色。作者可以在叙述中回避自己的态度，但是却不能回避自己作为隐含作者的态度。假设作者回避了作为隐含作者的态度，当然这也是文学创作的一步，那么作者就很自然地完全将自己与人物的态度隔离开来了。但是隐含作者就是作者在作品中的体现，所以隐含作者现在仍然与人物的态度有一定差距。隐含作者不会从人物中显现出来，作者也不会与隐含作者保持那么大的差距。

名篇选译

义的坚实捍卫者,但是卡罗尔也对某些例子感到疑惑,因而卡罗尔的实际意向论的观点十分复杂,至少是在对实际意向论最清晰和最坚固的形式上[①]。笔者认为本文的主题是:文学阐释的两种完全不同的方式针对的是两种不同的意义,为解决卡罗尔的困境提供了一条道路。笔者并非为实际意向论反对文学意义的解释而辩护。笔者的目的是明确实际意向论的观点,同时证明实际意向论其实可以解决卡罗尔的疑惑。

首先,对实际意向论作一个简单的阐述,它的核心是对意图的需求:文学作品意义的阐释必须依照作者在写作中的意图。这种需求的支撑来自直觉:意向性的直觉。这用例子很好解释,比如说弗兰克·奇欧菲的直觉的观点已经是被熟知的了。根据奇欧菲的观点,当批评家弗兰克·哈里斯第一次读到 A. E. 霍斯曼的诗歌《1887》时,哈里斯将诗歌中重复出现的叠句"天佑女王"看成是一种讽刺,这一观点将诗歌提升到另一个高度,也符合哈里斯对霍斯曼的评价"对生活野蛮地厌恶"。但是,霍斯曼强力反对这首诗是在讽刺,并依据奇欧菲的观点,霍斯曼认为哈里斯是在"习惯性地增加诗歌的复杂程度",把"讽刺"这样的标签强加到了他最初的阐释中。[②] 这就是意向性的直觉在阐释中的例子,我们可以感觉到意义在文学作品的阐释中所带来的阻力,在某些作品中,意义显然是与作者表现的意图背道而驰的。

大部分实际意向论的拥护者认为,在任何貌似合理的阐释方式中,都会包含第二种需求:对恰当的需求。如果诗人在诗歌创作中,字里行间里故意暗示其创作是在模仿其他诗人,或者是在讽刺挖苦其他诗人,但是由于诗人的拙劣的语言表达完全不是所模仿或者讽刺挖苦的其他诗人的表达习惯,那么诗歌肯定不会传达出诗人的意图。所以看似可信的关于实际意向论的解释仍然需要必要条件,也就是一部作品只有在文本传达的是恰当

[①] 诺埃尔·卡罗尔赞成实际意向说,可见于《艺术、意图和对话》,加里·艾斯敏格主编《意图与阐释》,天普大学出版社1992年版,第97—131页;《意图谬误:为我自己辩护》,《美学与艺术批评杂志》1997年第55期,第305—309页;《艺术阐释:2010年纪念理查德·沃雷姆的演讲》,《英国美学杂志》2011年第51期,第117—135页。

[②] 弗兰克·奇欧菲:《文艺批评中的艺术和阐释》,约瑟夫·马戈利斯《美学的哲学视角》第三版,天普大学出版社,第388页。

合适的情况下才能有确定的意义。①

将这两个必要条件合在一起,就得到了笔者所说的"标准的实际意向论",也就是如要获得一部文学作品的确定意义,那么有两点是必需的:一个是作者有意使读者读出这一意义,另外一点就是文本的表达使其呈现出这一意义。标准的实际意向论是被意向论的捍卫者接受的一种形式。②

值得注意的是,因一些言论使其被认为是最重要的实际意向论的拥护者——卡罗尔,对标准的实际意向论的观点是非常矛盾的,在一些文章中,卡罗尔甚至有效地反对了标准的实际意向论。卡罗尔辨别了两种意向论的阐释,一种是从所谓"狭义"的角度,另外一种则是从"广义"的角度。狭义角度的言论"关注艺术家意指的意义与艺术作品的意义是否一致",而广义角度的言论"关注艺术家的意图是否与艺术作品的意义相关联"。③卡罗尔反对前者而倾向于后者的言论。但是同一性要求:对于有着确定意义的作品,其意义必须与艺术家要表达的意义相一致,同时标准意向论也包含着意图要求对文学意义的约束(虽然同时也有恰当性的要求)。因此放弃一致性的要求是为了支撑关联性需求,就像卡罗尔建议的那样,实际上是放弃标准实际意向论,通过抛弃其中的核心要素,同时接受关于作者意图与作品意义的关系的较为粗浅的观点。

现在出现了两个问题:(1)相关联是否可以替换相一致?(2)卡罗尔对相关联倾向的偏好是否有合适的理由(以放弃标准的实际意向论为代价)?对第一个问题的回应,笔者认为,关联性需求对卡罗尔自己的理论目标来说已经足够,并且他也可以考虑并没有放弃一致性需求。在对第二

---

① 杰罗尔德·列文森认为,从一部作品中无论是否能够意识到作者的意图意义,都不能作为作品隐含的那种意义的标准,因为在能否成功判断作者的意图意义之前,我们应该首先明确什么是作品的意义。(《捍卫假设的意向论》,《英国哲学杂志》2010年第50期,第145页)但是这一问题没有在笔者提出的实际意向论中提到。我们可以假设是否一首诗歌中的某一句,在没有确定事实上意义是什么的基础上,以一种合理的方式向读者传递了某种确切的意义。关于这一问题的讨论还可以在罗伯特·斯特克·戴维斯在《英国美学杂志》2010年第50期311页的文章《假设意象性的困境:答列文森》中看到。
② E.D.希斯:《阐释的效度》,耶鲁大学出版社1967年版。沃尔海姆:《作为复归的批评》,《艺术及其对象》,剑桥出版社1980年版,第185—204页。
③ 卡罗尔:《意图谬误:为我自己辩护》,《美国与艺术批评杂志》1997年第55期,第305页。

个问题的讨论中，笔者借用了自然意义和非自然意义的区别，并没有合理的理由可以放弃一致性需求（同时伴随的还有标准的实际意向论），也没有合理的理由要被这一不利的理论的结论所妨碍。

再回到第一个问题，卡罗尔放弃了一致性需求，但在他对文学意义的观点中引入了一致性的要素，因为似乎卡罗尔也部分接受了标准的实际意向论以及这一理论中对一致性需求。就比如说，近期卡罗尔在对理查德·沃雷姆关于艺术意义理论的解释中，他总结出这样的观点："作品的意义取决于艺术家在作品创作中的意图，这一意图与艺术家的创作方式相一致。"① 但是更为重要的是，卡罗尔更为看重的关联性需求无法使理论更为完整，而一致性需求却能做到。笔者已经说过，对有利于实际意向论的任何形式的考虑，都是为了适应笔者所说的意图性的直觉。这种直觉在卡罗尔关于文学意义的著作中起到十分重要的作用，他需要一致性的要求去支撑意图性的直觉。因此，在卡罗尔对艾德·伍德的电影《外太空第九号计划》的著名结论中，把这种阐释的可能性理论化了，卡罗尔认为，伍德在影片中展示出的粗糙且廉价的特技制作以及外行的剪辑是用一种聪明的方式戏仿好莱坞传统电影制作。但是，卡罗尔排除了伍德的有意图地这样做的可能性，并在此基础上，还排除了阐释的可能性。② 笔者想要说明的是，在这里，关联性需求在意图的要素中所占的分量是多么渺小。戏仿的阐释不会仅仅因为伍德的意图与电影的意义相关就被排除。就比如说，直到已经开始了这部电影的制作，伍德也没有在制作中展示出戏仿的倾向，这的确与对这部电影的解读相关，但是这一事实并没有排除这种可能性，也就是《外太空第九号计划》本身就违背了伍德的新的戏仿形式。这是一个值得讨论的事实，关联性需求对意义的影响是相当弱的。如果我们像标准的实际意向论那样，在文学意义理论中引入一致性需求，通过创造某种条件

---

① 卡罗尔：《艺术阐释：2010年纪念理查德·沃雷姆的演讲》，《英国美学杂志》2011年第51期，第119页。另参考卡罗尔《阐释与意图：关于假想和实际意向论的讨论》，《元哲学》2000年第31期，第75—95页。卡罗尔在其中支持这样一种实际意向论的形式："必须由作品所支撑，融合艺术的正确阐释与作者的实际意图。"（第75页）

② 诺埃尔·卡罗尔：《艺术、意图和对话》，加里·艾斯敏格主编《意图与阐释》，天普大学出版社1992年版，第119—122页。

让作品具有与艺术家的意图相一致（具有一致性）的确定意义，就有可能支撑卡罗尔的意图要素（而这一要素是卡罗尔在戏仿意图中排除的）。卡罗尔将意图看作是决定艺术意义的决定性因素，笔者认为卡罗尔需要一致性去支撑这一观点。就比如说，按照卡罗尔的观点，如果伍德没有有意戏仿，那么《外太空第九号计划》就不是一种戏仿了。

这就引入了第二个问题：为什么卡罗尔更倾向于缺乏说服力的关联性需求，而不是更有说服力的一致性需求，难道这样做有更佳的原因吗？因为这样的选择需要更多的理论支撑，所以卡罗尔应该有自己强有力的观点支撑，但是在笔者看来，他似乎并没有这样强有力的观点。笔者认为，卡罗尔感到自己被迫采用缺乏说服力的关联性需求的原因是为了迎合一致性需求所排斥的意义的合理性以及一般的判断。卡罗尔在讨论儒勒·凡尔纳的小说《神秘岛》的文章中，广泛地讨论了他所说的"怀疑的诠释学"[①]。卡罗尔指出，我们有理由相信，凡尔纳在小说中用高人一等的态度描述非洲裔美国人（也就是美国黑人）的行为可以透露出作者种族歧视的倾向。但是，凡尔纳非常明确地表示自己没有刻意使小说含有种族歧视的倾向。实际上，作者在文中用一种同情的手笔描述了非裔美国人纳布的形象，并在小说中有意反对种族主义。在卡罗尔的文学意义理论中，将一致的要求吸收进来很显然是一个致命的问题，这意味着如果这一意义不是作者的言内之意，那么作品就不能有确定的意义。这也解释了为什么卡罗尔在构想实际意向论的首选版本里避开了一致性需求。

但是，如果作者的论断正确，那么卡罗尔其实并没有放弃用一致性需求去解释这些判断（这在他对文学中自然意义与非自然意义之区别的密切关注中可以看出）。他在思辨中忽视的是关于文学作品中的非自然意义的具体观点，表现的特性是不同形式下的意向论，像种族歧视这样表达的特性对文学意义的意向理论以及一致性需求来说形成了一个难题，而其实这只是意向论的不同形式而已。种族主义虽然体现在《神秘岛》中，但从另

---

① 诺埃尔·卡罗尔：《英美美学与当代批评：意图和怀疑诠释学》，《美学与艺术批评》1993年第51期，第245—252页。

外一方面讲，这并非这部小说的非自然意义表现出的特征，而表现自它的自然意义，也就是笔者之前在第四部分提到的情况中所阐述的意义。因为任何形式的意向论其实都属于文学的非自然意义理论（即便是反对的观点），所以意向论被认为是不能适应自然的文学意义，也并不被要求这样做。当我们总结说《神秘岛》有种族歧视的这种阐释行为并非企图切合作者的交际意图。相反，这种阐释行为要好于交互性的阐释，先将凡尔纳自己的观点放置一旁不管，单以文章和语境的标志为依据，从一个更宽泛的角度观察暗含着的感情和态度，这些感情和态度受到凡尔纳撰写的作品的影响。这些感受和态度在作品中被直接表达出来，读者对其兴趣其实就是对作品的自然意义的兴趣。因为卡罗尔并没有区分文学的自然意义和非自然意义，而是主要关注了直接能解释这两者的理论。因此他对一致性需求同时适用于自然意义和非自然意义，并且就像凡尔纳的例子那样，因为自然意义并非与作者的意图相异，卡罗尔才找到这种要求所需要的是什么。但是笔者认为这样是错误的。不同的意义要求不同的阐释方式，而我们能做的就是要区别对待。一致性的需求对文学的非自然意义解释来说十分必要，但是一致性的需求对判断作为部分自然意义、由文学作品所直接表达的意义却没有什么限制。

总而言之，忽略批判的声音，笔者与卡罗尔对文学意义及其阐释的论述有很多共鸣之处，同时也受到了启示。在卡罗尔对沃尔海姆的阐释观点的讨论中，卡罗尔说道："我们应该考虑由艺术家精神资本的相关联要素所决定的内容或意义，而不是狭义地简单思考艺术家的意图。"[1]笔者将这一点作为对阐释者的建议，笔者认为阐释者要从艺术家的作品中对艺术家的内心生活有一个全面的了解，而不是仅仅关注艺术家的意图意义。笔者对此十分赞同。在卡罗尔近期的文章中，他给予文学作品中的自然意义更多的关注，这是非常可贵的，也就是作者出于自觉的目的，在语言选择、叙事方式或其他写作活动中被直接且无意识地揭示出来的意义。笔者也批

---

[1] 卡罗尔：《艺术阐释：2010年纪念理查德·沃雷姆的演讲》，《英国美学杂志》2011年第51期，第121页。

判了美学中文学自然意义的问题，这一意义在很大程度上被美学所忽略。在笔者看来，卡罗尔同样认为这是一个问题，而且开始重新调整对待这一问题的思路。卡罗尔说道："艺术作品可以自然地表达和理解任何其他的有意图的活动或是由此产生的结果，通过这种方式，艺术作品被自然地解释和理解……"[1] 同时艺术阐释是"延伸我们习惯的读心术的最佳解释"[2]。在这里，卡罗尔还认为，我们对艺术的主要反应并非关注有意图的意义，而是关注直接表达的感觉、态度、性情，这些是在艺术创作中被艺术家自然地表达出来的。就像卡罗尔所说的那样，这是一个"在我们日常生活的基础上，以及文学与艺术的阐释中，如何理解语言和其他行为的连续体"[3]。卡罗尔促使我们的关注点需有所延伸，不应局限于仅仅关注作者的意图，或是在作者的态度和写作风格中了解他（她）的整个精神生活。[4]

（原载 The Journal of Aesthetics and Art Criticism Volume 72，Issue 4，pp. 379-391，Fall 2014）

Meaning, Expression, and the Interpretation of Literature

Kong Jianyuan

Abstract I argue that when we interpret a literary work, we engage with at least two different kinds of meaning, each requiring a distinct mode of interpretation. These kinds of meaning are literary varieties of what Paul Grice called non-natural and natural meaning. The long-standing debate that began with Beardsley and Wimsatt's attack on the intentional fallacy is, I argue, really a debate about non-natural meaning in literature. I contend that natural meaning has been largely neglected in our theorizing about literary interpretation and that this comes at a serious cost, resulting in an inadequate account of

---

[1] 诺埃尔·卡罗尔：《英美美学与当代批评：意图和怀疑诠释学》，《美学与艺术批评》1993年第51期，第248—249页。
[2] 诺埃尔·卡罗尔：《艺术阐释》，《英国美学杂志》2011年第51期，第127页。
[3] 同上。
[4] 笔者在此要感谢本期刊的两位匿名审稿人，感谢两位机敏的评论和建议，本文的初稿才得以从中受益良多。

what interpretation involves. I argue, first, that by recognizing that literary meaning includes both non-natural and natural meaning, we are better placed to understand the interpreter's relationship with the author, and, second, that recognition of the distinction between non-natural and natural meaning advances the established debate about literary meaning, offering support for actual intentionalism. The more inclusive view of literary meaning helps resolve an apparent difficulty raised by No l Carroll.

Key Words   literary interpretation; natural meaning; non-natural meaning

Author   Paul Taylor is a Senior Research Assistant in International Governance and Performance Research Centre (IGAP) of Macquarie University, Australia, with main research interests in philosophy (especially aesthetics and ethics) and higher education.

Translator   Kong Jianyuan is a doctoral student in the School of Culture and Communication, Shandong University, China, with main research interests in theory of literature language and modern theory of literature and art.

达摩异托邦：后香格里拉好莱坞中的西藏想象

[美] 米家路 著　赵　凡 译

摘　要　文章试图借赛义德的东方主义批评以及米歇尔帝国景观的意识形态观念，尝试探讨对于西藏的幻想如何被好莱坞电影当作他者加以建构，这种经由帝国主义的意识形态叙述与影像技术的建构，反过来服务于帝国主义本身的兴趣。

关键词　西藏景观幻象；后殖民凝视；后香格里拉好莱坞；达摩异托邦

作者简介　米家路，原名米佳燕，博士，重庆人。现任美国新泽西州新泽学院英文系和世界语言与文化系副教授（终身教授），中文及亚洲研究学部主任。现居新泽西普林斯顿。学术研究涉及中西现代诗歌、电影与视像、文化批评理论、后殖民理论与性别研究以及生态文化。

译者简介　赵凡，云南艺术学院文华学院教师。

自从西藏被西方探索、熟知，西藏的图景就不仅仅存在于詹姆斯·希尔顿的著名小说《消失的地平线》的描述中，同时还被加以视觉的呈现。西藏探险者尝试捕捉视觉中的西藏，其视觉/图像的呈现在建构西藏的视觉迷恋及其景观幻想中充当了根本性的要素。然而，笔者认为产生于帝国凝视下的西藏视觉话语总是问题多多，因此必须加以存疑。由于没有任何图像叙述可以避免价值与习俗的研判，因此文化的视觉呈现往往通过意识形态加码化而得以传达。

在帝国霸权的凝视之下，西藏（东方）被化简成一系列的视觉二元对立：看与被看；感知的主体与被感知的客体；优等的眼光与二等/衍生的眼光；控制的观看者与被控制的观看者。帝国凝视总是扮演着去看、去观察、去控制的角色，并尽力使得霸权凌驾于被视作欲望衍生的客体身上。

结果，他者所有的自然与文化差异被裁剪为帝国之眼里的视觉愉悦。一方面，西藏景观变成为展现帝国景观美学而进行的视觉投射——美丽、崇高，如画一般；另一方面，西藏景观对帝国主义权力视觉愉悦的中断，源自其视觉叙述的一致性，因此帝国主义权力的景观美学在西藏景观中得以重构。

当西方帝国主义成为一个全球现象，其征服远不止英帝国所抵达的范围，其文字呈现并不限于英国小说。然而暂且不论爱德华·赛义德的观点："唯有英格兰拥有用以维持与保护自身的海外帝国，如此长时间的备受瞩目。"① 区别英国小说与其他帝国的小说的边界并非那么清晰。美国的帝国主义心态则源于1898年美西战争之后，夏威夷与菲律宾开始宗主于美国——或曰松散地监管。美国与西藏联系的建立始于1942年，1942年7月3日罗斯福·D.富兰克林总统开始与达赖喇嘛通信。除了双方互派密使外，达赖喇嘛与罗斯福还通过信件讨论世界时势："正如你所知，合众国人民与其他27个国家，现在正备受战争的煎熬，那些意图毁灭思想、宗教及行动自由的国家正热衷于征服，将战争加诸整个世界之上。"②

电影《消失的地平线》海报

1937年弗兰克·卡普拉的电影《消失的地平线》饶有趣味地描述了西方视野里被视作香格里拉的西藏，电影与希尔顿的小说原著产生了相当的背离。然而，电影对西藏的建构则基于想象中的神秘景观、梦幻世界，所谓的未知之地；电影消费了美式浪漫的画面与旅行场面，消费了观看者对文化本身的浅尝辄止，最终，电影在建构世界之外的幻想空间中成为自我的一面镜子。爱德华·赛义德陈述道："思考远方，殖民它，移民或灭绝

---

① 爱德华·赛义德：《东方学》，（纽约）古典书局1979年版，第697页。
② 《罗斯福与达赖喇嘛的通信》（1942年7月3日），美国国务院《美国的对外关系》第7卷，1942年，第113页。

它:所有这些都发生在、关乎于、起因于土地。"① 此话与美国对西藏的"图像"消费相呼应。美国电影对西藏的态度既未将电影根植于西藏的政治事务,亦不根植于构成西藏平面的景观中——美国电影对西藏图像的消费一贯地维持在长生不老、不朽或弗洛伊德术语的修辞上,"有机体希望仅以自身的方式死去"② 的修辞。从亚瑟·柯南·道尔对夏洛克·福尔摩斯的复活开始,西藏神话就成为名副其实的点金石或万古不老之泉。在弗洛伊德"塔那托斯"(thanatos)③的驱使下,西藏被描绘为这样的空间:存活于其中的有机体不仅回避死亡,而且通过自我选择的方式接近死亡。西藏的视觉与观看维度与其说受限于现代政治的实际与政治现实,不如说受限于美国电影的刻画,视觉画面替代了神话/精神的象征主义。评论家多萝西·霍尔(Dorothy Hale)就此评价道:"地理学等于没有立场。"④西藏也不例外。1942年之前,美国对西藏的有限知识,留给美国人眼中一个幽灵幻境,要通过美国本身的图景才得以建立。

弗兰克·卡普拉于1937年拍摄的电影《消失的地平线》可以被视为大于对原作香格里拉的改编的再创造。鉴于希尔顿笔下的香格里拉不太会被读作一个高尚社会,1937年电影版的香格里拉因此减去了小说中对老人政治以及轻微但必要的囚禁的影响。增泽知子(Tomoko Masuzawa)在她的《从帝国到乌托邦:〈消失的地平线〉中殖民印记的抹去》一书中,指出了希尔顿笔下香格里拉的负面因素。她写道:"包裹于风景中的老谋深算的小型帝国含有真正的老人政治,比起皇朝中国远为极端,卓越的经济基于暗中进行的黄金贸易,上流社会人口的生计依靠于无产出的职业,基本上从一开始就什么都不做,哪里都不去,只是练习瑜伽,并且服用未经识别

---

① 爱德华·赛义德:《东方学》,(纽约)古典书局1979年版,第698页。
② 皮特·布鲁克斯:《弗洛伊德的原型情节》,《耶鲁法国研究》1977年第55、56期,第290页。
③ Thanatos:弗洛伊德精神分析学术语,意为"死亡本能",指一种要摧毁秩序、回到前生命状态的冲动。——译者注
④ 多萝西·霍尔:《后殖民主义与小说》,多萝西·霍尔编《小说批评与理论选:1900—2000》,(伦敦)布莱克维尔出版公司2006年版,第655页。

的药物。"① 经由巧妙的语境变更，香格里拉从小说中的粗陋搭建，转变为电影中的乌托邦。电影由一本翻开的故事书开始。与其说电影建基于小说原著之上，不如说电影选择将其演义建基于神话与幻想之上。故事书的打开，昭示了作品的源头，但同时也将其歪曲——将小说变为寓言。而且此项技巧自始至终见诸美国好莱坞电影中对西藏的处理，1994 年电影《小活佛》（贝托鲁奇）以及 2003 年的电影《防弹武僧》（亨特）均可被视为对此项技巧的回响，两部电影都选择可见的神话书籍/卷轴作为电影的事件环境。"长篇小说与讲故事的区别（在更窄的意义上与史诗的区别）在于它对书本的依赖。"② 美国电影在处理西藏时，致力于移除电影中实体书对景观的预先聚焦，因为西藏本身在银幕上的虚构就不可达到，所以西藏的神话化画面便源于电影语境。

弗兰克·卡普拉的《消失的地平线》在卡拉卡尔（"蓝月亮"）到极乐世界的庇荫下，改变了药物诱发的恍惚状态下简陋的"乌托邦"社会，里面漫溢着原始的欢乐与幸福，并且颇为讽刺地，注定落入主人公罗伯特·康维（在原小说中名"休"）的手中。主人公相关的

电影《消失的地平线》剧照（1）

政治地位成为问题；在小说中，他不过是个小领事，而电影将其描述为下任外交部部长。这个改变可以部分地归结为美国人在电影中的名人欲。然而这一改变在强调香格里拉的虚幻性方面显得异常重要。当张在电影中告诉康维"香格里拉就是神父佩劳尔特"时，在西方世界与东方乌托邦香格里拉之间便建立起一种转喻关系；暂且不论香格里拉的西藏景观，香格里

---

① 增泽知子：《从帝国到乌托邦：〈消失的地平线〉中殖民印记的抹去》，（北卡罗来纳、达拉谟）杜克大学出版社 1999 年版，第 544 页。

② 沃尔特·本雅明：《讲故事的人》，《启迪：本雅明文选》，张旭东等译，生活·读书·新知三联书店 2008 年版，第 99 页。

拉是欧洲人的建构。事实上，隐喻伸向了更远处。在电影中，康维与一位年轻的英国姑娘桑德拉恋爱（小说中的罗珍在电影里亦变成了俄罗斯姑娘玛利亚）。桑德拉读完康维的一本书后，特地要求他能来香格里拉。小说中，康维抵达香格里拉（并且与大喇嘛立即建立了关系）却出于偶然，但在电影中，康维的抵达实际上出于桑德拉、张以及大喇嘛某种阴谋诡计的操控。桑德拉沉思着对康维说："也许你已经成为香格里拉的一部分而毫不自知。"她将康维与香格里拉联系在一起不仅仅要表达建立在佩劳尔特神父与西藏（延伸至康维）之间的转喻关系，而且通过并置二者，还建立起康维的香格里拉与康维书中的香格里拉之间的关系。如果依本雅明的看法，故事/史诗与小说之间的距离便是书本，那么电影在故事之外对康维的定位则源于他与小说的联系，因为在电影中小说的能指不再是香格里拉（正如在希尔顿的版本中），但康维本人却成为美国眼光的中介。

电影《消失的地平线》剧照（2）

美国视角对书本的调整以及香格里拉对故事/史诗的调整转换了希尔顿《消失的地平线》中的典范：奇幻之地只有在小说中才为真实。在卡普拉的《消失的地平线》中香格里拉显示了将山中避难所放到故事中的飞机上，割断与小说乌托邦的联系。但香格里拉不只是《消失的地平线》中虚构的城市——尽管存在许多错误的假设——它对应于卡普拉在想象中的巴斯库尔（Baskul）。如果香格里拉的确是弗洛伊德式的对死亡的回避，那么香格里拉同样可以被视为虚构巴斯库尔的对立面，康维及其同伴从巴斯库尔中逃了出来。

香格里拉本来就强烈地暗示了自身理应是一个"乌托邦"社会。除此之外，增泽知子在对香格里拉的阅读中写道："香格里拉将18世纪欧洲想象中的理念具体化，这种幻想包括对于东方古典文化颇具鉴

电影《消失的地平线》剧照（3）　　　电影《消失的地平线》剧照（4）

赏力的、专门性的沉思……"① 第一次世界大战使得人们尝试复归 18 世纪。此外，在张（H. B. 华纳）与桑德拉/玛利亚（源自罗珍）的角色中，巴斯库尔被安排为一个饱受战火的中国城市。香格里拉的中国领袖被白种人替代。香格里拉不仅仅是其老年囚犯对死亡的回避，而且是一座保存了一种行将消亡的文明类型的博物馆。增泽知子指出："狄奥多·阿多诺唤醒了博物馆（museum）与陵墓（mausoleum）这两个词的联系，并为我们分析了当我们听见'博物馆的'［museumlike（museal）］这个词时所感到的'不悦的暗示'。"② 在巴斯库尔的内部混乱与香格里拉的平静之间的二元对立，加重了美国电影中的香格里拉呈现出的异域的破败状态；电影《消失的地平线》为美国观众提供的并非模糊不清的乌托邦，而是一个当代的避难所——尝试回避国际的战争、叛乱以及宇宙混乱的到来。通过传递源于香格里拉的小说观念给康维（通过康维的书），卡普拉所描绘的香格里拉回避了小说的言外之意，并将乌托邦与当代社会相分离。

发生在罗伯特·康维这个人物身上的某种不一致使得英国的优越性成为问题，因为罗伯特·康维之前的作用在于美国观察香格里拉的透视镜。然而此一陈述值得被诉诸考量，几个确定的因素减缓了其中的争论。弗兰克·卡普拉选择罗纳德·科尔曼（Ronald Colman）饰演罗伯特·康维，

---

① 增泽知子：《从帝国到乌托邦：〈消失的地平线〉中殖民印记的抹去》，（北卡罗来纳、达拉谟）杜克大学出版社 1999 年版，第 556 页。
② 同上书，第 557 页。

这对于作为英国人的科尔曼来说非常有趣，他成为美国电影中的男主角。在美国人眼中，英/美演员在扮演英国外交大臣时的角色再分配，表达了卡普拉对康维所扮演角色的希望。康维的名字也从希尔顿书中的"休"（Hugh）变成了罗伯特这个对美

电影《消失的地平线》剧照（5）

国人来说更易识别的名字。使用英国主角来描写美国视角，或许还有另一种少有人知的理由。在希尔顿的《消失的地平线》里，休·康维在一艘开往旧金山的船上，将他的故事口述给他那位热情的同学；然而，在意识到他刚才所口述的故事的清晰程度时，康维从船上逃出，并再未抵达旧金山。同样，卡普拉电影中的罗伯特·康维亦从未抵达旧金山。然而他却以一种象征性的方式隐喻性地抵达了美国，《消失的地平线》在旧金山首映（1937）。此外，希尔顿笔下的康维到底发生了什么，对此一直不清不楚。另一方面，卡普拉的罗伯特·康维成功地返航回到香格里拉天堂般的圣地，因此使观众的任何不确定得以舒缓。弗兰克·卡普拉的香格里拉分明就是一个美国现象，它传递出浪漫化的景观意象，神话般的西藏景观作为西方保留其过往的透视视角。

香格里拉小于宣传中的乌托邦，成为白种人的秘密保守场所，以及右翼支持者。例如，香格里拉纵向地排列出美国海外的政治状况。《消失的地平线》以及香格里拉的演进史被总结如下：《消失的地平线》（1933年，詹姆斯·希尔顿）、《消失的地平线》（1937年，弗兰克·卡普拉）、《香格里拉消失的地平线》（1942年再次发行卡普拉的原作）、《消失的地平线》（1952年，原作的剪辑版）、《消失的地平线》

电影《消失的地平线》剧照（6）

(1973年，查尔斯·加洛特，音乐）以及发行1937年版的修复版（1973年）。上面提到的卡普拉的原始版本因众多原因被编辑数次后发行。在1942年，一段康维15分钟的演讲因抗议战争的恐怖而被删除，以防止对处于"二战"中的公众产生负面影响。香格里拉并非静止的乌托邦（或许并非任何一种乌托邦），它的变化无常述说着支配者的功能，述说了这一时代美国保守的意识形态。因此香格里拉以及西藏成为涂有美国渴求保守、僵化与淤滞之色彩的景观，这是美国历史与西方伦理的博物馆与陵墓。一段有趣的对话发生在康维与大喇嘛之间：

> 大喇嘛：是的，我的孩子，当强力必须吞噬彼此，基督伦理或许最终得到满足，但弱者应继承大地。
> 康维：我理解你，神父。
> 大喇嘛：你必须再来，我的孩子。

在香格里拉与西藏的框架内，对基督教价值的利用对于活跃的读者来说了无新意；当然，香格里拉呈现出美国所希望占有与保存的品质——通过被置入美国建构下的基督教语境，此种基督二次降临人间的即兴影射内含上文提到的弗洛伊德的桑塔托斯欲望。况且，神父佩劳尔特选择性的去世，以及康维弟弟的自杀，没有人会对这些事的重要性轻描淡写。香格里拉建基于神话般的西藏景观，但它并没有自己实体的存在。在电影中定位美国的西藏态度的困难性，其原因在于土地，或不如说土地的缺乏——对于香格里拉的想象甚至早于1942年，而与西藏的进一步接触则中断于"二战"以后的地缘政治。在界定乌托邦与神圣空间之间的差异时，埃里克·爱莫斯（Eric Ames）写道："乌托邦从定义上来说，存在于时空之外（比如乌托邦被设计为适应未来的居所，而无法通过现实中的朝圣来造访它），而神圣的景观则根源于地理位置以及时间坐标。"[①] 然而美国电影无法在本国境内将西藏处理为乌托邦以及神圣景观；控制香格里拉的隐喻——"蓝

---

① 埃里克·爱莫斯：《赫索格、景观与纪录片》，《电影杂志》，2009年冬季2号第48期，第62页。

月亮"(卡拉卡尔),所表现出的讽刺含义是独一无二:静止的功能在于被操控的移动卫星的运行;此一隐喻与对香格里拉的阅读相联系,香格里拉被读作对于过往的保留,以及梦游到梦幻世界恰到好处的暗示。在《暮光语言》(*The Twilight Language*)中,理论家罗德里克·巴克内尔(Roderick S. Bucknell)与马丁·斯图亚特-福克斯(Martin Stuart-Fox)介绍并解释了西藏的"暮光语言",它"主要保存在西藏教派中,一种被称为 samdhya-bhasa'暮光语言'的神秘的象征性语言,长久以来被视作某种重要的教导"[①]。这种语言(如果真能称之为语言的话)的功能更接近于某种用于解释某段佛教文本的古代法典。"暮光语言"要求语言、身体与思想的同时使用来传递真实信息。简单说来,书写文本唯有依靠经过语言训练的喇嘛的帮助才能被解释明白。泰国高僧佛使比丘(Buddhadasa)指出:"佛教教导的某些方面是非智性的,或者说至少缺乏实用的内容,除非将它们假设为一种象征。"[②] 他注意到马拉(Mara)欺骗乔达摩的尝试——特别是通过他的三个女儿 Tanha、Arati 以及 Rati(她们的名字"在巴利语中意为'渴望''不满'与'欲望'")——并注意到这些解释即为通向觉醒的内部路径的象征画面。贝托鲁奇将荧幕上乔达摩/马拉的典范作为三大金刚的替代,暗示了电影的超出书写解释的功能;即是说,对于西藏的表现必须呈现于银幕,因为国家自身政治的不可映射,以及"圣地"与藏传佛教已然被"暮光语言"编纂成典。在当代地缘政治环境中,美国电影对西藏的处理主要将"达摩国度"西藏的精神方面与美国实际中的地理设定相混合。在佛祖故事的呈现中通过利用"暮光语言",乔达摩的故事被置于隐喻、寓言以及神秘空间的位置。与《消

电影《暮光语言》剧照

[①] 罗德里克·巴克内尔、马丁·斯图亚特-福克斯:《暮光语言:禅修与象征主义》,(里士满)柯曾出版社 1993 年版,第 7 页。

[②] 同上书,第 11 页。

失的地平线》相比，再一次呈现于美国观众面前一个不存在的西藏，一个仅存于美国电影制作人幻想中的神奇世界。

当代美国电影以后现代的方式侧面描绘的西藏，包括保罗·亨特（Paul Hunter）的电影《防弹武僧》（*Bulletproof Monk*）(2003年）以及罗兰·艾默里奇（Roland Emmerich）的电影《2012》(2009年）。《防弹武僧》向观众介绍了一部古代西藏卷轴，布满书卷的魔力文字拥有巨大的力量足以拯救或摧毁世界。卷轴同时赋予其守护者神奇的力量，使之保持青春活力与超人战斗力。正如夏洛克·福尔摩斯通过西藏重获新生，正如香格里拉对老年居民生命的延长，《防弹武僧》维持了通过西藏治愈持续老化的修辞。老年纳粹军官对卷轴苦苦追索，无名僧人（周润发饰）逃向纽约，遇见并训练了他的继任者卡尔（西恩·威廉·斯科特饰，Seann William Scott）。《防弹武僧》在当代好莱坞式电影中，是一部无关历史，或与西藏文化有关的有趣例子。《防弹武僧》的情节主线紧密地与中国武术电影关联，由香港明星周润发出演男主角。此外，卡尔（Kar）的名字（正如他所描述的）源于粤语的"家"，他在金色宫殿里学习武术，一部中国武术电影却由一个日本老人推动。在《功夫偶像》一书中，里昂·汉特（Leon Hunt）说道："佛教在中国是一种'外来'影响，但在印度僧侣菩提达摩的形象中却涵盖了'中国'武术。"[1] 神奇卷轴也许来自西藏，但其力量却与西藏本身毫无联系；当然，卷轴作为相关的实物呈现了西藏的佛教精神及其宗教本身。不考虑其流行文化的所指及其后现代口吻，《防弹武僧》可以最终被解读为一个关于当今西藏喇嘛的寓言，这便是美国电影对刻画西藏景观的重要性进行进一步削减的潜在证据。

电影《防弹武僧》海报

---

[1] 里昂·汉特：《功夫偶像》，（伦敦）壁花出版社2003年版，第49页。

电影《2012》海报

在《消失的地平线》(1937) 中,基督教与西藏的联系建立于神父佩劳尔特的香格里拉。近70年后,罗兰·艾默里奇的《2012》再一次将基督教伦理与西藏景观进行合并。作为圣经故事诺亚与方舟名副其实的现代版,电影《2012》通过一个建于西藏群山之中的安全避风港(方舟可以抵御世界末日的大洪水)呈现出对西方世界的保护与求生,故事情节确实相当耳熟能详。大量的情节集中于一个苦苦挣扎的作家杰克逊·柯蒂斯(约翰·库萨克饰)带着他全家朝着方舟逃亡,其中有几处关键场景突出表现了作为方舟生产基地的西藏景观。有这么一场戏,一个年轻喇嘛与一个老喇嘛(二人或许为师徒关系)讨论着世界的终结,老喇嘛似乎摒弃了世界末日的观念。然而,在电影的高潮部分,老喇嘛对洪水汹涌冲击山脉的一幕视而不见,有趣的是,这幅景象被选作电影的海报。然而,将这幅次要的西藏画面置于美国大片海报的中心位置的行为或许可以找到一个清楚的答案。美国电影逐步降低了西藏景观的重要性,转而关注其所衍生出来的精神性,这一精神性已然得到了全世界的认同。正如《2012》的支配性画面,西藏喇嘛目不转睛地盯着西藏的景观在他脚下被抹去,连同西藏景观之影响被毫无保留地一起抹去,或许这便是美国电影自始至终所寻找的寓言。

无论我们是否在西方的优势视角下讨论喜马拉雅的景观、宗教及其神秘性,西藏已然被消费、被使用并被改变,但我们却因此对这一范畴内的二分法之表现置之不理。也就是说,"消费"这一关键词既不孤立地发生,亦不在辩证法的缺失下作用:因为当西方消费西藏时,西藏同样消费了西方。钦哲诺布(Khyentse Norbu)因在贝尔纳多·贝托鲁奇的电影《小活佛》中担任顾问而为人所知,他作为导演在其处女作《高山上的世界杯》(1994)中,对坐落在印度比尔的佛寺的内部运作机制投以非凡的一瞥。

《高山上的世界杯》（在东方则以"Phörpa"为名）的整条情节线围绕着无忧无虑的生活，并不时地加入几个年轻僧侣以最大的热情尝试获取一台电视用以观看世界杯足球决赛时的笑料，在拱形故事线的下降段则相当侧面地提到了寺庙的角色，在于为接受传统佛教教育的人们提供庇护。如果我们将文化放入社会购买的领域，并考虑西方如何通过幻想的转换来消费西藏图景，那么在文化传递的根源上所受到的实际阻碍必然是某种完全的更有害的东西。

电影《高山上的世界杯》海报

当这部电影用巧妙的摄影技巧忠实地拍摄使西方长久迷醉的美景时，电影也只能以一种仓促地、跳跃地方式来拍摄，似乎是以之前的西方消费主义对待西藏的方式来疏远自己——而并非在《高山上的世界杯》中的僧侣消费了西方文化并且借文化的传入融合成他们自己的文化。那么就让我们暂时认为年轻僧侣的幻想对象并非一场普通的足球比赛；并非欧洲比赛，抑或美国混战，却是地缘政治的世界杯。富兰克林·佛耳（Franklin Foer）在其书《足球如何解释世界：全球化的另类理论》中讨论了沉浸于移民与技术革新的世界中，从老式的民族主义到部落文化，足球如何维持与传播本能观念。通过世界范围内（暂且不论他们目前所居住的国家）球迷消费世界杯的能力假设一个问题：经由政治实体（如美国）的技术是否真正有助于全球一体化，或者说世界杯是否有能力依靠光速传递的信息来简单地强化部落化的划分。电影中有趣的一点值得注意，寺院对于世界杯的兴趣具有特别的意义，因为他们缺乏支持的国家，在全球竞争中，他们没有经济或政治的支撑。因此笔者认为，整部电影通篇描述寺院挣扎着获得了一个圆盘式卫星之后，组织僧侣观看世界杯并非出于偶然——两个目的暗示着困扰，在村庄得以观看决赛的过程中隐藏着固有的消费主义。在电影结尾，我们意识到我们所看到的并不是简单的足球友谊，而是紧贴世界杯光芒的地缘政治消费主义。

  总而言之，笔者在本文中试图借赛义德的东方主义批评以及米歇尔帝国景观的意识形态观念，尝试探讨对于西藏的幻想如何被当作他者加以建构，这种经由帝国主义的意识形态叙述与影像技术的建构，反过来服务于帝国主义本身的兴趣。本文认为，无论是对西藏景观的征服模式还是被其景观征服的模式，均扭曲了西藏的本来面目，因此本文反映了帝国主义霸权带来的影响。

参考文献：

[1]《美国国务院对英国大使馆外交备忘录》（Aide-mémoire from U. S. State Department to the British Embassy），1942年7月，F0371/35756，英国外交部，英国国家档案库（UKNA）出版。

[2] 埃里克·爱莫斯（Eric Ames）：《赫索格、景观与纪录片》（Herzog, Landscape, and Documentary），《电影杂志》（Cinema Journal）2009年冬季第2号48期。

[3] 罗兰·巴特（Roland Barthes）：《神话学》（Mythologies），安妮特·拉维斯译，（纽约）希尔＆王1972年版。

[4] 沃尔特·本雅明（Walter Benjamin）：《讲故事的人》（The Storyteller），《启迪：本雅明文选》（Illuminations: Essays and Reflections），汉娜·阿伦特编译，（纽约）肖肯图书1968年版。

[5] 霍米·巴巴（Homi K. Bhabha）：《文化的位置》（The Location of Culture），（伦敦、纽约）劳特里奇1994年版。

[6] 皮特·毕肖普（Peter Bishop）：《香格里拉神话：西藏、旅行书写与西方制造的神圣景观》（The Myth of Shangri-La: Tibet, Travel Writing and the Western Creation of Sacred Landscape），（伯克利）加利福尼亚大学出版社1989年版。

[7] 罗德里克·巴克内尔、马丁·斯图亚特-福克斯（Robert S. Bucknell and Martin Stuart-Fox）：《破晓语言：禅修与象征主义》（The Twilight Language: Explorations in Buddhist Meditation and Symbolism），（里士满）柯曾出版社1993年版。

[8] 皮特·布鲁克斯（Peter Brooks）：《弗洛伊德的原型情节》（Freud's Masterplot），

《耶鲁法国研究》（*Yale French Studies*）1977 年第 55/56 期。

[9] J. J. 克拉克（J. J. Clarke）：《东方启蒙：亚洲思想与西方思想的碰撞》（*Oriental Enlightenment：The Encounter between Asian and Western Thought*），（伦敦）劳特里奇 1997 年版。

[10] 皮特·弗莱明（Peter Fleming）：《刺向西藏：首次完全解密 1904 年英国入侵西藏》（*Bayonets to Tibet：The First Full Account of the British Invasion of Tibet in 1904*），（伦敦）鲁珀特 哈特·戴维斯 1961 年版。

[11] 富兰克林·佛耳（Franklin Foer）：《足球如何解释世界：全球化的别样理论》（*How Soccer Explains the World：An Unlikely Theory of Globalization*），（纽约）珀·柯林斯 2004 年版。

[12] 戈尔茨坦·梅尔文·C（Melvyn C. Goldstein）：《美国，西藏与冷战》（*The United States，Tibet，and the Cold War*），《冷战研究》（*Journal of Cold War Studies*）8-3（2006 夏季号）。

[13] 多萝西·霍尔（Dorothy Hale）：《后殖民主义与小说》（*Post-Colonialism and the Novel*），多萝西·霍尔编《小说批评理论选：1900—2000》（*The Novel：An Anthology of Criticism and Theory，1900-2000*），（伦敦）布莱克维尔出版公司 2006 年版。

[14] 海因里希·哈勒（Heirich Harrer）：《西藏七年》（*Seven Years in Tibet*），（纽约）E. P. 伯顿 1954 年版。

[15] 詹姆斯·希尔顿（James Hilton）：《消失的地平线》（*Lost Horizon*），（纽约）威廉·莫罗 1933 年版。

[16] 里昂·汉特（Leon Hunt）：《功夫偶像》（*Kung Fu Cult Masters*），（伦敦）壁花出版社 2003 年版。

[17] 亨利·A. 兰道（Henry A. Landor）：《野性：西藏与尼泊尔》（*Savage：Tibet & Nepal*），（伦敦）A&C. 布莱克 1905 年版。

[18] 李苇甘（Feigon Lee）：《解密西藏：揭开雪原的秘密》（*Demystifying Tibet：Unlocking the Secrets of the Land of the Snows*），（芝加哥）伊凡·R. 迪 1996 年版。

[19]《罗斯福与达赖喇嘛的通信》（*Letter from President Roosevelt to the Dalai Lama*）（1942 年 7 月 3 日），美国国务院《美国的对外关系》（*U. S. State Department，Foreign Relations of the United States*），1942 年第 7 卷。

［20］弗兰克·卡普拉（Frank Capra）：《消失的地平线》（*Lost Horizon*），哥伦比亚经典1937年版（DVD）。

［21］皮特·马希森（Peter Matthiessen）：《雪豹》（*The Snow Leopard*），（纽约）维京1978年版。

［22］W. J. T. 米歇尔（W. J. T. Mitchell）：《景观与权力》（*Landscape and Power*），（芝加哥与伦敦）芝加哥大学出版社1994年版。

［23］爱德华·赛义德（Edward Said）：《文化与帝国主义》（*Culture and Imperialism*），（纽约）古典书局1993年版。

［24］《小说》（*The Novel*），（伦敦）布拉克维尔出版社2006年版。

［25］《东方学》（*Orientalism*），（纽约）古典书局1979年版。

［26］夏伟（Orville Schell）：《真实西藏：从喜马拉雅到好莱坞寻找香格里拉》（*Virtual Tibet: Searching for Shangri-La from the Himalayas to Hollywood*），（纽约）猫头鹰2000年版，第242页。

［27］S. 特纳（S. Turner）：《觐见大昭寺喇嘛纪实》（*An Account of an Embassy to the Court of the Teshoo Lama in Tibet*），（新德里）文殊1971年版。

［28］罗兰·艾默里奇（Roland Emmerich）：《2012》，哥伦比亚2009年版（DVD）。

Dharma Heterotopia: Post-Shangri-La Hollywood Imagining of Tibet

Jiayan Mi

Abstract By drawing on Orientalism Critique from Edward Said and landscape and Imperial power from W. J. T. Mitchell, the essay examines how Tibet was visually constructed as an exotic Other by Hollywood films. The author argues that the visual spectacularization of Tibetan landscape and Buddhism reflects Western Imperialistic ideology for serving its own power of domination and commanding gaze.

Key Words Tibetan Landscape; postcolonial gaze; Post-Shangri-La Hollywood; Dharma Heterotopia

Author Jiayan Mi is an associate professor in the departments of English, World Languages & Cultures at The College of New Jersey, New Jersey, USA.

学术动态

Academic Trends

第八届全国美学大会
暨"美学：传统与未来"会议综述

王亚芹

2015年5月9—11日，由中华美学学会与四川师范大学文学院、四川师范大学新闻与传播学院、美学与美育研究中心联合举办的第八届全国美学大会在成都隆重召开。来自全国百余所高等院校美学学科和艺术学科的近两百名专家学者集聚成都参加会议。本次大会从形式上来看，一个突出特点就是青年学者人数占了大部分，中国美学的研究即将迎来新的春天。

开幕式上，四川师范大学校长丁任重、中国社会科学院副院长张江、四川省委宣传部副部长李酌、四川省社会科学院院长侯水平、中华美学学会会长高建平教授分别致辞，中华美学学会副会长兼秘书长徐碧辉研究员做工作报告。与会代表主要围绕"美学的传统与未来"设立了五个分议题，并分别就传统美学的现代转型及当代意义；美学基本理论的新进展；美学与艺术理论；比较视域下的美学；互联网时代美学与文化的建构等论题展开热烈讨论，在很多问题上达成了广泛共识。

一 传统美学的现代转型及反思

美学的当下现状及未来发展都离不开美学的历史和传统。面对不断出现的文化和艺术现象，单纯依靠传统美学的原理似乎已经不能阐释时代的发展。因此，如何使传统美学在新时期重新焕发生命，实现新的理论转型，以适应新变迭出的现实，就成了当下美学研究必须思考的重要问题。

对此，中华美学学会会长高建平先生认为，传统美学的现代转型首先要处理好理性与感性的关系问题。他从美学史的角度出发，认为传统美学史上的各家各派都将感性——这一美学学科的目标放在理性主义的框架中来研究，这种过度的理性化，最终导致了当代美学的衰退。在当代美学的复兴和转型中，有必要重申美学的感性意义。传统美学在当下要获得新的发展，需要呼唤一种新的感性，而不是退回传统的思辨或纠结在理性主义的框架中。

四川师范大学文学院皮朝纲老先生认为，中国美学学科的发展除了有关该学科的基本原理的研究外，还要从中国美学文献学的具体实践中探索规律。具体而言，就是深入开展禅宗诗学的研究。从目前的研究现状来看，无论是文献发掘、整理，还是诗学论著的研究和出版，都很少提及禅宗诗学。通过对禅宗诗学论著的发掘，可以使我们感受到，禅宗诗学内容丰富，是中国古典诗学和传统美学的重要组成部分。并呼吁大家多关注和研究中国美学文献学，特别是禅宗诗学和美学，以便进一步推进中国美学学科建设工作，使中国传统美学体系更加丰富和完整。

中国社会科学院研究生院张政文认为，意大利文艺复兴所带来的感性自醒、欧洲启蒙运动所实现的感性自觉，都是文学艺术走向现代化的重要成果。同时，德国古典哲学以理性主义为中心的发展，以及马克思主义美学的审美实践活动，为当代文艺活动构建了历史普遍性与审美合法性。上述美学传统不但实现了关于感性的思想谱系的转换，而且为当代审美活动提供了全新的理论范式与思想价值。

四川师范大学文学院申喜萍教授从当前审美教育所面临的片面化和形式化问题出发，认为要解决这一问题关键在于培养一种人格。而这种人格的培养，就中国而言，主要是从古代传统文化，尤其是道家的自然人格中汲取营养。道家自我超脱而醉心于自然美的审美教育，对于纠正当前审美教育几近架空的危险具有重要的启示意义。

二 美学基本理论的新进展

华中师范大学文学院教授张玉能从新实践美学的角度出发,认为美是显现实践自由的形象的肯定价值。不同的价值本质辩证地表现出真善美的关系,制约着美学的性质和功能。美可以显现出真和善,因此,社会主义核心价值观蕴含着美学的"美储真善"的本质内涵。

与此相应,鲁迅美术学院的张伟教授从时代发展新视角,对真善美这一老生常谈的问题进行了本体论的阐释。通过对当代中国美学本体论转向问题的探究,认为当代本体论美学已经成为当代中国美学不同派别的共同走向,重新审视了符合论的真、善与真理、价值的认识论观念,并对真和真理、善和价值提出了当代本体论的阐释,认为人的生命作为真善美统一的本真存在是人全面发展的标志和人类最高理想的追求。

华东师范大学中文系王峰教授专门就语言分析美学做了详细论述。以维特根斯坦思想为基础的语言分析美学是一种有待开掘的美学研究方法,它对形而上的美学论断持普遍怀疑的态度,并运用语言分析方法对大量美学概念进行质疑和否定,表面看是在消解美学,实际上是让美学在语言使用的基础上重获新生。

吉林大学认知美学与美育研究中心李志宏认为,美学的根本问题是要从研究"美是什么"回归到"事物何以是美的"。世上有美的事物,有审美价值,有真善美价值范畴,但不能有"美的本质",因此,"美是什么"是一个伪命题。生活中客观存在着美的事物,这才是美学探讨中最直接、最自然的问题,也应该是美学研究的元问题。重设美学的根本问题,使美学回到正确的起点。

三 美学的文艺空间

文学和艺术一直是美学的重要组成部分,美学的发展一直都离不开各种文艺现象,新的文艺空间的突破也是美学发展的体现。

四川大学阎嘉教授以德国文艺复兴时期著名学者克里斯特勒的观点为例,就美学与艺术的关系问题进行新的反思。历史文献和艺术史的事实清楚表明,18世纪中叶是现代艺术体系的一个重要分水岭,在此之后,艺术和美的概念具有非常不同的意涵。理论家建构艺术理论和美学理论的努力,一方面,导致了现代艺术在理论上走向狭窄的"优美艺术"的方向;另一方面,却导致理论与艺术生产体制和创作实践相背离,这些趋势造成了现代艺术和后现代艺术的种种反叛特征。

清华大学美术学院陈岸瑛副教授结合当代艺术哲学对艺术定义的讨论,提出了重新定义艺术的设想,认为艺术是通过某种技艺来创造文化价值的生产。在这里艺术既是文化又是生产,与传统美学对艺术的定义相比,这个定义超越了特定文化对艺术的理解,使得不同文化中的二维图像和三维作品有了相互比较的可能,也使得世界艺术史或艺术通史的写作成为可能。

四川师范大学新闻与传播学院黎明教授从学科发展的视角,认为艺术学作为一门学科,它的长足发展不能仅建立在边界问题的探讨上。首先,作为艺术学研究对象的"艺术"本身就是流动的;同时艺术学和美学之间并不存在决然的对立关系,美与艺术、美学与艺术学共存于一个复杂交错的学术生态系统之中。如果一味追求边界的厘清,极易陷入研究的困局之中。

四 比较视域下的美学

北京师范大学哲学院教授刘成纪按照现代学界的一般看法，说西方文明是海洋的，中国是内陆的；西方是商业的，中国是农业的；西方是城市的，中国是农村的；等等。与此相应，西方美学和艺术被视为来自海洋观念、工商业方式的产物，城市是它的载体和呈现场域；而中国美学和艺术则体现出鲜明的内陆性，是农耕文明的产物，其审美主要指向乡村、田园和自然山水。但是，刘教授认为，对中西方这种非此即彼的比较，导致了对中国传统文化和美学的某种误判，其实现代中国美学呈现出了城乡二元结构。

中国社会科学院研究员王珂平从西方实用活力论的角度重新思考中国美学的精神。在他看来，西方美学是突出感性认知的感知科学，是关乎艺术本体论、价值论与创作规律的艺术哲学。而中国传统美学则更注重内在超越性以及审美的道德目的性。从西方活力相因论的流变而论，可使得中国传统美学获得新生，因为它具有艺术实践的创化功能和审美智慧的养育机制，体现出绵延不已或持久常新的独特魅力。

首都师范大学史红教授依据生态学的理论，主张人文社科是一个层次、类型交错纵横且错落有致的生态系统，而美学作为一个学科在人文社科领域里占据一定空间，存在着自己的"生态位"。一方面，为美学理论研究提供更为丰富的手段；另一方面，通过解析美学生态位现象，会使我们对美学未来的发展有更明确的目标。从学科比较角度研究美学的"生态位"不仅具有生态学的理论意义，而且具有明确的美学定位，提高美学学科能力的实际意义。

厦门大学人文学院代迅教授从中西比较的角度阐释了荒野审美意识的逻辑发展。从中国来看，中国古代山水诗和山水画的艺术实践活动，物感说和"江山之助"的理论总结，在自然审美中包含着荒野审美欣赏的丰富内容。从西方来说，19世纪浪漫主义文艺创作及其美学总结是荒野审美意识的直接理论来源；20世纪的大地伦理学、非人类中心环境伦理学、肯定美学等，都推动了荒野审美意识理论建构的逐步完善。中西方荒野审美意识的发展，对于我们更为诗意地栖居于大地具有强烈的现实针对性。

五 新媒介时代的美学建构

众所周知，"日常生活审美化"一度风靡学术界，成为学人讨论的焦点，时至今日，随着新媒体和后现代美学形态的不断涌现，该话题余温尚存。四川师范大学研究生院董志强教授结合当下美学现状，发惊人之言，认为"日常生活审美化"现象混淆了审美客体与审美对象两个层次，不属于真正的审美活动，本质上是一种"伪审美"。同时，他从未来美学发展的角度又肯定了该命题的意义，并认为审美教育是实现从"伪审美"向真正的审美建构的重要路径之一。

首都师范大学王德胜教授认为在当代新媒体语境中，理性一元论为中心的价值立场已经遭受了普遍的怀疑，新感性价值得以重新确立。那么如何实现新的美学可能性？王教授认为，恢复"身体的自觉"已经成为美学当下发展的一个方面。他主张在充分理解身体意识普遍性特征的基础上，明确人的感性活动和感性价值的正当性，在"非知识化"的意义上使美学成为现实文化实践中的媒介，这是未来美学实现新建构的前提。

山东师范大学杨存昌教授在宏观分析新时期三十多年来中国美学发展状况的基础上，对未来美学发展趋势提出了以下看法：第一，未来中国美学将逐渐回归学术本位；第二，未来中国美学将在全球化过程中发挥越来越重要的作用；第三，未来中国美学将在不断推进学科基本理论的基础上，日益向多学科交叉和多元化的方向迈进；第四，未来的中国美学研究将更多地与日常生活、物质实践、审美创造等紧密结合。

陕西师范大学文学院李西建教授称当下是一个文化创意时代，之所以这样说是因为，一方面随着知识化、信息化及全球化步伐的加快，文化创意作为社会发展的动力作用日渐突出；另一方面，文化创意也是一种悠久而典型的艺术与审美创造行为，并且已经覆盖了当代人的日常生活、审美感知和传媒文化等各领域。鉴于此，未来的美学生产要努力应对经济社会的全新挑战，并从根本上使审美意识真正融入社会生活的各个方面，进而推动文化的进步与文明的提升。

概言之，本次大会以美学的传统与未来建构为基点，涉及当下新媒介与社会热点问题，并展示了多学科交叉研究的方向，取得了良好的社会效果和理论意义。同时，会议充分展示了当代美学研究者的批判意识和审美关怀，体现了美学学科发展的时代性与开放性，对进一步推动中国美学理论体系的建构具有重要的建设性意义。

（作者系河北师范大学文学院教师）

"生态美学与生态批评的空间"国际研讨会综述

程相占

2015年10月25—26日,由国际美学学会、中国山东大学文艺美学研究中心、韩国成均馆大学东洋哲学系BK21PLUS事业团联合主办的"生态美学与生态批评的空间"国际研讨会在山东大学中心校区成功召开。研讨会在山东大学文艺美学研究中心主任谭好哲教授的主持下开幕,来自美国、德国、芬兰、日本、韩国、中国香港、中国澳门、中国台湾以及中国大陆等九个国家与地区的近百名代表,围绕着"生态哲学与生态文明""生态美学与环境美学""生态批评与生态文学"等三个议题展开了热烈讨论,现择要综述如下。

一 生态哲学与生态文明

韩国成均馆大学东洋哲学系教授、BK21PLUS事业团团长辛正根阐述了中国哲学与生态学的关系。他认为,中国哲学尽管形成于前工业时代,但也包含着生态学的特征,能够为拯救当代生态危机提供思想资源。儒家学说既重视自然的人化,同时又重视人类的自然化,人与自然能够互相交流、互相补充。与此相反,道家则否认自然的人化而倡导人类的自然化,认为人类应该成为世界的一部分。简言之,中国哲学是一种"天下生态学"。

黄河科技学院生态文化研究中心鲁枢元教授着眼于人类纪、精神圈与宗教文化的关系,从生态视野出发考察了梵净山弥勒道场与傩信仰。他认

学 术 动 态
Academic Trends

为，人类社会如今面临的种种足以致自己于死地的生态困境，正是由于人类自己营造的这个"精神圈"出了问题。营造人类纪的生态社会，修补地球生态系统的精神圈，梵净山佛教文化中的"弥勒道场"与流行于梵净山周边的原始宗教"傩文化"，恰好可以作为具体的案例。

北京大学马克思主义学院郇庆治教授认为，生态文明及其建设在当今中国已经发展成为一个至少包含四重意蕴的概念：其一，生态文明在哲学理论层面上是一种弱（准）生态中心主义（和生态或环境友好）的自然/生态关系价值和伦理道德；其二，生态文明在政治意识形态层面上是一种有别于当今世界资本主义主导性范式的替代性经济与社会选择；其三，生态文明建设或实践则是指社会主义文明整体及其创建实践中的适当自然/生态关系部分，也就是我们通常所指的广义的生态环境保护工作；其四，生态文明建设或实践在现代化或发展语境下，则是指社会主义现代化或经济社会发展的绿色向度。作为一种生态文化理论的生态文明理论，可依据环境政治分析的不同视角而划分为三个亚向度或层面：一种"绿色左翼"的政党意识形态话语，一种综合性的环境政治社会理论，一种明显带有中国传统或古典色彩的有机性思维方式与哲学。

山东建筑大学法政学院刘海霞教授分析了生态文明阐释与建设中的环境正义向度。她认为，生态文明是指保持自然环境及生物多样性的一种人为努力，其核心内容是协调人与自然的关系；环境正义主要是指在环境利益的分配、环境负担和环境风险的承担等方面的公平，其核心内容是协调人与人之间的关系。环境正义在生态文明阐释和建设进程中具有极为重要的基础性作用。从学理层面来看，环境正义是生态文明建设的必要前提；从制度层面来看，环境正义是生态文明制度构建的价值追求；从实践层面来看，环境正义是生态文明建设的当务之急。

山东大学文艺美学研究中心讲师李飞试图从目的论角度解读朱熹的"仁"的概念，他认为，朱熹将"仁"由一个纯粹的伦理概念改造为一个贯通宇宙界与人生界、本体界与现象界的本体概念，成为一个以"天地生物之心"为最终原因，以人为最后目的的目的论系统。如果以康德的反思判断力为视角来解读这一概念，或能为一种人文生态主义的建立提供理论参考。

二 生态美学与环境美学

这个议题是本次会议的中心,受到了与会学者最多的关注。

山东大学文艺美学研究中心名誉主任曾繁仁教授将"天人合一"这种思想观念称为中国古代的"生态—生命美学",他认为,"天人合一"为中国古代具有根本性的文化传统,涵盖了儒释道各家,包含着上古时期祭祀文化内容;阴阳相生说明中国古代原始哲学是一种"生生为易"的生态—生命哲学,以"气本论"作为其哲学基础;而"太极图示"则是儒道相融的产物,概括了中国古代一切文化艺术现象;中国古代艺术又是一种以"感物说"为其基础的线性的时间艺术,区别于西方古代以"模仿说"为其基础的团块艺术。他提出,我们正在研究的生态美学有两个支点,一个是西方的现象学,另一个支点就是中国古代的以"天人合一"为标志的中国传统生命论哲学与美学。"天人合一"是在前现代神性氛围中人类对人与自然和谐的一种追求,是一种中国传统的生态智慧,体现为中国人的一种观念、生存方式与艺术的呈现方式。它尽管是前现代时期的产物,未经工业革命的洗礼,但它作为一种人的生存方式与艺术呈现方式仍然活在现代,是建设当代美学特别是生态美学的重要资源。

国际美学学会前主席、美国马凯特大学哲学系柯蒂斯·卡特教授的发言考察了自然在西方与艺术中的不断变化的角色。他指出,自然在中国与西方传统美学与艺术实践中一直有着重要功能,然而,西方自19世纪中期开始,中国自20世纪中期开始,流行的艺术实践中的自然之位置一直被各种审美理论与不断变化的艺术实践所质疑。记住艺术中的存在非常重要:艺术中的自然存在可以提醒作为人类的我们与其他生命形式继续参与到自然之中。我们作为自然的智能形式,我们有责任保护自然、警惕滥用自然的风险。从生态的视野来看,我们不能忽视我们作为自然的其他部分之看护者的各种责任。自然在艺术中的持续存在是一种微弱的方式,这种方式使得我们能够体验自然之美,从而加强人类生命与自然其他生命力量之间

学术动态
Academic Trends

的联系。对于中国人而言，艺术中的自然依然是将他们的丰富文化代代相传到现在必不可少的核心主题之一。

东芬兰大学约·瑟帕玛教授的发言题目是《审美生态系统服务：自然造福于人类与人类造福于自然》，他提出，"生态系统服务"这一术语指的是我们从大自然也即广义上的各种环境中获取的物质与精神福祉。各种形式的这种福祉已开始被称作"服务"。大自然是通过为人类提供生命赖以存在的物质和知识的先决条件为人们服务的。这也是我们审美幸福的基础。我们看到大自然或蒙难或繁荣，也就观察到我们对自然状态的影响。正如我们的福祉要仰仗自然的服务，自然的福祉也越来越依赖于我们和我们的文化。对环境的审美本身就是人类福利的一部分，而同时又是保持和创造人类福利的途径和办法。从环境角度来看，文化可分为正文化和负文化。友好的环境关系以及环境文明是积极正向的，它意味着对待环境的友好行为是责任、关爱与尊重，与此同时维护对方的尊严。环境智慧或生态哲学是基于这种知识和情感的正向文化。在享用大自然供给的福祉时不过度开发大自然，并能维持和发展自然提供福祉的能力，这就是智慧。

韩国成均馆大学东洋哲学系研究教授郑锡道试图以老子的思维解读石涛的《庐山观瀑图》，然后把《庐山观瀑图》作为典型例子阐释了东亚传统绘画所蕴含的道家生态美学思想。他认为，"画"本身作为一个完整的整体，是我们观看的对象而不是解读诠释的对象，换句话说，画是用来欣赏的，不是用来读的。不过在东亚传统绘画中，尤其是采用山水素材的绘画，我们对此类画的解读并不陌生。因为从素材到表现形式，此类绘画和当代哲学思维都有着很深的渊源。可以说，东亚传统山水画就是"视觉性思维空间"。包括老子的道家哲学思维对传统山水画有很大影响，因为从特定绘画中能窥见称之为道家情趣的诗情画意。所以从整体来讲，道家思维和山水精神很容易结合。但这些不单单是情趣问题，这些以老子的思维作为诗意基础的东亚绘画蕴含着画家希望融入自然韵律的东亚固有的生态美学。

德国—希腊双重国籍的艺术家瓦西里·雷攀拓在发言中讨论了将生态艺术视为"自然的女儿"这个问题。他认为，风景画并不只是对身边自然

· 293 ·

的一种感知,而是一种精神的产物。在史无前例的工业化和资本积累的快速进程中,自然作为唾手可得的资源成为最快最有利可图的牺牲品。与此对应的现代绘画主题不是艺术家感知到的真实世界,不是自然的对应物,而是支离破碎的片段,是对自然的断章取义。艺术对于我们现在身处的糟糕环境难辞其咎。整个世界甚至对我们的心灵而言都是一种难以名状的对话。整个宇宙充满了意义,充斥着各种表象。只有强烈地感知一切事物的存在,接触事物的本质,沉浸到事物的内在,我们才能真正到达彼岸,了解那些未知的、无形的宇宙的昭示。他的生态绘画是按照自然的内在规律构建的文化景观,是生态的而非独断妄为的,是他对主流艺术即抽象主义和形式主义的一种反驳,也是对破坏自然的一种反击。

武汉大学城市设计学院、哲学学院陈望衡教授在发言中提出,当代的环境观念是在环境与资源的冲突中产生的,是工业社会对资源的掠夺造成了自然环境特别是其中的生态平衡的破坏,促使了环境概念从资源概念中的脱离与独立。资源与环境关系观是人类文明观的集中体现。生态文明作为生态与文明共生的新文明,建构着新的环境价值观和环境审美观。就人类利益的总体言之,人类既要绿水青山又要金山银山;但在资源与环境严重冲突的情况下,人类宁要绿水青山也不要金山银山。资源与环境关系的正确处理的根本原则是:绿水青山就是金山银山,保住绿水青山,才建金山银山。

香港浸会大学研究院行政副院长、人文及创作系文洁华教授对美国美学家阿诺德·伯林特收录在其2012年著作《超越艺术的美学:近期杂文集》中的一篇文章"中国庭园的自然与栖居"进行分析,在回顾了伯林特关于主客体关系、身体反应、审美体验,以及中国庭园环境等方面的思想之后,她还对伯林特基于中国庭园的自然以及扬州个园的真实案例的阅读心得,与当代儒家学者唐君毅先生的中国建筑美学研究进行比较研究。她认为,唐君毅在其颇具影响力的著作《中国文化之精神价值》中,提出了传统中国建筑与庭园设计的形而上学表征,以及人与自然或道之间的互动关系。对上述两本著作的比较研究显示,伯林特关于主体解读的特点与唐先生关于中国庭园的"具身化"(embodiment)观念,如"藏""息""修"

学术动态
Academic Trends

"游"等十分接近。这两部著作的对应性也使得我们可以借此检视比较美学及其回响。

美国纽约市立大学布鲁克林学院现代语言文学系张嘉如副教授的发言题目是《舌尖上的道德：走向"关怀"饮食美学》，她指出，每日不断重复的活动像吃这日常生活事件将把生物、美学与道德的三个冲突和紧张性凸显出来。吃是一个生物冲动，感官上很愉悦但同时也是暴力的一件事。在21世纪的今天，美食主义盛行的世纪，不只是隐藏于吃的"庸俗的必须性以及强迫性"，美食主义隐藏自由经济主义背后的贪婪和罪恶。她将以道德为取向、关怀心出发的"美食"主义称为"关怀饮食美学"。繁缛的餐桌摆设、饮食仪式反映出结构主义二元思维里根深蒂固的一种对生物性，不管是个人或是有机世界的厌恶，所谓的文明就是将此原始的、有机的生物学加以转化。繁缛的餐桌摆设和饮食仪式即被发明用来遮掩吃这个动作本身的野蛮性。

上海政法学院研究院国学所所长祁志祥教授的发言从批判如下观念开始：美只为"人"而存在，只有"人"才有审美能力。这是西方美学的传统观念。他认为，站在万物平等、物物有美、美美与共的生态美学立场上重新加以观照和反思，就会发现动物也有自己的美和美感能力；人类依据快感将相应的对象视为"美"，按照同一逻辑，就不能不承认动物也有自己的快感对象，也有自己能够感受的"美"。不同物种的生理结构阈值可能存在交叉状态，这便会产生不同物种都感到快适的共同美；但不同物种的生命本性和生理结构本身是不同的，因而感到愉快的对象也不尽相同，天下所有动物都认可的统一的美是不存在的。动物与人类共同认可的美一般而言只能发生在引起感官快感的形式美领域。在动物美问题上，庄子、刘昼、达尔文、黄海澄、汪济生等人曾作出过有益的探索，我们应在新的美学视野下对这种研究加以进一步深化。

南京大学艺术研究院赵奎英教授尝试从海德格尔的现象学存在论看卡尔松自然环境模式的根本症结。她认为，卡尔松的自然环境模式是在对西方传统的自然审美中的艺术化模式，亦即"对象模式"和"景观模式"的批判分析中提出来的，但它本身仍然具有艺术化和对象性特征。造成这一矛盾的根本症结在于其认识论对象性的思维方式。要想克服这一根本症结，只有换一种看待自然、看待环境的方式。海德格尔的现象学存在论证可以为这种思维方式的更新提供途径。根据海德格尔现象学存在论之思，环境不是科学研究和审美欣赏的对象，而是与人的整个生命进程交织在一起的住所。现象学存在论意义上的自然并非现成的自然物，并非对象领域，而是自行涌现着、绽开着的强力，是自然的"存在者"与自然的"存在"的统一。它是不能凭借认识论意义上的审美，也是不能凭借对象性的科学达到的。只有以诗意栖居的态度体验自然、觉知自然，自然的丰富性与完满性，自然的纯朴和圣美才能得以显现。海德格尔的这种现象学存在论自然环境观可以看作是对卡尔松的科学认知主义的自然环境模式的诗性超越，也可以说是自然审美模式问题在更高层面上的解决。

广西民族大学文学院袁鼎生教授提出了自己的生态美学构想：在整生与美生的自然化和弦中，形成了生态存在与诗意栖居的统一体，即为审美生态。审美生态的——旋生，展现了生态美学形成、升级与完形的机制。审美生态的共生化旋生，形成生态美学；审美生态的整生化旋生，提升生态美学；审美生态的天生化旋生，完形生态美学。

上海交通大学人文学院中文系汪济生教授讨论了生态美学与动物美感研究之关系。他认为，首先动物是生物大类的二分之一部分，而人类仍然还是动物的组成部分之一；其次，人类是从动物进化而来的，今天人类的生理构造和神经构造与动物有极大的相似性；最后，迄今的科学，几乎不能将人类和动物从学理上清晰、断然地区别开来。现代科学的实验研究证实，动物有初级的有计划、有意识的行为能力，有初级自我意识，有初级的制造工具的能力。我们既然连动物和人类的区别在学理上都还不能断然划分，那么，我们传统美学的学说断然地否认动物有产生美感的能力，无疑太粗暴了。所以，对动物美感问题的研究，是非狭义的、视野广阔的、严谨而科学的生态美学研究的基础之一，它有助于生态平衡美中的伦理学问题的探索。

济宁学院中文系主任王钦鸿教授与其同事张颖慧讲师讨论了伽达默尔"教化"理论中的生态美育智慧问题。他们认为，生态美育以生态的视野思考美育的发展，是生态文明背景下审美教育发展的新形式。传统的艺术教育因其认识论的哲学基础、以人为中心的思维模式等，已不能完全适应当前的现实发展。为了获得更广阔的发展空间，并充分发挥其效能，审美教育需要向生态美育转化。但当前生态美育的发展还不成熟，迫切需要从中西方的哲学思想中寻求理论资源。伽达默尔的"教化"理论蕴含着丰富的生态美育智慧，可以为当前生态美育的发展提供一定的理论支撑。"教化"本体论的哲学基础是生态整体观所需要的，而且它本身的教育性、平等性、对话性都能对我们进行生态式审美教育提供一定的指导。

山东财经大学文学与新闻传播学院孙丽君教授以现象学为基点，讨论了审美经验对构建生态意识的作用。她认为，在现象学的视野中，审美经验的本质是对自我构成的经验，也是对自我有限性的经验。这一经验是生态意识的一部分，与生态意识构成了部分与整体的循环关系。在个人意识领域，审美经验构成了反思认识论传统的冲力，也是形成生态真理观、生态价值观的基础。在公共文化视域中，审美经验是形成对话的动力。审美经验对个人有限性的反思，也有助于反思人类语言的边界，促进人与自然之间的对话。

绍兴文理学院人文学院刘毅青教授以"美学的批判与批判的美学"为题发言，讨论了生态美学的当代意义。他提出，作为美学的生态美学必然要对美学的内涵重新定位，不能以传统的认识论美学来理解生态美学。生态美学首先是一种存在论的美学，也是一种以生存实践为核心的美学，强调审美与生活世界之间的统一性。生态美学不能在传统的认识论美学的架构中进行研究，生态美学本身就要突破传统的认识论美学。生态美学不是传统美学下面的一个分支，毋宁说生态美学本身就是一种对美学的重新定义，对美学研究方向的校正，是美学走向一种与生存实践相结合的美学形态，是当下与生活实践相结合的美学，是美学发展的前沿方向。生态美学的意义在于如何切入审美批评的实践中，如何以生态美学作为批评理论介入对艺术创作乃至生活美学的批判中。生态美学对传统美学的批判就在于对传统的美学观念进行批判，对建立在现代性启蒙思想传统上的人类中心的美学观进行反思。生态美学必然是一种批判性的美学，生态美学的批判意义在于以一种超越人类中心的价值观引导人们进行以合乎目的性与合乎规律性的方式进行审美。生态美学具有文化批判的功能、艺术的批判功能，对现代艺术以个体的创造为核心的艺术观念进行批判。

武汉大学城市设计学院朱洁副教授探讨了环境美学视野下的产品设计原则。她提出，产品以及产品设计自人类工业革命以来迅猛发展，如今人们已经被产品包围，可以说产品已经成为人类环境的重要组成部分，或者说人类就生活在产品环境之中。但是产品发展到今天出现了严重的问题，包括资源问题、环境问题以及人们对产品审美的扭曲。作为产品创造者的设计师将重新思考产品设计问题。在环境美学视野下，产品设计应该遵循四大原则：生态原则、自然原则、艺术原则和生活原则。在四大原则的指导下产品将会发生巨大的变化，我们的环境也将会改变，这种改变将更有益于人类的可持续发展。

山东大学文艺美学研究中心副主任程相占教授在发言中讨论了康德美学对于当代环境美学的影响，认为这主要体现为以下四方面：（1）康德的自然审美理论（包括自然美与自然崇高）为环境美学构建提供了理论原型，环境美学家伯林特与卡尔森都曾认真讨论构建美学的范式究竟应该是自然还是艺术，其相关论述恢复了自然审美较之于艺术审美的优先地位，甚至促成了卡尔森"自然全好"（又称"自然全美"）这样极度重视自然审美的理论命题；（2）康德美学的"自然审美—艺术审美"二元结构为当地环境美学提供了基本思路，启发环境美学家通过对比自然欣赏与艺术欣赏的异同来展开理论论证；（3）康德美学的核心概念"无利害性"激发了伯林特环境美学的"交融模式"，后者正是在批判前者的基础上提出并论证的，从而丰富了环境美学对于审美模式的探讨；（4）康德哲学的"物自身"概念激发环境美学家哥德维奇、齐藤百合子等提出了"如其本然地欣赏自然"这样的命题，从而加强了环境美学的伦理维度，为环境美学走向以生态伦理为基础的生态美学奠定了坚实的基础。康德美学无疑代表着现代美学的高峰，而环境美学则是后现代美学格局中学术成就最为丰硕的新兴美学。认真总结康德美学对于环境美学的影响，有助于我们切实地思考现代美学与后现代美学乃至现代性与后现代性之间的辩证关系，从而为我们真切把握西方美学自其正式诞生以来的理论演变过程提供可靠的理论线索。

国际美学学会主席、中国社会科学院文学所高建平研究员讨论了"城市美之源"问题，日本同志社大学文学、美学与艺术理论系冈林洋教授分析了日本与中国两个文化传统区域对于加快生态美学发展的要求，温州大学人文学院胡友峰教授分析了康德与自然美问题，郑州大学文学院美学研究所张敏副教授探讨了河南省"美丽乡村"建设问题。

三　生态批评与生态文学

澳门大学中文系朱寿桐教授认为，汉语文学有条件成为世界文学中卓有成效的一支生态文学，其原因是，天人合一的生态理论是我们汉语文化的优良传统，古代天人合一文学的生态伦理为汉语新文学的生态型提供了借鉴。当代社会我们所面临的生态建设的任务至为艰巨，而发达国家率先进行的生态破坏使得我们拥有相对的批判权力。从生态建设的时代命题上，我们的汉语文学可以因此建立伟大的批判视野，直至建立批判的功勋。

深圳大学文学院王晓华教授认为，生态运动与个体权利概念的兴起在历史上具有因果关系，它源自并属于被压迫者——妇女、儿童、奴隶等——的解放运动，而后者是现代和后现代现象。生态学从一开始就将有机体当作能参与"家事管理"的主体，譬如，可以与其他有机体和物质环境互动。在这种语境中，人、动物、植物都是生态共同体的公民，没有谁低于或高于他者的问题。因为每个有机体都是主体，因而他们之间的关系就是主体和主体的关系。简言之，生态批评的"硬核"是主体间性，后者则并无前现代的对应物。对于生态运动来说，相应的伦理学和政治学观念从人类社会向自然世界的扩展乃是关键性的，它是公民身份持续扩展的结果。在文化领域，如果作家和诗人不将自己的同情和爱由人类扩展到自然生命上，生态文学就不会获得诞生的机缘。进而言之，生态批评本身也深受当代政治学、社会学、伦理学乃至形而上学的影响，并从中找到了可以支撑生态主体间性的思想资源。挖掘生态批评多向度的思想资源是个尚未完成的工作。生态批评的一个使命就是在主体间性的视域中开展多向度的研究。

台湾淡江大学英文系黄逸民教授从美学与伦理学之关系的角度讨论了台湾生态诗歌,他指出,随着最近所谓生态诗歌的出现,生态批评和生态诗歌有强大动力,呼吁我们关注真实世界。同时,正如一些批评家所说,对生态诗歌来说,复魅世界的功能依赖于比喻性语言的技巧。换言之,正如尼尔·埃文登所主张的,"没有美学的环境主义仅仅是区域规划"。他还引用斯科特·尼克博克在2012年关于生态诗歌的著作,提出生态诗歌"设想了伦理学和美学之间的关系"。格雷厄姆·哈根和海伦·蒂芬提出,后殖民生态批评应努力保留审美的功能,并呼吁关注"它的社会和政治有用性"。美学和伦理学之间的这种张力是台湾生态诗人致力表现的主题之一。黄逸民还介绍几位主要诗人,例如余光中、刘克襄、鸿鸿、瓦历斯·诺干与莫那能。他提出,余是一位经典诗人,其诗作在中国台湾和中国大陆都广受尊崇,他用余写的两首诗来说明余的诗中带有生态内涵的审美之美。根据安·费希尔·沃斯和劳拉·格雷·斯最特在2013年关于生态诗歌的书中的定义,刘和鸿可被归类为"环境诗人"。他们在诗中更关注政治议程。莫那能和瓦历斯·诺干是有名的少数民族诗人。他们的诗引起我们对土著和环境主义之间关系的注意,这种关系是罗布·尼克松为"重新想象主流范式的需要"而提倡的。

台湾淡江大学英文系爱丽丝·拉尔夫副教授考察了《林中烟雨》这部作品与亚洲—太平洋树之间的关系。这部作品的作者 W. S. 默温是20世纪美国著名诗人,曾获美国国家图书奖和普利策奖。他在1988年出版了诗集《林中烟雨和亚太的树》之后,其诗歌中对环境主题更加关注。《林中烟雨》这本诗集关注夏威夷亚太地区的环境衰落,试图拯救夏威夷火山区域的桃金娘树和其他当地诸多树种。同时,由于环境思考家和活动家的努力,减缓了台湾的森林采伐。拉尔夫副教授还介绍了由工业家转变为植树家的赖培源,台湾环境保护协会成员以及大台北树木保护运动发起人潘汉昌,台湾林业部门与国际珍古德协会联合发起的"根与芽"项目,以及台湾土著人民理事会发起的保护台湾树木活动。

山东理工大学文学与新闻传播学院盖光教授讨论了生态批评与中国文学传统对接、交融的学理特性等问题。他认为，生态批评尽管初创于欧美国家，但其作为跨文化的世界性传播与交流策略，不仅深潜着文学的内向性与情感体验性，而且又满怀希望地由内走向外。生态批评所建立的基本理论视域不仅仍然是寻求，或者是旨在深层次挖掘人与自然有机关系的内涵，而且也在深度探求人类的共通性，这也使其体现了社会性、历史性及文化性的批评特性。生态批评与中国文学传统对接、交融不仅是可能的，更是必需的。二者不是简单合成，而是会不断地创生新的理论视域、学理方法且融入实践境域。生态批评与中国文学传统在构建机制、学科视野、理论思维的方法、情感表达方式、审美体验程度以及对生存问题的特别关注、对自然体悟的"元"状态的认知及审美表达方面等都有着契合的机缘，二者之间不仅可以进行多方位多层次的理论对接及交融，在自然意象、爱意表达及诗意体验方面汇聚共通性，而且相互间在方法论、话语表达及跨文化交流方面也能够共铸学理特性。

华东师范大学对外汉语学院王茜副教授分析了科幻文学中的"换位思考"及其对于反思生态整体主义的意义。她认为，科幻文学是基于科学理论以及技术发展的可能性对未来世界的想象，但是它同样也是人类当下社会生活中的渴望与恐惧的投射，是对现实世界的理解在未来时空中的投影。对于生态批评来说，科幻文学最大的启发性在于它提供了一种"换位思考"的视角。科幻文学中所描绘的宇宙生态关系折射着人类社会中不同文化群体、种族、国家之间的关系。生态整体主义代表了世界上一部分人的文化价值观，却并不意味它是一个客观真理和至高法则，足以用来指导和支配不同文化群体和国家的实践行动。正如科幻文学所描绘的，一个能够代表终极价值的最高宇宙真理并不存在或者不可认知，星球文明的自我保存就是宇宙生态中最简洁有力的基本法则，当今世界的各种政治、文化、经济冲突及国际争端似乎也已经证明了生存权的优先性，而不同国家基于生态问题达成的共识主要是在自我保存这个基本法则受到威胁时彼此协调妥协的结果。所以，生态整体主义不应该成为一种具有价值优先性和强制性的行动法则，它也不是绝对真理，对于地球上的不同文化群体来说，以生态整体主义作为其行动的强制性要求不恰当，它只有当作为某文化群体在基于基本生存权得以充分维护基础上的主动选择时，才是有价值的。

江西农业大学外国语学院卢普庭教授以 H.D. 梭罗的代表作《瓦尔登湖》为研究样本，主要从清教思想、浪漫主义和超验主义三大哲学思想的内涵论述其对梭罗生态意识的形成和发展过程的影响；阐述了梭罗生态思想的主要内涵，旨在从文学的角度反映当今世界生态危机日益严重，人们应该反思其对待自然的态度。

山东大学文艺美学研究中心杨建刚副教授分析了消费时代的文化状况、精神困境与艺术使命。他提出，消费时代的文化是一种世俗化的享乐主义文化，这种文化的过度膨胀造成了诸如身份认同危机、精神焦虑以及意义世界的困惑等精神困境，而无节制的消费欲望和消费主义意识形态的泛滥也成为生态破坏与危机发生的重要原因之一。消费时代的艺术承担着重要使命，消费时代文学艺术的理想境界需要从人文精神取向、审美的维度以及生态学的视野等几个方面展开。

环境人文学国际研讨会会议纪要

张乐腾　刘　杰　许方怡　刘宇彤

2015年11月6—8日，环境人文学国际研讨会（Environmental Humanities on the Ground）在上海师范大学会议中心召开，会议由上海师范大学国家重点学科比较文学与世界文学研究中心承办，由该中心博士生导师、会务主席陈红教授主持，上海师范大学副校长高建华致开幕辞，该中心刘耘华教授、郑克鲁教授、国际著名生态批评学者Scott Slovic教授、中国人民大学新闻传播学院郑保卫教授等发表关于环境人文学研究意义的讲话。

此次会议主题的关键词是：物质性、可持续性与应用性（Materiality, Sustainability and Applicability）。大会以跨学科研究为特点，集合了文学、哲学、人类学、历史、艺术、新闻传媒、法律以及建筑设计和农业科学等众多领域的50余位专家学者（其中20位来自美、英、加、澳、韩、爱尔兰等国家以及我国的港台地区），全程采用英语进行交流沟通。会议从2015年11月6号上午8：30持续到11月8号中午，两天半的时间里共有三场六个主题的发言，一场主题对话和一场圆桌会议，另设五个小组发言时段，每个时段分设上下两场，除个别小组外，每组有四位代表发言，每位代表发言时长20分钟，发言结束后仍有充裕的时间互动问答，与会代表在轻松的氛围中表现出热烈而浓郁的对话兴致，时而唇枪舌剑，时而握手言欢，纵横捭阖，百家争鸣，令人欣然忘"时"。

三场主题发言分别于6—8日上午举行。其中第一场发言的主题是：生态批评与美学。由来自美国爱达荷大学的Scott Slovic教授和来自山东大学的程相占教授主持。首先上海师范大学东方学者、韩国成均馆大学的

Simon Estok 教授做题为"实际存在：'最佳美学享受'与生态批评的行动场所"的发言，他认为伦理改变与气候变化有若干共同特征，它们都是全球性的，都缓慢得让人无从察觉，且都受到当下媒体的关注。他非常新颖地引入了"一昼夜地球史"（history of Earth on a 24 hour clock）的表达，指出我们"已经在此：距离午夜不足两分钟"，整个发言伴随着时钟滴滴答答的脚步，最终定格在了一幕硕大的"游戏结束"的画面上。当然这并不是"游戏"，而是关乎人类前途和命运的自为的终结和毁灭。Estok 教授的发言非常震撼，启人深思。随后清华大学梅雪芹教授从生态批评研究的角度对英国历史学家 G. M. Trevelyan 的乡村保护实践进行了解读，他的乡村保护实践不能仅仅被看作怀旧情怀，更是对于自然的看重，至今仍可以感受到他的深远影响。这一新颖的解读展现了生态批评研究的新视角和跨学科的魅力，正所谓"自然美的召唤与要求"和人文学科的完美合作。

8 日上午第一场发言的主题是"环境人文学与气候变化"，由来自哥伦比亚大学的 Greg Garrard 教授和罗良功教授主持。英国巴斯—斯巴大学的 Terry Gifford 教授发言伊始就提出了一个假设："如果我们不采取行动，上海将很快被淹没在水下，还有伦敦以及纽约。"发言中他多次提到 Naomi Klein 对于明日世界的寓言，反复强调智力真诚与情感真诚应该并重，从叙事学研究的角度切入气候与环境的变化，演讲者激昂的情感表现出一位人文学者关注现实的拳拳之心，其引文的翔实、数据的丰富、观点的振聋发聩，更是令听众感动不已。中国人民大学新闻学院的郑保卫教授从当下气候难题与联合国气候变化大会以及国际热点问题切入，就气候变化与气候传播，以及可持续发展的战略及策略问题展开研讨，呼吁各国政府加强合作以共同应对气候变化，解决气候问题，突出强调了"气候传播正义"的重要性。当天第二场发言的主题是"语言与文学中的动物能量"，由来自英国的伍斯特大学的 John Parham 教授和来自中国台湾地区中研院的周序桦教授主持。英国伦敦国王学院的 Guy Cook 教授认为我们与动物之间的关系已然发生了彻底的改变，他从耗时三年才完成的"利弗休姆研究项目"（英国特设的为支持学术研究的基金项目）着手，认为人类的语言称谓的变化为当下人与动物关系研究提供了重要的视角和依据。Cook 教

学术动态

授从语言学角度切入生态批评的研究方法非常新颖独特。Scott Slovic 教授则重点关注了"能量意识"(energy consciousness),他认为人们并没有意识到生活的诸多方面与能量的关系,而这种忽视对人类及所有生命引起的后果源于对"气"的关注的缺失,他认为文学作品可以更好地传达能量意识,引起人们对于生活中能量现象的关注。

会议第一天下午 A 组第一场的主题为:生态、艺术与美学。由来自山东大学的程相占和来自山东财经大学的孙丽君主持。香港大学朱翘伟从蚕桑的生态环境角度探讨了中国当代艺术的"物质性与瞬时性",强调了中国传统文化中"天人合一"的重要性。同济大学的王云才则从景观生态设计与生态语言设计的角度出发,以江南水乡来例证生态语言设计的方法程式。来自浙江师范大学的蒋玉兰从读者反映批评理论出发,以一个"普通"中国读者的儿时生活记忆来应和约翰·巴勒斯的"农场生活片段",发现了两者之间的多重相似点。山东大学的程相占阐释了中国视域下的生态智慧和生态美学,展现了古老的东方智慧和东方美学,希冀引起世界对中国古代文学与艺术中的生态智慧和生态美学的关注。A 组第二场的主题是:生态与社会正义。分别由来自南京大学的方红和来自香港大学的余丽文主持。安徽科技学院的张慧荣采用文学后殖民生态批评理论探讨美国荒野观念与印第安人的关系,为研究美国荒野观提供了新的阐释视角。上海师范大学谢超对《伦敦烟雾纪实》进行了全新的生态解读,文本中"健康、富足与美好"的构想在当下依然具有重要的参考价值。北京林业大学的张雅馨在"环境正义"的视角下,对生态乌托邦思想进行批判,试图纠正错误的生态保护措施与生态发展观,重新建构适合当下形势的可持续发展观。南京大学的方红引入了"装置社会"这一概念,分析中国当代网络女诗人余秀华诗歌中的生态内涵,指出余秀华诗歌的生态内涵与装置社会的矛盾关系在一定程度上是自然与技术的矛盾。

B 组第一场的主题是:生态农业与生态社区。由来自中国台湾地区"中研院"的周序桦和《世界文学研究论坛》杂志编辑杨革新主持。澳大利亚新英格兰大学的 Vanessa Bible 认为培养环境和平社区应该以"共同之处"为实践阵地,以此来构建环境友好、可持续的生态未来。北京师范大学的田松从土地伦理和生态伦理角度看待农业伦理，指出土地伦理强调土地本身是生命的集合，人附属于土地共同体。他认为人类应该"还土地以尊严"，同时强调中国的传统农业既合乎中国传统伦理，也合乎西方概念下的土地伦理和生态伦理。中国台湾地区"中研院"的周序桦做了题为"超越中国城：陈阿瓦，都市觅食与美国城市新景观"的发言，详细阐释了华裔美籍作家陈阿瓦的饮食观与美国城市新景观的碰撞。B组第二场的主题是：海洋河流文学中的伦理危机。由来自中南财经政法大学的谢群和来自台湾师范大学的梁一萍主持。广东外语外贸大学的郑杰通过分析John Banville《海》中叙事者马克思对于伦理身份的追问，引发听者对记忆再现现实的有限性和伦理身份流动性及矛盾性的认识。郑杰认为小说不仅暗示了马克思个人精神之路的走向，也对西方思想传统中"个人主义"进行了深入的思考。华中师范大学的候冬梅分析了大庭美奈子《逝川流水》中的河流伦理，认为作者利用河流的壮丽美景和源远流长的文明哺育史等属性树立起人类在自然中的伦理参照体系，进而揭示了深蕴在《逝川流水》中的"认识人类自身"的主题。安徽理工大学的方海霞从Robert Lee Frost的各种河流意象的生态含义解读入手，分析诗人的生态哲学观以及他对20世纪人类丧失精神家园的忧虑和关注。中南财经政法大学的谢群分析了中国的生态小说《老滩》，认为小说在表达了人类在面对财富的追求与海洋生物锐减的矛盾时，希望探索人类与海洋动物共生新模式的愿望。

会议第二天分八个小组进行发言。上午C组第一场的主题为：生态批评与动物。主要围绕饮食中的动物伦理进行展开，由来自纽约城市大学布鲁克林学院的张嘉如和来自巴斯—斯巴大学的Terry Gifford主持。北京师范大学田松从人类学的视角解读"狗可否为肉"，通过援引《史记》文献、民间习俗以及神话中狗和狗肉的属性来论证狗肉并非是正统食物的事实（主要是在汉族中）。上海师范大学陈红分析了风靡一时的《狼图腾》一书，认为在文本易见的内容下，作者强调的是"狼精神"的政治与文化价值，该书显露的生态主旨并不在其多重主旨中占据重要地位，因此《狼图腾》应作为政治小说而非生态小说被解读。来自中国台湾台南大学的吴宗宪强调应整合各方意见做好动物保护工作，最终缩小动物保护活动中哲学理想与现实之间的鸿沟,迎来动物保护工作在科学、哲学与现实政策之间统一的局面。他在会议结尾呼吁社会民众主动了解动物的权利,施予动物应有的关怀,期待动物保护政策的真正落实。纽约城市大学布鲁克林学院张嘉如以"'关怀'饮食美学"为切入点,从一个新颖的角度探讨饮食美学的道德伦理问题,她强调"吃"不仅仅是个人生存、生活的单一行为,而是全人类文明精神的体现。C 组第二场的主题是:城市、乡村、马克思主义和生态批评。由来自爱尔兰国立大学的 Ricca Edmondson 和来自中国台湾华梵大学的张雅兰主持。英国伍斯特大学的 John Parham 从最新近的材料生态学研究入手,结合恩格斯的理论,对狄更斯小说中维多利亚时代的社会生态进行探究。华中师范大学的罗良功着重论述了 20 世纪 40 年代美国非裔诗歌中"自然"的城市化与私有化,他认为白人与黑人之间的紧张关系反映出白人资本主义及其掌控自然的负面结果,展示了非裔文学研究从政治斗争向修辞批评的转向,不仅为非裔文学中白人与黑人关系研究,也为人与自然关系研究提供了新视角。湘潭大学的李志雄从生态批评角度对马克思主义进行了全新的阐发,认为人与自然的本质关系应该是和谐一体的。他指出当下的环境问题可以分为环境的不可持续发展问题与环境污染问题,为此人类应该避免过度开发,保持产出与消耗的合理循环。爱尔兰国立大学的 Ricca Edmondson 基于一定的推理根据,溯本求源,探讨亚里士多德、马克思与智慧环境推理的关系,为未来的理性环境提出新构想。

D 组的第一场发言延续 C 组第一场"生态批评关注动物"的主题:生态批评与动物。由来自韩国成均馆大学的 Won-chung Kim 与来自中国台湾淡江大学的黄逸民主持。清华大学宋丽丽就郭雪波的《大萨满》和迟子建的《额尔古纳河右岸》中的万物有灵论进行讨论,将萨满文化带入人们视线。她梳理出两者的三个共性:沟通性、变化性与整体性,最后从生态学角度剖析两个文本体现出的万物息息相关,互相捆绑,均有归处,而自然对此了如指掌的现象。来自中国台湾华梵大学的张雅兰围绕《海豚湾》这部影片发言,认为这部"食物纪录片"借助亚里士多德的修辞学三角关系,将影片置于动物权利、环境人类中心主义以及地方和全球的冲突这三种语境中，希望扭转人们忽视食物、动物与环境三者关系的看法，使得大众开始关切食品安全以及深层次的伦理问题。中国台湾淡江大学的 Iris Ralph 将重点放在"澳大利亚人的舌头"上，重点回应生态动物主义和本体素食主义之间的论辩。韩国成均馆大学的 Won-Chung Kim 围绕《食肉之年》中的叙述，揭示书中"错误"的肉食、媒体的概念，他希望世界可以引入一种"正确"的肉食、媒体观念，防止生态环境进一步恶化。D 组第二场的议题是：文学与社会中的生态伦理。由上海师范大学的陈红和来自美国北伊利诺伊州立大学的 William Baker 主持。纽约城市大学布鲁克林学院的张嘉如提出了"公司化的动物"概念，认为"残忍的肠胃美学"并非中国所独有，提倡社会应该从残忍的肠胃美学走向味觉的素食理论。来自北京第二外国语大学的李素杰不赞同将 Kurt Vonnegut 的《加拉帕戈斯群岛》当作一部黑色幽默的小说来看待，她从修辞的荒诞性出发，探讨《加拉帕戈斯群岛》中的动物伦理及其合理性。上海师范大学的胡英梳理了美国荒野文学的发展历程，探讨美国 20 世纪中期以后荒野文学表现出来的生态整体主义现象。她借助中国"道"的哲思，认为美国 20 世纪中期以后的荒野文学呼应了老子"荒兮未央"的预言，对应东方的"混沌"哲学，体现了明显的东方转向。华中农业大学的廖衡探析了菲尔丁小说中乡村与城市的对立，并揭示了这种对立背后所隐藏的深层的社会、阶级以及文学方面的原因。陈红细致地分析了沈石溪"狼小说"中的动物伦理，指出人与动物所面临的相似的道德上进退维谷的境地，揭示出人性中恶的存在以及作者自我的力量崇拜。

下午 E 组第一场的主题为：人造景观中的伦理困惑。由来自美国华盛顿州立大学的刘新民和来自北京师范大学的田松主持。吉林大学的宁欣将纪录片《我的土地》中错位的农民工作为观察对象，分析其身份危机和其流动特性与土地的呼应。台湾淡江大学的黄逸民对 Linda Hogan 的印第乌斯与台湾的妈祖进行"物质生态女性主义"的解读，以此探讨生态女性主义的相关现象。香港大学的余丽文以阎连科的《711 号公园》为例，对该书中自然与文化的交互沟通进行讨论，分析作品的诗学特性与生态神秘性的关系。刘新民从园林艺术角度剖析中国的"宇宙和一"与"感官不和

学术动态 Academic Trends

谐"两者之间的角力,举例包括王维的《辋川山庄》在内的中国园林建筑,揭示中国对于野生动物态度的变化。E组第二场的主题为:环境人文学与跨学科研究。由来自加拿大英属哥伦比亚大学的 Greg Garrard 和来自清华大学的宋丽丽主持。山东财经大学的孙丽君认为生态危机的形成,与人类在语言中形成的思维方式具有深层的联系,她从现象学研究入手,重新梳理语言的本质,发掘汉字的生态智慧,建构语言与感觉之间的关系。台湾师范大学的梁一萍发人深省地提出了"什么是植物"这一问题,以艺术作品"丝兰投资贸易工厂"为例,探讨"跨身体性"问题,分析人类与植物之间错综复杂的关系。浙江农林大学的陈晦基于中英文植物志的对比研究,提出了"植物是动物"的概念隐喻,具有一定的开拓意义。Greg Garrard 从环境人文学入手,向实际的决策者、环境人文学者提出了个人的见解和建议,观点发人深思。

本次会议的两个最大亮点是设有一场主题对话与一场圆桌会议,即6日晚上的"动物再现艺术与动保实践"对话,以及7日下午举行的以"生态编辑"为主题的期刊主编圆桌会议。

6日晚上的对话邀请到了旅美华裔艺术家张力山先生和 Best Friends China 的发起人苏心菡女士,由张嘉如教授主持。首先,张力山展示了命名为"形骸孤岛"的系列艺术作品。这是由被弃养的流浪狗和流浪猫的近1吨骨骸堆积而来的"冢"。冷色基调的灯光凸显了动物被遗弃的痛苦经历,它们最后被捕杀或是在病痛和饥寒交迫中孤零零地死去,留下的尸骨由捡骨人虔诚地捡起,堆积如山,最后被风化。张力山图片中展示的捡骨的民间习俗,其虔诚态度给观者带来了强烈的生命震撼。随后,苏心菡女士就小动物保护法在不同国家和地区的立法及执行情况进行了一番比较,呼吁人们关爱动物,尊重生命,建立相应的动物保护机构与法律条文。与会代表热情地参与了对话,表达了对动物的关爱,并积极分享了自己与动物交往的故事,纷纷表达了对动物法律法规健全化的期待。7日下午的生态编辑圆桌会议,由陈红教授和 Scott Slovic 教授主持。受邀发言的嘉宾有:牛津大学出版社《批评与文化理论年度研究成果》及《英语研究年度研究成果》的编辑 William Baker,《欧洲文化与政治社会学期刊》的主编

Ricca Edmondson，美国《比较文学与文化》的副主编 Simon Estok，《环境人文》丛书系列主编 Greg Garrard，《上海师范大学学报》的主编何云峰，《文贝》主编刘耘华，《外国文学研究》主编助理罗良功，英国《绿色书信》的主编 John Parham，美国《文学与环境的跨学科研究》的主编 Scott Slovic，《东岳论坛》的编辑王源，以及《世界文学研究论坛》的编辑杨革新。国内外重要期刊、丛书主编、编辑济济一堂，共同分析讨论世界范围内文学文化研究及编辑出版的现状和问题，解答与会代表的疑问，同时表达了学术期刊和丛书要加强对环境问题的关注，以学术的力量推动环境人文学研究的愿望和决心。

会议主要议程结束后，各位代表及会务人员一同前往上海市西的青浦区金泽古镇。金泽古镇历史悠久，风景清幽，镇内湖塘星罗棋布、河港纵横，是典型的未被开发的原生态江南古镇。伴着蒙蒙秋雨，国内外一行生态研究学者，寻古镇之清幽静谧，叹中国之生态山水。之后，代表们参观了古镇附近的岑古生态农场，场主沈先生系上海道融自然保护与可持续发展中心的创始人。该农场是道融的环境友好型农业项目基地，属于上海市饮用水源保护区范围。场主在此建立起一套可持续农业生产与生活模式，倡导并践行着"发展生态农业、支持健康消费、促进城乡互助"的生态理念，其目标是建立农业与农村的可持续生态发展的试点。

为期三天的环境人文学国际研讨会在大家的积极参与和配合中完美落幕。会议期间的主题发言和小组交流内容丰富、讨论激烈，堪称一场高水平、国际化的，既有继承拓展又有前瞻创新的文化盛宴。